JN310128

新注和歌文学叢書　19

範永集新注

久保木哲夫
加藤　静子
平安私家集研究会　著

青簡舎

編集委員
浅田　徹
久保木哲夫
竹下　豊
谷　知子

目次

凡例

一、本書は、後一条期から後冷泉期にかけて活躍した、いわゆる和歌六人党の一人、藤原範永の家集に全釈を施したものである。
一、底本には現存最善本である冷泉家時雨亭文庫蔵真観真筆本を用いた。
一、全体を、本文、〔校異〕〔整定本文〕〔現代語訳〕〔他出〕〔語釈〕〔補説〕の順に記した。
一、本文は、傍書やミセケチを含め、漢字や仮名の使い分けなど、底本に可能な限り忠実に翻刻した。底本が空白の場合は〔　〕で示した。
一、〔校異〕の本文には冷泉家時雨亭文庫蔵承空本を用いた。ただし承空本は本文に不完全な部分が多いため、異同箇所のみの比較がむずかしく、本文全文を掲げた。
一、承空本特有歌は巻末にまとめて掲げた。
一、承空本特有歌の場合は書陵部乙本によって校合したが、書陵部乙本は本来承空本の写しなので、承空本の破損状態が進んで判読不能の場合にのみ参考に用いた。従って承空本の本文が正確に読める場合の〔校異〕は「ナシ」とした。
一、〔整定本文〕は、いわば校訂を加えた本文であるが、校訂にあたっては次のような処置をした。
1、用字は通行の字体を用い、底本の仮名遣いは歴史的仮名遣いに改めた。

2、仮名を適宜漢字に改め、濁点および読点を施した。また必要に応じて送り仮名も補った。

3、本文に問題があり、解釈上改めたり、他本によって補ったりした場合は、その理由を必ず〔語釈〕の項で述べた。

一、〔補説〕では、人物考証、詠作状況、その他、〔語釈〕では扱いきれないことを記した。

一、引用した和歌は、原則として、私家集は『新編私家集大成』に、それ以外は『新編国歌大観』（ただし万葉集は旧番号）によったが、通読の便をはかって表記は読みやすいように改めた。また和歌以外の作品については『新編日本古典文学全集（新全集）』『新日本古典文学大系（新大系）』等を、適宜利用した。

一、巻末には、「解説」、ならびに「付」として、「参考文献」「範永集関係系図」「範永関係年表」「他文献に見える範永関係資料」「人物索引」「和歌初句索引」を付した。

注釈

1

内のおほいとの六条にわたりはしめたまていけのみつなかくすむといふこゝろを

ことしよりかゝみとみゆるいけ水のちよへてすまむかけそゆかしき　書本破損以他本書入之

【校異】　内大臣殿ノ六条ニテ池水ナカ〔　　〕トイフ事ヲ

承1コトシタニ《ヨリ》カゝミトミユル〔　　〕ミツノチヨヘテスマムカケソ〔　　〕キ

【整定本文】　内の大臣殿、六条に渡りはじめ給うて、池の水永く澄む、といふ心を

1　今年より鏡と見ゆる池水の千代経てすまむかげぞゆかしき

【現代語訳】　内大臣殿が、六条邸に移り住みはじめられて、池の水が永く澄む、という意を

1　今年からは、鏡のように見えるこの池の水が、千年を経ても澄むように、永くお住まいになる内大臣殿のお姿が映りつづけるのを見たいものです。

【他出】　後拾遺集・賀、四五六　和歌一字抄、一四四　題林愚抄、一〇五〇一

【語釈】　**○内の大臣殿**　藤原師実。師実は本集の他の箇所、すなわち9番、16番、19番以下、すべて「左のおほいどの」「左大臣どの」とする。補説参照。師実は、長久三（一〇四二）年誕生、康和三（一一〇一）年薨、六十歳。関白頼通の五男。天喜元（一〇五三）年四月、十二歳で元服、正五位下。侍従、左近衛権中将を経て、天喜三（一〇五五）年従三位、さらに権中納言、権大納言を経て、康平三（一〇六〇）年七月十七日、十九歳で内大臣となる。その後、康平八（一〇六五）年六月三日、従一位右大臣に転ずるまで、ほぼ五年間内大臣であった。左大臣となったのは延久元（一〇六九）年八月で、承保二（一〇七五）年十月、叔父の関白太政大臣教通が亡くなったあと、氏長者、関白となった。なお永保三（一〇八三）年正月に左大臣を辞している。**○六条**　師実の邸宅。21番歌の詞書にも「六条」の名が見える。**○渡りはじめ給うて**　「渡りはじめ」はそこに移って住みはじめること。なお「給うて」は底本「たまて」。79番の詞書に「うせたまうて」とあるのに準じた。**○池の水永く澄む**　後拾遺集では「池の水永

く澄めり」とある。補説参照。**○といふ心を**　井上宗雄（「「心を詠める」について―後拾遺・金葉集に見られる詞書の一傾向―」、「再び『心を詠める』について―後拾遺・金葉集にみられる詞書の一傾向―」）によると、後拾遺集頃から「……の心を詠める」という詞書が多くなり、その場合の「心」は題の趣旨という意を表すという。「……といふ心」も同様。当該歌においても題の趣旨、の意に解される。**○今年より**　承空本ならびに後拾遺集では「今年だに」。ここでは師実が六条殿に住みはじめたことを受けて「（千代経て）すまむ」にかかると解した。補説参照。**○鏡**　池の水を鏡に喩えた表現。「曇りなき池の鏡によろづ代をすむべきかげぞしるく見えける」（源氏物語・初音）。**○千代経てすまむ**　「すまむ」は、水が「澄まむ」意と人が「住まむ」意とを掛ける。**○かげぞゆかしき**　ここは、池水を鏡に喩えているため、「かげ」は、姿、かたちの意。具体的には摂関家の後継者として、前途洋々たる若き師実の姿を示す。澄んだ池の水鏡に映る師実の姿を千年も見たい、と詠んで、師実と摂関家の繁栄がいつまでもつづくように、との祈りを込める。

〔**補説**〕他出欄に示すように、この歌は後拾遺集収載歌で、後拾遺集では次のような形になっている。

関白さきの大いまうちぎみ六条の家にわたりはじめ侍りけるとき、池の水永く澄めり、といふ心を人々よみ侍りけるに　　藤原範永朝臣

今年だにかがみと見ゆる池水の千代へてすまむかげぞゆかしき

詞書に見える「関白さきの大いまうちぎみ」（関白前大臣）とは藤原師実のことである。後拾遺集奏覧時（応徳三〈一〇八六〉年）には師実は関白職のみで左大臣を辞していた。本集の、9、16、19、21、23番歌などでは師実を「左大臣殿」としており、「内大臣殿」は詠歌時の官職であろう。解説二の4参照。

また、底本の初句「今年より」は、語釈欄でも述べたとおり、後拾遺集では「今年だに」とあり、新日本古典文学大系の『後拾遺和歌集』（久保田淳・平田喜信　校注）では、この初句について、

眼前の今年の池水でさえ。「だに」は、眼前の景から、「千代へてすまむかげ」を類推する。

と注している。底本の「今年より」だと、「鏡と見ゆる」にも、「千代経てすまむ」にも、いずれにもかかるように考えられるが、ここでは「千代経てすまむ」にかかり、間に「鏡と見ゆる池水の」を挟む形と見て解した。

なお、「池の水永く澄む」あるいは「池の水永く澄めり」という題は定頼集Ⅱにも例が見える。

　九月十七日夜、大宮にて人々うたよみしに、秋月

こゑをのみありと聞きこし雁がねの羽数も秋の月はみえけり（六八）

　池水ながくすめり

いにしへも今も稀なる君が代に水さへながくすめる宿かな（六九）

この二首とほぼ同じ歌が栄花物語・御裳着にもあり、梅沢本では「左大弁朝経」、西本願寺本や富岡本では「右大弁」（定頼）の詠とする。治安三（一〇二三）年八月、太皇太后宮彰子の土御門殿の歌会におけるもので、

「秋の月、光さやかなり」「池の水永くすむ」といふ心どもなり。

とある。いずれにしても1番歌とは詠作年次が異なると見てよいだろうが、師実の六条への殿移りにあたり、「池の水永く澄む」が詠まれたのは、このような先行例を踏まえてのことなのであろう。

なお、欄外に「書本破損以他本書入之」とあるが、詞書を含めて歌全体を「書入」れたというのか。部分的な補いの可能性もあるのか。くわしいことは不明。2番歌欄外の「同」も同じ。

2

　高陽院とのにてなてしこよろつのはなにまさるといふこゝろを

いろふかくさくなてしこのにほひにはおもひくらへむはなのなきかな　同

〔校異〕　カヤ院殿ニテナテシコヨロツノハナニマサルト〔　　〕ヲ

承2イロフカクサクナテシコ〔　　〕ニハオモヒクラヘムハナ〔　　〕

〔**整定本文**〕 高陽院殿にて、なでしこよろづの花に勝る、といふ心を

2 色深く咲くなでしこの匂ひには思ひくらべむ花のなきかな

〔**現代語訳**〕 高陽院殿で、なでしこはあらゆる花に勝っている、という意を

2 色深く咲き匂うなでしこの花の美しさには、思い比べようとしても思い比べられる花がないことです。

〔**他出**〕 ナシ

〔**語釈**〕 **○高陽院殿** 底本表記は「高陽《院》との」とする。藤原頼通の邸宅で、賀陽院とも書く。中御門大路南、西洞院大路西の四町を占める大邸宅であった。九世紀に桓武天皇皇子の賀陽親王の邸宅があった場所に、治安元（一〇二一）年、頼通が新築したもので、寝殿の四周に池を配し、釣殿や水閣が設けられていたという。長元八（一〇三五）年に賀陽院水閣歌合と呼ばれる歌合がここで行われている。長暦三（一〇三九）年に焼失したが、翌年には再建され、以後焼失と再建とが繰り返された。頼通の後は師実、忠実に引き継がれた。補説参照。**○なでしこよろづの花に勝る** 漢文風にすれば「瞿麦勝衆花」か。その題の歌が家経集、和歌一字抄等に見える。補説参照。なでしこは、撫子とも書き、また常夏、石竹の名もある。秋の七草の一つ。山野や河原に生え、七、八月ごろに開花する。万葉集で詠まれていたのは日本在来種のカワラナデシコ（大和撫子）である。平安時代には、中国から観賞用として渡来したセキチク（唐撫子）が加わる。和歌大辞典によれば、「常夏」は大和撫子の異称で、「瞿麦」は唐撫子とする。唐撫子は、「草の花はなでしこ、唐のはさらなり……」（枕草子「草の花は」）、「色ごとに匂へる宿のなでしこはいにしへからの種にぞあるらし」（公任集、六二）等と見える。一方、和歌では、男女間の贈答などで「床」の意を掛けて「常夏」の名が用いられ、「撫でし子」に通じることから子供の意に「撫子」が使用される傾向もある。「塵をだにすゑじとぞ思ふ咲きしより妹とわが寝る床夏の花」（古今・夏、一六七 躬恒）、「ふた葉よりわがしめ結ひし撫子の花の盛りを人に折らすな」（後撰・夏、一八三 よみ人知らず）。**○といふ心を** という題意を。「心」は、題の趣旨、の意。1番歌参照。

〔補説〕 当該歌は高陽院での歌会などの席で詠まれたものであろう。同題の歌が他に何首か見え、同時詠である可能性が高く、詠作時期は絞られる。家経集には次のように見える。

詠瞿麦勝衆花序者

竜田姫ことにや染めし春も秋もとこなつにしく花のなきかな（六八）

藤原家経は、碩学として知られた参議広業の子で、正暦三（九九二）年の生まれ、範永と同世代の儒者歌人である。5番歌に登場する右京大夫道雅とは特に親しく、範永や和歌六人党の面々とも親交があった。範永の妻と家経の妻とは姉妹でもある。正四位下式部権大輔で文章博士を兼ね、後拾遺集以降の勅撰集に一七首入集している。この家経は天喜二（一〇五四）年五月に出家、天喜六（一〇五八）年五月に卒去しているから、家経の歌が2番歌と同じ時の詠とすると、出家以前の作ということになろう。

和歌一字抄にも同題の歌が見える。作者はやはり同時代歌人の藤原経衡である。

千歳経む君ぞ見るべきとこ夏に匂ひひとしき花はありとも（七八九）

上句に祝意を込めるなど、高陽院第で詠む歌としてふさわしい点が見られるから、これも同時詠と見ることができよう。経衡は公業の子で、参議有国の孫にあたり、和歌六人党の一人として知られる。後拾遺集以下の勅撰集に一六首入集。

経衡、範永はともに永承五年の祐子内親王歌合に参加しているが、その祐子内親王家に仕えた女房に歌人及び物語作者として知られる小弁がいる。彼女の詠と思われる同題の歌も万代集に見える。

瞿麦勝衆花といふことを　小弁

春秋とにほふ中にもとこなつの花にしくべき花のなきかな（夏、七五五）

他の同題の歌、とりわけ家経の歌に酷似している。おそらく、範永の2番歌と、家経、経衡、そして小弁の歌は、みな同時の詠作であろう。高陽院第の第一、二期は主に頼通の住居として使用されていた。国司として地方に下ることもあった範永、家経、経衡の三人が同時に在京し、また小弁のような祐子内親王家の女房も同席して高陽院で歌を詠んだとすれば、それが可能な時期や機会はさらに絞って考えられよう。少なくとも高陽院が完成した長久元（一〇四〇）年十二月以降、家経の出家した天喜二年五月以前であることは間違いないだろう。なお類題鈔には「455 女一宮瞿麦勝衆花有序」と見える。「女一宮」は祐子内親王を指す。解説二の5参照。

3

ひろさはにてあきのよの月ひと〴〵よみしに

く《み》るひともなきやまさとのあきの夜は月のひかりもさひしかりけり

【校異】 遍照寺ニテア（　　）夜ノ月ヲ

承3スムヒトモナキヤマ（　　）月ノヒカリモ《ソ》（　　）

【整定本文】 広沢にて、秋の夜の月、人々詠みしに

3 見る人もなき山里の秋の夜は月の光も寂しかりけり

【現代語訳】 広沢で、秋の夜の月、という題で、人々が詠んだ折に

3 見る人もいないこの山里の秋の夜は、美しい月の光も寂しく感じることだなあ。

【他出】 後拾遺集・秋上、二五八　金葉集三奏本・秋、一六七　玄々集、一六八　新撰朗詠集、二四五　定頼集Ⅰ、一三　定頼集Ⅱ、三一　時代不同歌合、一四二　袋草紙、六八　悦目抄、一一〇　宝物集、八　十訓抄、二七　沙石集、一二七

【語釈】 **○広沢にて**　「広沢」は山城国葛野郡、現在の京都市右京区嵯峨の広沢池のあたり。池の西には大覚寺、西北に遍照寺があり、秋の月の名所として知られていた。和歌で詞書に「広沢」とある場合は遍照寺を指すようである。補説参照。なお、遍照寺は大僧正寛朝（宇多天皇皇子敦実親王の子）によって開かれた寺で、真言宗広沢派の

発祥地。**○秋の夜の月** 一見歌題のようにも見えるが、定頼集の詞書によれば、秋の夜に遍照寺に赴いて詠んだ歌。補説参照。**○見る人も** 「見る」は、承空本をはじめ、後拾遺集、定頼集Ⅱ、袋草紙等、他の本文ではすべて「すむ」となっている。補説参照。

〔補説〕 この歌は後拾遺集に採られ、範永の代表作として知られるとともに、公任に称賛されたという話が袋草紙等に見える。ただ、細かいところでは問題がなくもない。まず、後拾遺集には次のように見える。

広沢の月を見てよめる　　藤原範永朝臣

すむ人もなき山里の秋の夜は月の光もさびしかりけり

語釈の項で述べたように、初句に異同があり、定頼集Ⅱも同じである。定頼集Ⅱは詞書が非常に詳細で、当日の広沢逍遥の具体的な状況を伝えている。巻末「他文献に見える範永関係資料13」参照。

その詞書と歌とによれば、定頼を中心に、資業、範永らで広沢に出かけている。月の美しい晩、その月を愛でようと風情ある場所を求めて牛車に乗り、「広沢がふさわしいだろう」という発言にまかせて西へ進み、荒れた遍照寺にたどり着く。人気のない堂内で月光に照らされた金色の仏、生い茂る雑草、途絶えることのない虫の音に加えて、ただ一声響いた鹿の声、物語そのままのような浪漫的な世界が描かれている。範永の3番歌の詞書にはあっさりと「人々詠みしに」とあるが、定頼集では、「言葉に表せないほど感動的な風情ではあるが、せっかくここまで来たのだから、歌も詠まないで終わるのはあまりにも、ということで、それぞれに詠んだ」とある。

定頼は大納言公任の子として長徳元（九九五）年に生まれており、正暦四（九九三）年頃の生まれかと推定される範永とは同年代である。また、資業は参議藤原有国の七男として永延二（九八八）年の生まれ、定頼、範永よりは年上であるが、この広沢逍遥は、おそらく三人が蔵人所に関係した頃のこと、具体的には寛仁年間（一〇一七〜一〇二〇）のことかと推測されている（千葉義孝「藤原範永試論―和歌六人党をめぐって―」）。この寛仁年間の一時期に、定頼は蔵人頭、範永は六位の蔵人、資業は五位蔵人であった。森本元子はさらに踏み込んで、新造内裏が成り、道長が内裏にいる、寛仁二年の八月と推定する（『定頼集全釈』）。どちらにしろ、寛仁の頃ならば、定頼と範永は二十代前半から半ば、資業も三十歳前後で、みな若い。月の美しさに「あくがれ」ての終夜の逍遥も首肯されよう。

流布本系統の定頼集Ⅰでは、詞書が短く、歌も三句と四句に異同があり、定頼の歌になっている。

広沢に人々いきて、月のいみじうあかう池にうつりたりけるに
すむ人もなき山里のこけ《ママ》のおもはやどる月さへさびしかりけり（一三）

こちらの詞書によれば、定頼もよく似た歌を詠んでいることになる。しかし、前掲の部分を含む定頼集Ⅱの前半は自撰と見られ、また範永集、後拾遺集、袋草紙の三つが範永の詠作としていること、更に加えるなら、金葉集三奏本（秋、一六七）も「遍照寺にて秋晩のこころをよめる」の詞書で範永の歌として採録していること等から、3番歌が範永の詠作であることは疑いがない。ただし、底本のほかはすべて、定頼集Ⅰまでも、初句を「すむ人も」としている点は注意したい。

次に袋草紙であるが、これは定頼集Ⅱの影響を受けて後日作られた話であろう、と千葉義孝は指摘する。

範永朝臣若き時、遍照寺において月を詠みて云はく、
すむ人もなき山里の秋の夜は月の光もさびしかりけり
時に四条大納言、出家して北山の長谷に住めり。定頼卿この和歌等をもって送らる。この大納言、この歌を深く感歎して、この歌を表に書きて、「範永とは誰人ぞや。和歌その体を得たり」と。範永この事を聞きて感に堪へず、定頼卿の亭に向ひ、かの愚草を取りて、錦の袋に納めて重宝となすと云々。この歌は範永蔵人たりし時、月夜に定頼参内し、蔵人一両と同車して遍照寺に向ひ、終夜遊覧の時詠ずる所なり。

確かに、最後の「この歌は……」以下の一文は、定頼集Ⅱの詞書によると思われる。また、公任が出家して北山に隠棲したのは万寿三（一〇二六）年のことであるが、範永はその頃には叙爵して春宮少進となり、伯耆守を兼任している（底本巻末の勘物による）こと等、話には矛盾点も指摘できる。従ってそのままの形ですべてを信用はでき

ないが、定頼との関係からいっても、両者には何らかの形で接点があったであろうから、範永が公任に称賛されたという事実までもなかったとは言い切れまい。

ところで袋草紙の記述でも明白であるが、定頼集Ⅱでは「広沢こそおもしろからめ」との発言があって、「嵯峨野過ぎて、かの寺に行き着きたるに」とあり、「広沢」が広沢池付近というよりも、特定の寺、すなわち遍照寺を意味していることになろう。ここは円融院の仏道の師であった寛朝が、院の御願により開基した寺で、朝光集にも次のように見えている。

　　八月ばかり、仁和寺の帝広沢におはしますに御ともにつかうまつりたまふかへさに、左にきこえたまふ

　秋の夜を今はとかへる夕暮れに鳴く虫のねぞかなしかりける（一一三）

　　左御かへし

　虫のねにわれも涙をおとすかないとどつゆけく野べやなるらむ（一一四）

これは新勅撰集（雑一、一〇七二、一〇七三。ただし一〇七三には異同あり）にも採られて、それには、円融院が出家後に遍照寺に御幸した折に、左右の大将として供奉した朝光と済時が贈答したとある。

遍照寺は、定頼集Ⅱの詞書に描かれたとおりとすれば、定頼、範永らの広沢逍遥の頃にはかなり荒れていたようである。しかし、「遍く照らす」という寺名もあって、文人たちに観月の景勝地として知られ、本朝無題詩では、「巻三　月前」に「遍照寺翫月」と題して藤原明衡（一五一）と藤原実範（一五二）の詩が、同じく「巻九　山寺中」にも「初冬遍照寺即事」題で明衡（六〇二）、実範（六〇三）、源経信（六〇四）の詩が、収められている。また、和歌六人党の頼実の次の歌について、高重久美は、これが明衡、実範の「遍照寺翫月」詩と同じ時のものと見、長元九（一〇三六）年の詠との見解を示している（「長元九年八月十五夜遍照寺詩歌会―摂津源氏頼実と藤原南家実範―」『和歌六人党とその時代』）。

　　八月十五日に、大学頭義忠にさそはれて、庭照子《（ママ）》にまかりて、池上の月といふ題を

あかなくに天つ空なる月かげをいけの（二字分空白）にうつしてぞ見る（頼実集、三七）
「庭照子」は他本との校合から「遍照寺」と見てよく、四句の空白部分も東洋文庫本には「こころ」とあるという。このように、この頃の文人、歌人らには「観月ならば広沢、広沢とは遍照寺」のイメージが相当に強くあったようである。

4

宮のさふらひにて九月つくる夜夜もすからあきをおしむといふたいを
あけはてはのへをまつ見むはなすゝきまねくけしきはあきにかはらし

〔校異〕　宮ノ侍ニ〔　　〕リヨモスカラ秋〔　　〕
承4アケハマタ《テハ》野ヘヲ〔　　〕マネクケシキハアキ〔　　〕

〔整定本文〕　宮のさぶらひにて、九月尽くる夜、夜もすがら秋を惜しむ、といふ題を
4　明け果てば野辺をまづ見む花薄招くけしきは秋に変はらじ

〔現代語訳〕　宮の侍所で、九月の尽きる夜、夜通し秋を惜しむ、という題を
4　夜がすっかり明けたならばまず野辺を見ましょう。花薄が風に揺れて人を招くさまは秋と少しも変わらないことでしょうよ。

〔他出〕　後拾遺集・秋下、三七三　和歌一字抄、二八三　題林愚抄、四八七四

〔語釈〕　**○宮のさぶらひにて**　宮の侍所で、の意。「さぶらひ」は侍所。平安時代、院や親王、摂関家などに仕える者が詰め、事務に当たった場所。「宮」は祐子内親王であろう。範永が親しく仕えた「宮」としては、他に、東宮敦良親王、皇后寛子などがおり、それぞれに可能性があるが、単に「宮」と表現されているところが問題となる。寛子は17番の詞書で「皇后宮」と呼ばれている。なお祐子内親王は、後朱雀帝の第三皇女。母の中宮嫄子（敦康親

王女。頼通と室隆姫養女）が亡くなった後は、頼通夫妻に養育されていた。頼通は、幼い祐子内親王のもとで何度か歌会や歌合を催すなどして文雅の集いを行い、後朱雀帝女御教通女生子らに対抗していた。解説二の5参照。範永は、自分の母が東宮敦良親王妃嬉子の乳母であったこと、自身が頼通家司としての役目などもあって、内親王にも精勤していたものと思われる。祐子内親王家での歌合には範永の歌も三首確認される。169〜171番歌参照。**〇九月尽くる夜** 九月最終の夜。厳密には二十四節気の立冬をもって冬がはじまるが、暦により、十月から冬という意識も強く、九月尽日にはもっぱら秋を惜しむ歌が詠まれた。**〇夜もすがら秋を惜しむ** 漢文題では「終夜惜秋」。補説参照。**〇招くけしき** 薄の穂が風に靡いて人を「おいで、おいで」と招くように見えるさま。

〔補説〕 四季のうち、春と秋は、とりわけその季節の終わりが惜しまれた。ともにつづく季節の過ごしにくさ、厳しさから生じた王朝人の実感であったろう。そうした美意識の典型を形作った古今集では、春下と秋下の巻に、それぞれ三首ずつ、季節の終わりを惜しむ心を詠んだ歌を置いている。具体的には、秋下の巻末は「秋のはつる心を」（三一一）、「なが月のつごもりの日」（三一二）を置いて、次の歌で締めくくられる。

おなじつごもりの日よめる　躬恒

道知らばたづねも行かむもみぢ葉を幣とたむけて秋はいにけり（古今・秋下、三一三）

こうした発想の歌はさまざまに詠まれつづけ、後拾遺集の時代、すなわち歌に執して詠む人々が急増した時代には、歌会など、多くの場で、実際に三月、九月の終わる日などに盛んに詠まれ、やがて堀河百首で「三月尽」「九月尽」の題が用いられて、歌題として完成をみた。

さて、当該歌も、秋の果てる日の夜に、惜秋の心を詠んだもので、後拾遺集に採録された。

九月尽日終夜惜秋心をよみ侍りける　藤原範永朝臣

明け果てば野辺をまづ見む花薄招くけしきは秋に変はらじ

後拾遺集では、この歌を含めて「九月尽日」及び「九月晦日」の歌を五首並べているが、次の歌も「題不知」ではあるが惜秋の歌を導くものとして置かれたのであろうから、後拾遺集では秋の終わりの情を歌うものを六首並べたと見ることができよう。

題不知　　　源頼綱朝臣

夕日さす裾野の薄かたよりに招くや秋をおくるなるらむ（秋下、三七一）

この歌の次に範永の九月尽日の歌が二首置かれていて、当該歌はその二首目にあたる（一首目は本家集の107番歌）。頼綱の歌の「薄が招く様子は秋を送るのだろうか」を承ける形で当該歌が置かれたようである。そして、秋下は、次のように、当該歌とは内容的に対立するような、切迫した惜秋の思いの歌で締めくくられる。

夜もすがら眺めてだにもなぐさめむ明けて見るべき秋の空かは（秋下、三七六　源兼長）

ところで、「終夜惜秋」の題では、和歌一字抄に次のような同時代歌人の歌がある。

終夜惜秋　　藤隆資

明けぬとも秋のなごりと見ゆばかり霧だにしばし立ちとまらなむ（七五四）

藤原隆資（?～一〇八三）は、越前守安隆孫で頼政男、あるいは安隆の子とも。読みは「たかすけ」または「たかより」。後拾遺集勘物に、母は藤原相如女で、式部卿斉信卿家女房（「式部卿」は「民部卿」の誤りであろう）とある。後拾遺集（二〇五、六二九）及び金葉集（七五、五八一）に入集しており、長久二（一〇四一）年の弘徽殿女御生子歌合、鷹司殿倫子百和香歌合に出詠しているほか、永承六（一〇五一）年内裏根合にも代作者で歌を詠んでいる。この和歌一字抄・七五四番歌は、当該歌と同時詠である可能性が高いのではないか。

5

右京大夫八条のいへのさうしにはしめのなつ山さとなる家にほとゝきすまつ

なけやなけ《けさきなく》さやまのみねのほとゝきすやとにもうすき衣かたしく

〔校異〕　サウシノヱニ〔　　　　〕山寺ナル家に郭〔　〕

承5ケサキナケサヤマカミネ〔　　　〕ヤトニモウスキコロモカ〔　〕

〔整定本文〕　右京大夫八条の家の障子に、初めの夏、山里なる家にほととぎす待つ

5　今朝来鳴くさやまの峰のほととぎす宿にも薄き衣片敷く

〔現代語訳〕　右京大夫の八条の家の障子に、初夏、山里にある家でほととぎすを待つ

5　今朝飛んで来て鳴くさやまの峰のほととぎすよ、一人で寂しいだろう。私も薄い夏衣を片敷いて独り寝をすることだ。

〔他出〕　続詞花集・夏、一〇六　左京大夫八条山庄障子絵合、一三

〔語釈〕　**〇右京大夫**　藤原道雅（九九一～一〇五四）。内大臣伊周の長男で、母は権大納言源重光女。幼名、松君。少年期に中関白家の栄光を恣にするも、家の凋落に伴い、その後は不本意な人生に終始したらしい。尊卑分脈には「荒三位」とあだ名されたことが記されている。又、前斎宮当子とのスキャンダルでも知られた。長和五（一〇一六）年従三位に叙されたが、非参議のまま左京大夫で没した。公卿補任によれば、万寿三（一〇二六）年四月二十七日、左権中将兼伊予権守から右京権大夫に遷る。寛徳二（一〇四五）年十月二十三日、任左京大夫。天喜二（一〇五四）年七月十日出家、同二十日薨。六十三歳。なお、この山庄障子絵合については、他の文献では「左京大夫」とする。補説参照。**〇八条の家の障子**　「八条の家」は八条にあった山荘。「障子」は襖障子で、ここは襖の絵に歌を付けたもの。補説参照。**〇初めの夏**　暦月でいえば四月。**〇今朝来鳴く**　承空本では「今朝来鳴け」。続詞花集（一〇六）も同じ。歌合本文では「けふ来鳴け」。補説参照。**〇さやま**　地名とすれば、大阪府狭山市。記紀にも名が見える日本最古の溜池「狭山池」がある。あるいは「さ」は接頭語で単に「山」の意か。「夕ざれにさやまの峰のほととぎすありす顔にも鳴きわたるかな」（経信集Ⅲ、七九）。**〇ほととぎす**　ホトトギス科の鳥。夏鳥として四、五月頃渡来し、八、九月頃南方に帰るが、当時は山から里に出ると考えられていた。本格的な季節になる前に鳴く

のを「忍び音」、季節になってから はじめて鳴くのを「初音」といい、鳴き声を賞美した。夜間にも鳴く。**○衣片敷く** 独り寝の寂しさをいう。「さむしろに衣片敷き今宵もや我を待つらむ宇治の橋姫」（古今・恋四、六八九 よみ人知らず）。

〔補説〕 当該歌は左京大夫八条山庄障子絵合と呼ばれる歌合の折の詠である。この歌合は、道雅が左京大夫在任中、すなわち寛徳二（一〇四五）年十月二十三日〜天喜二（一〇五四）年七月十日の間に、西八条の山荘で催したもので、詠者は藤原兼房、家経、範永、経衡、源頼家ら五人、梅・桜・郭公・菖蒲・納涼・紅葉・雪の障子絵七画題のもとに詠まれた歌を左右に分けて歌合形式に相番わせたものという。この歌合は完本がなく、分割されて（後半部が歌合廿巻本では「源大納言家歌合　題　障子絵」となっていたのを、堀部正二が同一歌合の本文と論証）伝承されていたが、整定された本文が『歌合大成　四』及び『新編国歌大観　五』に示されている。当該歌と同じ絵に対して詠まれた歌は次のとおり。

左　兼房朝臣
わが宿に初音は来鳴けほととぎすまづ聞きてきと人にかたらむ
右　家経朝臣
ほととぎす待つぞかひなき山近み何ゆゑにすむ宿ならなくに
左　範永
けふ来鳴けさやまの峰のほととぎす宿にもうすき衣かたしく
右　経衡
山近きかひこそなけれほととぎす都なりともかくぞ待たまし
左　頼家
ほととぎす待つとてかげをみつるかな水には声のうつるものかは

範永の当該歌は左の歌として経衡の歌と番わされている。この歌合の経衡歌はすべて彼の家集に見え（経衡集、七～一二）、各歌の詞書に絵の説明があるが、「山近き……」の歌には「山里に人ありて、水のほとりにてほととぎすを待つ所」（一〇）とあり、範永集の詞書に見える絵の説明とは多少の違いがある。しかし、頼家の歌に「水」が詠まれているところを見ると、どちらの詞書も誤りではなく、ほととぎすを待つ山里の絵には山川の流れなどが描かれていたものであろう。詳細は省くが、歌合廿巻本断簡に見える絵の説明や家経集、経衡集の詞書を見ると、この障子絵のうち、梅・郭公・菖蒲・納涼の四つは水の流れを配した絵であったらしい。

6

子なくなり《し》てはへりける人のもとに七月八日に

たなはたはけさやわかれをおしむらんひとはまつへきあきもあらしを

〔校異〕 コナクシテ侍ケル（　　）七月八日

承6タナハタハケサヤナコリヲ、シ（　　）ヒトハマツヘキアキモアラシヲ

〔整定本文〕 子なくなして侍りける人のもとに、七月八日に

6 たなばたは今朝や別れを惜しむらむ人は待つべき秋もあらじを

〔現代語訳〕 子供を亡くしておりました人の所に、七月八日に

6 織女星は、今朝は牽牛星との別れを惜しんでいるでしょうか。子を亡くしたあなたは、いくら待っても逢うことのできる秋もないでしょうに。

〔他出〕 ナシ

〔語釈〕 **○なくなして** 「なくなす」は、人に死なれること。「人をなくなして、限りなく恋ひて……」（後撰・慶賀哀傷、一四二〇詞書　玄上朝臣）、「乳母なる人はをとこなどもなくなして」（更級日記）。**○たなばた** 織女星のこと。

織女星と牽牛星とが年に一度、七月七日の夜だけ相逢うという中国の七夕伝説に基づく。**〇秋**　旧暦七月は暦の上では秋になる。

〔補説〕　詞書に「七月八日」とあるとおり、この歌は織女と牽牛とが一年に一度逢った夜の翌朝に送った歌である。織女と牽牛が逢ったのは前夜のことで、今朝は別れを惜しんでいるだろうか、というのである。歌の受け手は子供を亡くした人とある。織女と牽牛は昨夜逢って今朝別れても来年また逢えるだろうが、子を亡くした人はいくら待っても巡り会うことはない、という内容の歌である。

当該歌は七夕の翌日の歌であるが、七夕の歌でも、織女と牽牛の別れを詠んだ歌は古くから数多く詠まれている。

秋の夜のあかぬ別れをたなばたはたてぬきにこそ思ふべらなれ（後撰・秋上、二四七　凡河内躬恒）

朝戸あけてながめやすらむたなばたはあかぬ別れの空を恋ひつつ（後撰・秋上、二四九　貫之）

たなばたの別れし日より彦星はまことに寒くなりまさるなり（重之集、二六三）

いずれも逢瀬後の二星の苦しい心境を推量するという歌である。ただし当該歌は二星のつらい思いを想像するというだけではなく、一年間逢えない織女よりも、永遠にお子さんと逢えないあなたの方がずっと辛いことでしょうと、七夕伝説を現実の哀しみの深さを強調するために使用している。

7

山とのかみのりた、なくなりてのとしいへのさくらのさきたりけるにかの家につかはしける

千うへお《を》きしひとのかたみと見ぬたにもやとのさくらをたれかおしまぬ

〔校異〕　大和守ナクナリテノトシ家ノサクラノサキタリケルカノイヱニツカハシケル

承7ウヱヲキシ人ノカタミトミヌタニモヤトノサクラヲタレカヲシマヌ

〔整定本文〕　大和守義忠亡くなりての年、家の桜の咲きたりけるに、かの家につかはしける

7千　植ゑ置きし人の形見と見ぬだにも宿の桜を誰か惜しまぬ

〔現代語訳〕　大和守義忠が亡くなった年、家の桜が咲いたので、亡くなった義忠の家に送った歌

7　植えおいた人の形見だと見なくても、家の桜を誰が惜しまないことがありましょうか。やはり誰でも惜しむことでしょう。何でもないわが家の桜でさえも惜しいのに、ましてや、形見であるあなたの家の桜はなおさら散るのが惜しいことでしょうね。

〔他出〕　千載集・哀傷、五四七　続詞花集・哀傷、三八四

〔語釈〕　**○大和守義忠**　藤原義忠。「義忠」は「のりただ」と読む。勘解由次官為文男。儒者で歌人。左衛門尉、大内記、式部少輔、権左中弁、阿波守、大和守などを歴任。大学頭、春宮学士、文章博士等を兼ねていた。長久二（一〇四一）年十月、大和守在任中、吉野川において溺死した。尊卑分脈等によれば、その折三十八歳とするが、不審。少なくとも五十歳前後にはなっていたはずである。妻は歌人で有名な大和宣旨。補説参照。**○植ゑ置きし人の形見**　亡き人が以前植えて置いた形見。具体的には亡くなった義忠を念頭においている。**○見ぬだにも**　（形見と）見なくてさえも。亡くなった人の形見の桜だと思わなくても桜が散るのは惜しい、ましてや、形見の桜であればなおさら惜しい、の意。

〔補説〕　藤原義忠が大和守であったのは、国司補任によれば、長元九（一〇三六）年から没するまでの六年間で、百錬抄の長久二年十月一日条に「権左中弁義忠於吉野河漂死」とある。「漂死」つまり溺死である。義忠が没したのが十月で、当該歌は「桜の咲きたりける」時に詠んだ歌であるから、詞書に見える「大和守義忠亡くなりての年」というのはおかしい。翌長久三年の春に詠まれた歌でなければならないだろう。

　義忠は漢詩文のみならず、和歌にも秀でた人だったようで、後拾遺集以下の勅撰集に五首入集している。また、万寿二（一〇二五）年五月五日には歌合を主催しており、他にも、長元五（一〇三二）年十月十八日上東門院彰子菊合に出詠したり、長久二（一〇四一）年二月十二日弘徽殿女御生子歌合では判者をつとめたりしている。

当該歌は、範永が自邸の桜が咲いたのを見て、かつて今は亡き義忠が植えた義忠邸の桜を思い、義忠の家族（妻の大和宣旨か）に送った歌である。歌中にある「宿の桜」は、義忠の形見の桜ではなく、範永邸の桜を指す。

ところが同じ歌が他の集では、

ぬしなき家の桜を見て詠み侍りける（千載・哀傷、五四七）

ぬしなき家の桜を見て（続詞花・哀傷、三八四）

とあって、固有名詞がなく、故人の邸の桜を見て詠んだ歌となっている。

このように、植えた人の死後、その家の植物を見て詠んだ歌は他にも例がある。

植ゑおきし人なき宿の桜花にほひばかりぞ変はらざりける（後拾遺・春上、九九　よみ人知らず）

植ゑおきしあるじはなくて菊の花おのれひとりぞ露けかりける（後拾遺・秋下、三四七　恵慶法師）

植ゑおきし主なき宿の花桜ちりつもるとも誰かきよめむ（赤染衛門集Ⅱ、二一三）

また、源氏物語・幻には、紫上死後、遺愛の梅を見て詠んだ光源氏の歌、

植ゑて見し花のあるじもなき宿に知らず顔にて来ゐる鶯

がある。いずれも形見の花があるのは亡くなった人の家であり、主はもういないのに、花だけが咲いている様子を見て、亡き人を偲ぶ内容になっている。範永集においては、こうした趣向に加え、形見の桜を自邸で咲く桜と比較することで、さらに亡き義忠への哀傷の思いを強く表した形になっているといえよう。

8

しゝうのあまきみのあたこにこもりけるに

後拾 山のはにかくれなはてそあきのつきこの世をたにもやみにまとはし

〔校異〕 シ、ノアマキミヒロ（　）ニコモルニイヒツカハス

承8山ノハニカクレナハテソアキ〔　〕月コノヨニタニモヤミニマトハシ

〔整定本文〕　侍従の尼君の、愛宕に籠もりけるに

8　山の端に隠れなはてそ秋の月このよをだにも闇にまどはじ　後拾

〔現代語訳〕　侍従の尼君が、愛宕に籠もった折に

8　山の端に隠れてしまうな、秋の月よ。せめて今夜、生きている間だけでも闇にまどわないようにしたいものです。

〔他出〕　後拾遺集・雑一、八六七　宝物集、三四四

〔語釈〕　**○侍従の尼君**　未詳。補説参照。**○愛宕**　山城国の歌枕。現在の京都市右京区嵯峨愛宕町にある愛宕山を中心としたあたり一帯。唐の五山になぞらえた五台峰をもち、神仏習合の修験の場として信仰された。和歌では「わがためになにの愛宕の山なれや恋しと思ふ人のいるらむ」（古今六帖・第二、八九二）など、「仇（あた）」と掛けられることが多い。**○隠れなはてそ**　隠れ果てるな。完全に隠れきってしまうな。「な……そ」は禁止を表す。**○このよをだにも**　「よ」は「夜」と「世」の掛詞。**○闇にまどはじ**　「闇」は煩悩の闇。仏教で、往生の妨げとなる心の迷いのことを指す。「君すらもまことの道に入りぬなりひとりやながき闇にまどはむ」（後拾遺・雑三、一〇二六　選子内親王）。

〔補説〕　和泉式部の有名な歌、

暗きより暗き道にぞ入りぬべきはるかに照らせ山の端の月（拾遺・哀傷、一三四二）

に代表されるように、月の光が煩悩の闇を照らし、煩悩をとりさるという仏教的な思想は、歌の題材としてもしばしば用いられているものであるが、式部のこの歌は、当時の名僧性空上人のもとに送られたもので、月を上人にたとえ、どうぞ私をお導きくださいと詠んだものである。当該歌の場合も、「秋の月」はやはり侍従の尼君をたとえているのであろう。山に籠もりきりになったりせずに、私を迷わないようにしてほしいと詠んでいる。

ところで当該歌は、後拾遺集に次のような形で入集している。

侍従の尼、広沢に籠もると聞きてつかはしける　　藤原範永朝臣

山の端に隠れなはてそ秋の月このよをだにも闇にまどはじ

ここでは「愛宕」ではなく「広沢」となっている。承空本でも「ヒロ（　）ニコモルニ」とある。広沢は、山城国。現在の京都市右京区嵯峨広沢で、池の西には宇多天皇の孫寛朝僧正が永祚元（九八九）年十月に開いた遍照寺がある。3番歌参照。「広沢に籠もる」場合はこの遍照寺に籠もった可能性が大きい。

なお、侍従の尼君は未詳だが、範永集12番歌に「侍従の内侍」と呼ばれる人物が登場するので、あるいはこの侍従の内侍が出家し、出家後の呼び名となったのであろうか。

9

左のおほいとのにてかつまたの池

とりもゐていく夜へぬらむかつまたのいけにはいゐのあとたにもなし

〔校異〕　左大殿ニテカツマタノ池ヲ

承9鳥モヰテイクヨヘヌラムカツマタノイケニハイヰノアトタニモナシ

〔整定本文〕　左の大臣殿にて、勝間田の池

9　鳥もゐでいく代経ぬらむ勝間田の池にはいひの跡だにもなし

〔現代語訳〕　左大臣殿の邸宅で、勝間田の池

9　鳥もいないで、どれだけの代が過ぎたのでしょうか。勝間田の池には樋の跡さえもありません。

〔他出〕　後拾遺集・雑四、一〇五三　五代歌枕、一四五二　歌枕名寄、八一六三

〔語釈〕　**○左の大臣殿**　藤原師実。師実は本集では基本的には「左大臣殿」と表記されているが、1番歌では「内

の大臣殿」とあった。補説参照。なお、師実が左大臣であったのは延久元（一〇六九）年八月から永保三（一〇八三）年までの十五年間。**○勝間田の池**　万葉集に見える「勝間田の池はわれ知る蓮なし然言ふ君が鬚なきごとし」（巻十五、三八三五）の場合は、大和国薬師寺付近にあったという池を指すようであるが、平安期になると、和歌初学抄、歌枕名寄は美作国、五代集歌枕は下野国、八雲御抄は下総国など、所在についてさまざまな説が生まれる。**○鳥もゐで**　「勝間田の池」にはもちろんかつて水があったし、水鳥も棲んでいたのだろうけれど、かなり早くから干上がっていたらしく、鳥もいなくなっていたようである。同様の詠みぶりの歌が他にも数多く見られる。補説参照。**○いひ**　底本「いゐ」。樋。池や用水の堤に穴をあけ、水を出し入れするようにした、板作りの箱状のもの。和歌では「言ひ」に掛けて用いられることが多いが、当該歌では掛詞的用法にはなっていない。「小山田の苗代水は絶えぬとも心の池のいひは放たじ」（後撰・恋三、七九一　よみ人知らず）。

〔**補説**〕当該歌は後拾遺集に次のような形で入集している。

関白前大まうちぎみ家にて勝間田の池をよみ侍りけるに　　藤原範永朝臣
鳥もゐでいくよへぬらむ勝間田の池にはいひの跡だにもなし

右の詞書に見える「関白前大まうちぎみ（関白前大臣）」について、これまでの後拾遺集の注釈書類はすべて藤原頼通とする。しかし頼通なら「関白前おほき大まうちぎみ」となろう。後拾遺集奏覧の年、応徳三（一〇八六）年に「関白前大臣」であったのは師実である。頼通は普通「宇治前太政大臣」と記されている。範永集でも「内大臣」と呼ばれたり「左大臣」と呼ばれたりという問題はあるが、当該歌の「左大臣」はやはり師実と見てよいのではないか。頼通は169番歌で「関白殿」と呼ばれている。解説二の4参照。

なお類題鈔「312十五首　天喜三十十七題者実綱朝臣大殿」の項に見える地名ばかりを列挙した題の中に「勝間田池」があり、久保木秀夫（「『更級日記』上洛の記の一背景―同時代における名所題の流行―」）はその歌会に当該歌が関係するのであろうという。天喜三（一〇五五）年十月、「大殿」で行われた歌会で、題者は「実綱朝臣」であった。可能性は十分に考えられるが、「大殿」に関してはやはり頼通としている。その点は誤りであろう。

また「勝間田の池」については、早く、古今和歌六帖に、

勝間田の池に鳥ゐしむかしより恋ふる妹をぞけふいまに見ぬ（第二、一〇六六）

とあり、他にも、

池もふり堤くづれて水もなしむべ勝間田に鳥のゐざらむ（千載・雑下、一一七二　二条太皇大后宮肥後）

勝間田の池に鳥ゐしいにしへの過ぎにしほどや君が行末（夫木抄・雑五、一〇七七七、具親朝臣）

などとある。いずれもかつては鳥がいたけれども、今の勝間田の池にはいないと詠まれている。水も干上がっていたらしい。ところが袋草紙によると、

故兵衛佐入道顕仲、白川殿の御会に「柳、池水に臨む」といふ題を詠じていはく、

勝間田の池もみどりに見ゆるかな岸の柳の色に映りて

時の人「勝間田の兵衛佐」と号すと云々。件の池水なくて、古く範永等「池にはいひの跡だにもなし」と詠みきたるを、かくの如く詠ずる故なり。

という逸話を伝えている。範永らの歌があるにもかかわらず、故兵衛佐入道顕仲はそのことを知らず、勝間田の池にも水があるかのように詠んでしまい、「勝間田の兵衛佐」と馬鹿にされたという。

10　くさむらのつゆいそのかみといふ題をさいけいりし《済慶律師》のよせ《ま》けるに

後拾　けさきつるのはらのつゆにわれぬれぬうつり《こほれ》やしなむ《ぬる》はきかはなすり

11　見しよりもあれそしにけるいそのかみあきはしくれのふりまさりつゝ

〔校異〕草ムラノツユイソノカミトイフ題ヲ

承10今朝キツル野ハラノツユニ我ヌレヌウツリヤシヌルハキカハナスリ
承11ミシヨリモアレソシニケルイソノカミアキハシクレノフリマサリツ、

〔整定本文〕 草むらの露、石上、といふ題を、済慶律師の詠ませけるに

後拾
10 今朝きつる野原の露に我濡れぬ移りやしなむ萩が花摺り
11 見しよりも荒れぞしにける石上秋は時雨のふりまさりつつ

〔現代語訳〕 草むらの露、石上、という題を、済慶律師が詠ませたので

10 今朝やって来た野原の露に私は濡れてしまった。その色が衣に移っただろうか、萩の花で摺って。
11 以前見たよりも荒れてしまっていることだ、石上は。秋は時雨がしきりに降りまさり、いっそう古くなったことだ。

〔他出〕 10後拾遺集・秋上、三〇四　綺語抄、五一四　袖中抄、一〇六〇　奥儀抄、二〇九　六百番陳状、一七〇　古来風体抄、四二五　和歌色葉、三七八　定家八代抄、三三〇　題林愚抄、三二六〇
11後拾遺集・秋下、三六七　摂政家月十首歌合、一三〇判詞　五代歌枕、八六〇　歌枕名寄、二五六六

〔語釈〕 10**〇済慶律師**　寛和元（九八五）年～永承二（一〇四七）年。『僧歴綜覧』に、「参議藤原有国四男」とある（尊卑分脈には貞嗣の子の欄にも、同じ済慶の名前がある）。長元六（一〇三三）年東大寺別当、長元七年律師。従兄弟に歌人の藤原家経や経衡らがいる。補説参照。**〇野原**　草が茂り、人の住まない広い荒野のこと。日葡辞書によると、「のばら」と濁って発音していたようである。「早蕨や下にもゆらむ霜枯れの野ばらの煙春めきにけり」（拾遺・雑秋、一一五四　藤原通頼）。**〇萩が花摺り**　「花摺り」は萩または露草の花で衣に色を摺りだすこと。ここは萩による。補説参照。

11**〇石上**　大和国の歌枕。現在の奈良県天理市石上町。かつては僧正遍昭や素性法師が住んだ石上寺があった。「石上ふるき都のほととぎす声ばかりこそむかしなりけれ」（古今・夏歌、一四四　素性）のように「古る」を導く枕

詞としても使われる。**○ふりまさりつつ** 時雨が「降り」と、石上の関係で「古り」とを掛けている。

〔補説〕 当該歌は二首とも後拾遺集に採られている。

草むらの露をよみ侍りける　藤原範永朝臣

今朝きつる野原の露に我濡れぬ移りやしぬる萩が花摺り

題しらず　藤原範永朝臣

見しよりも荒れぞしにける石上秋は時雨のふりまさりつつ

9番歌の補説に挙げた久保木論文によると、この歌も類題鈔の「299十六首　不知年紀　済ヽ律師家範永経衡以下」の項に見える、

晩風　長柄橋　小鷹狩　住吉　秋田　架島　野花　臥見　河霧　御垣原　叢露　磯上　鹿声　州間浦　初雁　竜田山

のうちの「叢露」「磯上」題に該当するのではないかという。また家経集の、

西河亭和歌二首　河霧

行く人や立つ河霧に見えざらむ近くも鳥の渡るなるかな（二六）

御垣の原

秋はただまどろむほども故郷の御垣の原ぞ夢に見えける（二七）

も同じ折の「河霧」「御垣原」と考えられるとする。「済ヽ律師」は「済慶律師」のことになろうから、当該歌の詠作時期は彼の没する永承二年以前に「西河（桂川）の辺の済慶亭で催された」とも推定している。

済慶律師の歌は、金葉集（三奏本）一九七番と詞花集二八七番に、

思ひ出でもなくてやわが身やみなまし姨捨山の月見ざりせば

が、また秋風集三一六番に、

身のほども知られぬものは秋の夜の月をながむる心なりけり

が採られているのみである。当該歌からもわかるように、範永とは歌のやりとりをするような親しい間柄だったようで、範永集にはこの他、128、129番に贈答歌が見られる。

なお「萩が花摺り」については、綺語抄に、

萩が花摺り　法住寺にもするとかや。如本、万葉集云、萩の花をもて衣を摺る也。

今朝きつる野原の露に我濡れぬ移りやしぬる萩が花摺り

此歌、時の人笑ひけり。知らざりけるにや。

とあり、袖中抄にも、

今朝きつる野原の露に我濡れぬ移りやしぬる萩が花摺り

顕昭云、萩が花摺りとは催馬楽の更衣歌の心也。

ころもがへせんや　さきんだちや　わがきぬは　野原篠原　萩の花摺りや　さきんだちや

又万葉云、

わがきぬはすれるに（は）あらずたかまとの野べゆきしかば萩の摺れるぞ

萩の花のきぬに移りたるが摺れる様に見ゆる也。或は古物云、此範永が歌をば時人笑ひけり。催馬樂、萬葉集等の歌を知らざりけるにや。

とある。万葉集や催馬楽に見える語であるのに、一般には知られていなかったらしく、むしろ範永が笑われたと伝えている。

朱雀院うせさせたまて女院しらかはとのにおはしましけるにあらしのいたくふきけるにまたのつとめて
侍従の内侍のもとにをくりける

12

後拾 いにしへをこふるねざめやまさるらむきゝもならはぬみねのあらしに

〔校異〕朱雀院ノ白川殿ニオハシマシケルニ嵐ノイタクふき（ママ）ケル夜ツトメテ侍従ノ内侍ノモトヘツカハシケ〔　〕
承12イニシヘヲコフルネサ〔　〕キ、モナラハヌミネ〔　〕

〔整定本文〕朱雀院うせさせ給うて、女院白河殿におはしましけるに、嵐のいたく吹きけるに、またのつとめて、
侍従の内侍のもとに送りける

12 後拾 いにしへを恋ふる寝覚めやまさるらむ聞きもならはぬ峰の嵐に

〔現代語訳〕後朱雀院がお亡くなりになって、女院が白河院においでになるときに、嵐がひどく吹いたので、その翌朝早く、侍従の内侍のもとに送った歌

12 いにしえを恋しく思う気持ちでますます寝付かれずにおいでしょうか。ふだん聞き慣れない峰の嵐の音のせいで。

〔他出〕後拾遺集・雑一、九〇二　栄花物語・根合、五一〇

〔語釈〕**〇朱雀院うせさせ給うて**　寛徳二（一〇四五）年の後朱雀院崩御を指す。真観本、承空本いずれも「朱雀院」とするが、後朱雀院のことであろう。後拾遺集では「後朱雀院」。範永集巻末勘物によれば、範永は後朱雀院の東宮時代の治安三（一〇二三）年、春宮小進に任ぜられており、また長元四（一〇三一）年正五位下に叙せられた折にも「春宮御給」とあるように、後朱雀院との関わりが深く、その死を悼み、歌を詠むにふさわしい立場にあった。なお「給うて」は底本「たまて」。79番の詞書に「うせたまうて」とあるのに準じた。**〇女院**　上東門院彰子（九八八～一〇七四）。一条天皇中宮、後一条及び後朱雀天皇の母。藤原道長女。母は源雅信の女倫子。寛弘八（一〇

一二）年二十四歳の時、一条天皇崩御、その後万寿三（一〇二六）年に出家し、院号宣下。長元九（一〇三六）年には後一条帝にも死別している。**〇白河殿**　白河院ともいう。上東門院は後朱雀院没後、京極殿を一品宮章子に譲り、白河院に移っている。扶桑略記（寛徳二年）に「閏五月十五日甲戌、上東門院、白川院ニ遷御アラセラル」とある。

〇侍従の内侍　上東門院に仕えていた女房であろうが、未詳。補説参照。

〔補説〕　同じ歌が他のいくつかの文献に見える。まず後拾遺集には、

後朱雀院うせさせたまひて、上東門院、白河にわたりたまひて嵐のいたく吹きけるつとめて、かの院に侍りける侍従の内侍のもとにつかはしける　　藤原範永朝臣

古を恋ふる寝覚めやまさるらむ聞きもならはぬ峰の嵐に

とある。詞書の類似から範永集による採歌であろうか。栄花物語・根合には次のように描かれている。

女院の御前には、世の中を思しめし嘆きわびさせ給ひて、巌のなか求めさせ給ひて、白河殿に渡らせ給ひぬ。京極殿をば一品宮に奉らせ給ひつ。……白河殿の秋のけしきいみじうあはれなるに、まして神無月の時雨に、木の葉の散り交ふほどは、涙とどめがたし。主殿の侍従のもとに、大膳大夫範永、

いにしへを恋ふる寝覚めやまさるらむ聞きもならはぬ峰の嵐に

当該歌は、「侍従の内侍」に送る形で、後朱雀院を亡くした上東門院彰子の気持ちを思いやり、折からの挨拶として詠み送ったもの。「侍従の内侍」は上東門院にかなり近しい位置にあった女房と推察される。もっとも当該歌の「侍従の内侍」は、栄花物語では「主殿の侍従」となっている。

なお、栄花物語には「侍従の内侍」は複数回登場する。

顕基の中納言、人よりはことになどや思しめしけむ、法師になりたまひにけり。世にあはれなることに言ひののしる。女院より御消息遣はしたりけるに、

世を捨てて宿を出でにし心にもなほ恋しきは昔なりけり

と申したまへりければ、侍従の内侍、

時の間も恋しきことの慰まば世はふたたびも背かれなまし

仰せごとめきてありけるなるべし。（きるはわびしとなげく女房）

右は、後一条天皇の没後、京極殿に移った女院と顕基との歌のやりとりのなかで、女院に代わって返歌を詠む場面である。女院と貴人との和歌の贈答を仲介する重要な役目を果たしている点では当該歌の「侍従の内侍」と共通している。また、長元四年九月二十五日、女院が石清水、住吉詣に出立する際、供についた人々のなかに、「二には侍従のすけ」（殿上の花見）と登場する女房も上東門院彰子に仕えていたとみられるが、「侍従のすけ（典侍か）」とある。これらの女房が、範永集の「侍従の内侍」とすべて同一人物であるかどうかはわからないが、範永がしばしば白河殿に出入りしていたことは、127番歌、また152、153番歌からも知られ、女院周辺の女房たちと親しく交流していた様子をうかがうことができる。

13

正月一日ゆきのいたうふるにあるところにてたてまつりける

春のたつしるしはみえてしらゆきのふりのみまさる身とそなりゆく

〔校異〕　承空本ナシ

〔整定本文〕　13　正月一日、雪のいたう降るに、あるところにたてまつりける

春の立つしるしは見えで白雪のふりのみまさる身とぞなりゆく

〔現代語訳〕　13　正月一日、雪がひどく降ったときに、あるところに差し上げた歌

13　春が来た、という兆候は見えずに、ただ雪が降りに降るばかり、そのように古くなるばかりのわが身となったことですよ。

〔他出〕　続詞花集・雑下、八六六

〔語釈〕　○しるし　証拠。兆候。「雪つもる年のしるしにいとどしく千歳の松の花咲くぞ見る」（金葉二度本・賀、三二九　宇治前太政大臣）。○ふりのみまさる　「ふり」は「降り」と「古り」とを掛ける。「あたらしき春さへ近くなりゆけばふりのみまさる年の雪かな」（拾遺・冬、二五五　能宣）。

〔補説〕　この歌は続詞花集に収められており、続詞花集では、「四季の推移を意識して不遇を嘆く述懐の歌を配列する」（鈴木徳男『続詞花和歌集新注　下』）とされる歌群の最初に置かれているものである。

　　　む月の朔日、雪の降りけるに　　　　藤原範永朝臣
　　春の立つしるしは見えで白雪のふりのみまさる身とぞなりぬる

確かに、当該歌には、

　あらたしき年の始の初春の今日降る雪のいや重け吉事（万葉・巻二十、四五一六　大伴家持）

に見られるような、元旦に降る雪を「吉事」ととらえる感覚は示されない。年があらたまるめでたさよりも、積もる雪に重ね合わせて、年を重ねることへの慨嘆を表現することにむしろ重きがおかれている。

また、当該歌の詞書に「たてまつりける」と謙譲語が用いられており、具体的にはわからないが、身分の高い人に送った歌かと思われる。範永集では、範永が送った歌に関して謙譲語「たてまつる」が用いられている例はこの例のみ。折しも、正月は県召の季節である。枕草子「正月、一日は」の段に、「老いて頭しろき人」が除目の頃に昇進をかけて内裏で自らの売り込みをはかる様子が描かれているが、範永の場合も、そういう意図があって、権門の人に和歌で愁訴したものかもしれない。

源大《中》納言かつらのみいへにてひと〱のさみたれのうたよみしに
さみたれはみえしをさゝの原もなしあさかのぬまのこゝちのみして

〔校異〕源中納言（　　　）人〱五月雨ノ（　　　）
承13サミタレハミエシヲサヽノ（　　　）アサカノヌマノコヽチ（　　　）

〔整定本文〕源中納言桂の御家にて、人々の、五月雨の歌詠みしに

14　五月雨は見えし小笹の原もなし安積の沼の心地のみして

〔現代語訳〕源中納言の桂の家で、人々が、五月雨の歌を詠んだ折に

14　五月雨が降って今まで見えていた小笹の原もないかのように隠してしまう。安積の沼のような心地がするばかりです。

〔他出〕後拾遺集・夏、二〇七　承暦二年内裏歌合、二六判詞　五代歌枕、一四六五　歌枕名寄、六八八八

〔語釈〕**○源中納言桂の御家にて**　底本では「源大納言」の「大」の右横に小書きで「中」とある。承空本では「源中納言」。後拾遺集の詞書では「宮内卿経長」とあり、ここは源経長を指すと考え、「源中納言」の本文を採る。補説参照。なお「源中納言桂の御家」は「源中納言ノ桂の御家」と読むのであろう。「桂の御家」とは桂にある山荘を指す。桂には道長、経信などの山荘もあり、御堂関白記では道長の山荘を一貫して「桂家」と書いている。「桂の家」という言い方は一般的であったと思われる。また「家」に接頭辞「み」のついた「みいへ」は、大鏡（東松本）に「いづものかみ相如のぬしのみいへに」（第四巻　右大臣道兼）、うつほ物語（尊経閣蔵前田家十三行本）に「みいへなども、思ふやうならば」（蔵開・上）などと見える。**○小笹の原**　笹の生い茂っている原。笹原。**○安積の沼**　「安積山」の麓にあったという沼。陸奥国の歌枕。「浅し」の意を掛け、浅い沼のような、の意も含み持つか。「年経とも思ふ心し深ければ安積の沼の水は絶えせじ」（狭衣物語・巻一）。

〔補説〕この歌は後拾遺集には次のように収められている。
宮内卿経長が桂の山庄にて、五月雨をよめる　藤原範永朝臣
五月雨は見えし小笹の原もなし安積の沼の心地のみして
宮内卿経長（一〇〇五あるいは一〇一二～一〇七一）は、権中納言道方男。母は播磨守従四位上源国盛女。経信兄。彼が宮内卿であったのは長久三（一〇四二）年から延久元（一〇六九）年までで、権大納言に任ぜられたのはその延久元年八月、最晩年である。三年後の延久三（一〇七一）年には病没している。一方、中納言であった時期は天喜六（一〇五八）年四月から延久元年八月まで、およそ十年間で、その間中、宮内卿を兼任している。範永との交流の期間および詠歌時はこうしてみると「源中納言」の時期であったと見てまず間違いないものと思われる。もっとも範永集編纂時に経長が「源大納言」であった可能性はあるが、範永集で「源大納言」と呼ばれている人物は別におり（172番歌）、師房である。
なお、後拾遺集の範永の歌のあとには詞書がなく、橘俊綱の歌、
つれづれと音絶えせぬはさみだれの軒のあやめのしづくなりけり（夏、二〇八）
がつづいており、この経長の歌会には俊綱も同席していたと思われる。
また、桂には経長の桂山荘のほか、経信の桂別業など、貴紳の山荘が多く存したといわれているが、経長の桂山荘は当時の歌人たちがしばしば集まった場所であったらしいことが次の歌などによってもうかがえる。
経長卿の桂の山里にて、人々歌よみけるによめる　大納言経信
こよひわが桂の里の月を見て思ひ残せることのなきかな（金葉二度本・秋、一九一）

15
はりまのかみのいへにて春山さと人のいへをたつぬるこゝろを
たつねつるやとはかすみにうつもれてたにのうくひすひとこゑそする

〔校異〕ハリマノカミノ家〔　〕里ノイヱヲタツ〔　〕
承14タツネツルヤトハカスミニ〔　〕タニノ鶯ヒトコヱ〔　〕

〔整定本文〕播磨守の家にて、春、山里、人の家を訪ぬる心
15 訪ねつる宿は霞に埋もれて谷の鶯一声ぞする

〔現代語訳〕播磨守の家で、春、山里に、人の家を訪ねるという意
15 訪ねて行った宿は霞に埋もれて、谷の鶯が一声聞こえるばかりでした。

〔他出〕後拾遺集・春上、二三　和歌一字抄、七〇〇　定家八代抄、三五

〔語釈〕**○播磨守の家にて**　「播磨守」は橘俊綱。24番歌参照。俊綱の邸宅としては、中宮賢子の出産の折の里邸となった西洞院邸などもあったが、特に伏見邸が有名。官位こそ正四位上にとどまったものの、財力や門地をもって当時の歌人たちに雅交の場を提供していたのである。補説参照。なお俊綱の逸話は、宇治拾遺物語（巻三、四）など、説話集にも散見する。

〔補説〕この歌は後拾遺集に次のような詞書で収められている。

俊綱朝臣の家にて、春、山里に人を訪ぬといふ心をよめる

俊綱（一〇二八〜九四）は、讃岐守橘俊遠の養子。実父は宇治関白藤原頼通。母は贈従二位藤原祇子。伏見修理大夫と号す。斎藤熙子「橘俊綱考」（『赤染衛門とその周辺』）によれば、俊綱が播磨守をつとめたのは康平七（一〇六四）年から治暦三（一〇六七）年の期間であるという。

俊綱の所持した伏見邸は、中右記に「風流勝他、水石幽奇也」（寛治七年十二月二十四日条）と見え、歌合や歌会も

盛んに催された。その様子は、今鏡に、

伏見にては、時の歌詠みども集へて、和歌の会絶ゆるよなかりけり。伏見の会とて、いくらともなく積りてなむあなる。（藤波の上・第四　伏見の雪のあした）

と記されている。

当該歌の詠まれた「播磨守の家」が「伏見邸」であったかどうかは家集にも後拾遺集にも明示されていないが、当代きっての歌人たちが一同に会した華やかな様子が想像されよう。

なお、袋草紙は当該歌について、

範永朝臣の歌には、「谷の鶯一声ぞする」、肝胆に染むる歌なり。これをもつてかの人の第一の秀歌となすの由、年来心中に存ずる所なり。而るに、余人必ずしも然らざるの気なり。而してある人語りて云はく「古老伝へ語りて云はく、『範永の云はく、我身の今生の秀歌はこの歌なりとこれを称す』」と云々。

と範永の「第一の秀歌」と伝えている。また八代集抄では、この歌を、和漢朗詠集の「白霧山深鳥一声」（下・雑、六四六　題「行旅」　橘直幹）に関連づけて解している。

左大臣との、中将におはせしときに三《とう》条院にて花いまたあまねからすといふこゝろを

さきはてぬこすゐおほかるやとなれははなのにほひもひさしくや見む

〔校異〕　左大臣殿《二条関白殿》ノ〔　〕ヲハシマシ、時ト〔　〕ノ木アマネカラストいふ《（ママ）》〔　〕

承15サキハテヌコスヱオホカルヤトナレハハナノニホヒモヒサシクヤミム

〔整定本文〕　左大臣殿の中将におはせし時に、東三条院にて、花未だあまねからず、といふ心を

16　咲き果てぬ梢多かる宿なれば花の匂ひも久しくや見む

〔現代語訳〕 左大臣殿が中将でいらっしゃった時に、東三条院で、花はまだ咲きそろっていない、という意を

16 ここはまだ咲ききっていない梢が多い宿なので、桜の花の美しさも長い間見られるでしょうか。

〔他出〕 和歌一字抄、九三一

〔語釈〕 **○左大臣殿の中将におはせし時に**　左大臣殿がまだ中将でいらっしゃった時分に、の意。左大臣殿とは藤原師実のことで、師実が中将であったのは天喜三（一〇五五）年二月二十三日から天喜六（一〇五八）年四月二十五日の間。ただし、天喜四年十月には権中納言に任じている。よって、「中将」のときとは、天喜三年か四年となろう。なお承空本には「左大臣殿」の傍書として「二条関白殿」とある。それに該当しそうな人物は藤原教通だが、教通が中将であったのは寛弘五（一〇〇八）年正月から長和二（一〇一三）年六月までなので、この時に範永が仕えていたとは考えにくい。承空本における傍書の「二条関白殿」は誤りであろう。範永集において「左大臣」と称される人物は師実が適当だと思われる。9番歌参照。**○東三条院**　底本は「三《とう》条院」とある。傍書を生かし、「東三条院」と訂正した。「東三条院」は、二条南、町（尻）西、南北二町の邸宅。藤原良房により創建され、のちに藤原摂関家嫡流に伝領された。なお、栄花物語・とりべ野には「東三条院」のことを「三条院」と呼ぶ例が見られる。「御忌のほども過ぎぬれば、院《東三条院》には、今日明日今宮《媄子》迎へ奉らんとて、三条院に出でさせ給ふ」。補説参照。**○といふ心を**　題の趣旨、の意。1番歌参照。

〔補説〕 師実が関白となってからの邸宅については、六条殿、大炊殿、三条殿、京極殿、高陽院、東三条院、その他を所有していたことがわかっており、また、東三条殿は普段生活する邸宅ではなく、儀式会場として使用されたと指摘されている（飯淵康一「藤原師実の住宅と儀式会場」『平安時代貴族住宅の研究』中央公論美術出版　平成16、川本重雄「東三条殿と儀式」『寝殿造の空間と儀式』中央公論美術出版　平成17）。その点、若い時の日常的な住居を記録類に見出すことはむずかしく、わずかに、師実が中将の時には東三条院の「東蔵人所」に、中納言になってからは同じ東三条院の「東の対」に移り住んだらしいことが中外抄によって知られ、為仲集や四条宮下野集によってもほぼ確認でき

る。解説二の4参照。
当該歌が詠まれたのは、師実がまだ中将だった時分、というのだから、年齢にすれば十四歳から十五歳のときである。師実の未来と、藤原氏一門の繁栄とを寿ぐ気持ちをこめて詠まれた歌と考えていいだろう。

17

皇后宮の歌合のこりのゆき

はなゝらておらまほしきはなにはえのあしのわかはにふれるしらゆき

〔校異〕 四条宮歌合残雪人ニカハリテ
承16花ナラテヲラマホシキヲ《ハ》ナニハエノアシノワカ葉ニフレルシラ雪

〔整定本文〕 皇后宮の歌合、残りの雪
17 花ならで折らまほしきは難波江の葦の若葉に降れる白雪

〔現代語訳〕 皇后宮の歌合、残りの雪
17 花でなくても折りたいと思うのは、難波江に生えている葦の若葉に降った白雪でした。

〔他出〕 後拾遺集・春上、四九　皇后宮春秋歌合、一七　栄花物語・根合、五五〇　古来風体抄、四〇四　五代歌枕、九六五　歌枕名寄、三五五三　題林愚抄、四二六

〔語釈〕 **○皇后宮の歌合**　皇后宮寛子春秋歌合のこと。天喜四（一〇五六）年四月三十日に、寛子の御所四条宮で、頼通後見のもとに行われた春の題と秋の題の歌を番えた晴の歌合。補説参照。**○残りの雪**　春秋歌合本文では「春雪」、栄花物語・根合では「残雪」、後拾遺集・春上では「残りの雪」となっている。**○葦の若葉**　「若葉」は芽吹いたばかりの若い葉をいう。春の景物として詠まれる。「うらなるる葦の若葉にとひみばやかかるみゆきはいつかみしまえ」（伊勢大輔集Ⅱ、七九）。

〔補説〕この歌は、皇后宮春秋歌合に、

九番　左勝　春雪　範永妻

花ならでをらまほしきは難波江の葦の若葉にふれるしら雪

右　菊　民部卿

紫のふかからざりし秋だにもきくは心にしめてしものを

と見える。また栄花物語・根合には、

左　残雪　但馬

花ならで折らまほしきは難波江の葦の若葉に降れる白雪

右　菊　民部卿

紫のまだ飽かざりし二葉にも菊に心は染めてしものを

とあり、後拾遺集にも、

後冷泉院御時、后宮の歌合に残りの雪をよめる

藤原範永朝臣

花ならで折らまほしきは難波江の葦の若葉に降れる白雪

と見える。

当該歌の作者については、皇后宮春秋歌合が「範永妻」とし、栄花物語は「但馬」、後拾遺集は「藤原範永朝臣」としていて、それぞれに異なっている。承空本に「人ニカハリテ」とあるように、実はこの歌の作者は範永なのだが、「範永妻」「但馬」とあるのは、範永が代作したためと考えられる。

また、この「但馬」については、栄花物語の勘物に「能通女、範永妻、良綱母」とあり、「範永妻」と「但馬」とは同一人物ということがわかる。さらに、尊卑分脈では、範永男良綱について、「母但馬守能通女」とあり、「但

馬」という女房名は父能通の官職に由来する可能性が高いが、範永集の勘物によれば、範永自身も天喜元（一〇五三）年八月、但馬守に任じられているので、その点ははっきりしない。栄花物語・根合の叙述等から「但馬」は四条宮寛子の女房だったと考えられる。

18

おなしうたあはせかすかのまつり

けふまつるみかさのやまのかみませはあめのしたにはきみそさかへむ

〔校異〕　オナシ歌合ニ

承17ケフマツルミカサノ山ニ神マサハアメノシタコソ《ニハ》キミ〔　〕サカエム

〔整定本文〕　同じ歌合、春日の祭

18　今日祭る三笠の山の神ませばあめの下には君ぞ栄えむ

〔現代語訳〕　同じ歌合、春日の祭

18　今日お祭り申し上げる三笠の山の神がいらっしゃるので、この天の下では、あなた様はご繁栄なさることでしょう。

〔他出〕　後拾遺集・雑六、一一七八　皇后宮春秋歌合、三　栄花物語・根合、五三八　五代歌枕、九七　題林愚抄、九七四一

〔語釈〕　**○同じ歌合**　17番歌と同じ皇后宮春秋歌合のこと。17番歌参照。**○春日の祭**　春日神社の祭。祭は二月と十一月の上の申の日に行われた。ここは春の題なので二月の祭。歌題としては、永承五（一〇五〇）年二月三日六条斎院禖子内親王歌合が初出であり、この時の「かすがまつり　左　三笠山さしてぞたのむ今日まつる春日の神をあめの下には」（七　武蔵）に、当該歌は大きな影響を受けているように思われる。**○三笠の山の神**　三笠山の麓に

ある春日神社の守護神。武甕槌命、経津主命、天児屋根命、比売神の四神で、春日の神と総称され、藤原氏の氏神として尊崇された。**〇あめの下には**　「あめ」は、「天」に「三笠」の「笠」の縁で「雨」を響かせる。**〇君**　寛子主催の歌合なので、この場合は皇后宮寛子を指すのであろう。

〔補説〕　この歌は、皇后宮春秋歌合に女房土佐と番えられていて、

二番　左持　春日祭　範永朝臣
今日祭る三笠の山の神ませば天の下には君ぞ栄えむ

右　七夕　土左
よろづよに君ぞ見るべき七夕のゆきあひの空を雲の上にて

と見え、栄花物語・根合にも、

左勝　春日の祭　範永
今日祭る春日の山の神ませば天の下には君ぞ栄えむ

右　七夕祭　土左
万代に君ぞ見るべき七夕のゆきあひの空を雲の上にて

と見える。春秋歌合本文では判を「持」としているのに、栄花物語本文は「左勝」としている。袋草紙・下巻（判者骨法）によれば、

皇后宮春秋歌合、土記云、二番右七夕、左春日祭、以春日祭不論善悪為持云々、判者堀河右府。

とあり、判者堀河右府こと藤原頼宗は、春日の神が詠まれているので善悪を論ずることなく持としたというのである。この歌合では二番を除いたすべての番いの歌に判詞が付されている。二番だけが付されていないのは春日の神が詠まれているので軽々しい扱いができなかったということであろう。なお後拾遺集にも、

後冷泉院御時、后の宮の歌合に、春日祭をよみ侍りける　藤原範永朝臣

と見える。

19

左大臣とのにて野花庭にうつすころ

こゝろありてつゆやをくらむのへよりもにほひそまさるあきはきのはな

【校異】 左大殿ニテ野ノハ〔　〕ニハニウツストイフコ、ロヲ承18コ、ロアリテツユヤヲクラムノヘヨリモニホヒソマサルアキハキノ花

【整定本文】 左大臣殿にて、野花庭に移すころ

19 心ありて露や置くらむ野辺よりも匂ひぞまさる秋萩の花

【現代語訳】 左大臣邸で、野の花を庭に移すころ

19 場所柄をわきまえる心があって露は置いているのでしょうか。野辺よりも美しさがまさっていることです。この秋萩の花は。

【他出】 続拾遺集・秋上、二四九　和歌一字抄、五五四、七九七　題林愚抄、三四二二

【語釈】 ○左大臣殿　藤原師実の邸宅を指す。具体的にどの邸宅であるかはわからない。○野花庭に移すころ　承空本には「……トイフコ、ロヲ」とある。あるいは「野花庭にうつすこゝろ」か。同題は他に見出せない。似た題に「庭移秋花」「秋花移庭」などがある。庭造りのために野辺の花や木を移植することは一般に行われたらしく、歌題として定着していった。補説参照。○心ありて　風雅を解する心があって、の意。「心ありて植ゑたる宿の花なれば千とせうつらぬ色にざりける」（貫之集Ⅰ、六八五）。

【補説】 庭に野の花を移し植えるという題材で詠まれた歌としては、例えば、後拾遺集に、

橘義清家歌合しはべりけるに、庭に秋花をつくすといふ心をよめる

わが宿に千種の花を植ゑつれば鹿の音のみや野辺に残らむ（秋上、三三一）　源頼家朝臣

源頼実朝臣

わが宿に花を残さず移し植ゑて鹿の音聞かぬ野辺となしつる（秋上、三三二）

などがある。ところでその後拾遺集に、非常に興味深い歌がある。作者は師実である。

庭移秋花といふこころを　関白前左大臣

わが宿に秋の野辺をば移せりと花見にゆかむ人につげばや（秋上、三二九）

右の歌は京極大殿御集（師実集）にも見られ、詞書が「秋花移庭」となっているものの、詠作の場と作者ということから考えると、当該歌と共通点を持っていると思われる。推測になるが、歌題が極めて似ている点と、関白前左大臣こと師実自身が歌を詠んでいることから、両者は師実邸において時を同じくして詠まれた可能性があろう。

なお、当該歌は続拾遺集に次のように見える。

野花移庭といふ事を　藤原範永朝臣

心ありて露や置くらむ野辺よりも匂ひぞまさる秋萩の花

20

おほゐにて木の葉なかれにみちたりといふたいを

おほ井かはちるもみちはにてらされてをくらのやまのかけもうつさす

〔校異〕　大井ニテ野ノ花《紅葉満水□》カレミタレタリト云題ヲ　承19大井カハチルモミチハニテラサレテヲクラノ山ノカケモカハ《ウツ》ラス

〔整定本文〕　大堰にて、木の葉流れに満ちたり、といふ題を

20　大堰川散るもみぢ葉に照らされてをぐらの山の影も映さず

〔現代語訳〕　大堰川で、木の葉が流れに満ちている、という題を

20　大堰川は散り敷いたもみじ葉に明るく照らされて、ほの暗いという小倉山の姿も映さないことだ。

〔他出〕　和歌一字抄、四〇三

〔語釈〕　**○大堰川**　山城国の歌枕。大井川とも書く。紅葉の名所。宇多法皇や白河天皇の大堰川行幸は有名。貴族達も逍遥の地として足を運んだ。水左記、承保二（一〇七五）年九月十日の条に「天晴、此日左府泛遊大井河、有管絃和歌事、於大井出題、……」とあり、この場合の「左府」は師実を指すが、おそらく当該歌とは無関係。補説に述べるように、当該歌と同座詠と思われるものが家経集にあり、家経は天喜六（一〇五八）年には没しているからである。**○木の葉流れに満ちたり**　散ったもみじが川の水面を覆い尽くすようなさまをいう。承空本には傍記として「紅葉満水□」とある。家経集には「落葉満流」という題が見える。補説参照。**○をぐらの山**　小倉の山。山城国の歌枕。「小倉」に「小暗し」を掛けることが多く、ここもその例。「大堰川うかべる舟のかがり火にをぐらの山も名のみなりけり」（後撰・雑三、一二三一　業平朝臣）。

〔補説〕　家経集は、その配列が編年体であること、また歌題から範永集と同座詠であると認められる歌が多いことは、すでに千葉義孝「藤原範永の家集とその周辺」をはじめ、増淵勝一「源頼家伝考」、高重久美『和歌六人党とその時代』などによって指摘されているところである。その家経集に見える次の歌も、当該歌と同じ折に詠まれた歌と考えられている。

　　大井河、落葉満流

　高瀬舟しぶくばかりにもみぢ葉の流れて下る大井河かな（四）

また、歌の表現に注目すると、もみじ葉の明るさと小倉山の「暗」が対比されているが、これには次のような先行例がある。

大井河に人々まかりて歌よみ侍りけるに　　能宣
もみぢ葉をけふはなほ見む暮れぬともをぐらの山の名にはさはらじ（拾遺・秋、一九五）
大井河せきのもみぢに照らされてをぐらの山もなしとぞ思ふ（小大君集Ⅰ、一五七）

21

左のおほいとの六条にてあきをまつこゝろ
あまのかはせゝによるなみたちかへりわたらぬひともあきをこそまて

〔校異〕　左大殿ニ六条ニテ秋マツコロ
承20シラナミノタチヘタテツルアマノカ河ワタラヌ人モアキヲコソマテ

〔整定本文〕　左の大臣殿六条にて、秋を待つ心
21　天の川瀬々に寄る波立ち返り渡らぬ人も秋をこそ待て

〔現代語訳〕　左大臣殿の六条の邸宅で、秋を待つという意
21　天の川のあちこちの瀬に寄せては返す波、その波と同じように立ち返り、川を渡らない私も（たなばたと同じく）秋を待つことです。

〔他出〕　ナシ

〔語釈〕　**○左の大臣殿六条にて**　5番「右京大夫八条の家の障子に」、14番「源中納言桂の御家にて」などと同じく、「左の大臣殿ノ六条にて」の意に解する。底本のまま忠実に解すると、21番歌の作者は左の大臣殿ということになり、不自然。承空本に従って「に」を補う解もあり得るが、その場合は左の大臣殿に奉った歌ということになろうか。なお「左の大臣殿」は師実と解した。1、9番歌参照。**○六条**　師実の邸宅。1番歌参照。**○心**　題の趣旨、の意。1番歌参照。**○瀬々**　あちらこちらの瀬。**○立ち返り**　波が寄せては返すさまに、人が引き返す意をこ

める。

〔補説〕書陵部本では、20番歌に「しら波のたちへたてつ、あまのかは」と貼紙があり、承空本によればそれが底本21番歌の上句にあたる。承空本に従って解釈すれば、「白波が立っては隔てている天の川を、渡らない私も秋が待ち遠しいことです。」ということになり、歌としてはこの方がわかりやすい。

いずれにしろ、「秋を待つ心」を「天の川」に寄せて詠んでいる。同じ趣向で詠まれた歌に、

秋を待つ

秋をのみ立ち居待つかなたなばたの渡る川瀬の波ならなくに（家経集、一〇二）

秋を待つ心を

何となき人だに秋は待たるるをたなばたいかに日を数ふらむ（経信集Ⅲ、九一）

などがある。

なお、家経集では、「於源亞相六条水閣　対泉忘夏」（一〇〇）、「夏夜月」（一〇一）、「秋を待つ」（一〇二）と三首つづいており、範永集でも、

源大納言殿にて、泉にむかひて夏をわするといふ題を

月やどる岩井の清水汲むほどは夏も知られぬ身とぞなりぬる（172）

同じ所にて、二首　夏夜月　秋を待つ

月影の明かさまさると見えつるは薄き衣を着たるなりけり（173）

のように、同じ題の歌がつづいていることから、高重久美『和歌六人党とその時代』は、永承五（一〇五〇）年（家経集配列より）に、源亞相（大納言）師房（一〇〇八～一〇七七）の六条水閣で、「対泉忘夏」「夏夜月」「待秋」題で歌会が行われ、範永、家経、これなからが師房邸に集まり、経信、頼通を迎えてこれらの歌を詠んだものと見ている。

この見解に従えば、当該歌は「左の大臣殿（永承五年当時は頼通）」が師房の六条水閣で詠んだ歌ということになる。しかし、語釈の項でも述べたように、範永の家集に範永とは無関係に頼通なり師実なりの歌だけが置かれているのは不自然である。また、関白左大臣の身分にあった頼通が、大納言である師房の邸を訪れて歌を詠むことも一般には考えにくい。やはり本集における「左の大臣殿」は師実で、師実の六条の邸で範永が詠んだ歌と考えるのが自然であろう。

なお、師実が左大臣の任にあった時とすれば、師房は右大臣である。「源亜相」「源大納言」とある家経集や範永集（172、173）とは別の機会に詠まれたものと考えられる。

22

さぬきのせしまたひと《かみかねふさのきみ》〳〵あつまりてちるはなをおしむこゝろ

詞花 ちるはなもあはれとみすやいそのかみふりはつるまておしむこゝろを

〔校異〕 サヌキノカミカネフサノキミナトアツマリテチルハナヲ、シム〔　〕
承21チルハナモアハレトミス〔　〕フリハツルマテヲシム〔　〕

〔整定本文〕 讃岐の前司、また人々集まりて、散る花を惜しむ心

22 散る花（詞花）もあはれと見ずや石上ふり果つるまで惜しむ心を

〔現代語訳〕 讃岐の前国司や、他の人々が集まって、散る花を惜しむという意

22 散る花もかわいそうだと思わないだろうか。年老いてまで、散っていく花を惜しむ、この心を。

〔他出〕 詞花集・春、四〇　後葉集・春下、六二　時代不同歌合、一四〇　和歌一字抄、七五〇　題林愚抄、九八一、九四〇四

〔語釈〕 **○讃岐の前司**　前司は前国司。底本の傍書、及び承空本によれば、藤原兼房（一〇〇一〜一〇六九）。経衡

集（一三四詞書）にも「讃岐の前司兼房かくはべ《ママ》し」とある。兼房は中納言兼隆の嫡男であるが、身分は正四位下、中宮亮にとどまる。備中、播磨、讃岐など、諸国の守をつとめた。多数の歌合に出詠し、自邸でも歌会を催した。人麻呂を夢に見るほど歌に執心したことが、古今著聞集に伝えられている。**〇心**　題の趣旨、の意。1番歌参照。**〇石上**　大和国の歌枕。11番歌参照。ここは「ふり」にかかる枕詞。**〇ふり果つる**　「ふり果つ」は、すっかり年を取る意。老い果てる。

〔補説〕　当該歌は、他出欄に示したように、詞花集をはじめ他の歌集にも見出すことができるが、そこでは次のような詞書になっている。

藤原兼房朝臣の家にて、老人惜花といふことをよめる（詞花・春、四〇）

老人惜花といふことを（後葉集・春下、六二）

兼房が讃岐守であった時期はよくわからないものの、土右記の延久元（一〇六九）年六月四日の条に「前讃岐守兼房朝臣卒、年六十九」とあることから、晩年であったと推測できる。それは、九九三年頃の生まれと推測されている範永（千葉義孝「藤原範永の家集とその周辺」）にとっても晩年にあたるため、詞花集や後葉集の詞書にある「老人惜花」という題は、「老人」となった範永にとってはふさわしいものだったろう。

類歌に、

花を惜しむといふ事を

年を経て花に心をくだくかな惜しむに止まる春はなけれど（定頼集Ⅱ、三五六）

老人惜春といふことを詠める　橘俊成

老いてこそ春の惜しさはまさりけれ今いくたびもあはじと思へば（詞花・春、四九）

がある。定頼集や詞花集の歌は、私を主語とし、自分が花や春を惜しむという気持ちを歌っているのに対し、範永の歌は、花を主体とし、その花に対して、私をかわいそうだと思うなら散らないでくれ、という気持ちで歌っている点が異なる。

23

左大臣とのにて山ちのあかつきの月
ありあけのつきもし水にやとりけりこよひはこえしあふさかのせき

〔校異〕 左大殿ニテ山ミチノ〔 〕リアケノ月トイフタイヲ承22アリアケノ月ハシミ〔 〕ヤトリケリコヨヒハコエシアフサカ〔 〕キ

〔整定本文〕 左大臣殿にて、山路の暁の月
23 有明の月も清水に宿りけり今宵は越えじ逢坂の関

〔現代語訳〕 左大臣殿の邸宅で、山路の暁の月
23 有明の月も清水に宿ったことですねえ。私も今夜はここに宿をとり、逢坂の関を越えたりはいたしますまい。

〔他出〕 金葉集三奏本・秋、二一一　千載集・羈旅、四九八　新撰朗詠集・行旅、六一一　続詞花集・旅、七一〇　相撲立詩歌合、一一　和歌一字抄、一七七、五三二　古来風体抄、六〇〇　時代不同歌合、一四四　六華集、七一六　定家八代抄、八一四　歌枕名寄、五七六〇

〔語釈〕 **〇左大臣殿**　師実。9、16番歌、ならびに補説参照。**〇山路の暁の月**　金葉集三奏本では「関路暁月」とある。補説参照。**〇清水**　逢坂の関にはかつて清水があったらしく、「関の清水」を詠んだ歌も多い。「逢坂の関の清水や濁るらむ入りにし人の影の見えぬは」（後拾遺・恋三、七四一　僧都遍救）。ただし、顕昭の拾遺抄註には「関の清水は大嘗会和歌に走井と見えたり、江帥歌か。可考。或は走り井にはあらず、関の東にありとぞ案内者は申し侍りしかど、不審なり。」とあり、平安時代末にはすでに清水が存在しなかったことをうかがわせる。

〔補説〕 当該歌は、金葉集三奏本や千載集に、

宇治前太政大臣白河家にて関路暁月といへることをよめる　藤原範永朝臣

有明の月も清水に宿りけり今宵は越えじ逢坂の関（金葉三奏本・秋、二一一）

題不知　藤原範永朝臣

有明の月も清水に宿りけり今宵は越えじ逢坂の関（千載・羈旅、四九八）

とあるのをはじめ、新撰朗詠集など、多くの歌集に収められている。

金葉集三奏本における「宇治前太政大臣」は、なかに微妙なものもあるが、ほとんどが師実を指す。たとえば、

宇治前太政大臣の家の歌合に詠める　源俊頼朝臣

山桜咲き初めしより久方の雲井に見ゆる滝の白糸（春、四五）

などは、師実が寛治八（一〇九四）年八月十九日に高陽院で催した「高陽院七番歌合」の歌と重なり、明らかに師実と推測できる。当該歌の「左大臣殿」も、範永集では師実を指すことが多いので、やはり師実とみて間違いないであろう。なお経衡集に、

山路の暁の月

暁の月なかりせば急ぐともいかで山路をひとり行かまし（三二）

という歌がある。吉田茂『経衡集全釈』は、

この時代まで「山路暁月」という歌題で詠まれた歌が見られないことからすると、この範永の歌と経衡の歌とは同座詠の可能性が高いと思われる。

と指摘する。

24

かさとり山はりまのかみのよませける

かり衣しくる、あきのそらなれはかさとり山のかけはし《はな》ほれし

〔校異〕 カサトリ山ハリマノカミヨマセケル

承23カリコロモシクル、アキノソラナレ〔 〕カサトリ山ノカケハ〔 〕シ

〔整定本文〕 笠取山、播磨守の詠ませける

24 狩衣時雨るる秋の空なれば笠取山の陰は離れじ

〔現代語訳〕 笠取山、播磨守が詠ませた歌

24 狩衣が時雨で濡れてしまう秋の空なので、笠の名を持つ笠取山の陰を離れるまい。

〔他出〕 ナシ

〔語釈〕 **○笠取山** 山城国の歌枕。現在の京都府宇治市にある。「笠」の縁で「雨・時雨・露・降る・漏る」などの語とともに詠まれることが多い。「雨降れどつゆも漏らじを笠取の山はいかでかもみぢ染めけむ」(古今・秋下、二六一 在原元方)。補説参照。**○陰は離れじ** 「しほれじ」では意味を取りにくいため、傍書に従った。**○播磨守** 橘俊綱か。15番歌および補説参照。

〔補説〕 笠取山は、その名前から「雨や露に濡れない」という趣旨の歌が多い。

宗于朝臣の娘、みちのくにへ下りけるに

いかでなほ笠取山に身をなして露けきたびにそはむとぞ思ふ (後撰・離別羇旅、一三二五)

返し

笠取の山と頼みし君をおきて涙の雨に濡れつつぞ行く (同、一三二六)

また、当該歌と同様に時雨を詠み込み、着想もよく似ている歌に次のようなものがある。

笠取山の時雨

降らば降れ笠取山の木の下に秋の時雨も漏らじとぞ思ふ（伊勢大輔集Ⅱ、七四）

笠取山

秋ごとに笠取山に鳴く鹿は時雨に身をや濡らさざるらむ（経衡集、六九）

時雨

うちかづく笠取山の時雨には袂ぞ濡るる人しなければ（匡房集Ⅱ、七八）

経衡の歌については、吉田茂『経衡集全釈』は、「（範永と）同座詠とは断定できないが、詠みぶりのよく似た歌である。」と述べている。承40番歌補説（270頁）参照。

なお播磨守には、藤原広業、藤原資業、藤原兼房、橘俊綱など、範永との交流が認められる人物が多く、特定はできないが、15番歌の播磨守が俊綱なので、ここでも俊綱を指すと考えるのが穏当か。15番歌補説参照。

25

はしめてひとに

うちいて、もかひこそなけれしもつけやむろのやしまとひともいはねは《と》

〔校異〕　ハシメテ人ニ

承24ウチイテ、モカヒコソナケレ（　　）ムロノヤシマト人ハイハネ（　）

〔整定本文〕　初めて人に

25　うち出でても甲斐こそなけれ下野や室の八島と人も言はねば

〔現代語訳〕　初めて人に

25　言葉に出しても甲斐がないことですよ。「室の八島（私への思いがある）」とあなたも言ってくれないので。

〔他出〕　ナシ

〔語釈〕　**○室の八島**　下野国の歌枕。現在の栃木県栃木市。「煙」「思ひ（火）」などとともに詠まれ、恋の気持ちを表す意に用いられることが多い。補説参照。

〔補説〕　歌枕としての「室の八島」は、俊頼によれば、「実に火を焼くにはあらず、野中に清水のあるより気のたつが煙のごとくみゆるなり」（内大臣家歌合　元永元年十月二日、四九　判詞）とのことで、「火」はないはずなのに煙が立ち、次の例のように、人を恋しく思う「思ひ（火）の煙」に見立てて詠まれることが多い。

下野や室の八島に立つ煙思ひありとも今こそは知れ（古今六帖・第三、一九一〇）

いかでかは思ひありとも知らすべき室の八島の煙ならでは（詞花・恋上、一八八　藤原実方朝臣）。

絶えず立つ室の八島の煙かないかに尽きせぬ思ひなるらむ（千載・雑上、一〇四一　藤原顕方）

当該歌も同様の趣向であるが、おそらく古今六帖や実方詠を踏まえて詠まれているのであろう。なお範永集130番歌にはほとんど同じ下句をもつ歌がある。

　　文やりたれど、返事もせざりける人に

知られてぞ思ひはまさる下野や室の八島と人の言はぬに

　　また人に

むかしよりこひはたえせぬみなれともつらき人にはならはさりけり

〔校異〕　マタ人ニ

承25ムカシヨリコヒハタエセヌ身ナレトモツラキヒトニハナラハサリケリ

〔整定本文〕　また、人に

26 昔より恋は絶えせぬ身なれどもつらき人にはならはざりけり

〔現代語訳〕 また、人に

26 昔より恋は絶えることのない身でしたが、あなたのようにつれない人には慣れていませんでした。

〔他出〕 続後拾遺集・恋二、七四三　万代集・恋四、二三七七

〔語釈〕 **○絶えせぬ** 絶えることがない。尽きない。**○つらき人** 私に冷たく対応し、つらい思いをさせる人。薄情な人。つれない人。**○ならはざりけり** 「ならふ」は「慣（馴）らふ」で、繰り返すことによって慣れる、馴れ親しむ意。「わが心いつならひてか見ぬ人を思ひやりつつ恋しかるらむ」（後撰・恋二、六〇三　紀友則）、「逢ひ見でもありにしものをいつのまにならひて人の恋しかるらむ」（拾遺・恋二、七一二　よみ人知らず）。補説参照。

〔補説〕 当該歌は貼り紙に書かれたもので、本文とは別筆である。おそらく承空本による補入であろう。続後拾遺集と万代集にも収録されているが、詞書がやや異なっている。

人のもとにつかはしける（続後拾遺・恋二、七四三）

女につかはしける（万代集・恋四、二三七七）

また「ならふ」を用いた歌には次のようなものもある。

音にのみ聞きつる恋を人知れずつれなき人にならひぬるかな（拾遺・恋一、六四一　よみ人知らず）

噂に聞くばかりだったつらい恋を、つれない人によって私は人知れず習得してしまったことだ、という歌だが、範永歌の場合は逆で、恋の経験は数多いが、冷たい人には慣れておらず、これほど辛い恋はありません、ということになる。

27

人につとめて

わすれしとおもふにそへてこひしきはこゝろに《やふかゝらぬ》かなふこゝろなりけり《る》

〔校異〕 ツトメテ人ニ

承26ワスレシトオモフニソエテ恋シキハコヤフカヽラヌコヽロナルラム

〔整定本文〕 人に、つとめて

27 忘れじと思ふにそへて恋しきは心にかなふ心なりけり

〔現代語訳〕 人に、早朝

27 あなたのことを忘れまいと思う気持ち、それに添えて恋しく思われるのは、自分の思いどおりになる心だったのです。

〔他出〕 新千載集・恋三、一三〇二　新後拾遺集・恋二、一〇五四

〔語釈〕 **○つとめて** 早朝。**○心にかなふ心なりけり** 「心にかなふ」は、心のままになる、思いどおりになる。「命だに心にかなふものならば何か別れの悲しからまし」（古今・離別、三八七）。補説参照。「なりけり」は、今はじめて気がついたという気持ちを表す。

〔補説〕 この歌は、新千載集や新後拾遺集には「題しらず」歌として収録されている。「心にかなふ心」がややわかりにくいが、字義どおり解すれば、自分の思いどおりになる心、といったほどの意味になろうか。忘れまいと思う気持ち、それに加えて、自分で自分をコントロールできる気持ちがほしいが、それがかなわないもどかしさ。恋しいのは、忘れまいという気持ちと、自分で自分をコントロールできる気持ちと、その両方だった、というのであろう。

つらかりし《ける》人のやまさとのなるにひさしうをとつれてこほりのいみしうしたるつとめて
こほりしてをとはせねともやまかはのしたには水のなかるとをしれ

〔校異〕 ツラカリケル人ノ山里ナリケルニヒサシクヲトツレテコホリノイミシクシ〔　〕ツトメテ　承27コホリシテヲトハセネトモ山〔　〕ノシタニハ水ノナカルトヲシレ

〔整定本文〕 つらかりし人の山里なるに、久しう訪れで、氷のいみじうしたるつとめて
28　こほりして音はせねども山川の下には水のながるとを知れ

〔現代語訳〕 かつて私につれなかった人が山里にいるとき、長い間便りをしないで、氷がたいそう張った早朝、送った歌
28　凍っていて音はしないけれども、山川の下には水が流れていると知って欲しいのです。あなたのことを訪れたりはしないけれども、私はあなたのことを恋い慕って泣いていると知って欲しいのです。

〔他出〕 詞花集・恋上、二二七

〔語釈〕 **○つらかりし人**　26番「つらき人」参照。**○音はせねども**　凍っていて流れる水の「音はしないけれども」の意に、あなたを「訪れないけれども」の意をこめる。**○ながる**　氷の下では水が「流る」意に、心の中では「泣かる」意を掛ける。

〔補説〕 詞花集には次のような形で収録されている。
山寺にこもりて日ごろ侍りて、女のもとへいひつかはしける
藤原範永朝臣
こほりして音はせねども山川の下は流るるものと知らずや
「こほる」「下にながる」など、次のような和歌を意識しているか。

題しらず　　　　　　　　　　　　　　　　　　　　宗岳大頼
冬河の上はこほれるわれなれや下にながれて恋ひわたるらむ（古今・恋二、五九一）
　斎宮とよをへて聞こえかはしたまけるはじめのにや
下にのみながれ渡るは冬河のこほれる水とわれとなりけり（敦忠集Ⅰ、二九）

29

　山葉を水によりてしると
いろかはるいはまの水をむすはすはおのへのこすゑ見にやゆかまし

〔校異〕
承31イロカハルイハマノミツヲムスハスハオノヘノコ《木》スヱミニヤイカマシ

〔整定本文〕　山葉を水に依りて知る
29　色かはる岩間の水をむすばずは尾上の梢見にやゆかまし

〔現代語訳〕　山の紅葉を水に依りて知る
29　紅葉で染まった岩間の水を汲まなかったら、山頂の梢を見に行ったりはしなかっただろう。

〔他出〕　和歌一字抄、八八九、九一六

〔語釈〕　**○むすばずは……見にやゆかまし**　「むすぶ」は「掬ぶ」で、両手で水を掬う意。「……ずは……まし」は、もし……せずにいたら……であろうに、の意、反実仮想。「や」は反語。掬わなかったら見に行っただろうか、見に行かなかったに違いない。実際には水を掬って紅葉を知り、見に行くことができた、水を掬ってよかった、という気持ち。

〔補説〕　和歌一字抄には次のような題のもとに収録されている。

依水知山紅葉　範永朝臣

色かはる岩間の水をむすばずは尾上の梢見にやゆかまし

また、家経集には次のような歌がある。

悲嘆之間、無情放遊、被牽好客、至東山趾、不能侘忍遊月、依水知山葉之什而已

わが袖のしづくとや見る奥山のもみぢしらする谷川の水（七四）

家経と範永との交流関係から考えても、両家集で詞書が一致している歌については、同時期、同所で詠まれたものであろうとされるが（千葉義孝「藤原範永の家集とその周辺」）、当該歌もおそらく同じ折のものであろう。家経集の詞書によると、単なる題詠歌ではなく、家経の悲嘆を慰めようと、「好客（範永ら）」が東山趾に誘った際に詠まれた歌であることがわかる。両者共通の題を持つ歌が、家経集では七四、七五、範永集では29、30とつづくことになる。なお、範永は34番でも、川面に浮く紅葉によって山の秋を知る歌を詠んでいる。

同じ所にて、山水秋深し、といふ心を

田上の山に嵐や吹きぬらむ瀬々の白波色変はりゆく

らくえう菊をうつむ

ちりぬへきはなみるはるをわするゝはもみちをきたるきくにそありける

〔校異〕　承空本ナシ

〔整定本文〕　落葉菊を埋む

30　散りぬべき花見る春を忘るるはもみぢを着たる菊にぞありける

〔現代語訳〕　落葉が菊を埋める

30　散ってしまうに違いない花を見る春、そんな春を忘れるのは、もみじを身にまとった菊だったのだなあ。

〔他出〕ナシ

〔語釈〕**○散りぬべき花見る春**　「散りぬべき花」は、今にも散ってしまいそうな花。散るに決まっている花。ここでは桜を指す。補説参照。**○もみぢを着たる菊**　題の「落葉菊を埋む」状景をいう。

〔補説〕「散りぬべき花」は一般に次のように歌われている。

題しらず　よみ人も

散りぬべき花の限りはおしなべていづれともなく惜しき春かな（後撰・春下、八四）

天暦御時、御屏風に　藤原清正

散りぬべき花見る時は菅の根の長き春日も短かりけり（拾遺・春、五七）

いずれも桜を指す。今にも散ってしまいそうな桜を見ると、春は「おしなべて」惜しく、「長き春日も」短く感じられてしまう。また、

世の中にたえて桜のなかりせば春の心はのどけからまし（古今・春上、五三　在原業平朝臣）

と、心乱され、落ち着かない感じにもなる。裏を返せば、それほどまでに心惹かれ、華やかな春。それをも忘れさせるのは秋の状景である「もみぢを着たる菊」だったのだなあ、というわけであろう。

春秋を競った歌は数多く詠まれている。たとえば、

ある所に春秋いづれかまさると、問はせ給ひけるに、詠みて奉りける　紀貫之

春秋に思ひ乱れて分きかねつ時につけつつうつる心は（拾遺・雑下、五〇九）

題知らず　よみ人知らず

春はただ花のひとへに咲くばかりもののあはれは秋ぞまされる（拾遺・雑下、五一一）

の如くであり、当該歌もこの種のひとつといえるだろう。さらに、

十月一日ごろ、移ろひたる菊と濃きもみぢとを包みて、人のおこせて

秋果てし今は限りのもみぢ葉と移ろふ菊といづれまされり（赤染衛門集Ⅱ、九五）

と詠まれているように、秋の彩りを競うもみじと菊とはともにすばらしいのだが、当該歌では「もみぢを着たる菊」と二つながら持ち合わせているので、春の「散りぬべき花」よりも一層優れているということなのであろう。

なお、家経集には同題の歌があり、同一場所で時を同じくして詠んだものと考えられている（千葉義孝「藤原範永の家集とその周辺」）。

落葉埋菊

もみぢ葉のほかより高くつもれるや菊の咲けりしところなるらむ（家経集、七五）

庭のうへのおつるはな　仁和寺

春のひも身そさえぬへきちるはなのつもれるには丶ゆきと見えつ丶

〔校異〕　承空本ナシ

〔整定本文〕庭の上の落つる花、仁和寺

31　春の日も身ぞ冴えぬべき散る花の積もれる庭は雪と見えつつ

〔現代語訳〕31　春の日でも体が冷え冷えしてしまいそうだよ。散る花びらが積もっている庭は、目には雪だと映り映りして。

〔他出〕　ナシ

〔語釈〕　○仁和寺　山城国葛野郡の大内山南麓（現在の京都市左京区御室大内）に立地する真言宗御室派の総本山。

仁和四（八八八）年八月に金堂の落慶供養が行われた。光孝天皇の勅願を承けて、子の宇多天皇の手で造営されたといわれるが、宇多天皇が父天皇の回向のために建立したとの説もある。宇多天皇が譲位、出家後に住居としたことから御室御所と呼ばれた。以後も多くの皇族、女院や女御らが入寺して、多数の院家が設けられた。**〇身ぞ冴えぬべき** 散る花びらがまるで雪のようであることから、雪の日の寒さを連想して、冷えてしまいそうだ、の意。補説参照。「冴ゆ」は、冷え冷えとする、凍る。「ぬべし」は、ほとんどそうなってしまいそうだ、の意。「ぞ」と係り結びの関係で「ぬべき」となる。**〇見えつつ** 「見ゆ」は目に映る、見える。「つつ」は反復継続する意。ここは、散る花びらが雪のように見えながら散りつづけ、積もりつづけるさまをいうのであろう。

〔補説〕 花を雪と（または雪を花と）見立てる表現は、万葉集から見られる。例えば、枝に積もる雪を梅花と見る歌として、

わが宿の冬木の上に降る雪を梅の花かとうち見つるかも（巻八、一六四五　巨勢朝臣宿奈麿）

があり、また、梅花を雪のように見る歌に、

妹がへに雪かも降ると見るまでにここだもまがふ梅の花かも（巻五、八四四　小野氏国堅）

などがある。古今集では、この雪と花との相互の見立てに、梅の場合と桜の場合の二つがあり、

春立てば花とや見らむ白雪のかかれる枝にうぐひすぞ鳴く（春上、六　素性法師）

雪降れば木毎に花ぞ咲きにけるいづれを梅とわきて折らまし（冬、三三七　紀友則）

は、枝にかかる雪を白い梅の花に見立てる歌であるし、

雲林院にてさくらの花のちりけるを見てよめる　　承均法師

桜散る花の所は春ながら雪ぞ降りつつ消えがてにする（春下、七五）

などは桜が散るのを雪のようだと歌うものである。こうした過程を経て、古今集以後は散る花を雪に見立てる表現も常套化するが、「花は雪」ということに加えて、「寒し」という体感的な表現をも詠み込んだのは、貫之であるよ

うだ。

桜散る木の下風は寒からで空に知られぬ雪ぞ降りける（拾遺・春、六四　貫之）

これ以後、

あらしのみ寒き山べの卯花は消えぬ雪かとあやまたれつつ（兼盛集Ⅰ、九七）

風寒み春やまだこぬと思ふまに山の桜を雪かとぞみる（重之集、八〇）

などが見られるが、例としては多いとは言えない。当該歌の場合は、落花を詠んで雪に見立てる伝統的な表現に加えて、その見立てから連想される感覚を「冴ゆ」と表現した。これは、

あまの原空さへ冴えや渡るらむ氷と見ゆる冬の夜の月（拾遺・冬、二四二　恵慶法師）

に代表されるように、月光の白さを「氷」と結びつけて「冴ゆ」を用いる歌い方と連動するのであろう。以後「花は雪、雪は花」の見立ては「寒し」ではなく「冴ゆ」を伴って詠まれる。

高砂のふもとの里は冴えなくにをのへの桜雪とこそ降れ（堀河百首・桜、一五四　藤原顕仲）

雪の色をぬすみて咲ける卯の花は冴えでや人にうたがはるらむ（詞花・夏、五二　源俊頼）

吉野山花やさかりににほふらむ古郷冴えぬ峰の白雪（新古今・春上、九二　藤原家衡）

ところで、当該歌の詞書に「仁和寺」とあるのは、仁和寺で実際に落花の光景を見て詠んだものか、もしくは、165番の詞書「春立つ、左大弁」、168番の詞書「行客吹笛、西宮」などを参考にすると、題と詠歌の場と考えたほうがいいのか、いずれにしろ、同時の詠作と思われる歌が他には見出せず、はっきりしない。

32

内の御前にて九月十日のこりのきくをもてあそふといふ題を
おりてみるこゝろそけふはまさりけるきくよりほかのはなしなけれは

〔校異〕 承空本ナシ

〔整定本文〕 内の御前にて、九月十日、残りの菊を翫ぶ、といふ題を
32 折りて見る心ぞ今日はまさりける菊よりほかの花しなければ

〔現代語訳〕 天皇の御前で、九月十日、咲き残っている菊を賞美する、という題を
32 菊を手折って賞美する気持ちが今日はまさることです。この後は菊よりほかの花はないと思いますと。

〔他出〕 ナシ

〔語釈〕 **○内の御前にて** 天皇の御前で。「斎院の長官長房の君の、内の御前にて、菊の歌をかしう詠みたりと……」（出羽弁集、九五詞書）。なお、確定はできないが、179番歌の「御前」、ならびに182番歌の「内裏」が後冷泉天皇を指すと思われるので、ここも後冷泉天皇の御前で、の意か。**○残りの菊を翫ぶ** 「残りの菊（残菊）」は、一般には九月九日の重陽の節供後、あるいは九月末または十月に咲き残っている菊の花をいう。「神無月残りの菊の惜しけくに時雨の雨は降らずともよし」（古今六帖・第一、五〇四）。ここは九月九日の翌日の詠。補説参照。「翫ぶ」は賞翫する、観賞する意。**○折りて見る** 「お（を）り」は「下り」（庭に下り立つ）と考えられなくもないが、手折る意と見た。**○菊よりほかの花しなければ** 和漢朗詠集（秋・菊、二六七　元稹）に見える「不是花中偏愛菊　此花開後更無花（是れ花の中に偏へに菊を愛するにはあらず　此の花開けて後更に花の無ければなり）」によっている。

〔補説〕 当該歌は、詞書によれば、九月十日に行われた内裏における「残りの菊を翫ぶ」（「翫残菊」）題の詠作であるが、現段階では詠作年次の特定はできない。ただ、道済集には次のような「翫残菊」の歌が見える。

おいらくは残れる菊ぞあはれなる霜いただける人にまがへて（二〇四）

源道済（生年未詳〜一〇一九）は、光孝源氏、信明の孫で方国の男。文章生から蔵人、式部大丞、下総権守などを経て正五位下筑前守兼大宰少弐となり、寛仁三年に任地で没した。道済の晩年期は範永の若年期と重なる部分があるが、道済集によれば、この「翫残菊」の歌は前後の歌とともに一括して秋の題詠歌（「晩秋十詠」とある）らしく、御前における歌というような説明もないので、当該歌と同時のものではない可能性が大きい。当該歌は、九月十日が重陽の節会の翌日の詠であり、菊の盛りの時期を過ぎたとして「翫残菊」題が採られたのであろう。

残菊が詠まれるのは一般的には九月末か十月の頃である。公事根源等によれば、宮中では十月五日に「残菊宴」が催されたという。これは、村上天皇の天暦四（九五〇）年、父の醍醐天皇が九月に崩じたことから、九月の菊花の宴を停じ、代わりに十月初めに「残菊宴」を催したのが始まりとされ、後には九月の宴も復活したので、九月九日の重陽宴とその後の「残菊宴」との両方が恒例行事となったという。小島憲之は、残菊宴の日時について、「九日を過ぎた場合即ち九月でも十月でも十一月でも、残菊の宴といわれ、日月は一定しないようになった」と述べ、次のように菅原道真の詩句や宇津保物語・菊宴の例を引いている（日本古典文学大系『懐風藻　文華秀麗集　本朝文粋』三六二頁頭注）。

黄華之過重陽、世俗謂之残菊　（本朝文粋・巻十一、菅贈大相国「惜残菊、各分一字、応製」）

かくて、霜月のついたちごろ、残れる菊の宴聞こしめしけるに、親王《みこ》たち、上達部参りたまふ。博士《はかせ》、文人ら召して、詩作《ふみ》らせ、御遊びなどしたまふ。

あるところにてさけなとたへけるにしもいたく《う》をきてあか月になりはへりにけるにいさりひのあまたみえけるにかはらけとりて

いさりするかはへに夜をそあかしつるふりつむしもをうちはらひつゝ

〔校異〕　承空本ナシ

〔整定本文〕　ある所にて酒など食べけるに、霜いたう置きて、暁になり侍りにけるに、漁り火のあまた見えけるに、土器取りて

33　漁りする河辺に夜をぞ明かしつる降り積む霜を打ち払ひつつ

〔現代語訳〕　ある所で酒などをいただきました折に、霜がひどく置いて、暁になりました時に、漁り火が多数見えたので、杯を取って詠んだ歌

33　漁をする河辺で夜を明かしてしまったことだ。降り積もる霜を打ち払い打ち払いして。

〔他出〕　ナシ

〔語釈〕　**○ある所**　次の34番の詞書に「同じ所にて」とあり、歌に「田上の山」とあるので、近江の田上と知られる。補説及び34番歌参照。**○酒など食べけるに**　「食ぶ」は「食ふ」「飲む」の謙譲語。また丁寧語。**○漁りする河辺**　田上は瀬田川の東岸にあり。朝廷の直轄地。ここに置かれた田上御網代で氷魚を貢上していた（延喜内膳式による）。当該歌の場合もやはり季節から見て氷魚の漁であろう。補説参照。

〔補説〕　当該歌は、詞書では漁り火の見える場所としかわからないが、歌句により川における漁を詠んだものと知られる。川の漁を詠んだ歌には、次のように、宇治川における網代漁を詠むものが多い。

宇治の網代に知れる人の侍りければまかりて　大江興俊

宇治河の波にみなれし君ませば我も網代によりぬべきかな（後撰・雑二、一一三六）

しかし、網代による漁では、

近江の守にて、館にありけるころ、殿上の人々、田上の網代に来たりけるに、酒などすすむとて

流れ来るもみぢの色のあかければ網代に氷魚のよるも見えけり（公忠集Ⅰ、一三）

のように、田上における氷魚の漁を詠むものもある。右の公忠集の歌は、時代は異なるが、網代での宴席の歌として、また田上で詠まれたものとして、状況が当該歌と極めてよく似ている。公忠が近江守の時であったという。

ところで、範永は、集巻末の勘物によれば、寛仁元（一〇一七）年八月三十日に修理権亮に任じられ、同三年正月二十三日に式部大丞に転じている。田上には田上杣が置かれていたが、この田上杣は古くから都や寺の造営のための用材を産出しており、平安時代に入ってからも修理職の杣として利用されつづけた。また、同勘物によれば、後年の寛徳二（一〇四五）年四月二十六日、大膳大夫に任じられており、天喜元（一〇五三）年八月に但馬守に任じられるまで、その職にあったものと思われる。大膳大夫は、天皇のための食物や儀式の折に臣下に賜わる食事のことを扱う大膳職の長官であるから、田上御網代から献上される氷魚もその職務に関係する。従ってこの歌は、範永が職務の関係で田上の杣または網代に赴いた折の歌である可能性が指摘できよう。仮に修理権亮時代の詠作とすれば、寛仁元年八月～同二年末までの一年半の間の作となり、同じく大膳大夫時代の詠作と考えるならば、寛徳二年～永承七（一〇五二）年の間の詠と考えられる。千葉義孝（「藤原範永試論」）の推定に従えば、修理権亮は範永二十五、六歳の頃、同じく大膳大夫は五十三歳～六十歳の頃である。

なお、当該歌には、降り積む霜を打ち払い打ち払い夜を明かした、とある。「霜を打ち払ふ」という表現は冬の鴛鴦や鴨を詠む歌などで多く使用されるが、当該歌では次の古今集の歌が意識されていよう。

甲斐の国へまかりける時みちにて詠める　躬恒

夜を寒みおく初霜を払ひつつ草の枕にあまたたび寝ぬ（羇旅、四一六）

おなしところにて山水あきふかしといふこゝろを
たなかみの山にあらしやふきぬらんせゝのしらなみいろかはりゆく

〔校異〕　承空本ナシ
〔整定本文〕　同じ所にて、山水秋深し、といふ心を
34 田上の山に嵐や吹きぬらむ瀬々の白波色変はりゆく
〔現代語訳〕　同じ所で、山川の景色に深い秋を感じる、という意を
34 田上の山に嵐が吹いたのだろうか。瀬々に立つ白波は散ったもみじで色が赤く変わってゆくことだ。
〔他出〕　ナシ
〔語釈〕　**○同じ所**　33番詞書の「ある所」は、当該歌から田上であることが知られる。**○山水秋深し**　山川の景に秋が深まった様子が見えることをいう。同題の歌は他に見当たらない。**○といふ心を**　「心」は、題の趣旨、の意。1番歌参照。**○田上**　近江国栗太郡の地名。現在の滋賀県大津市田上、大石地区に当たる。琵琶湖から流れる瀬田川の東岸一帯の総称。田上牧・田上杣・田上網代が置かれ、朝廷直轄地として重きをなした。33番補説参照。
〔補説〕　散ったもみじが山川の水に浮かび、水を染める、あるいは錦を織りなす、という発想の歌は珍しくはない。古今集に、

二条の后の春宮の御息所と申しける時に、御屛風に竜田河にもみぢ流れたるかたを描けりけるを題にて、詠める　素性
もみぢ葉の流れてとまる水門には紅深き波や立つらむ（秋下、二九三）

とあるのをはじめ、
竜田河色紅になりにけり山のもみぢぞ今は散るらし（後撰・秋下、四一三　よみ人知らず）

水上に風や吹くらし山川の瀬々にもみぢの色深く見ゆ（順集Ⅱ、一九五）

などがある。当該歌の発想と表現は、すべてこのような先行歌によるものであるが、竜田川ではなく田上の山と川である点が、唯一新しい点といえるであろうか。田上の川といえば、33番補説で触れたように、網代の氷魚を詠むことが多く、田上の山も平安中期まではあまり詠まれることがなかった。田上のもみじを詠んだ早い例としては、長元九（一〇三六）年の後朱雀天皇大嘗会和歌で、悠紀方屏風歌に、祭主輔親が、

田上の宇治の網代も日を経つつ寄するもみぢはいづれまされり（三三七）

と詠んだ歌があり、院政期に入ると、比較的多く詠まれるようになる。堀河百首の「網代」題には、

あじろ木に錦おりかく田上やその杣山に木の葉散るらし（一〇二八　師頼）

風吹けば田上川の網代木に峰のもみぢも日を経てぞよる（一〇三一　仲実）

がある。範永が田上で34番歌を詠んだのは、後朱雀天皇大嘗会和歌の以前か以後か明確ではないが、田上の川の紅葉を詠んだ歌として早いものの一つであることは確かであろう。

33、34番歌はともに田上での詠作と考えられ、詠まれた季節も同じであるので、同時詠の可能性が高いと思われる。また、作歌状況などから見て、同行の人々もいたであろう。33番歌の補説では、範永が職務の関係で田上に赴いた可能性を指摘したが、もちろん、職務とはかかわりのない田上行きであった可能性もある。経衡集には、「田上なる所にまかりしに、逢坂の関を見て、東に下る人に、かくなむおぼえしとて」（二八八）の詞書で、逢坂の関に寄せて別れを悲しむ贈答が見えている。また、御堂関白記の長和元（一〇一二）年十月二十六日条に、「左衛門督等行田上家」と、教通が田上に赴いたらしい記事が見え、摂関家と田上とのかかわりも想像される。範永は頼通の家司として働いていたので、その筋から田上に出向く可能性もなくはない。詠歌の場はこのようにおおよそ推測できるものの、詠作年次や事情については不明な点が多い。33番歌詞書に「ある所」としか記されていないのは、私的な事情でもあったのであろうか、等々、疑問は尽きない。

35

一品宮五節たてまつらせたまてまたのとしの五せちはて、のつとめてかの宮にさふらふひとに
ひかけさすみそきはいつもかはらねとをとめのすかた見しことはなし

〔校異〕 承空本ナシ

〔整定本文〕 一品宮五節奉らせ給うてまたの年の五節果てのつとめて、かの宮に候ふ人に

35 日かげさす禊ぎはいつも変はらねど乙女の姿見しごとはなし

〔現代語訳〕 一品宮が五節の舞姫を献上なさってその翌年の五節が終わった早朝、一品宮に仕えている女房に

35 日蔭の蔓をさす豊明節会はいつも変わりませんが、乙女の姿は、昨年見たような美しいものはありませんでした。

〔他出〕 ナシ

〔語釈〕 **〇一品宮** 一条天皇皇女脩子内親王（九九六～一〇四九）を指すのであろう。補説参照。**〇五節奉らせ給うて** 新嘗祭（又は大嘗祭）に五節の舞姫を献上なさって。五節は、新嘗祭（大嘗祭）に行われた少女楽の行事で、十一月の中の丑の日（舞姫参入、帳台の試）・寅の日（御前の試）・卯の日（童女御覧）・辰の日（豊明節会、五節の舞）の四日にわたって行われた。舞姫は四人（大嘗祭では五人）。通常、九月に五節定めがあり、公卿から二人、受領から二人を献上した。なお「給うて」は底本「たまて」。1番歌の「はじめたまて」と同様、79番の詞書に見える「うせたまうて」に準じた。**〇五節果てのつとめて** 五節の行事が終わったその早朝、中の巳の日の朝。**〇日かげさす** 「日かげ」はシダ類の一種で、つる性の植物。日蔭の蔓。新嘗祭などの折、装飾に用いた。**〇乙女** 五節の舞姫を喩える。「五節の舞姫を見てよめる／天つ風雲のかよひぢ吹きとぢよ乙女の姿しばしとどめむ」（古今・雑上、八七二 良峯宗貞）。**〇見しごとはなし** 昨年見たようなものはない、それほど昨年の舞姫は美しかった、の意であろう。「見し事はなし（見た事はなかった）」ともとれるが、それでは歌意が通じないように思われる。「夢路には足もやす

めず通へどもうつつに一目見しごとはあらず」（古今・恋三、六五八　小町）。補説参照。

〔補説〕「一品宮」が五節の舞姫を献上したのは、範永が生存したと思われる時代の史料では、今のところ、寛仁二（一〇一八）年の記録を見出すのみである。御堂関白記の寛仁二年九月十四日条に、

此日被定五節者、一品宮・資平宰相・備前守景斉・信濃守道成云々

とあり、公卿から二人出す舞姫の一人が「一品宮」に定められたことがわかる。御堂関白記ではこの後十一月十九日（丑）から二十二日（辰）まで、一品宮及び舞姫関係の記事が見える。また、小右記の同年十一月二十二日条にも、豊明節会から五節舞に移る間に「先向一品宮五節所、次向宰相資平五節所……」という記述が見られる。この「一品宮」については、大日本古記録の御堂関白記、小右記及び史料綜覧等はみな敦康親王と注しているが、東京大学史料編纂所のデータベースでは「一品宮（脩子内親王）」として同じ史料を示している。

脩子内親王と敦康親王は、一条天皇と皇后定子の間に生まれた姉弟で、確かにこの時点でともに一品宮であったが、敦康親王は寛弘七（一〇一〇）年七月に元服し、後に大宰帥になって「帥の宮」と呼ばれ、長和五（一〇一六）年正月二十九日に式部卿敦明親王が皇太子に立つと、空席になった式部卿宮になった。敦康親王は寛仁二年の十二月十七日に薨去したが、それまでの間、御堂関白記、小右記、左経記、権記等の史料類は親王を「式部卿宮」と記している。従って「一品宮」は敦康親王ではなく、脩子内親王を指すと見るべきであろう。当該歌でも、五節を出した翌寛仁三年にその宮の女房に歌を送っており、「一品宮」が亡くなっているような気配はない（なお、承空本範永集49番に見える「一品宮の出羽の君」の「一品宮」は、章子内親王で別人である）。

さて、当該歌は、五節の終わった翌朝、範永が一品宮の女房に送った歌で、歌の趣旨は昨年の舞姫の美しさを褒め称えたものであろう。範永は、寛仁二、三年の頃には六位の蔵人であった（具体的には長和五年十一月二十五日任蔵人、寛仁四年正月五日叙爵）。蔵人はその職務上、五節の舞姫に接する機会が少なくない。紫式部日記の寛弘五（一〇〇八）年十一月の五節に関する記述の中にも、童女御覧の際に、

下仕の中にいと顔すぐれたる、扇とるとて六位の蔵人ども寄るに、心と投げやりたるこそ、やさしきものから、あまり女にはあらぬかと見ゆれ。

とあり、六位の蔵人が何かと世話を焼いていることがわかる。範永も、一品宮の舞姫や童女の美しさを見知っていて、翌年に接した舞姫たちと比べ、当該歌を詠んだものではないだろうか。

なお、この「一品宮の五節」が寛仁二年のものとすれば、大嘗祭ではなく通常の新嘗祭における五節であり、当該歌の詠作も、「またの年の五節果ててのつとめて」とあるので、寛仁三年十一月十七日である可能性が高いことになる。

秋の田かるこゝろ

あきのたはかるとのみこそいそきけれうへしこゝろはいつわすれけむ

〔校異〕 承空本ナシ

〔整定本文〕 秋の田刈る心

36 秋の田は刈るとのみこそいそぎけれ植ゑし心はいつ忘れけむ

〔現代語訳〕 秋の田を刈るという意

36 秋の田は刈り取る準備ばかりしていることだ。田植えをした時の思いはいつ忘れたのだろう。

〔他出〕 ナシ

〔語釈〕 **〇秋の田刈る心** ここでは、稲を刈ること。「秋田刈る仮廬作り廬してあるらむ君を見むよしもがな」（万葉・巻十、二二四八）。「心」は、題の趣旨、の意。1番歌参照。**〇いそぎけれ** 「いそぐ」は、用意する。支度する。準備する。**〇植ゑし心** 田植をしたときの思い。

〔補説〕　枕草子「賀茂へ詣る道に」には、

賀茂へ詣る道に、田植うとて、女の、新しき折敷のやうなる物を笠に着て、いと多う立ちて、歌をうたふ。折れ伏すやうに、また何事するとも見えで、うしろざまに行く。いかなるにかあらむ、をかしと見ゆるほどに……。

とあり、つづく章段「八月つごもり、太秦に詣づとて」には、

……穂に出でたる田を、人いと多く見さわぐは、稲刈るなりけり。「さ苗取りしかいつの間に」、まことに、さいつごろ、賀茂へ詣づとて見しが、あはれにもなりにけるかな。これは男どもの、いと赤き稲の、本ぞ青きを持たりて刈る。

とあって、現実の田植えや稲刈りの光景が、実際に目のあたりにしたものとして生き生きと描き出されている。

ところが、和歌の世界では、

屏風の絵に詠みあはせてかきける　　坂上是則

刈りて干す山田の稲のこきたれてなきこそわたれ秋のうければ（古今・雑上、九三二）

屏風に、翁の稲運ばするかたかきて侍りけるところに　　忠見

秋ごとに刈りつる稲はつみつれど老いにける身ぞおき所なき（拾遺・雑秋、一一二四）

延喜御時、月次御屏風のうた　　躬恒

刈りて干す山田の稲をほしわびてまもる仮庵にいくよへぬらむ（拾遺・雑秋、一一二五）

などと、屏風絵の題材として詠まれることが多い。当該歌も「秋の田刈る心」と詞書にあるように、屏風歌ではないが、題詠的な歌である。田の労働に関することが次第に概念の世界で詠まれるようになってきていたということであろう。

37

殿上人しかのやまこえしはへるに

あきとのみこゝろをかけてすくしつるしかの山こえけふそこえぬる

〔校異〕　承空本ナシ

〔整定本文〕　殿上人、志賀の山越えし侍るに

37　秋とのみ心をかけて過ぐしつる志賀の山越えけふぞ越えぬる

〔現代語訳〕　殿上人が、志賀の山越えをしました折に

37　秋になったら、とばかり期待して過ごしてきた、その志賀の山越えを、いよいよ今日越えたことだ。

〔他出〕　ナシ

〔語釈〕　**○志賀の山越え**　北白川から山中峠付近を越え、滋賀の里へ出る山道。志賀寺（崇福寺）参詣の際にも利用された。補説参照。**○心をかけて**　思慕、信頼や期待などの心を対象に向けること。「けふ暮るるほど待つだにも久しきに心をかけていかで過ぎけむ」（伊勢大輔Ⅱ、一六九）。

〔補説〕　「志賀の山越え」は、古くから四季折々に詠まれている。

志賀の山越えに女の多くあへりけるに詠みてつかはしける　貫之

あづさゆみ春の山辺を越え来れば道もさりあへず花ぞ散りける（古今・春下、一一五）

志賀の山越えにて詠める　春道列樹

山河に風のかけたるしがらみは流れもあへぬもみぢなりけり（古今・秋下、三〇三）

志賀の山越えにて詠める　紀秋岑

白雪のところもわかず降りしけば巌にも咲く花とこそ見れ（古今・冬、三二四）

また、屏風歌、題詠歌、歌合歌などにも例が見える。

西宮左大臣家の屛風に、志賀の山越えに壺装束したる女どももみぢなどある所に　順
名を聞けば昔ながらの山なれどしぐるる秋は色まさりけり（拾遺・秋、一九八）

山路落花をよめる　橘成元
桜花道見えぬまで散りにけりいかがはすべき志賀の山越え（後拾遺・春下、一三七）

能因法師
春霞志賀の山越えせし人に逢ふここちする花桜かな（永承五年祐子内親王家歌合、一一）

ところで当該歌と同じく、実際の「志賀の山越え」を詠んだ歌が経衡集（六一）にも見える。

秋のころ、志賀の山越え、殿上の人々しはべりしに
ちる《ママ》つもる木の葉わけてぞたづねつるあとたえにける志賀の山越え

詞書が同じ内容であることを考えると当該歌と同じ折に詠まれた歌であろうか。歌語として歌の中に「志賀の山越え」が詠み込まれるようになるのは、範永、能因、経衡などが早い例である。

38

野ゝはなのいろを《お》しむ
はなのいろをわか身にうつすものならはくれぬるひをもおしまさらまし

〔校異〕　承空本ナシ

〔整定本文〕　野の花の色惜しむ
38　花の色をわが身に移すものならば暮れぬる日をも惜しまざらまし

〔現代語訳〕　野の花の色を惜しむ
38　花の色をわが身に移しとることができるならば、今日の日が暮れてしまうことも惜しまないだろうに。

〔他出〕　ナシ
〔語釈〕　**○移す**　草花の色をわが身に移し染めることをいう。**○暮れぬる日をも**　花の色、季節の移ろいだけではなく、暗くなると花が見えなくなるため、今日の日が暮れてしまうことをも、の意。**○惜しまざらまし**　「ば……まし」は、いわゆる反実仮想。（移すことができるなら）惜しまないだろう。実際には花の色を衣服などに移すなどということはできないから、惜しむことになる、の意。
〔補説〕　野の花を賞美して衣に移し染めたいという歌には、他にも、
題知らず　　よみ人知らず
秋の野の花の色々とりすゑてわが衣手に移してしかな（拾遺・雑秋、一〇九九）
などがある。また、花の色が衣にではなく、身体そのものにという歌では、秋の花ではないが、
題知らず　　よみ人知らず
さくら色にわが身は深くなりぬらむ心にしめて花を惜しめば（拾遺・春、五三）
がある。散りゆく桜の花への深い思いを、わが身が桜色に染まるほどだと詠んだ歌である。当該歌は、右の歌の趣向を活かして、それができないからこそ惜しむ思いの切実さを歌っている。

39
あめによりて野花いろかはる
あかなくにのへのあきはき雨ふれはひかりことなるつゆそをきける
〔校異〕　承空本ナシ
〔整定本文〕　雨によりて野花色変はる
39　あかなくに野辺の秋萩雨降れば光ことなる露ぞ置きける

〔現代語訳〕雨によって野の花の色が変わる

39 まだまだそのまま見ていたいのに、野辺の秋萩は、雨が降ると色が変わって、光の異なる露が置いたことだ。

〔他出〕ナシ

〔語釈〕○あかなくに 飽きないのに。名残惜しいのに。「あかなくにまだきも月の隠るるか山の端逃げて入れずもあらなむ」（古今・雑上、八八四 業平朝臣）、「いかなればもみぢにもまだ飽かなくにあき果てぬとは今日をいふらむ」（拾遺・雑秋、一一三六 源順）。ここは、秋萩はそのままでもまだ見飽きることがないのに、の意。○秋萩 秋の七草の一つ。秋、枝先に蝶形の花を多く咲かせる。鹿や露との取り合わせで多く詠まれる。「折りて見ば落ちぞしぬべき秋萩の枝もたわわに置ける白露」（古今・秋上、二二三 よみ人知らず）。また、雨や露にうたれて色が移ろう、とも詠まれた。補説参照。

〔補説〕雨や露が紅葉を促し、花の色を移ろわせるものとして詠まれた歌には次のようなものがある。

亭子院御屏風に 伊勢

移ろはむことだに惜しき秋萩を折れぬばかりも置ける露かな（拾遺・秋、一八三）

当該歌の場合も「雨によりて野花色変はる」と詞書にあるとおり、雨により、萩が色づいたことを詠んだのである。そのために、萩に置いた露がさまざまな色に光っている、というのであろう。

40 夏の夜の月

なかむるに身さへすゝしくなりゆくはつきのひかりに風やそふらむ

〔校異〕承空本ナシ

〔整定本文〕夏の夜の月

40 ながむるに身さへ涼しくなりゆくは月の光に風やそふらむ

〔現代語訳〕 夏の夜の月

40 夏の夜の月をぼんやりと見ていると、月の光が澄んでいるだけではなく、わが身までも涼しくなってゆくのは、月の光に風が加わっているのだろうか。

〔他出〕 ナシ

〔語釈〕 **○ながむるに** 「ながむ」は物思いに沈みながらぼんやりと見ること。所在なげに物思いに沈んでいる様を表す。「花の色は移りにけりないたづらにわが身世にふるながめせしまに」（古今・春下、一一三 小野小町）。**○涼し** 清らかで澄んだ月の光の清涼感を、視覚的なものとしてとらえている表現。補説参照。**○風やそふらむ** 風が吹き添えているのだろうか、の意。実際に吹いているわけではない。

〔補説〕 当該歌も38番からつづく題詠歌であろう。ただし、前後の歌が秋の歌であるのに、夏の歌であるのはやや不審。

なお、月は秋のものという印象が強いが、夏の夜の月を詠んだものも古くから見られる。

月のおもしろかりける夜、暁方に詠める　清原深養父
夏の夜はまだ宵ながら明けぬるを雲のいづこに月やどるらむ（古今・夏、一六六）

題知らず　よみ人も
夏の夜の月は程なく明けぬれば朝の間をぞかこちよせつる（後撰・夏、二〇六）

夏の短夜とともに詠まれたものが多いが、夏の月は、その白々とした月光のイメージから、清涼感をもたらすものとしても詠まれている。

宇治前太政大臣家に、卅講の後、歌合し侍りけるによみ侍りける　民部卿長家
夏の夜も涼しかりけり月かげは庭しろたへの霜と見えつつ（後拾遺・夏、二二四）

暮の夏ありあけの月をよみ侍りける　　　　内大臣

夏の夜のありあけの月を見るほどに秋をもまたで風ぞ涼しき（後拾遺・夏、二三〇）

当該歌も、青白く澄んだ夏の月の光を、暑い夏の夜に清涼感を与えるものとしてとらえ、さらに、視覚的な涼しさだけではなく、実際に身をも涼しいと詠んでいる。

範永はまた、70番、173番でも夏の夜の月を詠み、特に70番歌は、当該歌と同じように、涼しさを感じさせるものとして詠んでいる。

41

九月つくるころ

年ことにとまらぬあきとしりなからおしむこゝろをけふはうらみむ

〔校異〕　承空本ナシ

〔整定本文〕　九月尽くるころ

41　年ごとにとまらぬ秋と知りながら惜しむ心を今日は恨みむ

〔現代語訳〕　九月が尽きる頃

41　毎年毎年とどまらない秋とは知りながら、それでも秋を惜しんでしまう心を、秋が去ってしまう今日は恨みに思おう。

〔他出〕　ナシ

〔語釈〕　**○九月尽くるころ**　「ころ」はあるいは「こゝろ」の可能性もあるか。「九月尽」「九月尽日」は百首歌や歌合にもある題で、去り行く秋を惜しむ内容の歌が多い。補説参照。**○今日は恨みむ**　「今日」は、「九月尽くるころ」、すなわち秋の終わりを指す。「恨みむ」は、恨みに思おう。恨みごとを言おう。不平を言おう。「花散らす風の宿りは誰か知るわれに教へよ行きて恨みむ」（古今・春下、七六　素性法師）。

〔補説〕　非常によく似た歌が、延喜十三年九月九日陽成院歌合に見える。

　惜秋意

　年ごとにとまらぬ秋と知りながら惜しむ心の懲りずもあるかな（一番　左　勝）

第五句以外はほとんど当該歌と同じで、やはり去りゆく秋をひとひねりした形で惜しんでいる。

なお、「惜しむ心を今日は恨みむ」の「惜しむ」は、書陵部甲本では「をしむ」だが、底本である冷泉家蔵真観本では「おしむ」となっている。「をしむ」はいわゆる歴史的かなづかいであり、「おしむ」は定家かなづかいである。このように語頭の「を」「お」のかなづかいが真観本では他の箇所でも歴史的かなづかいではなく、定家かなづかいで表記されているという特徴がある。底本が真観の真筆であることを考えると、このことはかなり重要な意味を持つことになろう。解説一の3参照。

42

しらかはとのにてしかのなくを殿ゝよませたまひける

みねたかく《き》やとのしるしはしかのねをひとよりことにきくそうれしき

〔校異〕　承空本ナシ

〔整定本文〕　白河殿にて、鹿の鳴くを、殿のよませ給ひける

42　峰高き宿のしるしは鹿の音を人よりことに聞くぞうれしき

〔現代語訳〕　白河殿で、鹿が鳴くのを、殿が詠ませなさった歌

42　高い峰にある宿のしるしは、鹿の音を人よりもしみじみと聞くことで、それがうれしいことです。

〔他出〕　ナシ

〔語釈〕 **○白河殿** 白河第。藤原道長が所領した別業として有名。長元元（一〇二八）年ごろ頼通が伝領。上東門院が滞在したこともあったが（12番歌）、長元五（一〇三二）年三月には後一条天皇、康平三（一〇六〇）年三月には後冷泉天皇の観桜行幸などがあり、宴や詩会がしばしば催され、公卿、文人等が多数訪れた。のち師実が伝領するが、頼通薨後、白河天皇に献上。白河天皇はその地に御願寺法勝寺を建立した。**○殿** 範永集で単に「殿」と記される例は他に62番歌があり、頼通を指す。補説参照。**○しるし** 証拠。**○人よりことに** 人と違って格別に。

〔補説〕「殿」は、直接の上司で、話し手が仕えている人物を指すことがある。たとえば、枕草子「淑景舎、春宮に」の場合、「殿・上、暁に一つ御車にてまゐり給ひにけり」のように、単に「殿」と呼ばれるのは中宮定子の父道隆であり、紫式部集や紫式部日記で「殿」と呼ばれるのは、中宮彰子の父道長、四条宮下野集で「殿」と呼ばれるのは、四条宮寛子の父である頼通である。

男性の場合、時の一の人を指して「殿」という例もあるし、私的な主従関係を結んでいて「殿」という例もある。範永朝臣集勘物によると、範永は、天喜四（一〇五六）年二月、左大臣（頼通）家司賞により正四位下に叙せられている。また、千葉義孝「藤原範永試論」によると、頼通の家司として康平元年（一〇五八）年十月に法成寺無量寿院及び五大堂供養に参会、さらに同四年十一月には法成寺にて催された頼通の七十賀に奉仕している。当該歌の場合、「殿」は関白であり、かつ範永が仕えていた頼通である可能性が高い。頼通（九九二〜一〇七四）は道長の長男で、母は倫子。後一条天皇の寛仁元（一〇一七）年三月、二十六歳で任摂政。二年後に関白となり、以後、後冷泉天皇の治暦四（一〇六八）年四月まで、五十一年間も、摂政関白の地位にあった。解説二の3参照。

43
宇治殿にてあさひ山を
あさひ山こたかきまつのかけきよくきみにちとせを見するなりけり

〔校異〕 承空本ナシ

〔整定本文〕 宇治殿にて、朝日山を
43 朝日山木高き松のかげ清く君に千歳を見するなりけり

〔現代語訳〕 宇治殿で、朝日山を
43 朝日山は、木高い松の姿が朝日の光をあびて清くかがやき、君に千歳を見せることだったのですね。

〔他出〕 ナシ

〔語釈〕 **○宇治殿** 宇治院とも。もともとは源融の別業であった。その後源重信の手を経て道長の所領となる。御堂関白記の寛弘元（一〇〇四）年閏九月二十一日条にみえる暮秋の遊宴は有名。のち頼通に伝領。更級日記の初瀬詣の記事は「殿の御領所の宇治殿を入りて見るにも、浮舟の女君の、かかる所にやありけむなど、まづ思ひ出でらる」と当時の様子を伝える。**○朝日山** 山城の宇治橋の南東にある山。宇治の里からみると、東方の朝日の昇るあたりに位置することから、こう称されるという。「宇治川」「紅葉」などとの取り合わせが多い。「朝日」からの連想で「光」「照る」「昇る」などが詠み込まれる。「宇治殿にわたらせおはしましたりしに、さぶらひあはぬを口惜しがりて、讃岐より参らせたりし、俊綱／神な月朝日の山もうちしぐれいまやもみぢの錦織るらむ／返し／君見ねば朝日の山ももみぢ葉も夜の錦の心地せしかな」（紀伊集、二三、二四）。現在の「朝日山」（標高一二一メートル）と同一かどうかはわからない。『京都府の地名』（日本歴史地名大系）によれば、むしろその東の槇尾山の支峰や、北西隣の仏徳山（離宮山）のほうが、宇治橋付近からみて間近であり標高も高いという。また、朝日山は現在の平等院の山号でもある。**○かげ** 姿。**○君** 頼通を指す。**○千歳** 「松」の縁語。ここでは、君の栄華が末永くつづくことを祈る。

〔補説〕 宇治殿は、頼通の山荘であった（後の平等院）。頼通は「宇治殿」、師実は「後宇治殿」と呼ばれ、両者は宇治殿に関連が深い。このほか、範永集で「宇治殿」が詞書に登場するのは、167番歌である。167番歌に比べて、当該歌は、摂関家の末長い繁栄を祈念したことほぎの歌としての側面が強い。また、朝日山は通常「宇治川」「紅葉」などとの取り合わせが多いのに対し、当該歌では「松」が詠まれていることが特徴的である。これは、君の栄華の長くつづくことを詠むためであったろう。摂関家の権勢の盛んなことが表れており、また、前の42番歌とともに範永と頼通との関係をもうかがわせる。

44

快《懐》円法師

をくらにこもりてはへりてひしりたて侍りけるころ十月十日許京に人のもとにはへりときゝて

をくら山ちるもみちはを見もはてゝいとふみやこにまたそきにける

〔校異〕 承空本ナシ

〔整定本文〕

懐円法師

小倉に籠り侍りて聖立て侍りけるころ、十月十日ばかり、京に、人のもとに侍り、と聞きて

44 小倉山散るもみじ葉を見も果てで厭ふ都にまたぞ来にける

〔現代語訳〕

懐円法師

小倉山に籠っていましていかにも法師然としておりましたころ、十月十日ごろに、京に、人のもとにおります、と聞いて、

44 小倉山の散るもみじを最後まで見もしないで、嫌っていた都にまた来てしまったのですね。

〔他出〕　ナシ

〔語釈〕　○懐円法師　「快《懐》円」とあるが、叡山の法師「懐円」であろう。補説参照。なお、底本の表記の仕方は通常と異なり、詞書とは別に「快《懐》円法師」とまず書き、改行している。○小倉　小倉山。京都市右京区嵯峨西部にある山。保津川を隔てて嵐山に対する。紅葉の名所。「小倉山峰のもみぢ葉心あらば今ひとたびのみゆきまたなむ」（拾遺・雑秋、一一二八　小一条太政大臣）。○籠り侍りて　主語は懐円法師。○聖立て　四段活用「聖立つ」だと、聖のようである、僧らしくみえる。「聖立ちこの世離れ顔にもあらぬものから」（源氏・若菜上）。ただしここは下二段活用動詞。「聖立て」で聖のように振る舞い、の意か。○十月十日ばかり　小倉山のもみじが散りはじめるころ。○厭ふ　いやだと思って避ける。いやがる。

〔補説〕　懐円法師は生没年未詳。歌人として有名な筑前守源道済の男。後拾遺集に三首入集。小右記の治安元（一〇二一）年七月九日条に、「懐円師……是謹厚者也」と見える。生没年未詳だが、範永よりは年長だったであろうか。

懐円には輔親（九五四～一〇三八）の家を訪れて詠んだ歌がある。

　月のいと面白く侍りける夜、来し方行末もありがたきことなど思うたまへて、かちより輔親が六条の家にまかれりけるに、夜ふけにければ人もあらじと思うたまへけるに、住みあらしたる家のつまに出でゐて、前なる池に月のうつりて侍りけるをながめてなむ侍りける。同じ心にもなどいひてよみ侍りける

懐円法師

池水は天の川にや通ふらむ空なる月のそこに見ゆるは（後拾遺・雑一、八三九）

また、再三にわたり良暹をやりこめた話が袋草紙（上巻）に見える。

良暹は「ほととぎす汝が鳴く」と云ふ事を「長鳴く」といふ心と存じたるなり。俊綱朝臣の許において五月五日にほととぎすを詠める歌に云はく、

宿近くしばしながなけほととぎす今日のあやめのねにもたぐへむ

懐円嘲哢して云はく、「『ほと』と鳴きはじめて、『ぎす』とながむるにや」と云々。

かなり闊達な、交際範囲も広い歌僧であったらしいが、範永も俊綱邸で歌を詠んでいるので（15番歌詞書）、そうした機会などを通して交流があったのであろう。54番歌や92番歌によれば懐円法師は美濃にいたことが知られ、範永は疎遠になった恨みの歌を送ったりしている。両者は相当近しい関係にあったことがうかがわれる。

いかに《て》とおもふをんなのしりたるところにきたりとき丶てけはうれしうて
つりふねはうれしきうらによせたれはぬれにしそてをいつかほすへき

〔校異〕　承空本ナシ

〔整定本文〕
45　いかでと思ふ女の、知りたる所に来たり、と聞けば、うれしうて
釣り舟はうれしき浦に寄せたれば濡れにし袖をいつか干すべき

〔現代語訳〕
45　何とかして会いたいと思っていた女が、知り合いのところに来ている、と聞いたので、うれしくて
釣り舟はうれしい浦に寄せたので、濡れた袖をいつ干したらよいでしょうか。いよいよお目にかかる機会が訪れたようでうれしい。涙で濡れた袖も干すことができそうです。

〔他出〕　ナシ

〔語釈〕　**○いかで**　何とかして。どうにかして（手に入れたい、親しくなりたい）の意。**○知りたる所**　知っているところ。知人のところ。補説に挙げた後撰集の歌と詠歌状況が似ているので、あるいは依拠した表現か。**○釣り舟**　ここは自分をたとえているのであろう。補説参照。**○うれしき浦に寄せたれば**　会う機会が訪れたのでうれしいという気持ちを表す。**○濡れにし袖**　波（涙）に濡れた袖。女に会えなかったころのつらさを表す。

〔補説〕　詞書に「女の、知りたる所に来たり、と聞けば、うれしうて」とあり、歌に「釣り舟」が詠み込まれているが、このように、想いを寄せていた女に会うチャンスが訪れたうれしさを「釣り舟」にたとえている歌には次のような例がある。

住み侍りける女、宮仕へし侍りけるを、友達なりける女、同じ車にて貫之が家にまうで来たりけり。貫之が妻、客人に饗応せんとてまかり下りて侍りけるほどに、かの女を思ひかけて侍りければ、忍びて車に入れ侍りける　　貫之

波にのみ濡れつるものを吹く風のたよりうれしき海人の釣り舟（後撰・雑三、一二二四）

「海人の釣り舟」に自身をたとえ、今までは波（涙）に濡れるばかりだったのに、こんないい機会に恵まれてうれしい、と言っている歌である。

女のもとにはしめて

としをへてそめしおもひのふかけれはいろにもいつるこゝろなりけり

〔校異〕　承空本ナシ

〔整定本文〕

46　女のもとにはじめて

年を経て染めし思ひの深ければ色にも出づる心なりけり

〔現代語訳〕　女のところにはじめて送った歌

46　幾年もずっと心に染めたあなたへの思いの緋の色が深かったので、その気持ちの色がつい表に出てしまったのでした。

〔他出〕　ナシ

【語釈】 **○女のもとにはじめて** 思いを掛けた女のもとにはじめて送った歌、の意であろう。**○染めし思ひの** 私の心を染めたあなたへの慕る思いは。「思ひ」の「ひ」に「緋」を掛けている。補説参照。**○色にも出づる** 「色に出づ」で「顔に出る」とか「しぐさにあらわれる」の意。「忍ぶれど色に出でにけりわが恋はものや思ふと人のとふまで」(拾遺・恋一、六二二 平兼盛)。**○心なりけり** 心は本来、色の付いてないもの、それが色に出たという。「色もなき心を人に染めしより移ろはむとは思ほえなくに」(古今・恋四、七二九 貫之)。「なりけり」ははじめて気がついたという心持ちを表す。思いを述べたことへの弁明。

【補説】 「思ひ」の「ひ」に「緋」を掛けている用例には次のようなものがある。

みみなしの山のくちなし得てしがな思ひの色の下ぞめにせむ(古今・雑体、一〇二六 よみ人知らず)

当該歌の場合も掛詞と認められ、「染む」「緋」「深し」は「色」の縁語。

こほりのいたうしけるひ女に

こほりするやとのし水のふゆなからうちもとけなんかけも見ゆへく

【校異】 承空本ナシ

【整定本文】 氷のいたうしける日、女に

47 氷する宿の清水の冬ながらうちもとけなむ影も見ゆべく

【現代語訳】 氷がたいそう張った日、女に

47 氷が張った宿の清水は、まだ冬ではあるけれども、溶けてほしいものです。水面に、映る姿が見えるように、あなたもうち解けて、顔を見せてほしいものです。

【他出】 ナシ

〔語釈〕 **○氷する宿の清水** 女の心を「氷する宿の清水」ととらえた。**○うちもとけなむ** 「うちとく」は氷が溶ける意に、女の気持ちがうち解けるの両意を持つ。補説参照。「なむ」は願望の終助詞。

〔補説〕 「(うち)とく」が、氷などが溶ける意と人の心がうち解ける意の両意を持つ用例には、例えば、

題しらず　　よみ人知らず

春立てば消ゆる氷の残りなく君が心はわれにとけなむ (古今・恋一、五四二)

はじめて女のもとに、春立つ日、つかはしける　　藤原能通朝臣

年経つる山下水のうすごほりけふ春風にうちもとけなむ (後拾遺・恋一、六二三)

などがある。

右の古今集歌の場合、歌の中に自然現象と人事とが併せて詠み込まれているので「とく」が両意を持っているのは明らかである。一方、後拾遺集歌の場合は、歌そのものは自然現象を詠んだものであるが、詞書に「はじめて女のもとに……」とあることから、「うちとく」は女の心を解くの意も含んでいると読める。当該歌においても、詞書に「……女に」とあることより、両意を持つと考えられる。

ひとに

ひにそへてなけきの身にはつもりつゝいかにわひしきこゝろとかしる

〔校異〕 承空本ナシ

〔整定本文〕 人に

48 日に添へてなげきの身には積もりつついかにわびしき心とか知る

〔現代語訳〕 人に

48　日が経つにつれて、嘆きがこの身に積もり積もりしてどんなに寂しい心でいるか、あなたは知っていますか。

〔他出〕　ナシ

〔語釈〕　**○日に添へて**　日が重なるにつれて、の意。「日に添へてうきことのみもまさるかな暮れてはやがて明けずもあらなむ」（和泉式部集Ⅰ、五四六）。**○なげきの**　三句の「積もりつつ」に掛かる。なお、「嘆き」に「投げ木」を掛けているか。補説参照。

〔補説〕　「なげき」が「嘆き」と「投げ木」を掛ける場合、その縁として「樵る」「積む」などの語が共に詠まれることが一般的である。例えば、

なげきをばこりのみ積みてあしひきの山のかひなくなりぬべらなり（古今・雑体、一〇五七　よみ人知らず）

世とともになげきこりつむ身にしあればなぞ山守のあるかひもなき（後撰・恋三、七六一　伊衡女今君）

などの歌があげられる。当該歌の場合も、明確ではないが、「積もりつつ」があるので掛詞の可能性があろう。あるいは「日」に「火」も掛けているか。

49

女のもとに春たつひ

春くれとかはるしるしもなかりけりすきにし冬をなにうらみけむ

〔校異〕　承空本ナシ

〔整定本文〕　女のもとに、春たつ日

49　春来れど変はるしるしもなかりけり過ぎにし冬をなに恨みけむ

〔現代語訳〕　女のもとに、春立つ日

49　立春を迎え、今日、春になったけれども、これといった兆しもなかったことです。春の兆候もないのなら、過

ぎてしまった昨日までの冬をどうして恨んだりしたのでしょうか。今も冬と同じことなのに。

〔他出〕 ナシ

〔語釈〕 ○春立つ日　立春の日。○春来れど　暦の上では春が来たけれど。実際に春の到来を期待したが、必ずしも期待どおりにならなかった時の表現。「春来れど消えせぬものは年を経て頭につもる雪にぞありける」（後拾遺・雑五、一一一七　花山院御製）。○変はるしるし　変化の兆候。具体的には春になったという兆候。

〔補説〕 当該歌は表面上は自然詠であるが、「女のもとに」送った歌であり、春になって女の気持ちに変化の兆しが見えるかどうかの意も含んでいよう。なお、四句「過ぎにし冬」は、47番歌の「氷」を想起させる。あるいは47番歌の女と当該歌の女は同じ人物か。

50
ひとのもとよりかくいひたる
なにはかたなにかうらむるすみよしのきしのくさをもいまはつまなむ

51
といふかへりこと
すみよしのまつにて年はすくすともよもわすれくさつましとを見む

〔校異〕 承空本ナシ

〔整定本文〕 人のもとより、かく言ひたる
50 難波潟なにか恨むる住吉の岸の草をも今は摘まなむ
といふ返りごと
51 住吉のまつにて歳は過ぐすともよも忘れ草摘まじとを見む

〔現代語訳〕　女の人のもとより、このように言ってきた歌

50　なんで恨むことがありますか。住吉の岸に生えている草をも今は摘んでほしいものです（忘れ草を摘んで忘れてほしいものです）。

という歌に対する返歌

51　住吉の松、あなたを待つことにたとえ歳月を費やしたとしても、まさか忘れ草を摘むことはないだろうと思いますよ、あなたのことは決して忘れません。

〔他出〕　ナシ

〔語釈〕　50　○**難波潟**　摂津国の歌枕。住吉に関係するが、この場合は同音の「なに」を導き出すため、枕詞的に用いられている。「難波潟なにからき世も思ひ出でておぼつかなみに袖は濡るらむ」（安法法師集、八七　恵慶）。○**住吉の岸の草**　住吉の岸に生えている草。ここでは忘れ草を指す。補説参照。○**今は摘まなむ**　今は摘んでほしい。「なむ」はあつらえの終助詞。忘れ草を摘んで私のことを忘れてほしい、という意。忘れ草を摘むと意中の人も忘れられると考えられていた。

51　○**住吉のまつ**　「まつ」は「松」に「待つ」を掛ける。○**忘れ草**　ユリ科のヤブカンゾウのこと、漢名、萱草。中国では、「忘憂草」などと呼ばれ、詩経、文選をはじめとする漢詩文に見えるが、その翻訳語として「忘れ草」と言われたらしい。忘れ草は万葉集から詠まれ、その花を身に付けると憂いを忘れる草の意であった。平安時代になると、恋の相手のことを忘れる草として詠まれるようにもなった。○**摘まじとを見む**　「を」は強意の間投助詞。「見む」の主語は詠者。「む」は意志の助動詞。「袖ぬれて別れはすとも唐衣ゆくとな言ひそ来たりとを見む」（後撰・離別羇旅、一三二八）。

〔補説〕　忘れ草は「住吉の岸」に生えていると伝承されていたらしい。例えば、

住吉とあまは告ぐともながゐすな人忘れ草生ふといふなり（古今・雑上、九一七　壬生忠岑）

住吉の岸に生ひたる忘れ草見ずやあらまし恋ひはしぬとも（拾遺・恋四、八八八　よみ人知らず）
忘れ草摘みてかへらむ住吉のきしかたの世は思ひいでもなし（後拾遺・雑四、一〇六六　平棟仲）
忘れ草摘む人ありと聞きしかば見にだにも見ず住吉の岸（和泉式部集Ⅰ、二四二）
忘れ草われかく摘めば住吉の岸のところはあれやしぬらむ（和泉式部集Ⅱ、八三）

などと詠まれている。これらの例歌からも、また51番の返歌「よも忘れ草」からも、50番の「住吉の岸の草」が忘れ草を指していることは明白である。

52

女のをこせたるふみのかへしえむといひたりしにやりたりしにかくいひたる

さもこそはふみかへすともかけはしのわたりそめけむあとはかはらし

〔校異〕　承空本ナシ

〔整定本文〕　女のおこせたる文、「返し得む」と言ひたりしに、やりたりしに、かく言ひたる

52　さもこそはふみかへすとも架け橋の渡り初めけむ跡は変はらじ

〔現代語訳〕　女が寄こした手紙を、「返してほしい。」と言ったので、（女からの手紙を）送ったときに、このように言ってやった

52　いくら踏み返したとしても、架け橋の渡りはじめた跡が変わらないように、いかにもおっしゃるとおり文を返したとしても、二人の間の架け橋を渡った、あなたのもとに通いはじめたという事実は変わらないでしょう。

〔他出〕　ナシ

〔語釈〕　○返し得む　返事がほしい、の意ではなく、返してほしい、の意であろう。その場合、「返し」は名詞ではなく、「返し得」という動詞か。「十月ばかりに、いもうとを懸想する人の、ことはなるまじきなめり、文をだに

返し得てむといへるに／木がらしの風のゆくてにまかせてし人のことの葉とまらざりけり」（輔親集Ⅰ、七八）。

○さもこそは　いくら……としても。いくら……といって。従来、「確かにそのように」「いかにもそのとおり」と解釈されてきたが、和歌の冒頭に用いられている時には文脈指示の用法にはとりにくい。あゆひ抄（巻三、毛家何もこそ何）に「〈さもこそ何め　〈さもこそは何め　など言ふ時、心得て『それこそ何もあらうずれ』と言ふ、『なんぼう何なればとて』と言ふ心を持ちて見べし。此詞中昔より詠めど、中頃の人殊に好み詠めり」とあり、この方が解釈しやすい。「さもこそはあひ見むことのかたからめ忘れずとだに言ふ人のなき」（拾遺・恋五、九五一　伊勢）。

○ふみかへす　「文返す」に「踏み返す」を掛ける。「踏み返す」は「渡り初め」とともに「架け橋」の縁語。

〔補説〕　送った手紙を返してほしいと言ったり、それに応じて返したりするのは、恋が成就する見込みがない、恋が終わったと感じた時であり、あきらめや嘆く気持ちを歌ったものが多い。

　師賢朝臣ものいひわたりけるを、絶えじなど契りて後もまた絶えて、年頃になりにければ、通はしける文を返すとて、そのはしに書きつけて遣はしける　式部命婦

行くすゑを流れてなにに頼みけむ絶えけるものを中川の水（後拾遺・雑二、九六六）

　文やる女のいかなるにかありけむ、あまたたび返りごとせざりければ、やりつる文どもをだに返せといひやりたりければ、紙焼きたる灰を、これなむそれ、とておこせたれば、詠みてやりける　貫之

君がため我こそ灰と成りはてめしら玉づさは焼けてかひなし（新拾遺・恋四、一三〇六）

一方で恋のはじめの段階では、送った手紙がそのまま送り返され、拒絶の意志を示されることもある。この場合も、成就しなかった恋を嘆いている点は共通している。

　女のもとにつかはせる文を返したりければ　よみ人知らず

とどろきの橋も渡りて心みきまだふみ返す人はなかりき（続詞花・恋上、四九九）

　和泉式部もとにつかはしたりける文を返して侍りければ、またいひつかはしける　右大将道綱

人ゆかぬ道ならなくになにしかもいただのはしの文ふみ返すらむ（万代集・恋二、二〇〇九）

なお、金葉集二度本には、

皇后宮にて人々恋歌つかうまつりけるに被返文恋といへることをよめる（恋上、四〇七　美濃）

という詞書があり、私撰集や私家集にも、

文を返さるる恋、といふことをよみ侍りける（秋風集・恋上、七三九　二条の大后宮の別当）

被返書恋（有房集Ⅰ、八六）

などの詞書が見られる。「文を返す」ということが、次第に歌題になったのであろう。

53

つれなかりける女《人》のもとにをみなへしにつけて

一夜たにねてこそゆかめをみなへしつゆけきのへにそてはぬるとも

〔校異〕　承空本ナシ

〔整定本文〕　つれなかりける人のもとに、女郎花につけて

53　一夜だに寝てこそゆかめ女郎花露けき野辺に袖は濡るとも

〔現代語訳〕　よそよそしい女のもとに、女郎花につけて

53　せめて一夜だけでも寝ていきたいものです。女郎花よ、露の多い野辺で袖が濡れるとしても。

〔他出〕　新続古今集・恋二、一一一四

〔語釈〕　**○つれなかりける**　「つれなし」は、冷ややかだ、冷たい、の意。**○女郎花**　秋の七草の一つ。山野に自生し、夏から秋にかけて枝の先に黄色の小さな花を傘状につける。和歌では女性にたとえることが多い。補説参照。**○寝てこそゆかめ**　「こそ……め」は勧誘の意になることが多いが、ここでは意志の意であろう。補説参照。**○露**

けき　野辺に露が多く置いているさまと、女の冷たさのため涙に濡れているさまの、両方を意味する。

〔補説〕　当該歌のように、女郎花をその名前から女性に見立て、女郎花の咲く野辺に宿をとる、寝る、という発想の歌は多い。

秋の野に宿りはすべし女郎花名をむつまじみ旅ならなくに（古今・秋上、二二八　敏行朝臣）

女郎花多かる野辺に宿りせばあやなくあだの名をや立ちなむ（古今・秋上、二二九　小野美材）

花にあかでなに帰るらむ女郎花多かる野辺に寝なましものを（古今・秋上、二三八　平貞文）

白妙の衣片敷き女郎花咲ける野辺にぞ今宵寝にける（後撰・秋中、三四二　貫之）

これらの歌では、野辺に寝たり宿をとったりするのはいずれも歌の作者であり、男性である。また、女郎花はもともと野辺にあるものなので、「寝てこそゆかめ」を勧誘の意として、女郎花に対し「寝ていったらどうでしょう」というのはおかしい。当該歌で女郎花の咲く野辺に寝ていきたいと考えているのは作者であり、やはり「寝てこそゆかめ」は意志ととるべきであろう。女郎花に仮託した女性のつれなさに涙を流して袖を濡らすことになるのも作者である。

54

快《懐》円法師

みのにくたりてありしにおはりのあるきにをとせさりしかはかく
すみなれしをくらの山をわすれすはふるさと人をきても見よかし

〔校異〕　承空本ナシ

〔整定本文〕

懐円法師

美濃に下りてありしに、尾張の歩きに音せざりしかば、かく

54　住み慣れし小倉の山を忘れずはふるさと人を来ても見よかし

〔現代語訳〕　懐円法師が美濃に下っていたときに、(範永が)尾張に赴任していたのに便りも寄こさなかったので、このように詠んでやった

54　住み慣れた小倉山を忘れないならば、昔なじみの私を訪ねても見に来てくださいよ。

〔他出〕　ナシ

〔語釈〕　**○懐円法師**　前出。44番歌参照。「美濃に下りて」の主語が懐円法師と考えられるが、ここも44番歌と同じように表記の仕方が別行で、通常の方法と異なり、問題がある。**○美濃**　現在の岐阜県南部をいう。**○尾張の歩き**　「歩き」はここでは地方官勤務の意。地方官として尾張に赴任していることをいう。「いまはひとりを頼む頼もし人は、この十余年のほど、あがたありきにのみあり」(蜻蛉日記・上、康保三年五月～八月)。尾張は現在の愛知県西部。補説参照。**○住み慣れし小倉の山**　「小倉の山」は京都市右京区嵯峨西部にある小倉山。補説参照。**○ふるさと人**　故郷に住んでいる人。昔なじみの人。「桜花散らば散らなむ散らずとてふるさと人の来ても見なくに」(古今・春下、七四　惟喬皇子)。**○来ても見よかし**　来て見てくださいよ、の意。「石見潟何かはつらきつらからば恨みがてらに来ても見よかし」(拾遺・雑恋、一二六二　よみ人知らず)。

〔補説〕　底本の勘物によれば、範永は長元十(一〇三七)年正月二十三日に尾張守に任じられている。一方、懐円も何らかの事情があって当時美濃に下っていたらしい。後出の92番歌に「懐円供奉、美濃より上りて音せざりしかば」という詞書があり、当該歌に対応する。また、44番歌詞書には「懐円法師　小倉に籠り侍りて聖立て侍りけるころ、」とあり、小倉山は懐円法師にとって「住み慣れ」た場所であったのであろう。美濃は尾張の隣国である。親しくしていた私が都の空気を伴ってすぐ近くに来たというのに、あなたは訪ねても来てくれないでと、範永は親しみの気持ちをこめて恨んでいる。ぜひお目にかかりたいものです。おそらく任地に着いてしばらく経ってからの詠であろうが、長元十年の作であることは間違いないであろう。なお、92番歌はお互いに都に帰ってからのことで、

そこでもまた範永は懐円に対して同じような歌を詠んでいる。

女のとしころなにかといふにしはすのつこもりにゆきのふれは

きえはてぬ身こそつらけれゆきかへるふゆをふたゝひすくすとおもへは

〔校異〕 承空本ナシ

〔整定本文〕 女の、年頃何かと言ふに、師走のつごもりに雪の降れば

55 消え果てぬ身こそつらけれゆきかへる冬を再び過ぐすと思へば

〔現代語訳〕 女が、長年何やかやと言うのに対して、十二月の末に雪が降ったので

55 雪のように消えてしまうこともできない私の身がつらいことです。年が改まり、春となるはずなのにまた雪が降って、再び冬を過ごすのだと思うと。

〔他出〕 ナシ

〔語釈〕 **○何かと** あれやこれやと。何やかやと。こちらの意に反することを言ってきているのであろう。「何かと人の申したりしに／いつとなくあまの刈る藻の思ひわびわがやくかひにもしほたれつつ」（二条大弐集、一三八）。**○ゆきかへる** 行ったり来たりする。年月が改まる場合にもいう。「ゆきかへる春をも知らず花咲かぬみ山隠れの鶯の声」（拾遺・雑春、一〇六五　公任朝臣）。ここは「行きかへる」に「雪」を掛ける。

〔補説〕 120番歌に、

月ごろ言ひわづらふ女のもとに、師走のつごもりのほどに

一日だに過ぐすを憂しと見しほどに春さへ明日になりにけるかな

とある。本来春は立春からであるが、「師走のつごもり」には、翌日、新しい年の始まりとともに春が来るという

意識があった。

正月一日、二条のきさいの宮にて白き大うちきを賜りて　藤原敏行朝臣
降る雪のみのしろ衣うちきつつ春来にけりと驚かれぬる（後撰・春上、一）

霞をよみ侍りける　山辺赤人
昨日こそ年は暮れしか春霞かすがの山にはや立ちにけり（拾遺・春、三）

当該歌でも、明日からは春だと思っていたのに、雪が降ったため、年が改まる明日からも再び冬を過ごすことになるのかという気持ちを歌っている。

なお「再び」の語が季節と結びついている歌では、

色変はる秋の菊をばひととせに再び匂ふ花とこそ見れ（古今・秋下、二七八　よみ人知らず）
ひととせに重なる春のあらばこそ再び花を見むとたのまめ（後撰・春下、九七　よみ人知らず）
梅が枝に降り積む雪はひととせに再び咲ける花かとぞ見る（拾遺・冬、二五六　右衛門督公任）

のように、「ひととせ」と対比させ、「花」とともに用いて嬉しさや楽しみに待ち望む気持ちを表すことが多い。当該歌には「ひととせ」の語も、「花」も、嬉しさもなく、「冬を再び過ぐす」ことが「つらけれ」と詠んでいるところが特徴的である。「何かと言ふ」女性に対してつらい気持ちを訴えているのであろう。

けさうし侍ける女ちもくにつかさなとえぬことをねたけにいひてはへりけれは
〔　〕すくる月ひのかすは〔　〕かるをかはらぬ《に》身をはいかにかはしる

〔校異〕　承空本ナシ

〔整定本文〕　懸想じ侍りける女、除目に司など得ぬことを妬げに言ひて侍りければ

56〔　　〕過ぐる月日の数は〔　　〕かるを変はらぬ身をばいかにかは知る

〔現代語訳〕 思いを掛けていました女が、除目に官職を得なかったことをいかにも憎らしいように言いましたので

56〔　　〕過ぎる月日の数は〔　　〕けれど、官職は得られなくても、以前と変わらずあなたを想う私の気持ちを、あなたは知っているでしょうか。いや、知らないでしょう。

〔他出〕 ナシ

〔語釈〕 **○除目** 大臣以外の諸官職を任命する朝廷の儀式。原則として春秋二回あり、春は地方官（国司）を任命する「県（あがた）召しの除目」、秋は宮中の官吏を任命する「司召しの除目」と呼ぶ。補説参照。**○妬げに** いかにも憎らしいように。いかにも癪にさわるように。「つれなくて妬げに見えしあやめぐさ今日は心をひきもかへなむ」（経衡集、一五四）。**○〔　　〕かる** 「多かる」か。

〔補説〕 欠落部分が二箇所あり、くわしいことはわからないが、枕草子に、「すさまじきもの。……除目に司得ぬ人の家。」とあるように、除目で司を得られなかった人はまったく立場がなかったようである。範永のもとにも、

除目のころ、司賜はらで嘆き侍りける時、範永がもとにつかはしける　大江公資

としごとに涙の川に浮かべども身は投げられぬものにぞありける（千載・雑中、一〇六三）

という歌が届いている。同様の気持ちを詠んだ歌には、

司申すに賜はらざりけるころ、人のとぶらひにおこせたりける返事に　源景明

わび人はうき世の中にいけらじと思ふ事さへかなはざりけり（拾遺・雑上、五〇五）

司賜はらで、司召のまたの日、うちの右近がもとにつかはしし

としごとにたえぬ涙やながれつついとどふかくは身をしづむらむ（元輔集Ⅰ、八）

などがある。ここでは単に司を得られなかった思いを述べただけではなく、「懸想じ侍りける女」との関係で詠まれている点が注意される。

57

四位になりてひとのもとにいきたるにふみなとやりし人のいまはをとせぬにといひたるに
いはすともあさしとな見そこむらさきいと、ふかさのまさるおもひを

〔校異〕 承空本ナシ

〔整定本文〕 四位になりて人のもとに行きたるに、文などやりし人の、今は音せぬといひたるに

57 言はずとも浅しとな見そ濃紫いとど深さのまさる思ひを

〔現代語訳〕 四位になって人のもとに出かけたところ、かつて手紙などをやったその人が、「（昇進した）今は音沙汰がないのですね」と言うので

57 何も言わなくても浅いなどと決めつけないでください。この袍の濃紫のように、ますます深くなるあなたへの思いを。

〔他出〕 ナシ

〔語釈〕 **〇四位になりて** 底本の勘物によると、範永は、長元九（一〇三六）年七月十七日に従四位下に叙せられている。**〇な見そ** 「な……そ」で禁止を表す。見るな、見てはいけない、判断してはいけない、の意。**〇濃紫** 深みのある紫。実際の色は黒みがかった紫か。十世紀中頃には位袍の規定に反して、三、四位も用いるようになった。補説参照。**〇深さのまさる思ひ** 位袍の色目を表す表現から、「深さ」と「浅し」が対になり、「思ひ」には「緋」が掛かる。

〔補説〕 衣服に関する規定「養老衣服令」と「延喜弾正台式」から、臣下の位袍について色目を整理すると、

・衣服令　一位、深紫　二位、浅紫　三位、浅紫　四位、深緋　五位、浅緋　六位、深緑

・弾正台式　二位、中紫（大臣は深紫）　三位、中紫

となり、すでに両者の間で色が変化している。規定があり、禁制が出ても、時代の流れとともに、位袍の染色法も

変化し、また、より高位の色目に近づいていったらしい。
服飾関係論考によく引用される胡曹抄所引の小右記に記事（現在欠文）がある。正暦三（九九二）年九月一日条に、高階明順が四位に昇進後初めて着用する料として、その前々年に従三位に昇進した藤原実資に、三位の袍を乞い求めた記事である。実資が疑問をもちながらも希望どおりに与えると、返事には「近代三・四位袍其色一同、又最初著用如此之衣云々」とあった。近代は三位四位が同じ色で、四位の者が最初に着るのは「かくのごときの衣」であるといい、故実にうるさい実資があやしがっている。「かくのごとき」とは、公任集に次のように見えるのが参考になろう。

かげまさが四位に成りてうへのきぬ申したりし、つかはすとて
おなじごと衣はふかくなりにけり心も我にならひやはせぬ（五〇八）

竹鼻績『公任集注釈』（貴重本刊行会　平成16）では、「うへのきぬ申したり」について、「叙位された者が慶申しのときに着用する位袍を縁者に所望し贈ってもらうことをいう」と諸例を求めて説明する。また、「かげまさ（景斉）」が四位になったのは、公任も四位のときと解している。
枕草子「関白殿、黒戸より出でさせたまふとて」の段には、

山の井の大納言、その御つぎつぎの、さならぬ人々、黒き物をひき散らしたるやうに、藤壺の塀のもとより、登華殿の前までゐ並みたるに、……

とある。黒戸の戸口から出る関白道隆を出迎える人々の姿が、大納言道頼（三位）以下、着用している位袍が「黒き物をひき散らしたるやうに」と表現する。三位や四位も袍の色目が黒に近い色であったことを意味するのであろう。川名淳子「日本の官職・位階と服色—紫の袍から黒の袍へ」では、この頃四位の黒緋と三位の黒紫の色が近づいていたと推量する。また、紫は安定した発色を維持することが難しいので、染色法も変化し、安定した黒色になったかとも指摘する。現実の色目はともかくとして、和歌においては、たとえば、

入道前太政大臣大饗しはべりける屏風に、臨時客のかた描きたるところをよめる　藤原輔尹朝臣

むらさきもあけもみどりもうれしきは春のはじめにきたるなりけり（後拾遺・春上、一六）

三善のすけただ冠し侍りける時　能宣

結ひそむる初元結の濃紫衣の色にうつれとぞ思ふ（拾遺・賀、二七二）

とあるように、道長時代でも位袍の色は「紫」「緋」「緑」とうたわれる。また、元服を祝う能宣歌では、高位になって「濃紫」の衣が着られるようにと予祝する。以後の時代にも和歌では令に見える色が詠まれる。

当該歌では範永が四位になったことと、思いの深さを「濃紫」に掛けているが、同様に、四位の者が「紫」を着用している歌として、

四位になりたまへる慶びにおはしたりけるに、野宰相のむすめの野内侍に住みたましが、うせてのち、宰相泣きて

紫の深き衣の色をだに見で別れにし人ぞ悲しき（一条摂政御集、四六）

返し

紫の色につけても音をぞ泣く着ても見ゆべき人しなければ（同、四七）

三月つごもり方に、庭の松の藤を折りて遊ぶといふ心を、下﨟どもあまた四位になりければ

紫の色をばよそに聞きくるを今日はまぢかき藤の花かな（兼澄集Ⅱ、五九）

などがある。一条摂政藤原伊尹が従四位下に叙せられたのは公卿補任によると天暦九（九五五）年正月であり、村上天皇の頃からすでに四位が「紫の深き」「紫の色」とうたわれる位袍を着用していたことになろう。源兼澄は後に四位に至っているが（小右記・長和元年五月十八日）、右の歌は題詠ながら、「紫の色をばよそに聞きくるを」と、何人もの人に四位を越された嘆きを詠み入れている。

人のもとよりかへりてつとめて

いつとなくかはくときなきそてのうらにあめふりそふるけささそわりな《ひし》き

〔校異〕　承空本ナシ

〔整定本文〕

58　人のもとより帰りてつとめて

いつとなく乾く時なき袖のうらに雨降り添ふる今朝ぞわりなき

〔現代語訳〕

58　人のもとより帰ってその早朝に

いつもいつもあなたを思う涙で乾く間もない袖の裏に、雨まで降り加わる今朝は、どうしようもなくつらく感じられます。

〔他出〕　ナシ

〔語釈〕　**○いつとなく**　いつということなく。いつもいつも。常に。**○袖のうら**　袖の裏。あるいは地名の「袖の浦」も掛けているか。補説参照。

〔補説〕　能因歌枕や和歌初学抄では「袖の浦」を出羽国の歌枕とする。現在の山形県酒田市付近。これらの歌学書が世に出た頃には涙で濡れた「袖の裏」から「浦」を連想させ、掛詞として使うのが一般的になっていたと考えられる。『新編国歌大観』には「そで（袖）のうら（浦）」を含む歌は二百例以上あるが、そのほとんどは、「干る」「波」「海松布」「藻塩」「海人」「巌」など海辺に関係する語が共に詠まれている。

……恋も別れも　憂きことも　つらきもしれる　わが身こそ　心にしみて　袖のうらの　干る時もなく　あはれなれ……（小町集Ⅰ、六七）

袖のうらにたれもかくれば海人ならで泣くを藻塩といふにざりける（忠岑集Ⅳ、一三五）

君恋ふる涙のかかる袖のうらは巌なりとも朽ちぞしぬべき（拾遺・恋五、九六一　よみ人知らず）

ところが次の歌は特に海辺に関する語は共に詠まれていないが、夫木抄（一一四九一）にも採録され、そこでは「家集　袖のうら　出羽国」とする。

題知らず　　　　　大納言経信

うたた寝の涼しくもあるか唐衣袖のうらにや秋の立つらむ（続後拾・秋上、二四二）

当該歌も一読する限りにおいては「袖の浦」をかけていると考えなければ解せぬ歌ではない。しかし「いつとなく乾く時なき」という表現は、小町集Ⅰに見られる「干る時もなく」などと同じように、「浦」に関係があるともいえる。また、次の兼澄集Ⅱの歌は当該歌に非常によく似ている。

女のもとにまかり侍りて、雨の降り侍りしあかつきに帰りて、つかはしし

逢ふことのなぎさはいつもかはかねど今朝こそ袖のうらはことなれ（八三）

春秋会編『源兼澄集全釈』は「詞書を含む一首全体として見て」、この歌は範永歌などに「影響を及ぼしていようか」とする。もし当該歌が兼澄詠を踏まえているとするならば、範永の心象風景にも雨が降る寂しい袖の浦があったと考えられるか。

59

はなのいみしうちりしひ　ひとに

のこりなくはなふきちらす風よりもつらきはひとのこゝろなりけり

〔校異〕　承空本ナシ

〔整定本文〕　花のいみじう散りし日、人に

59　残りなく花吹き散らす風よりもつらきは人の心なりけり

〔現代語訳〕　花がたいそう散った日、人に

59 残りなく花を吹き散らす風よりも、もっとつらいのは、あなたの冷たい心だったのですね。

〔他出〕 ナシ

〔語釈〕 **○心なりけり** 「なりけり」は、和歌の中で使われる場合、初めてそのことに気がついたという驚きの気持ちを示す。「山河に風のかけたるしがらみは流れもあへぬもみぢなりけり」（古今・秋下、三〇三 春道列樹）。

〔補説〕 命短い花を吹き散らす風は、憎い。

吹く風にあつらへつくるものならばこの一本は避きよと言はまし（古今・春下、九九 よみ人知らず）

風は非情に思える。しかしそれよりももっと非情でつらく感じるのは実はあなたの心だったのだと、初めて思い知ったという嘆きの歌である。

人のもとに

新古 つらかりしおほくのとしはわすられてひと夜のゆめをあはれとそ見し

〔校異〕 承空本ナシ

〔整定本文〕 人のもとに

60 つらかりし多くの年は忘られて一夜の夢をあはれとぞ見し 新古

〔現代語訳〕 人のもとに

60 あなたが冷たくてつらかった多くの年月はつい忘れて、夢のような一夜の逢瀬をしみじみうれしいと思いましたよ。

〔他出〕 新古今集・恋三、一一六二

〔語釈〕 **○一夜の夢** 先夜の夢のような出来事。契り。ここでは逢瀬を指す。「一夜」は「多くの年」と、また

「あはれ」は「つらかりし」と、それぞれ対になっている。
〔補説〕やっと逢えた後、恋人に送る、いわゆる後朝の歌である。新古今集でははっきりと「女につかはしける」という形で収録されている。

女につかはしける　　藤原範永朝臣
つらかりし多くの年は忘られて一夜の夢をあはれとぞ見し

61

神な月にひとのもとへ
神なつきけさ《そらは》くもらぬけさなれとうき身ひとつはなをそしくる、

〔校異〕承空本ナシ
〔整定本文〕神無月に、人のもとへ
61 神無月空は曇らぬ今朝なれどうき身ひとつはなほぞしぐるる
〔現代語訳〕神無月に、人のもとへ
61 神無月、空は曇ってもいない今朝なのに、あなたを想ってつらい思いをしているわが身だけはやはり涙にくれていることですよ。
〔他出〕ナシ
〔語釈〕**○神無月空は曇らぬ今朝なれど**　陰暦十月頃になるとしぐれることが多いのに、今朝は珍しく、の意。「神無月降りみ降らずみ定めなき時雨ぞ冬のはじめなりける」（後撰・冬、四四五　よみ人も）。**○うき身ひとつ**　つらい思いをしているわが身だけ。「おほかたに荻の葉過ぐる風の音もうき身ひとつにしむ心地して」（源氏・野分）。**○しぐるる**　涙にくれる意。「神無月」の関係でいう。

〔**補説**〕当該歌に内容の非常によく似た歌がある。

大空は曇らざりけり神無月しぐれ心地はわれのみぞする（貫之集Ⅰ、五九五）

62

七月七日殿にて

たなばたにちとせのか《ミ》け《ふ》をすくすともあふよはなしとおもひこそせめ

〔**校異**〕承空本ナシ

〔**整定本文**〕七月七日、殿にて

62　たなばたに千歳の今日を過ぐすとも逢ふ夜はなしと思ひこそせめ

〔**現代語訳**〕七月七日、殿のもとで

62　たなばたの日に、こののち千年もの今日を過ごすとしても、牽牛と織女は（年に一度では逢瀬が少ないため）逢う夜がないと思うことでしょう。

〔**他出**〕ナシ

〔**語釈**〕**〇七月七日**　牽牛星と織女星とが一年に一度だけ相逢うとされる日。七夕祭とか乞巧奠とかの行事が行われた。ここは「七月七日に」という意味なのか、「七月七日」は題なのか、いずれにも解されようが、後拾遺集（秋上、二四二）所載の堀川右大臣詠と関係があるならば、前者になろうか。補説参照。**〇殿にて**「殿」は頼通を指す。42番歌参照。**〇たなばたに**「たなばた」は基本的には織女星を指すが、平安期に入ると意味が多様化する。ここは七夕に関する行事が行われた日に、の意であろう。補説参照。**〇千歳の今日を過ぐすとも**　千年もの間、この七月七日という日を過ごしたとしても。「とも」は逆接の仮定条件を示す。**〇思ひこそせめ**　きっと思うであろう。「思ひせむ」を強めた形。

〔補説〕後拾遺集・秋上に次のような歌がある。

七月七日、宇治前太政大臣の賀陽院の家にて人々酒などたうべて遊びけるに、憶牛女言志心をよみ侍けるに　　堀川右大臣

たなばたは雲の衣をひきかさねかへさで寝るや今宵なるらむ（二四一）

また、類題鈔に「503宇治殿　七夕憶牛女」との項目があり、当該歌も含めてこれらがすべて同じ折のものとすれば、七月七日、宇治前太政大臣頼通のもとで、「憶牛女言志心」あるいは「七夕憶牛女」の題のもとに歌を詠みあったということになろうか。当該歌も、七月七日の感慨を、牽牛星と織女星はこんな気持ちでいるであろうかと推量したものであろうから、内容的には十分に合致するように思われる。

また、「たなばた」が織女星の意ではなく、七月七日や七夕祭の意味で用いられていると思われる例には次のようなものがある。

たなばたに、前栽あるところにて、殿上の人々多く集まりて歌詠みけるに、露といふ文字を取りてよめる（金葉初度本・秋、二四三詞書）

花山院春宮におはしましける時、七月七日、殿上の人々、たなばたに秋惜しむといふ心、詠ませたまふに（長能集Ⅱ、四九詞書）

なお、71番歌にも七夕詠があるが、詞書に「すはうのかみこれなか《中》」とのみあり、範永歌がなく、不審。あるいは当該歌と同時詠であったものが家集の書写過程で現在のような形になったものか。71番歌参照。

はな見て
63 あくかる、こ、ろし《や》はしなくさむとけふはちらてもはなの見えなむ
64 さと、をみひはくれぬともおしからしはなたにちらぬやと、おもは、

〔校異〕 承空本ナシ

〔整定本文〕 花見て
63 あくがるる心やしばし慰むと今日は散らでも花の見えなむ
64 里遠み日は暮れぬとも惜しからじ花だに散らぬ宿と思はば

〔現代語訳〕 花を見て
63 落ち着かない心がほんのしばらくでも安まるかと、今日は散らずに花が見られる状態であってほしいものだ。
64 里が遠くて日は暮れてしまうとしても惜しくはあるまいよ。花だけでも散らない宿と思うならば。

〔他出〕 ナシ

〔語釈〕 63 **○あくがるる** 「あくがる」は心が浮かれて落ち着かない意。ここは桜花に魅せられていることをいう。「いつまでか野辺に心のあくがれむ花し散らずは千代も経ぬべし」（古今・春下、九六 素性）。**○慰む** 「慰む」には自動詞（四段活用）と他動詞（下二段活用）とがあるが、ここは「や」の結びで連体形であり、自動詞。**○見えなむ** 「なむ」が下二段活用の動詞「見ゆ」に付く場合は、未然形接続で願望の終助詞か、連用形接続で助動詞の連語（強意「な」＋推量「む」）か、一見区別し難いが、ここは花を惜しむ意の歌と考え、願望と解した。「人知れず思ふ心は春霞たちいでて君が目にも見えなむ」（古今・雑下、九九九 藤原勝臣）。

64 **○花だに散らぬ宿** せめて花だけでも散らずにある宿の意であろう。「花だにも散らで別るるものならば今日はわりなく惜しまざらまし」（朝忠集Ⅰ、四三）。花でさえも散らない宿の意で詠まれた例もある。「種もなき花だに散

らぬ宿もあるをなどかかたみのこだになからむ」（後撰・哀傷、一三九二　藤原師輔）。当該歌の場合、63番歌と同様、花を惜しむ心の歌であろう。補説参照。

〔補説〕 63番歌のように、花を求めて「あくがるる」心を詠む歌は、語釈に挙げた歌などを先行例としてかなり見出される。

　春の日は花に心をあくがれてもの思ふ人と見えぬべきかな（重之女集、一一）

　心こそ野にも山にもあくがれめ花につけては思ひてよかし（赤染衛門集Ⅰ、三七八）

　花見にと春は心のあくがれて山路深くぞたづね来にける（二条大弐集、三〇）

また、花を求めて出かけ、日が暮れると帰らずに花のもとに宿りもする。

　宿りして春の山辺に寝たる夜は夢の内にも花ぞ散りける（古今・春下、一一七　貫之）

　桜花散りかふ空は暮れにけりふしみの里に宿や借らまし（中務集Ⅰ、二五）

64番歌の場合、里から遠い所にいて日が暮れてしまうとしても、花の散らぬ宿にいると思うなら、日暮れも惜しくはないと歌う。

65

　　やまふかくしてほとゝきすのこゑちかきこゝ《きく本》ろ

ほとゝきすみやまのはてをたつねてそさとになれせぬこゑもきゝける

〔校異〕 承空本ナシ

〔整定本文〕 山深くして、ほととぎすの声近き心

65 ほととぎす深山の果てを訪ねてぞ里に慣れせぬ声も聞きける

〔現代語訳〕 山が深くて、ほととぎすの声が近く聞こえるという意

65 ほととぎすの声は、深い山の果てを訪ねて、まだ里に慣れていない声も聞くことだなあ。

〔他出〕 ナシ

〔語釈〕 **○山深くして、ほととぎすの声近き心** 底本は「ちかきこゝろ」の右に「きく本」との傍記を持つ。それに従えば「山深くしてほととぎすの声近き聞く（山深聞郭公声近）」というような詩句の題だったか。似たような「深山郭公」という題は経信集等に見える。補説参照。**○里に慣れせぬ声** ほととぎすは初め山で鳴き、次第に山から下りて来て里で鳴くとされた。「あしひきの山ほととぎす里慣れてたそかれ時に名のりすらしも」（拾遺・雑春、一〇七六 大中臣輔親）。

〔補説〕 初めは山で鳴いていたほととぎすが次第に「里慣る」、すなわち里に下りて鳴くということは、語釈欄で挙げた輔親の歌以外にも多く詠まれているが、里に下りる以前のほととぎすについても以下のような題となり、広く詠まれていた。

深山郭公

小夜ふけてくらぶの山のほととぎす行方もしらず鳴きわたるかな（経信集Ⅲ、七〇）

待つ宵をつつむなるべしほととぎすまだうちとけぬ忍び音なれば（同、七一）

深山尋時鳥

あぢきなや山ほととぎすたづぬとて鳥も声せぬ谷に来にけり（重家集、四二一）

当該歌もそうした類の題詠歌と考えられよう。

人のもとにはなさかりに

66 むかしよりはなにこゝろ。《にはな》をつけそめてひとしれぬねそはるはなかるゝ

かへし

67 あたなりとき、しもしるく春くれ《ことに》ははなにこゝろをひとのつくらむ

〔校異〕 承空本ナシ

〔整定本文〕 人のもとに、花盛りに

66 昔より心に花をつけそめて人知れぬ音ぞ春は泣かるる

返し

67 あだなりと聞きしもしるく春くれば花に心を人のつくらむ

〔現代語訳〕 人のもとに、花盛りに

66 昔から心に花への愛着を抱いていて、春が来るたびに人知れず泣いてしまうことです。以前から私はあなたを愛していて、あなたはそれに気がついてくれないものですから、ひっそり声をあげて泣いてしまうことです。

返歌

67 あなたは浮気な方と聞いていたとおり、春が来ると、花に執着するように女性に心を寄せているようですね。そんなあなたの心など信頼できません。

〔他出〕 ナシ

〔語釈〕 66 **○心に花をつけそめて** 「つく」は、付着させる、添わせる、の意。「心に花をつく」は、心のうちに花をつき添わせる、つまりは心中に花への愛着を持つ意となるので、結果的に、「花に心をつく」（花に心を寄り添わせ

る）のと同意となろう。「春の田を人にまかせて我はただ花に心をつくるころかな」（拾遺・春、四七　斎宮内侍）。ここでの「花」は桜であろうが、歌を送った相手の女性をも意味する。

67 **○あだなりと**　ここは男心の浮気なさま。**○聞きしもしるく**　まさに聞いていたとおり。「しるし」は、はっきりと認められる、明白だ、の意。**○春くれば**　底本は「くれは」の右に「ことに」とあるが、見せ消ちがないため、ここでは「春くれば」のままとした。訂正と見て「春ごとに」にすると、下句は「春が来る度にあなたは女性に心を寄せているのだろう」の意となり、歌の主旨には一層適した表現になる。

〔補説〕　花の盛りにこと寄せて女性に愛を告白した折の贈答で、相手はこうした場合の常套的な対応として、「春になると心を花につけるなんて、なるほど浮気なこと」と切り返している。

「花に心をつく」という表現では、語釈に挙げた歌が古今六帖（一一〇七）や和漢朗詠集（五六九）にも採録されており、人口に膾炙していたと見られるが、その他にも、

あひ思はぬ花に心をつけそめて春の山辺にながめをぞする（躬恒集Ⅰ、一六二）

という歌もある。さらに、

ときはなる松をばおきてあぢきなくあだなる宿の桜をぞみる（同、三四〇）

では、花への愛着は「あぢきなし」「あだなり」とも歌われている。また、選子内親王集Ⅰにも、

三月九日の月いとおほどかにあはれなるに、桜は散り敷きたれば、いみじうをかしければ、庭に人々おりて起きあかしめづれば

こりずまにあだなる花のもとにしも枕さだめぬうたた寝はせじ（三二三）

こりずまに名も惜しからず春たたば心をなほぞ花につけつる（三二四）

があり、当該贈答歌はこうした先行歌を背景に詠まれているのかもしれない。ただし他の用例はすべて「花に心をつく」と詠まれているのに、66番歌ではわざわざ見せ消ちと補入とによって「心に花をつく」としている。他に用

例は見当たらないが、相手への思いの強さを表現する意図でもあったものか。

つれなき人に薄につけて

むすはれむものとおもへははなすゝきかせになひかぬのへしなけれは

〔校異〕　承空本ナシ

〔整定本文〕　つれなき人に、薄につけて

68　結ばれむものと思へば花薄風になびかぬ野辺しなければ

〔現代語訳〕　無情な人に、薄につけて

68　いずれはあなたときっと結ばれることだろうと思うので……。花薄が風になびくことのない野辺はないのですから。

〔他出〕　ナシ

〔語釈〕　○結ばれむものと思へば　下句から判断するといつかは結ばれるだろうとする意に解されるが、末尾にも「なければ」とあり、「思へば」はどこに掛かるのか、落ち着かない。

〔補説〕　これは、「つれなき人」を薄にたとえている歌である。薄はなびくものであり、いつかはきっとあなたも私になびいて契りを結んでくれることだろうと期待している歌であろう。

なお、薄を「結ぶ」と詠んだ歌には以下のようなものがある。

題しらず　藤原仲平朝臣

花薄我こそ下に思ひしか穂に出でて人に結ばれにけり（古今・恋五、七四八）

秋に、醍醐の御時に、御前の薄の結ばれたるを御覧じて、あれはたが結びたるにかと、おほせられければ

ほころびてまねくけしきと見えしかばしどけなしとて我ぞ結びし（公忠集Ⅰ、九）

清涼殿御前の薄を結びたるを、たれならむといひて、内侍の命婦の結びつけさせける

吹く風の心も知らで花薄そらに結べる人やたれぞも（実方集Ⅱ、一七）

殿上人々返しせむなど定むるほどに、まゐりあひて

風のまにたれ結びけむ花薄上葉の露も心おくらし（実方集Ⅱ、一八）

題しらず　　　　権中納言敦忠

結びおきし袂だに見ぬ花薄かるともかれじ君しとかずは（新古今・恋三、一二一五）

実際には風などでなぎ倒されないように紐などで結んだのであろうが、和歌ではしばしば契りを結ぶ意にも用いられた。

美濃ゝくにゝひとのもとへしのひてはるのころ

このはるははなにこゝろもなくさまてみのゝをやまをおもひこそやれ

〔校異〕　承空本ナシ

〔整定本文〕　美濃の国に、人のもとへ忍びて、春のころ

69　この春は花に心もなぐさまで美濃の御山を思ひこそやれ

〔現代語訳〕　美濃の国に、人のもとへ密かに、春のころ

69　今年の春は、花を見ても心が楽しむこともなくて、あなたのいる、美濃の御山をしきりに思いやることですよ。

〔他出〕　ナシ

〔語釈〕　**○美濃の国**　東海道の一国。現在の岐阜県南部に相当。**○美濃の御山**　岐阜県不破郡にある南宮山の別称

という。

〔補説〕「忍びて」とあるので、美濃の国にいる女性に密かに送った歌であろう。例年の春は桜の花を見て心が慰められるのに、今年の春は、桜を見ても楽しむことができない。遠く美濃国にいる愛しいあなたを思うばかりで、という内容の歌である。

美濃の御山は能因本枕草子「山は」にも名が見え、また、新古今集に次の歌がある。

題しらず　伊勢
思ひ出づや美濃の御山のひとつ松契りしことはいつも忘れず（恋五、一四〇八）

70

夏のよ山のはのつき
なつの夜は山のはちかき月をみむふもとのかけもすゝしかりけり

〔校異〕承空本ナシ
〔整定本文〕夏の夜、山の端の月
70 夏の夜は山の端近き月を見む麓のかげも涼しかりけり
〔現代語訳〕夏の夜、山の端の月
70 夏の夜は、山の端近くにある月を見よう。山の麓を照らす月の光も涼しいことであった。
〔他出〕ナシ
〔語釈〕**○山の端**　山の稜線が空に接するところ。山そのものの一部分。「秋は夕暮れ。夕日のさして山の端いと近うなりたるに、」（枕草子・春は曙）。**○麓のかげ**　山の麓を照らす月の光。**○涼しかりけり**　「涼し」はひんやりして冷たいことであるが、当該歌では、清く澄んだ月の光の清涼感を感覚的にとらえている表現。

〔補説〕山の端の月を詠んだ歌は多くあるが、「山の端近き月」を詠んだ歌はそう多くはない。

同じ心（寄月述懐）を右大臣家の会に

おちかかる山の端近き月影はいつまでともに我身なるべき（頼政集Ⅰ、二三六）

題しらず　　式子内親王

宵の間にさてても寝ぬべき月ならば山の端近きものは思はじ（新古今・秋上、四一六）

寄月述懐といふことを　　西園寺入道前太政大臣

いたづらに眺めて月もふけにけり山の端近き身をいかにせむ（万代集・雑二、三〇三二）

これらの歌を見るまでもなく、「山の端近き月」は当然ながら月の入りを詠んだものであろう。暑い夏の夜であっても、入り方の山の麓の月は涼しく感じられる、だから、山の端近くにある月を見よう、という歌である。なお範永集で夏の夜の月を詠んだ歌には、このほかにも、40番、173番などがある。

71

たなはたに身をかしつれとあまのかはあふせしらなみなきそかなしき

すはうのかみこれなか《中》

〔校異〕承空本ナシ

〔整定本文〕周防の守これなか

71　たなばたに身を貸しつれど天の川逢ふ瀬白波なきぞ悲しき

〔現代語訳〕周防の守これなか

71　たなばたにわが身を貸したけれど、天の川の川瀬には白波がなく、たどるすべもなく、一年に一度の逢う瀬さえもかなわないのは悲しいことだ。

〔他出〕　ナシ

〔語釈〕　**○周防の守これなか**　未詳。補説参照。なお「周防」は山陽道の一国。現在の山口県東部地域に相当。**○たなばたに身を貸しつれど**　「たなばた」は本来は織女星のみを意味したが、平安期に入ると牽牛、織女の二星、あるいは七夕祭などをも意味するようになる。その「たなばた」に「貸す」とは、七夕祭などの際に行事の対象である織女星に供える意らしい。補説参照。**○逢ふ瀬白波**　「逢ふ瀬」は男女が逢う機会。古今集の有名な「天の川浅瀬白波たどりつつ渡り果てねば明けぞしにける」（秋上、一七七　友則）を踏まえ、白波があればたどることもできようが、白波がないと、たどることも、もちろん逢う事もできない、といっているのであろう。

〔補説〕　国司補任によっても周防守に「これなか」なる人物は見あたらない。また詞書をそのまま信じれば、当該歌は「周防の守これなか」なる人物が詠んだ歌になるが、贈答歌でもないのになぜ範永集に収録されているのかが疑問となる。あるいは「周防の守これなかに」の「に」が欠落したものか、それとも62番に見える七夕歌と本来同じ折の詠だったのが、書写過程で混乱が生じたか。

なお、たなばたに「貸す」ものとしては、

延喜御時月次御屏風に　　貫之

たなばたに脱ぎて貸しつる唐衣いとど涙に袖や濡るらむ（拾遺・秋、一四九）

題しらず　　よみ人知らず

世をうみてわが貸す糸はたなばたの涙の玉の緒とやなるらむ（拾遺・雑秋、一〇八七）

御髪おろさせ給ひての七月七日よませ給ひける　　花山院御製

たなばたに衣も脱ぎて貸すべきにゆゆしとや見む墨染の袖（詞花・秋、八五）

など、乞巧奠との関係からか「衣」や「糸」などが多いが、

七月、たなばたまつりする家、男女語らふところ

たなばたに心を貸して天の川うきたる空に恋やわたらむ（能宣集Ⅰ、一三九）

のように、「たなばたまつり」に際して「心を貸す」と詠んだ歌もある。「心を貸す」とは、織女星に自分の心を貸すこと、自分の心が織女星の心になることで、織女星と同じように、なかなか逢えない人との逢瀬を待ち望んだり、次の例のように、別れを嘆く気持ちを表したりすることになる。

早秋

たなばたに心を貸して思ふにもあかぬ別れはあらせざらなむ（相模集Ⅰ、二五三）

もっとも、

七月七日、女、男にもの言ひたるけしきしたる所

わが恋はたなばたつめに貸しつれどなほただならぬ心地こそすれ（公任集、三二一）

七月七日、お前近く、人にもの言ひたりければ、便なげにおぼしめしてのたまはせければ、二三日ばかりありて

あふことはたなばたつめに貸してしをその夜なき名の立ちにけるかな（小大君集Ⅳ、一七）

七月七日、二条院の御かたにたてまつらせ給ひける　後冷泉院御製

あふことはたなばたつめに貸しつれどわたらまほしきかささぎのはし（後拾遺・恋二、七一四）

のように、「わが恋」や「あふこと」を「たなばたつめ」に貸してしまったために、自分は逢えなくなると詠んでいる例もあるが、当該歌の「身を貸す」場合は、やはりたなばたにわが身を貸す、たなばたに身を重ねる意で、一年に一度は逢えるはずなのに、私のほうは逢うことができず、悲しい、と詠んでいる歌であろう。

落葉木にめくり《れ》

もみちは、みなこのもとにちりにけりいつれのかたをまつはひろはむ

〔校異〕　承空本ナシ

〔整定本文〕　落葉木にめぐれり

72　もみぢ葉はみな木のもとに散りにけりいづれのかたをまづは拾はむ

〔現代語訳〕　落葉が木のまわりに敷きつめている

72　もみじ葉はすべて木のもとに散ってしまったことよ。まずはどちらの場所の葉から拾おうか。

〔他出〕　ナシ

〔語釈〕　**○めぐれり**　周囲を囲む、取りまくこと。

〔補説〕　「落葉木にめぐれり」という詞書から、題詠歌であろうか。千葉義孝「藤原範永の家集とその周辺」は、家経集に見える次の歌と「同一場所で時を同じくして詠まれたもののよう」と説く。

遊山寺詠葉落繞樹

風をいたみもみぢ散りしく木のもとに帰らむかたも忘られにけり（三）

木の下に散り積もったもみじの美しさを詠んだ歌には、

題しらず　よみ人知らず

木のもとに織らぬ錦の積もれるは雲の林のもみぢなりけり（後撰・秋下、四〇九）

屛風絵に、山家に男女木の下にもみぢを翫ぶ所を詠める　平兼盛

唐錦色見えまがふもみぢ葉の散る木の下は立ち憂かりけり（後拾遺・秋下、三六〇）

などが見られる。

また、当該歌は、木の下に散ったもみじのあまりの多さに、どこから拾おうか、と迷っている様子を詠んだ歌であろうが、木の下に散った葉を拾う様を詠むことは、次の貫之集Ｉにも見られる。

女どものもみぢひろふ所

散る上に散りし積もればもみぢ葉を拾ふ数こそしぐれなりけれ（一八五）

73

おほ井にしてもみち水にそめりといふ題を

今日そしるきしのもみちはみなそこにやとれるいろのまさるなりけり

〔校異〕 承空本ナシ

〔整定本文〕 大堰にして、もみぢ水に染めり、といふ題を

73 今日ぞ知る岸のもみぢは水底にやどれる色のまさるなりけり

〔現代語訳〕 大堰川で、もみじが水に染まっている、という題を

73 今日こそ知ることだ。岸のもみじは水底に映っている色のほうが勝っているのだった。

〔他出〕 ナシ

〔語釈〕 **○大堰にして、もみぢ水に染めり** 「大堰」は大堰川のこと。「大井川」とも。桂川のうち、現在の京都市右京区嵐山周辺をいう。景勝地として有名で、特に紅葉の時期には、行幸や貴族の管弦の遊び、歌会が盛んに行われた。補説参照。また、「にして」は場所を表す連語で、「是の時に妙幢菩薩、独り静かなる処にして、是の思惟を作さく」（西大寺本金光明最勝王経平安初期点）のように漢文訓読語的な用法であり、和歌の詞書としては稀ではあるが、「讃岐の狭岑の島にして岩屋の中にて亡くなりたる人を見て」（拾遺・哀傷、一三一六詞書）などと見える。

〔補説〕 大堰川の遊覧は、延喜七（九〇七）年の宇多法皇の行幸をはじめとして、大鏡・頼忠伝に、

入道（道長）殿の、大井川に逍遥せさせ給ひしに……

とあるように、貴族の間でも平安中期以降盛んに行われた。保元物語・下巻（新院讃州に御遷幸の事）に見える、

大井川の逍遥には、竜頭鷁首の御舟を浮かべて、錦の纜を解き、三公卿相囲繞して、詩歌管絃の奏を催し、花をかざし、紅葉を折り……

などは、その様子をよく伝えている。特に和歌においてはもみじが詠まれることが多い。

大井川にもみぢの流るるを見侍りて　壬生忠岑

色々の木の葉流るる大井川しもは桂のもみぢとや見む（拾遺・秋、二一二）

当該歌のように大堰川の「岸のもみぢ」を詠んだ歌には、水面を落葉が覆っている光景を描写するものがある。

水もなく見えこそわたれ大井川岸のもみぢは雨と降れども（後拾遺・秋下、三六五　定頼）

一方で、もみじがその姿を水底に映している様子を詠んだ歌もある。

池のほとりにてもみぢの散るを詠める　躬恒

風吹けば落つるもみぢ葉水清み散らぬ影さへ底に見えつつ（古今・秋下、三〇四）

水底に影し映ればもみぢ葉の色も深くやなりまさるらむ（続千載・秋歌下、五八一　貫之）

当該歌も大堰川の水底に映ったもみじを詠んでいる。

西宮にて落葉あめのごとし

夜もすからもみちは雨とふりつむになかむる月そくもらさりける

〔校異〕　承空本ナシ

〔整定本文〕　西宮にて、落葉雨の如し

74　夜もすがらもみぢは雨と降り積むに眺むる月ぞ曇らざりける

〔現代語訳〕　西宮で、落葉雨の如し

74　夜通しもみじは雨のように降り積もるのに、もの思いに耽りながら見る月は曇らないことだ。

〔他出〕　ナシ

〔語釈〕　**〇西宮**　平安京右京四条一坊内にあった邸宅で、西宮左大臣と呼ばれた源高明の居宅。補説参照。**〇落葉雨の如し**　白氏文集の「葉声落如雨、月色白似霜」を踏まえたものであろう。千葉義孝「藤原範永の家集とその周辺」は、家経集一一番詞書「落葉如雨」と当該歌は題が一致しており、両歌は同一場所で、時を同じくして詠まれたものと判断している。

〔補説〕　範永集では、当該歌のほかに、111、124、168番で詞書に「西宮」が見られる。この「西宮」は、すでに川村晃生「新風への道―後拾遺歌人の場をめぐって―」(『摂関期和歌史の研究』)に指摘があるように、西宮左大臣と呼ばれた源高明の旧宅であろう。拾芥抄、西京図の皇嘉門大路西二町、四条大路北三町の地域に「西宮領」との記述があり、池亭記には「華堂朱戸、竹樹泉石、誠是象外之勝地」とあって、景勝の地であったが、安和の変で高明が失脚し、大宰府に左遷されてまもなく、安和二(九六九)年四月一日に焼亡。二、三の建物を残して廃墟と化した。その後、荒廃したままの旧宅でしばしば歌会が催されたらしく、

西宮のおほいまうちぎみ筑紫にまかりてのち、住み侍りける西宮の家を見ありきてよみ侍りける

恵慶法師

松風も岸うつ波ももろともに昔にあらぬ音のするかな(後拾遺・雑三、一〇〇〇)

などはその一例であろう。

また、家経の歌は、頼実の歌とともに後拾遺集に「落葉如雨」という題で収められている。

落葉如雨といふ心をよめる

源頼実

木の葉散る宿は聞き分くことぞなき時雨する夜も時雨せぬ夜も（冬、三八二）

藤原家経朝臣

もみぢ散る音は時雨の心地してこずゑの空は曇らざりけり（冬、三八三）

いずれももみじの散る音と雨の降る音を重ねあわせる歌で、後者については、新大系『後拾遺和歌集』脚注において「聴覚的認識から視覚的な世界へと転じる詠みぶりが眼目」と評されている。当該歌も同じ趣向であるが、語釈欄で述べた白氏文集の「月色」までも詠み込み、題意をより深く満たしていよう。

また、久保木秀夫「和歌六人党と西宮歌会」（『中古文学』六六号）では、頼実、家経のほかに、藤原経衡の、

落つるはな《（ママ）》、雨の如しといふ題

雨かとて濡れじとかづく衣手にかかるは惜しむもみぢなりけり（経衡集、四五）

も同座詠と見なし、和歌六人党周辺歌人がやはり「西宮」に集まっていた可能性について言及している。

なお、類題鈔に「582俊綱朝臣　落葉如雨」とあるのも同じ折のものとすれば、右の西宮歌会は俊綱主催のものということになろうか。その場合、頼実の没年（長久五〈一〇四四〉年）から、俊綱主催の歌合としては早い例となる。

山さとのむめ

75

やまさとはまたふゆかとそおもはまし屋戸のむめたにはると《を》つけすは

〔校異〕　承空本ナシ

〔整定本文〕　山里の梅

75　山里はまだ冬かとぞ思はまし宿の梅だに春を告げずは

〔現代語訳〕　山里の梅

75 この山里はまだ冬なのかと思っただろう。家の庭の梅だけでも春を告げてくれなかったら。家の梅が咲いてくれたので何とか春が来たとわかったよ。

〔他出〕 ナシ

〔語釈〕 **○宿の梅だに** わが家の梅だけでも。春が来てまず咲く花は梅、という意識があった。「春さればまづ咲く宿の梅の花独り見つつや春日暮さむ」（万葉・巻五、八一八）、「春くれば宿にまづ咲く梅の花君が千歳のかざしとぞ見る」（古今・賀、三五二　貫之）。なお、副助詞「だに」が仮定の表現とともに用いられる場合は、「……だけでも」と限定の意を表す。「命だに心にかなふものならば何か別れの悲しからまし」（古今・離別、三八七）。**○……ましし……ずは** 「……ずは……まし」の倒置。反実仮想表現。もし……でなかったら……だろうに。

〔補説〕 千葉義孝「藤原範永の家集とその周辺」によれば、家経集に見える「山家梅」題の歌、住む人の心のほどは山里の梅の花咲く春ぞ見えける（六）も、同じ場所、同じ折の歌であろうとする。

なお、このあたりを含め、家経集と詞書が一致し、かつ連続して歌が配列されていると思われる箇所が他に何箇所かある。解説一の2参照。

76

ゆふへのかすみ

ゆふされはたちもはれなむはるかすみなかむるかたのこすゑかくさし

〔校異〕 承空本ナシ

〔整定本文〕 夕べの霞

76 夕されば立ちも晴れなむ春霞眺むる方の梢隠さじ

〔現代語訳〕 夕べの霞

76 夕方になったので晴れてほしい、春霞よ。もの思いに耽りながら見ている梢をまさか隠しはしないだろう。

〔他出〕 ナシ

〔語釈〕 **○夕されば** 「夕さる」で夕方になる、の意。「ば」は已然形接続なので順接確定条件。**○立ちも晴れなむ** 「晴れ」を連用形ととれば、「なむ」は完了の助動詞「ぬ」の未然形＋推量の助動詞「む」で、「きっと……するだろう」となり、「晴れ」を未然形ととれば、「なむ」は願望の終助詞で、「……てほしい」の意となる。ここは後者に訳した。**○眺むる方の** 「眺む」は、もの思いに耽りながら見ること。ぼんやり何かを思いながら見やる方向の、その視線の先の、の意。

〔補説〕 家経集七番歌に「望晩霞」と題して、

日も暮れぬ今日は帰らじ来し方をそことも見えず野辺の霞に

があり、千葉義孝「藤原範永の家集とその周辺」は、これも同じ機会に詠まれた同題の歌であろうという。

なお、春霞が隠す花は一般に桜の花である。当該歌で詠まれている「梢」も桜の梢と考えてよいか。

誰しかもとめて折りつる春霞立ち隠すらむ山の桜を（古今・春上、五八　貫之）

春霞なに隠すらむ桜花散る間をだにも見るべきものを（古今・春下、七九　貫之）

ねのひ

77 はるさめはのけふはふらなむからころもぬれは山へのみとりうつると

〔校異〕 承空本ナシ

〔整定本文〕 子の日

77 春雨の今日は降らなむ唐衣濡れば山辺の緑うつると

〔現代語訳〕 子の日

77 春雨が今日は降ってほしいものだ。唐衣が雨で濡れたら、山辺の緑がそのままうつるかもしれないと。

〔他出〕 ナシ

〔語釈〕 **○子の日** 正月上の子の日には「ねのひのあそび」として丘または高所に登り、四方を望むという行事が行われた。陰陽の静気を得て邪気を除くという思想にもとづく。当時の男性貴族や女性たちにとっては野辺に出て若菜を摘み、小松を引いて、祝う、初春の野遊びの日でもあった。**○降らなむ** 未然形+「なむ」で、「なむ」は願望の終助詞。……てほしい。**○唐衣** 和歌では通常「裁つ・着る・返す・裾」など、衣に関する語か、それと同音の語にかかる枕詞として用いられるが、ここでは実際の衣を意味していよう。**○濡れば** 未然形+「ば」で、仮定条件。もし濡れたなら。**○うつる** 衣が雨に濡れたら、あたり一面の緑で緑色に染まるという意であろう。「移る」とも「映る」とも考えられる。

〔補説〕 当該歌は、

わが背子が衣はるさめ降るごとに野辺の緑ぞ色まさりける（古今・春上、二五 貫之）

を踏まえた歌かと思われる。春雨は、時に、

降りぬとていたくなわびそ春雨のただにやむべきものならなくに（後撰・春上、八〇 貫之）

のように、降ってほしくないもの、降っては嫌なものと詠まれたりもするが、雨によって却って緑が美しいとする情景は、野遊びをして春を満喫すべき「子の日」にはむしろふさわしい。

78

人に

ひとめをもつゝまぬほとにこひしきはおほろけならぬこゝろとをしれ

〔校異〕　マタ人ニ

承43人メヲモツ、マヌホトニ恋シキハオホロケナラヌコ、ロトヲシレ

〔整定本文〕　人に

78 人目をもつつまぬほどに恋ひしきはおぼろけならぬ心とを知れ

〔現代語訳〕　人に

78 ひと様の目を憚らないくらいに恋しく思われるのは、あなたのことを思う、私の並々ならぬ心のせいだと思ってください。

〔他出〕　新後拾遺集・恋一、九六〇

〔語釈〕　**〇人目**　他人の見る目。世間の注目。「人目をもつつまぬものと思ひせば袖の涙のかからましやは」（拾遺・恋二、七六四　実方朝臣）。**〇おぼろけならぬ心**　並々でない心。「三日月のおぼろけならぬ恋しさにわれてぞ出づる雲の上より」（金葉二度本・恋下、四八四　藤原永実）。

〔補説〕　この歌は新後拾遺集では次のように見え、作者を「参議教長」とする。

題しらず　　　　　　　　　　参議教長

人目をもつつまぬばかり恋しきはおぼろけならぬ心とをしれ

教長は詞花集以下の勅撰集に入集する、平安後期の勅撰歌人で、古今和歌集註などを著した。範永とは明らかに別人である。範永（のりなが）を教長（のりなが）と誤ったものであろう。

大将とのうせたまうてのとしそのとのにありしわかき女房としおひたりとてわひ《らイ本》しに
いにしへをたれもこふれは《と》いそのかみふりぬる《にし》ひとをあはれとはみよ《よ》

〔校異〕　大井トノウセサセ給テソノトノニアリシワカ〔　〕房トシオヒタルトテワラヒシニ
承45イニシヘハタレモコフレトイソノカミフリニシ人ヲアハレトハミヨ

〔整定本文〕　大将失せ給うての年、その殿にありし若き女房、年老いたりとてわびしに
79　いにしへを誰も恋ふれば石上ふりぬる人をあはれとはみよ

〔現代語訳〕　大将がお亡くなりになっての年、その御殿に仕えていた若い女房が、「今は年老いた」と言って嘆いたので
79　大将が生きておられた昔のことを誰もが恋しく思うので……、年老いた私をあわれと思ってください。

〔他出〕　ナシ

〔語釈〕　**〇大将**　藤原通房を指すのであろう。補説参照。**〇石上**　大和国の歌枕。「旧る」「降る」などにかかる枕詞としても用いられる。11番歌参照。**〇あはれとはみよ**　転写本である書陵部甲本には「あはれとはみる《よ》」とあり、底本でも確かにそう読めそうだが、「みる」の「る」は他の箇所から判断しても（例、109番「こゝろよ」など）承空本と同じように「よ」と読めないことはない。あいまいな書き方だったためにわざわざ「よ」と傍書を施した結果、却って混乱することになったのであろう。

〔補説〕　詞書に「大将失せ給うての年」とあるが、範永が生きた時代に「大将」であった人物は、
藤原実資、藤原教通、藤原頼宗、藤原通房、源師房、藤原師実、藤原師通
などがあげられ、さらに範永存命中に亡くなった人の大将在任期間と、その没年を見ると、
藤原実資　右大将　長保三年～長久四年、寛徳三（一〇四六）年没

藤原教通　左大将　長和六年～康平五年、承保二（一〇七五）年没
藤原頼宗　右大将　寛徳二年～康平七年、康平八（一〇六五）年没
藤原通房　右大将　長久四年～長久五年、長久五（一〇四四）年没
源　師房　右大将　康平七年～承保二年、左大将　承保二年～承保四（一〇七七）年没

となる。範永集の場合、人物の呼称は歌の詠まれた時点での呼称か、家集編纂時の呼称かはっきりしないので、その点から考えれば「大将」を誰と特定することはむずかしいが、大将在任中に亡くなった人物は通房一人である。他の四人はいずれも左大臣もしくは右大臣で亡くなっているので、この場合、通房の可能性が大きいといえよう。通房は、関白頼通の嫡男、権大納言右大将で、二十歳の若さで亡くなった。栄花物語・くものふるまひには、ほぼ一巻があてられ、その死と家族たちの悲嘆が描かれている。

なお承空本の本文は、詞書、歌ともに、大きく異同がある。詞書には「大井トノウセサセ給テ」「ワラヒシニ」とあり、歌本文も「イニシヘハタレモコフレト」「フリニシ人」とあって、その上で「アハレトハミヨ」となっている。「大井トノ」は「大将トノ」の誤写とみても、承空本によるならば、

大将殿がお亡くなりになって、その殿に仕えていた若い女房が、範永を見て「年をとっている」と言って笑ったので、

若かった昔のことは誰でもなつかしく思うけれども、年老いた人をあわれと思ってください。

という意味になろう。詞書の「トシオヒタル」は範永のことをいい、和歌の「フリニシ人」も範永自身を指し、底本とはかなり違った内容になってくる。「アハレトハミヨ」との関係からいうならば、「わびしに」よりも、「ワラヒシニ」のほうがわかりやすいが、その場合「大将ドノウセサセ給テ」との関係が希薄になる。

80

ひとのもとに

なにはにも君はすまぬに《ヲ》わひしくもあしのやへふきひま《の》なから《きかな》む

〔校異〕 マタヒトニ

承44ナニハカモキミハスマヌヲワヒシクモアシノヤヘフキヒマノナキカナ

〔整定本文〕 人のもとに

80 難波にも君は住まぬをわびしくも葦の八重葺きひまのなきかな

〔現代語訳〕 ある人のもとに

80 あなたは難波に住んでいるわけでもないのに、つらくも、葦で幾重にも葺いた八重葺きの隙間がないように、私に逢ってくださるひまがないことですね。

〔他出〕 ナシ

〔語釈〕 **○難波にも君は住まぬを** 下句を導くための措辞。「難波」は摂津国の歌枕。現在の大阪市とその周辺。**○葦の八重葺き** 葦で幾重にも厚く葺いた屋根のこと。隙間のないことから「ひまなし」を導き出す言葉として使われることが多い。補説参照。**○ひまのなきかな** 底本「ひまなからむ」では解しにくいので、承空本や傍書により校訂した。ここでは逢うひまがないことをいう。補説参照。

〔補説〕 当該歌の主意は「ひまなし」ということにある。この「ひまなし」を導き出すために、「葦の八重葺き」が詠まれ、「葦」に関連して「難波」が詠み込まれている。同じような詠みぶりの歌には次のようなものがある。

津の国の葦の八重葺きひまをなみ恋しき人にあはぬころかな（古今六帖・第二、一二五八）

津の国のこやとも人をいふべきにひまこそなけれ葦の八重葺き（和泉式部集Ⅰ、六九〇）

忍びてもいかがはすべき葦の屋のその八重葺きのひまもあらじを（馬内侍集、一三六）

八重葺きのひまだにあらば葦の屋に音せぬ風はあらじとを知れ（相模集Ⅰ、八九）

81
ふみやりたる人にかへしせめしかはかくいひたる
世中はあとゝむへくも見えねともをきてやみましつゆのたまつさ

82
かへし
みつくきのあとはたえせぬ世中をあたなるつゆのいかてそめけむ

〔校異〕　承空本ナシ

〔整定本文〕　文やりたる人に、返し責めしかば、かくいひたる
81 世の中は跡留むべくも見えねども置きてやみまし露のたまづさ
返し
82 水茎の跡は絶えせぬ世の中をあだなる露のいかで染めけむ

〔現代語訳〕　手紙を送った人に、私が返事を要求したところ、このように言ってよこした
81 世の中は跡がとどまるようにも見えないけれども、置いてみようかしら、露のたまづさを。あなたへの手紙を書いてこの世にとどめてみましょうか。
返し
82 筆の跡は決して消えることのないこの世の中なのに、あなたは「露のたまづさ」などとおっしゃって、そのはかない露がどのようにして染めたのでしょうか。どのようにして筆を染めたのでしょう。

〔他出〕　ナシ

〔語釈〕 81**〇跡留むべくも** 「跡留む」は、痕跡を留める意。世の中というものは何もかもが消えてしまい、跡形もなくなるという認識が前提になっていよう。**〇置きてやみまし** 置いてみようかしら。「……や……まし」はためらいの気持ちを表す。手紙を書き置いてみようかしら、どうしましょう、という気持ちである。「置き」は「露」の縁語。**〇露のたまづさ** 「露の玉」から「たまづさ（玉梓）」を導き出している。「玉梓」は手紙の意。なお「露のたまづさ」の例は和歌ではこれ以前に見当たらない。

82**〇水茎の跡** 筆跡。「水茎の跡を見るにもいとどしくながるるものは涙なりけり」（栄花物語・岩陰、七九）。**〇絶えせぬ** 動詞「絶えす」に打消の助動詞「ず」の連体形「ぬ」を伴った形。絶えることのない。**〇あだなる露** 81番歌の「露のたまづさ」を踏まえ、露は消えやすくはかないものであることから「あだなる」といった。

〔補説〕 この贈答は次のような状況のもとで詠まれたと考えられる。範永が手紙を送った人がいた。その人からなかなか返事がないので、範永が要求したところ、81番歌を詠み送ってきた。それに対し範永が82番歌を返歌として詠んでやった。返歌の下句「あだなる露のいかで染めけむ」はややわかりにくいが、なんのかんのと言いながら、それでもやっとくれた返事に対する、範永の皮肉をこめた喜びの表現であろうか。

83

人のもとにものにまてゝかへりて
あはれともおもひやすらむちはやふる神にあけくれいのりかくるを《れは》

〔校異〕 承空本ナシ

〔整定本文〕 人のもとに、ものにまでて帰りて
83 あはれとも思ひやすらむちはやぶる神に明け暮れ祈りかくるを

〔現代語訳〕 人のもとに、物詣でをして帰ってきて

83 あなたはあわれと思って下さっているでしょうか。神様に明けても暮れても（私があなたとの恋を）祈っていることを。

〔他出〕 ナシ

〔語釈〕 **〇ものにまでて** 「までて」は「詣でて」。神社や寺院などに参詣して。「秋ごろ、尊きことする所にまでたるに、虫の声々鳴けば」（和泉式部集Ⅰ、一一八詞書）。**〇あはれ** しみじみとした情趣、感動、共感。補説参照。**〇祈りかくる** 「かく」は、この場合他の動詞について、あるものに向かって……する意を表す。ここでは恋の成就を神に向かって祈る。

〔補説〕 「あはれ」は、こうした場面では、恋に惑う自分に対しての感動や共感を求める気持ちを表す語であり、恋が始まる時にも、終わりかけた時にも用いられる。

恋の始まりにおける「あはれ」の例としては、源氏物語・若菜下で、柏木が女三の宮のもとに忍んで行き、思いを伝える場面が挙げられる。

あはれとだにのたまはせば、それをうけたまはりてまかでなむ。

すこし思ひのどめよと思されば、あはれとだにのたまはせよ。

という二度にわたる柏木の言葉は、恋の始まりにおいて、せめて女三の宮の共感を得さえすればと願っていたことをうかがわせる。和歌でも、

月影にわが身をかふるものならばつれなき人もあはれとや見む（古今・恋二、六〇二　忠岑）

あはれとも枕ばかりや思ふらむ涙絶えせぬ夜半のけしきを（千載・恋二、七三九　朝恵法師）

とあり、「あはれ」を感じるところから恋が始まることを示唆している。一方、

もの言ひ侍りける女の、後につれなく侍りて、さらに逢はず侍りければ　一条摂政

あはれとも言ふべき人は思ほえで身のいたづらになりぬべきかな（拾遺・恋五、九五〇）

同じ人、常に忘れぬよしをのみ言ひおこすれば

あはれとも思ひやせましよそになる心のあらぬ心なりせば（和泉式部集Ⅰ、六二〇）

などの歌は、恋が終わりかけた時のものである。「あはれ」と感じる心がなくなることは、恋の終わりを意味していたのであろう。

当該歌は、恋の初めの段階で、恋の成就を訴えている歌であろう。

いかなることかきゝけむひとのもとより

84 あたにさはちりけることのはにつけてひとのこゝろをあらしとそみる

かへし

85 あたにまたちりもならはぬことのはをあらしのかせによそへさらなん

〔校異〕 承空本ナシ

〔整定本文〕 いかなることか聞きけむ、人のもとより

84 あだにさは散りける言の葉につけて人の心をあらしとぞ見る

返し

85 あだにまだ散りもならはぬ言の葉をあらしの風によそへざらなむ

〔現代語訳〕 どのようなことを聞いたのだろうか、人のもとから

84 はかなくもそのように散った言の葉につけて、あなたの心を、嵐、私への思いはあるまい、と見ることです。

返し

85 はかなく、まだ散ることには慣れていない言の葉を、嵐の風にかこつけないでください。

〔他出〕 ナシ

〔語釈〕 84 ○あだに 実のないさま。はかないさま。○さは そのようには。それでは。「もの言ひわたる男の、淵は瀬になど言ひ侍りける返り事に詠める／淵やさは瀬にはなりける明日香川浅きを深くなす世なりせば」（後拾遺・恋二、六九六 赤染衛門）。ここでは何らかの噂を聞き、それを受けているのであろう。○言の葉 言葉。歌では、木の葉の「葉」に掛けて用いられる場合が多い。「天暦御時、伊勢が家の集召したりければ、まゐらすとて／時雨つつふりにし宿の言の葉はかき集むれどとまらざりけり」（拾遺・雑秋、一一四一 中務）。○あらし 「嵐」に「あらじ」を掛ける。「もみぢ葉の散りゆく方を尋ぬれば秋もあらしの声のみぞする」（千載・秋下、三八一 崇徳院御製）。

85 ○散りもならはぬ 言の葉が散り慣れていない。噂があやふやなことをいうか。○よそへざらなむ かこつけないでほしい。「よそへ」は、他のものとひき比べる、関係づける意。「なむ」は願望の終助詞。

〔補説〕 「言の葉」が「散る」ということは、たとえば、

七月ばかりに若き女房月見に遊びありきけるに、蔵人公俊、新少納言が局に入りにけりと人々言ひあひて笑ひ侍りけるを、九月のつごもりに上聞こし召して、御畳紙に書き付けさせたまひける

後三条院御製

秋風にあふ言の葉や散りにけむその夜の月のもりにけるかな（後拾遺・雑四、一〇九〇）

のように、単に「噂が世間に散る」「噂が世間に広まる」意に用いられることもあるし、

文どもあだあだしう散らすと聞きし人を、本意なしと恨みたりしかば、かれより

ときは山露も漏らさぬ言の葉のいろなるさまにいかで散るらむ（相模集Ⅰ、一一二）

のように、私的な手紙などを他人に見せ、その結果として「内容が世間に広まってしまう」というような意に用いられることもある。また、

女のもとよりさだめなき心ありなど申したりければ　　　贈太政大臣

深く思ひそめつと言ひし言の葉はいつか秋風吹きて散りぬる（後撰・恋五、九三二　贈太政大臣）

女のもとより

いで人の思ふと言ひし言の葉は時雨とともに散りにけらしも（兼輔集Ⅰ、四九）

などのように、「かつての言葉があてにならなくなる」、「誓ったことが反古になってしまう」意にも用いられる。

いずれにしても、「秋」の落葉のイメージと重ねて詠まれることが多いが、ここは、範永に対して「人」がなじっているのだろうし、詞書には「いかなることか聞きけむ」とあるのだから、範永の何らかの行為がまずあって、その結果、何らかの噂がすでに広まっており、その噂をめぐってのやりとりと解すべきなのであろう。範永は防戦を余儀なくされている。

86

人のもとにつとめて

ゆめとたにおもはぬほとをわりなくもけさはこひしきなみたおつらむ

かへし

87

つゆはかりまとろまさりしよゐのまにいかてかひとのゆめさへはみし

〔校異〕　承空本ナシ

〔整定本文〕　人のもとに、つとめて

86　夢とだに思はぬほどをわりなくも今朝は恋しき涙落つらむ

返し

87 つゆばかりまどろまざりし宵の間にいかでか人の夢さへは見し

〔現代語訳〕 人のもとに、朝早く

86 夢とさえ思わないほどはかないあなたとの逢瀬なのに、どうしてわけもなく今朝は恋しく思う涙が落ちるのでしょう。

返し

87 私は少しもまどろまなかった宵の間に、どのようにしてあなたが夢まで見たのでしょうか。

〔他出〕 ナシ

〔語釈〕 86 **〇夢とだに** 「だに」は程度の軽いものを挙げて、重いものを類推させる働きがある副助詞。ここでは、軽いものが夢、重いものは現実。「契りしを夢とだになほわかぬかな思ひあはするうつつなければ」（続拾遺・恋三、九一一 前関白左大臣鷹司）。 **〇わりなくも** 「も」は感動、詠嘆を表す係助詞。……もまあ。「わりなくも」で、道理に合わないことにもまあ。どうしようもないことに。 **〇涙落つらむ** どうして涙が落ちるのだろう。「らむ」は現在の原因推量。「久方の光のどけき春の日にしづ心なく花の散るらむ」（古今・春下、八四 紀友則）。

87 **〇つゆばかり……ざり** 少しも……ない。いささかも……ない。 **〇人の** 「の」は主格。「まどろまで明かしはつるを寝る人の夢にあはれと見るもあらなむ」（和泉式部集Ⅱ、一四六）。

〔補説〕 86番歌は後朝の歌であり、「夢とだに思はぬ」ものとは、昨夜の二人の逢瀬を指すのであろう。次の歌は、はかない逢瀬、夢見心地の逢瀬を「夢」と表現している例である。

寝ぬる夜の夢をはかなみまどろめばいやはかなにもなりまさるかな（古今・恋三、六四四 業平朝臣）

夢かとも思ふべけれどおぼつかな寝ぬに見しかばわきぞかねつる（後撰・恋二、七一四 きよなりが女）

なお、返歌は、二人の逢瀬を「夢」と言った範永に対して、「私が少しもまどろまなかった間に、あなたは夢まで見たのですか。」と切り返しているのである。

はらからにふみやるときゝてかく

88 あつまちのそのはらからをたつぬともいかにしてかはせきもとゝめむ

かへしにいひやる

89 はゝきゝのそのはらからにたつぬればふせやにおふるしるしとを見む

〔校異〕 承空本ナシ

〔整定本文〕 はらからに文やると聞きて、かく

88 東路のそのはらからを訪ぬともいかにしてかはせきも留めむ

返しにいひやる

89 帚木のそのはらからに訪ぬれば伏屋に生ふるしるしとを見む

〔現代語訳〕 はらからに手紙をやると聞いて、このように

88 東路の園原に、あなたが私のはらからを訪れるとしても、いったいどうやって留めることができるでしょうか。とても留めることはできますまい。

返歌として遣る

89 帚木が生えているという園原に訪れるのですから、その帚木は、伏屋に生え、近づくと消えてしまう確かな証拠と見ることでしょう。あなたのはらからのもとに訪れてもなかなか会ってはくれないでしょう。

〔他出〕 ナシ

〔語釈〕 88 **○はらから** きょうだい。本来は母親を同じくする兄弟姉妹の意という。**○東路のそのはらから** 「東路の」は「園原」を導く。「園原」は信濃国（現在の長野県下伊那郡）の歌枕。「園原」からさらに掛詞で「はらか

ら」を導く。**〇せきも留めむ**ている。遮る、邪魔をする意の「塞き留む」に、東路への過程にある逢坂の「関」も響かせているか。

89**〇帚木の**　「帚木」はホウキ草の古名。また信濃国の園原に生えている木で、遠くからは見えるが、近づくとその存在が認められないという伝説の木。和歌ではなかなか逢ってくれない女性の意に用いられる。「園原や伏屋に生ふる帚木のありとてゆけどあはぬ君かな」（古今六帖・第五、三〇一九　坂上是則）、「帚木の心を知らで園原の道にあやなくまどひぬるかな」（源氏・帚木）。**〇伏屋**　屋根を地面に伏せたように見える貧しい家。みすぼらしい家。

〔補説〕　詞書からすると、「いひやる」とする89番歌が範永の詠んだものであり、当然ながら88番歌は範永に対して誰かが送ってきたものと考えられる。ただしその詠み手がどういう人物なのか、また、範永や「はらから」とはどういう関係にあったのか、必ずしもはっきりしない。歌の内容からは一応「はらから」が女性で、その「はらから」をめぐってのやりとりと考えていいのだろう。

ところで範永と親交の深かった経衡の家集に、次のような歌のやりとりがある。「文やる」「はらから」「信濃路（東路）」「伏屋」など、範永歌と共通するところが非常に多い歌群である。私的な会話を受けての複数の人が歌を詠む場面でもあり、この場に範永が同席し、当該歌を詠んだ可能性もあるだろうか。

ある宮ばらの女房のもとに文などやるを、里なる人の「はらからのあれば、何事もかくれあらじ」などいふを聞きて

信濃路やそのはらからを見る人は逢ふ路の関は越えぬものかは（一七四）

これを聞きて同じ宮の人なるべし、かうづさの君

見るごとにおもて伏屋といふめればそのはらからはとがめしもせじ（一七五）

これを聞きて、また人

たちせ《ママ》はく波はひまなく見ゆれども越す人もなき末の松山（一七六）

かへし

末の松越えばなどかは越えざらむなみなみにだに君を思はば（一七七）

五月五日ひとの本より

90 さみたれはそてのみぬれて君とはぬよとのあやめはしくれやはつ《す》る

かへし

91 ぬらすらむそてさし《へ》みねはあやめくさかけても人はとはぬなりけり

〔校異〕 承空本ナシ

〔整定本文〕 五月五日、人のもとより

90 五月雨は袖のみ濡れて君とはぬよどのあやめは時雨やはする

返し

91 濡らすらむ袖さへ見ねばあやめ草かけても人はとはぬなりけり

〔現代語訳〕 五月五日、人のもとより

90 五月雨はひたすら袖が濡れるばかりで……、あなたが訪れてくださらない夜殿、淀のあやめは時雨することなどないと思います。

返し

91 濡らしているという袖までは見ないので、それで人はまったく訪れなかったのですね。

〔他出〕 ナシ

〔語釈〕 90 ○五月五日　菖蒲の節供。菖蒲を軒に挿し邪気を払う。○袖のみ濡れて　袖が濡れるばかりで。五月雨のために袖が濡れているのだが、恋い慕う涙で袖が濡れている意を表していよう。泥の中のあやめによって、やはり袖が濡れるといい、涙を表している例がある。「知らざりつ袖のみ濡れてあやめ草かかるこひぢに生ひむものとは」（金葉二度本・恋上、三五〇　小一条院）。○よどの　「淀」は、現在の京都市伏見区淀町と、その対岸の長岡京市あたり。淀川に沿う低湿地。「あやめ」「菰（こも）」などとともに詠まれることが多い。ここは寝屋の意の「夜殿」を掛ける。○時雨やはする　「時雨す」あるいは「しぐる」は、「君恋ふる涙は秋にかよへばや袖も袂もともにしぐるる」（貫之集Ⅰ、五八六）のように、涙が落ちる、涙に濡れる意に用いられることが多いが、当該歌の場合は大いに問題がある。補説参照。「やは」は反語。

91 ○あやめ草かけても　五月五日、軒先や薬玉にあやめをさし、また袖にあやめの根をかけて邪気を払う習慣があった。ここは「かけても」を導き出すために「あやめ草」が枕詞的に用いられている。「あやめ草かけても今はとはぬまにうきねばかりぞ絶えせざりける」（待賢門院堀河集、一一四）。「かけても」は打消を伴い、少しも、いささかも、決して、の意を表す副詞。

〔補説〕「時雨す」あるいは「しぐる」は、語釈欄で述べたように泣く意味で用いられる場合でも、当然ながら季節は秋から冬のものである。

女のもとにやる

秋とだに思はざりせば人知れずしぐるることを何に告げまし（信明集Ⅰ、一二二）

十月に重服になりて侍りけるまたの年の春、傍官ども加階し侍りけるを聞きてよめる

中納言長方

もろ人の花咲く春をよそに見てなほしぐるるは椎柴の袖（千載・雑中、一一一六）

ところが90番歌の場合、詞書から五月五日に詠まれたことが明らかであり、さらに一首中には「五月雨」「あや

め草」などが詠み込まれているにもかかわらず「時雨」が用いられている。その点がまず理解しがたい。

また歌の内容から、90番の作者は女性であろうが、「袖のみ濡れて」と言っておきながら、下句で「時雨やはする」と否定的なことを言っているのもよくわからない。

91番歌はそれに対する範永の返歌ではあろう。しかし「人はとはぬなりけり」とまるで他人事のように言っているのも合点がいかない。本文の上で何らかの問題があるのだろうか。すべてにつけて納得のいかない贈答歌である。

快《懐》円供奉みのよりのほりてをとせさりしかは
たのめしをわすれぬ人のこゝろにはとはぬさへこそあはれなりけれ

〔校異〕 承空本ナシ

〔整定本文〕 懐円供奉、美濃より上りて音せざりしかば
92 頼めしを忘れぬ人の心にはとはぬさへこそあはれなりけれ

〔現代語訳〕 懐円供奉が、美濃から上京して音沙汰なかったので
92 あてにさせたことを忘れない人の心というものには、便りのないことまでがあわれと感じられたことでした。

〔他出〕 ナシ

〔語釈〕 **○懐円供奉、美濃より上りて** 「懐円」「美濃」については44番ならびに54番歌参照。「供奉」は宮中で奉仕する僧職。内供奉の略。**○頼めしを** ここの「頼む」は下二段活用動詞で、頼みに思わせる、あてにさせる意。
○人の心 一応一般論として述べてはいるが、直接的には作者自身の気持ちについて述べているのであろう。なお「忘れぬ」は「人」にかかるのではなく、「人の心」にかかる。**○あはれなりけれ** 「あはれなり」は、ここでは、寂しい、悲しい、という気持ち。

〔補説〕　54番歌に懐円は美濃へ下っていたとあり、そこでも範永は連絡をよこさない懐円に訪ねてほしいと詠んでいる。当該歌の「あはれなり」に込められた思いも、おそらく美濃から戻ってきたら会えるであろうことをあてにさせておきながら、京に戻ってきているらしいのに何の音沙汰もない、そうしたことに対する寂しさや悲しさであり、その思いを懐円に直接訴えたのであろう。

なお懐円の名は、範永集及び後拾遺集にそれぞれ三回、為仲集や俊頼髄脳、和歌一字抄、袋草紙などにも見えるが、「供奉」と称されているのは当該歌のみである。

題二首　水辺逐涼

93　さ衣のぬるゝもしらすかせふけはみきはをさらぬひとゝなりけり

あきのはな夏ひらく

94　なつなからすゝしくそなるあきはきのはなさきそむるやとのまかきは

〔校異〕　承空本ナシ

〔整定本文〕　題二首、水辺逐涼

93　さごろもの濡るるも知らず風吹けばみぎはを去らぬ人となりけり

秋の花夏開く

94　夏ながら涼しくぞなる秋萩の花咲き初むる宿の籬は

〔現代語訳〕　題二首、水辺に涼を逐う

93　衣が濡れるのもかまわず、風が吹くと、水のほとりから離れられない人となったことだ。

秋の花が夏に開く

94 夏でありながら、涼しくなることだ。秋萩の花が咲き始めた家の垣根のあたりは。

〔他出〕 ナシ

〔語釈〕 93**〇さごろも** 衣。「さ」は接頭語。**〇みぎは** 水のほとり。**〇人となりけり** 「なり」は動詞。

94**〇秋萩** マメ科の植物。葉が茂ると枝がしなやかに曲がる。秋、枝先に蝶形の花を多数咲かせる。秋の七草の一つ。**〇花咲き初むる** 花が咲き始める。**〇宿** 本来は家の戸や戸口付近の庭先を意味したが、そこから家そのものを指すようになった。**〇籬** 柴や竹で粗く格子を組んだ垣根。ませ。ませがき。

〔補説〕 93、94番歌と同じ折のものと思われる歌が、同時代の家経集にあると千葉義孝「藤原範永の家集とその周辺」は指摘している。

西八条にて、人々二つの題を詠みけりと聞きて、誰ともなくて置かせたる

吉野川みぎは涼しとはや来てき岩間の水の音はせねども（一二）

秋の花夏開く

風吹かば隠れもあらじ花薄秋に知られで人招くとも（一三）

返し、二首

人知れずむすぶと思ひし隠れぬの水のあやしく漏りにけるかな（一四）

秋にだに知られざりしを花薄ほのめかすらむ風に問はばや（一五）

西八条は、藤原道雅の八条にあった山荘（5番歌参照）である。また、吉田茂『経衡集全釈』は、次の経衡の歌も94番歌と関係があろうと指摘している。

秋の花夏開けたり、といふ題を

秋萩は夏の野辺にぞ咲きにける鳴かでや鹿の柵に来む（一九）

いずれも首肯できるものであろう。なお93番歌は、暑い夏に水辺に涼を求める気持ちを詠んだ歌、94番歌は、秋の花が咲いたことで夏に涼しさを感じた歌である。

たい三　合坂関霧立有行客

95
あきゝりはたちわかるともあふさかのせきのほかとてひとをわするな

96
ふるさとはこひしくなれとしかすかのわたりときけはゆきもやられす
しかすか

97
よにふともをはすてやまの月みすはあはれをしらぬ身とやならまし
をはすて山の月

〔校異〕　ヲハステ山ノ月
承46ヨニフトモヲハステヤマノ月ミスハアハレヲシラヌ身トモナラマシ

〔整定本文〕　題三、逢坂関霧立有行客
95　秋霧は立ち別るとも逢坂の関の外とて人を忘るな
志賀須賀
96　故郷は恋しくなれどしかすがの渡りと聞けば行きもやられず
姨捨山の月
97　世に経とも姨捨山の月見ずはあはれを知らぬ身とやならまし

〔現代語訳〕　題三点、逢坂の関に霧が立って旅人がいる

95 秋霧が立ち、立ち別れたとしても、逢うという逢坂の関の外だといって私を忘れないでください。
志賀須賀
96 故郷は恋しくなるけれども、しかすがの渡りだと聞くと、そうはいうものの思い切って行くこともできない。
姨捨山の月
97 たとえこの世に生きながらえたとしても、姨捨山の月を見なかったならば、ずっと風情を理解しないままの身となってしまっただろうか。

〔他出〕 97万代集・秋上、九七五

〔語釈〕 95 **○逢坂関** 近江国の歌枕。山城国と近江国との境で、奈良時代以来関が置かれた。「逢坂」の「逢」に「逢ふ」を掛けて恋の歌に詠まれる。「逢坂の名を忘れにし仲なれどせきやられぬは涙なりけり」(千載・恋四、八七二 よみ人知らず)。また、東へと旅立つ人との別れの地としても詠まれる。**○秋霧は立ち別るとも** 「立ち」は「秋霧は立ち」と「立ち別る」の両方にかかる。**○忘るな** 「な」は禁止の終助詞。……するな。
96 **○志賀須賀** 「志賀須香」「然菅」とも。三河国の歌枕。現在の愛知県宝飯郡を流れる豊川の河口にあった渡し場。多く「しかすがに」との掛詞で、しかしながら、そうはいうものの、の意をこめて使われる。**○行きもやられず** 複合動詞「行きやる」に助詞「も」が挿入され、可能の助動詞「る」の未然形と打消「ず」がついた形。思い切って行くことができない、滞りなく進むことができない。
97 **○姨捨山** 信濃国の歌枕。現在の長野県千曲市と東筑摩郡筑北村にまたがる冠着山がそれにあたる。月の名所。「わが心慰めかねつ更級や姨捨山に照る月を見て」(古今・雑上、八七八)。**○世に経とも** ずっとこの世に過ごしたとしても。長生きをしたとしても。**○見ずは** 「ずは」は、打消の助動詞「ず」に、係助詞「は」が付いた形で、打消の仮定条件を示す。……ないならば、……なかったら。**○あはれ** しみじみと感じる情趣。風情。**○身とやならまし** 「や」は疑問の係助詞。「まし」はここでは仮定条件と呼応し、反実仮想を示す。連体形。

〔補説〕93、94番歌につづき、当該歌と場を同じくして詠んだとされる歌が家経集にある。
ものに付くべきとて人の詠ますする三首、逢坂の関に行く旅人あり、霧立ちわたる
逢坂の行く路も見えず秋霧の立たぬ先にぞ越ゆべかりける（二三）
志賀須賀の渡りに行く人、たち休らふ
行く人も立ちぞ煩ふ志賀須賀の渡りや旅の泊まりなるらむ（二四）
姨捨山に月をのぞむ客あり
久方の月は一つを姨捨の山からことに見ゆるなりけり（二五）
96番歌に関連する家経集二四番歌は、金葉集にも採られ、その詞書には、
屏風の絵に、志賀須賀の渡り行く人立ち煩ふかた描ける所を詠める（雑上、五八三　藤原家経朝臣）
とあって、屏風歌と知られる。旅人が渡れずに立ち往生している様子を詠んだ点が96番歌「行きもやられず」と重なる。ただし家経集の場合は京から下っていく旅の心境を詠んでいるのに対し、範永歌の場合は、やや不自然だが、京へ上る際の詠と理解しないと解釈しにくいだろう。
97番歌は万代集に次のように見える。
姨捨山の月を見て詠み侍りける
世に経とも姨捨山の月見ずはあはれも知らぬ身とぞならまし
なお、久保木秀夫「『更級日記』上洛の記の一背景」によると、これらはいずれも祐子内親王草合の勝態に誂えられた屏風歌であろうとの示唆がある。解説二の5参照。

古曽部入道能因伊与へくたるに

としふともひとしとはすはたかさこのおのへのまつのかひやなからむ

〔校異〕　承空本ナシ

〔整定本文〕　古曽部入道能因、伊予へ下るに

98　年経とも人し訪はずは高砂の尾上のまつの甲斐やなからむ

〔現代語訳〕　古曽部入道能因が、伊予へ下る時に

98　たとえ長い年月を経たとしても、誰も訪れることがないならば、高砂の尾上の松は待つ甲斐がないのではないでしょうか。あなたが立ち寄ってくだされば松もさぞかし喜ぶことでしょう。

〔他出〕　ナシ

〔語釈〕　**○古曽部入道能因**　能因（九八八〜一〇五二頃か）は、平安中期の歌人、歌学者でもあった。俗名を橘永愷（ながやす）といい、和歌を藤原長能に師事。文章生を経て、長和二（一〇一三）年ごろ出家。初め東山に、後に摂津の昆陽（こや）や古曽部に住んだので古曽部入道の呼び名がある。奥州をはじめ諸国に旅して馬の交易に当たったともいわれる。長元八（一〇三五）年高陽院水閣歌合、永承四（一〇四九）年内裏歌合等、頼通時代の歌壇で活躍し、藤原公任、同資業、源道済、大江嘉言や同公資ら、歌人たちとの交友も幅広い。また、和歌六人党など受領層歌人らの指導者的役割も果たした。著作に、能因歌枕（歌学書）、玄々集（私撰集）、能因法師集（自撰家集、三巻）等がある。後拾遺集（三九首）以下、勅撰集に多数入集。補説参照。**○伊予へ下るに**　「伊予」は今の愛媛県。能因の伊予下向は複数回あったらしく、これがいつの時点のものであったのか、はっきりしない。補説参照。**○高砂の尾上**　普通名詞として小高い山の峰の意にも用いられるが、一般には播磨国の歌枕として意識されていることが多い。「身のいたづらになり果てぬることを思ひ嘆きて播磨にたびたび通ひ侍りけるに、高砂の松を見て／われのみと思ひ来しかど高砂の尾上の松もまだ立てりけり」（後拾遺・雑三、九八五　藤原義定）。ここは後者。現在、兵庫県高砂

市の高砂神社に伝承の相生松がある。補説参照。**○まつの甲斐やなからむ**　「まつ」は「松」と「待つ」との掛詞。「高砂の尾上の松」が、待つ甲斐がないだろうか、の意。

〔補説〕　能因の伊予下向に関しては諸説がある。能因集Ⅰに、

長暦四年春、伊予の国に下りて、浜に都鳥といふ鳥のあるを見てながむ

藻塩やくあまとや思ふ都鳥名をなつかしみ知る人にせむ（二〇八）

とあり、長暦四（一〇四〇）年の春にまず第一回の伊予下りをしたことは間違いないと思われるが、その後何度か往復しているらしい。能因集では、そのほか、二一九番に「与州にて詠之、楽府和歌百錬鏡」、少し飛んで二四二番にも「在与州、憶洛陽花」とあり、「与州」すなわち伊予の国で詠んだ歌がさらに二首見出される。能因集が基本的には年代順に配列されていることから少なくとも三度は出かけていると考えられる。増淵勝一「源頼家伝考」（『平安朝文学成立の研究』）では都合五度の下向を考えている。

また、後拾遺集にも能因の伊予下向に関する歌がある。

能因法師、伊予の国にまかり下りけるに、別れを惜しみて　藤原家経朝臣

春は花秋は月にと契りつつ今日を別れと思はざりける（別、四八二）

能因法師、伊予の国より上りて、また帰り下りけるに、人々むまのはなむけして、明けむ春上らむと言ひ侍りければ詠める　源兼長

思へただ頼めで往にし春だにも花の盛りはいかが待たれし（別、四八三）

後者によれば、能因が伊予への下向を繰り返していたことはさらに明らかになるが、それがいつの折のものかははっきりしない。

前者は家経集にもあり、同集では次のようになっている。

送能因入道二首、別れを惜しむ

春は花秋は月にと契りつつ今日を別れと思はざりせば（家経集、一一一）

　高砂の松

音にのみ聞く高砂の松風に都の秋を思ひ出でよ君（同、一一二）

家経集もやはり基本的には年代順の配列なので、それらを基準に、前掲増淵勝一はこの詠作年次を寛徳元（一〇四四）年のこととし、高重久美『和歌六人党とその時代』は翌寛徳二年のこととする。もっとも千葉義孝「藤原家経雑考」（『後拾遺時代歌人の研究』）は、家経集が後拾遺集の資料になったと思われるのに、その家経集に伊予下向の記述がないことから、むしろ後拾遺集の記述そのものを疑問視する。いろいろと問題もあり、範永歌が何度目の折のものかもわからないので、年次の推定は非常にむずかしい。

なお、そもそも能因の伊予下向は、彼の文章生時代以来の友人である藤原資業の伊予守赴任に従ってのものであることを、目崎徳衛「能因の伝における二・三の問題」（『平安文化史論』）が指摘している。

　くたの法師のけかうのよしをつけすとて　つねひら

99 うら《おし》みけむおりをしらせぬきみはなをゆくひとよりもうらめしきかな

　かへし

100 つけすともたつねさりけむわか身をそうらみもすへき人よりもまつ

〔校異〕　承空本ナシ

〔整定本文〕　件の法師の下向の由告げずとて、経衡

99 惜しみけむ折を知らせぬ君はなほ行く人よりも恨めしきかな

返し

100　告げずとも訪ねざりけむ我が身をぞ恨みもすべき人よりもまづ

〔現代語訳〕　この法師の下向のことを告げなかったと言って、経衡

99　別れを惜しんだであろう折のことを知らせないあなたは、下向する人よりももっと恨めしいことです。

　返事

100　たとえ告げなかったとしても、訪れなかったという自分自身をこそ恨むべきですよ。人を恨むよりはまず。

〔他出〕　ナシ

〔語釈〕　99**〇件の法師**　能因。98番参照。**〇経衡**　藤原経衡（生没年未詳）。北家魚名流、参議有国の孫で、中宮大進公業男。母は山城守藤原敦信女。尊卑分脈では、延久四（一〇七二）年六月二十日に六十八歳で卒去したように注され、これに従えば、生年は寛弘二（一〇〇五）年頃となる。ただし、卒去年については、家集に承保五（一〇七八）年正月頃の周防守藤原通宗との贈答があるため、不審。大学頭、大和守、筑前守を歴任、正五位下に至る。歌人として、源師房家歌合、道雅山荘障子絵、永承五（一〇五〇）年祐子内親王家歌合等で活躍。和歌六人党の一員で、能因、相模らと親交があった。家集の経衡集のほか、散逸した歌書、経衡十巻抄がある。範永集では154、155番の贈答でも登場している。2番補説参照。

100**〇告げずとも**　たとえ告げなくても。「とも」は逆接の仮定条件を示す。実際に告げていないのだが、ここは修辞的仮定。確かに私は告げませんでしたよ、たとえ告げていなくても、という言い方。直接には「恨みもすべき」にかかる。なお「訪ねざりけむ」は連体修飾で「我が身」にかかる。

〔補説〕　この贈答歌は経衡集には見えない。経衡は、尊卑分脈に従えば、範永よりも十歳以上若かったと考えられる。そのように見れば「どうして能因の下向を知らせてくれなかったのだ」との恨み言には、年上の範永への甘えのようなものを感じ取ることもできよう。これに対して範永は、「自分からすすんで能因法師を訪ねる機会を作ら

なかったことが悪いのだよ」と言い返しているのであろう。このやりとりを深読みすれば、あるいは経衡は、範永に能因を囲む歌人グループのリーダー的な役割、もしくは歌の先輩として自分に目をかけてくれることを期待していたのであろうか。98番歌補説で示した家経の歌に「春は花秋は月にと契りつつ」とあるように、能因が都にいる間は、花や月などの折につけて能因のもとを訪れて歌を詠む機会が度々あったのであろう。高重久美（『和歌六人党とその時代』）は、「東山」で六人党が幾度か能因を囲んで和歌を詠んだことがあったであろうと指摘している。範永にも、経衡にも、東山で詠んだとする歌が見える。それが能因の許での詠作であった可能性は十分にあろう。

101

詠錫杖一首

のりのこゑつ《て》く《き》につくなるつゑなれは身《ち》もくらくともたれかまとはん《とまらん》

〔校異〕

承47ノリノコヱツクニキクナルツエナレハミチクラクトモタレカトマラム

〔整定本文〕　詠錫杖、一首

101　法の声突くに告ぐなる杖なれば身も暗くとも誰か惑はむ

〔現代語訳〕　錫杖を詠む、一首

101　突くことによって仏の教えを告げるという杖であるから、身も仏道に暗くても、誰が迷うだろうか、いや迷うことはない。

〔他出〕　ナシ

〔語釈〕　**○錫杖**　僧や修験者が行脚の時に携行する杖。頭部を錫で作り、そこに数個の輪を付けたもの。「錫杖の心をよみ侍りける／六つの輪を離れて三世の仏にはただこの杖にかかりてぞなる」（新勅撰・釈教、五八一　大僧正明尊）。**〇突くに告ぐなる**　杖を突くことによって（仏法を）告げるという、の意か。「に」は格助詞で、体言や連体形に付き、さまざまな意を表すが、ここは原因や理由を示す意であろうか。底本の傍記に従えば「つてにきくなる」で、この場合は、仏法を伝手によって聞くという、の意となり、承空本の「ツクニキクナル」に従えば、突くことによって仏法を聞くという、の意になるように思われる。底本傍記、承空本ともに「みも」の部分を「みち」とする。道をよく知らない身であっても、の意か。ただし、底本傍記、承空本ともに「みも」の部分を「みち」とする。「ち」と「も」は誤写が起こりにくいように思われる。**〇身も暗くとも**　行く道が暗く、更に仏法を聞く身でもないこととし、の意か。しかし、平安期には、釈教歌でもそれ以外でも「暗し」と詠まれるものは「道」であり、「身」と「暗し」が結びつくような表現は見られない。「暗きより暗き道にぞ入りぬべき遥かに照らせ山の端の月」（拾遺・哀傷、一三四二　雅致女式部）。鎌倉期以降には「いかにせむ心の空の晴れやらで御法の月のなほ暗き身を」（文保百首・七九八、公顕）、「敷島の道には暗き身なりとも継ぎてかかげむ窓のともしび」（延文百首・二五九二、実名）のような「暗き身」という表現を含む歌も現れるが、前者は心の空が晴れないために仏法の光を受けられなくて暗いのであり、後者は歌道に暗いのである。補説参照。**〇誰か惑はむ**　誰が惑うだろうか、惑いはしない。「か」は反語。なお、底本傍記、承空本はともに「誰か止まらむ」とある。補説参照。

〔**補説**〕語の異同が多いため、それに伴う幾通りかの解釈が可能である。底本の傍記に従えば、

法の声伝手に聞くなる杖なれば道暗くとも誰か留まらむ

となり、「仏の教えを、錫杖の輪の音を介して聞くという杖であるから、行く道が暗いとしても留まる者はない」の意となろう。承空本によれば、

法の声突くに聞くなる杖なれば道暗くとも誰か留まらむ

であり、「突くことによって仏の教えを聞くという杖であるから、行く道が暗いとしても留まる者はない」の意となる。ここは底本どおりに解釈したが、語釈に示したように、「身」を「暗し」と詠む歌は平安期には見られないため、「身も暗くとも」を「仏道に疎い身であっても」の意に解してよいのかどうか、多少の問題が残る。

なお、当該歌は能因に関わる歌につづく題詠であるが、実は能因集Ⅰにも次のような歌がある。

錫杖

我はただあはれとぞ思ふ死出の山振りはへ越えむ杖と思へば（二五五）

錫杖を「死出の山振りはへ越えむ杖」と詠むところに、老いてなお京と伊予とを往復していた能因の心情が読み取れるように思われる。また、「錫杖」の歌は、次のように家経集にも見え、更にその家経の歌は、資業の同題の歌と共に万代集に並んで採られている。

錫杖歌

これやこの手に取りならす人はみな世々の仏になるといふもの（家経集、一九）

錫杖をよみ侍りける　　式部大輔資業

世をすくふ三世の仏の杖なれば導くことをたのむべきかな（万代集・釈教、一七二九）

藤原家経朝臣

これやこの手に取りならす人はみな世々の仏になるといふもの（同、一七三〇）

「錫杖」題が明示された歌は非常に少ない上に、能因、家経、資業、範永の四人が詠んでいるとなると、彼らが同時に詠んだものである可能性が高いのではないか。なお、語釈欄に挙げた大僧正明尊も、次の小弁も、いずれも同時代の人で、頼通との関係は深いが、範永らと直接の関係があったかどうかは不明。

錫杖の歌とて人々よみけるに　　小弁

ながき夜の夢はいかでかさまさまし音する杖にかからざりせば（新続古今・釈教、八五〇）

102

山さとのあきの月

やまかせもやと《あき》にさはらぬしはのいほにいかなる月のまたは《も》もるらむ

〔校異〕　山里ノ秋ノ月

承48山カセモアキハサハラシシハノイホニイカナル月ノマタモ、ルラム

〔整定本文〕　山里の秋の月

102 山風も宿に障らぬ柴のいほにいかなる月のまたはもるらむ

〔現代語訳〕　山里の秋の月

102 吹く山風も宿とするのに差し障りのない粗末な庵に、どのような月光がさらに洩れ入って、守っているのだろうか。

〔他出〕　ナシ

〔語釈〕　**○山里の秋の月**　同題の歌は他に見られない。「山里」詠は後拾遺集時代に急増し、春夏秋冬それぞれにその風情を賞美する歌がある。**○宿に障らぬ**　宿とするのに妨げとならない、風が庵を宿としている、の意か。底本傍記は「あきにさはらぬ」、承空本は「あきはさはらじ」とする。補説参照。**○柴のいほ**　山野に生えている小さな木やその枝などで造ったような庵。粗末な小屋。**○いかなる月のまたはもるらむ**　年中風が吹き込んでいる上に、さらにどのような月光が今は洩れ入って、守っていることだろうか、の意か。「もる」は、「洩る」と「守る」の掛詞であろう。「すむ人もあるかなきかの宿ならし葦間の月のもるにまかせて」（新古今・雑上、一五二八　経信集Ⅲ、二四八）。なお、底本傍記、承空本はともに「またももるらむ」とする。

〔補説〕　これも本文に異同のある一首である。底本どおりでは「宿」と「柴のいほ」に重複の感がある。「やど」を「あき」とする底本の傍記に従えば、

山風も秋に障らぬ柴の庵にいかなる月のまたももるらむ

となり、「山風も秋に妨げとならないこの粗末な庵に、どのような月がさらに洩れ入って、守るのだろうか」の意となり、承空本によれば、

山風も秋は障らじ柴の庵にいかなる月のまたももるらむ

と二句切れの歌となり、「吹く山風も秋は差し支えあるまいよ。この粗末な庵に、どのような月がさらに洩れ入って、守るのだろうか」の意となろう。この形のほうが「秋の月」の題意は満たしているように思われる。

あめのふりけるひ人にあひてそめて

103 きみによりぬれにしそてをさみたれのそらにおほせはいかゝこたへむ

かへし

104 かこつともいかゝこたへむさみたれのほとふるころのそてのしつくを

またやる

105 なみたこそひとをはぬらせあめふれとそてのしつくはかゝりやはする

〔校異〕 承空本ナシ

〔整定本文〕 雨の降りける日、人に逢ひ初めて

103 君により濡れにし袖を五月雨の空におほせばいかが答へむ

返し

104 かこつともいかが答へむ五月雨のほどふる頃の袖の雫を

また遣る

105 涙こそ人をば濡らせ雨降れど袖の雫はかかりやはする

〔現代語訳〕 103　雨の降った日、初めて人に逢ってあなたを思って流した涙で濡れてしまった袖を、五月雨の降る空のせいですよと言ったら、あなたはどのように答えてくださるでしょうか。

返し

104 私を思って流した涙を五月雨のせいにしたとしても、私はどのように答えたらいいでしょうか。実際に五月雨の降りつづく頃過ごした袖の雫を。やはり本当は五月雨に濡れているのではないですか。

また遣る

105 涙こそが人を濡らすのです。雨が降っているけれど、袖の雫はこれほど濡れたりはしませんよ。

〔他出〕 ナシ

〔語釈〕 103 **○君により** あなたが原因で。あなたのために。あなたのせいで流した涙で濡れた袖、の意。「君により濡れてぞわたる唐衣袖は涙のつまにざりける」（貫之集Ⅰ、六〇六）。**○空におほせば** 「おほす」は罪をかぶせる、……のせいにする、の意。「木伝へばおのが羽風に散る花を誰におほせてここら鳴くらむ」（古今・春下、一〇九 素性）。袖が濡れるのを、涙で濡れたのではなく、雨を降らせる空のせいで濡れたのだという。

104 **○かこつとも** 「かこつ」は、他のせいにする、口実にする、恨み言を言う。「かこつべきゆゑを知らねばおぼつかないかなる草のゆかりなるらむ」（源氏・若紫）。**○ほどふる頃** 「ほどふる（程経る）」は、時間や月日が経つ、時を過ごす意。ここでは時が「経る」に、五月雨が「降る」を掛ける。「たまぼこの道行き人のことづても絶えてほどふる五月雨の空」（新古今・夏、二三二 藤原定家朝臣）。**○袖の雫** 袖が涙に濡れていること。

105 **○かかりやはする** 「かかり」は副詞「かく」＋ラ変動詞「あり」で、「斯くあり」の転じた形。このようだ。ここでは袖がこのように濡れるだろうか、の意。

〔補説〕範永が初めて訪れた女性に送った後朝の歌と、その後のやりとりである。一般には、

おほかたにさみだるるとや思ふらむ君恋ひわたる今日のながめを（和泉式部日記、二三　帥宮）

とか、

よそにふる人は雨とや思ふらむわが目に近き袖の雫を（後拾遺・恋四、八〇五　西宮前左大臣）

などのように、恋する人を思って流す涙、袖の雫を、相手は通常の雨としか思ってくれていないのではないかと詠むのが普通であるが、ここでは、あなたを思って流した涙を、もし雨のせいだと言ったらどう答えてくれるかと逆の形で問いかけている。ややわかりにくさがあるとすればそうした点にあるように思われる。

四月一日のほとに人のもとに

うちとけてなきそしぬへきほとゝきすひとにしられぬはつねなれとも

〔校異〕四月一日ノホトニ人ノモトニ

承28ウチトケテナキソシヌヘキ郭公ヒトニシラレヌハツネナレトモ

〔整定本文〕四月一日のほどに、人のもとに

106　うちとけて鳴きぞしぬべきほととぎす人に知られぬ初音なれども

〔現代語訳〕四月一日ごろ、人のもとに

106　心を許して私の思いをあなたに伝えてしまいそうです。人に聞かれることのないほととぎすの初音のように、あなたに知られていない私の気持ちですが。

〔他出〕続古今集・恋一、一〇三三

〔語釈〕 **○うちとけて**　四月になり、ほととぎすが山里で鳴く時期になったという意味に、相手に思いを伝える時期になったことを重ねる。**○鳴きぞしぬべき**　「しぬべき」はサ変動詞「す」＋確述の助動詞「ぬ」＋推量の助動詞「べし」。鳴いてしまいそうだ、の意。「声たてて泣きぞしぬべき秋霧に友まどはせる鹿にはあらねど」（後撰・秋下、三七二　紀友則）。**○人に知られぬ**　「人」は相手の女性を指す。「ほととぎす」を主体とする文脈では世間の人。

〔補説〕 当該歌から108番までの三首は底本の本文にはなく、貼紙に書かれた状態で二〇丁裏と二一丁表の間に挟み込まれている。承空本では本行に書かれており、表記は異なるが内容的には完全に一致する。

他出欄にも示したが、当該歌は次のように続古今集にも見られる。

四月一日ごろ、人のもとにまうしつかはしける　　藤原範永朝臣
うちとけて鳴きぞしつべきほととぎす人に知られぬ初音なれども

ほととぎすは四月に山里で鳴きはじめ、五月になると山から人里に下り、六月には再び山へ帰って行くとされた。詞書にある「四月一日のほど」というのも、初夏、ほととぎすが山里で鳴きはじめる頃である。

続古今集でも恋部に入集しているように、恋の歌である。ほととぎすの声を自らの恋心を伝える手段として、自らをほととぎすに重ねて詠んでいる。後撰集にも同様の歌が見える。

五月許に、もの言ふ女につかはしける　　よみ人知らず
数ならぬわが身山辺のほととぎす木の葉がくれの声は聞こゆや（夏、一七九）

得がたかるべき女を思ひかけてつかはしける　　春道列樹
数ならぬみ山隠れのほととぎす人知れぬ音をなきつつぞふる（恋一、五四九）

また次のように、相手の女性をほととぎすにたとえ、親しい声を聞かせて欲しいと詠んだ歌もある。

大輔につかはしける　　左大臣
今ははやみ山をいでてほととぎすけぢかき声をわれに聞かせよ（恋五、九五〇）

返し

人はいさみ山がくれのほととぎすならはぬ里は住み憂かるべし（同、九五一）

範永歌ではまだ相手の女性には知られていない思いを、ほととぎすの初音になぞらえて詠んでおり、とても秘めておくことができないほどあなたへの思いが強いのだということを訴えた歌である。

107

九月つこもりあきをしむ心

あすよりはいと、しくれやふりそはんくれゆくあきを、しむたもとに

〔校異〕 九月ツコモリ秋ヲシム心

承29アスヨリハイト、シクレヤフリソハムクレユクアキヲ、シムタモトニ

〔整定本文〕 九月つごもり、秋惜しむ心

107 明日よりはいとど時雨や降り添はむ暮れゆく秋を惜しむ袂に

〔現代語訳〕 九月末日、秋を惜しむという意

107 明日からはますます時雨が降り添うことだろうか。暮れてゆく秋を惜しんで涙で濡れている私の袂に。

〔他出〕 後拾遺集・秋下、三七二　題林愚抄、四八七一

〔語釈〕 **○九月つごもり**　「つごもり」は陰暦で月末、あるいは月の最終日。ここでは九月の最終日のこと。**○明日よりは**　今日が「九月つごもり」なので明日は十月。暦月では明日から冬である。**○いとど**　ますます、いよいよ。

〔補説〕 106から108番歌は貼り紙の歌。106番補説参照。

時雨は晩秋から冬にかけて降る雨。特に十月（神無月）になると本格的になると考えられていた。

神無月時雨もいまだ降らなくにかねてうつろふ神なびの森（古今・秋下、二五三　よみ人知らず）
竜田河錦おりかく神無月時雨の雨をたてぬきにして（古今・冬、三一四　よみ人知らず）
神無月時雨しぬらし葛の葉のうらこがる音に鹿も鳴くなり（拾遺・冬、二一八　よみ人知らず）
蜻蛉日記に、結婚して間もない十月、物忌みの道綱母のもとに、兼家から送られた次のような歌がある。

嘆きつつかへす衣の露けきにいとど空さへ時雨添ふらむ

逢えずにいて悲しくて、衣も涙で濡れているのに、さらに空まで時雨れてきて悲しみを添えているという内容である。範永の歌は、去りゆく秋を惜しんで私の袂はすでに涙で濡れているのに、明日からは時雨も降り加わり、いっそう濡れてしまうことだろうと詠んでいる。

当該歌は後拾遺集の秋下（三七二）に「九月尽日秋ををしむ心をよめる」として採られているが、後拾遺集ではこの歌から「九月つごもり」を詠んだ歌がつづき、次の三七三番歌も範永の「九月尽日」を詠んだ歌である（4番歌参照）。

108

つらかりける人のはらへしけるをみて
いまはしもわれには人のつらからしみたらしかはのせ、にみそきつ

〔校異〕 ツラカリケル人ノハラヘシケルヲミテ
承30イマハシモワレニハ人ノツラカラシミタラシカハノセ、ニミソキツ

〔整定本文〕 つらかりける人の祓へしけるを見て
108　今はしもわれには人のつらからじ御手洗川の瀬々に禊ぎつ

〔現代語訳〕 薄情だった人が祓えをしたのを見て

108 今はもう、私に対してあの人は薄情な態度はとらないであろう。御手洗川のあの瀬この瀬で禊ぎをしたのだから。

〔他出〕 ナシ

〔語釈〕 **○つらかりける人** 「祓へ」「御手洗川」「禊ぎ」等の用語から考えると、範永が想いを寄せた人は、斎院関係の人か。**○祓へ** 神に祈って、人形などに罪や穢れなどを転移させ、自身から除き去ること。補説参照。**○御手洗川** 参拝する前に身を清める神社の前の川をいう。「恋せじと御手洗川にせしみそぎ神はうけずぞなりにけらしも」(古今・恋一、五〇一 よみ人知らず)。**○禊ぎつ** 「禊ぎ」は「禊ぐ」の連用形。身に罪や穢れがある時、または神事などがある時、川原で身を清めることをいう。補説参照。

〔補説〕 106から108番歌は貼り紙の歌。106番歌補説参照。

「祓」は本来、罪を犯した者に料物の供出を科し、社会的に罪を償わせること。それに対し、「禊」は自発的に穢れを洗い清める個人的行為であった。このように「祓」と「禊」はもともと別のものであったが、平安時代以後この二つはほとんど同じものとして扱われるようになった。例えば、源氏物語・須磨に次のように見える。

弥生の朔日に出で来たる巳の日、「今日なむ、かく思すことある人は禊したまふべき」となまさかしき人の聞こゆれば、海づらもゆかしうて出でたまふ。いとおろそかに軟障ばかりを引きめぐらして、この国に通ひける陰陽師召して、祓せさせたまふ。舟にことごとしき人形のせて流すを見たまふにもよそへられて……、

また、綺語抄には、

みそぎ　はらへをいふ也　禊《はらへ》《みそぎ》

とあり、能因歌枕、色葉和難抄などの歌学書にも同様の記述が見られる。

当該歌においても、「祓へ」「禊ぎ」は同じ意味で使用されている。もっともなぜ「祓へ」「禊ぎ」をすることが「つらからじ」に結びつくのかがよくわからない。あるいは語釈欄に挙げた古今集歌をもとに、「御手洗川」で「恋

せじ」と禊ぎをしても、結局神は聞き届けてくれないのだから、逆に恋することになり、自分に対してもはや冷淡ではいられまい、と詠んだものであろうか。

女院にさふらふ清少納言かむすめこまかさうしをかりてかへすとて

109 いにしへのよにちりにけむ《る歟》ことのはをかきあつめけむひとのこゝろよ

かへし

110 ちりつめることのはしれる君みすはかきあつめてもかひなからまし

〔校異〕 承空本ナシ

〔整定本文〕 女院にさぶらふ清少納言が娘小馬が草子を借りて返すとて

109 いにしへの世に散りにけむ言の葉をかき集めけむ人の心よ

返し

110 散り積める言の葉知れる君見ずはかき集めてもかひなからまし

〔現代語訳〕 女院にお仕えする清少納言の娘である小馬の所持している草子を借りて返すといって

109 むかし散り散りになってしまった言の葉を、掻き集めたという人の心を尊く思います。

返し

110 散り積もっている言の葉を、もし理解しているあなたが見てくださらなかったら、私が掻き集めても何の甲斐もないことでしょう。

〔他出〕 ナシ

〔語釈〕 109 **〇女院** 上東門院彰子（九八八～一〇七四）。一条天皇中宮、後一条及び後朱雀天皇の母。藤原道長女。12番歌参照。**〇清少納言が娘小馬** 小馬命婦。後拾遺集に一首入集。補説参照。**〇草子** 小馬が、母清少納言の書いたもの（和歌であろうか）を集めていたものであろうと推察される。現存清少納言集の可能性もあるか。**〇散りにけむ** 本文は「む」の傍書に「る歟」とある。第四句に「かき集めけむ」とあり、同じ歌に「けむ」が二度使われることになるので確かに不自然さはあろう。**〇かき集めけむ** 歌の中に「言の葉」とある。「かき」は「掻き」と「書き」の掛詞。

〔補説〕 当該歌は清少納言の伝記に関わって、その娘小馬の存在を明らかにするものとして注目される。

清少納言の最初の夫は橘則光で、二人の間に則長を儲けている。また清少納言は藤原棟世との関係もあり、尊卑分脈、棟世の女子の項に「上東門院女房　号小馬命婦」の注記がある。

一方、後拾遺集・雑二（九〇八）に見える、

為家朝臣、もの言ひける女に、かれがれになりてのち、みあれの日、暮れにはと言ひて葵をおこせて侍りければ、むすめに代はりて詠み侍りける　　小馬命婦

その色の草とも見えずかれにしをいかにいひてかけふはかくべき

の作者は、その小馬命婦ではないかとされる。後拾遺集勘物（早大文学研究科所蔵二十一代集本）に、

前摂津守藤原陳世朝臣女、母清少納言、上東門院女房、童名狛、俗称小馬

とあるからである。当該歌の小馬も同一人物であると思われるが、小馬命婦集を残した女房とは別人である。

111
紅葉いまたあまねからすといふたい　西宮にて
ちらさしとおもふこゝろそまさりけるもみちなはてそやとのはゝそは

【校異】　承空本ナシ

【整定本文】　紅葉いまだあまねからず、といふ題、西宮にて
111　散らさじと思ふ心ぞまさりけるもみぢな果てそ宿の柞は

【現代語訳】　紅葉はいまだに隅々まで広く行き渡ってない、という題、西宮で
111　散らすまいと思う気持ちがまさったことだ。色づききるな、この宿の柞は。

【他出】　ナシ

【語釈】　**〇紅葉いまだあまねからず**　この歌題は家経集三〇番歌にも見られる。補説参照。**〇西宮**　前出。74番歌補説参照。**〇柞**　ブナ科の落葉高木。楢や櫟の総称。「佐保山の柞の色はうすけれど秋は深くもなりにけるかな」（古今・秋下、二六七　坂上是則）。**〇もみぢな果てそ**　色づき果てるな、真っ赤になるな、の意。「な……そ」は禁止を表す。「恋しくは見てもしのばむもみぢ葉を吹きな散らしそ山おろしの風」（古今・秋下、二八五　よみ人知らず）。

【補説】　西宮における和歌六人党とその周辺の人々の和歌活動についてはすでに74番歌補説で述べているが、当該歌もその和歌活動の一端を示すものである。同じ折に詠まれた歌として、家経集の次の歌があげられる。

於西宮、詠紅葉未遍
なかなかに片枝もみぢぬをりにこそ青葉に映ゆる色は見えけれ（三〇）

112
山の座主よみたまへるうたみよとてかくいひにをこせたまへる
きみならてたれにかみせんもみちはのいろをもかをもしるひとそしる

かへし

たれかよによろしとはみむ秋はきのやまのかひよりちることのはを

〔校異〕　承空本ナシ

〔整定本文〕　山の座主詠み給へる歌、見よとて、かく言ひにおこせ給へる

112　君ならで誰にか見せむもみぢ葉の色をも香をも知る人ぞ知る

返し

113　誰かよによろしとは見む秋萩の山の峡より散る言の葉を

〔現代語訳〕　天台座主がお詠みになった歌を、見てくださいといって、このような口上で人をよこしなさった歌

112　あなたでなくて誰に見せましょうか。もみじ葉の、色をも香をも知る人が知っているのですから。

返し

113　一応のできばえだなどと誰が見るでしょうか。きっとすばらしいと見ますよ。秋萩の咲く山の峡より散る言の葉、あなたさまの歌を。

〔他出〕　ナシ

〔語釈〕　112　**〇山の座主**　比叡山延暦寺の座主。139番歌詞書にも「山の座主」とあり、その注に「前大僧正明快也」とある。補説参照。なお「山の座主」は家集編纂時の呼称であろう。**〇言ひにおこせ給へる**　言うために使いの人をよこしなさった。「宰相、参るべきほど近くなりにたりとて言ひにおこせたる」（選子内親王Ⅰ、三八一詞書）。**〇色をも香をも**　当該歌は古今集の「君ならで誰にか見せむ梅の花色をも香をも知る人ぞ知る」（春上、三八　友則）の第三句「梅の花」を「もみぢ葉の」に替えた歌である。この112番歌は山の座主が詠草を見せる際に使いの者に言わせた口上の歌で、その返歌が113番歌ということになる。口上の歌なので、誰もが知っている古今集の「君ならで」

を使ったのであろうか。贈答歌の内容から推測すると、山の座主の「詠み給へる歌」には「もみぢ葉」や「秋萩」が詠みこまれていたと思われる。

113 **○誰かよによろしとは見む**　誰が一体できばえの悪くはない歌だと見るでしょうか、いや見ません。「よし」が積極的によいという評価をしているのに対して、「よろし」は、まあよい、普通である、一通りの水準に達している、の意。

〔補説〕「山の座主」に該当する人物は、範永の生存期間中では、天台座主記（群書類従）によると次の人物が考えられる。

第二十三代座主	覚慶	長徳四（九九八）年十月二十九日任	治山十六年	長和三年十一月二十三日入滅
第二十四代座主	慶円	長和三（一〇一四）年十二月二十五日任	治山五年	寛仁三年九月三日入滅
第二十五代座主	明救	寛仁三（一〇一九）年十月二十日任	治山一年	寛仁四年七月五日入滅
第二十六代座主	院源	寛仁四（一〇二〇）年七月十七日任	治山八年	万寿五年五月二十四日入滅
第二十七代座主	慶命	万寿五（一〇二八）年六月十九日任	治山十年	長暦二年九月七日入滅
第二十八代座主	教円	長暦三（一〇三九）年三月十二日任	治山九年	永承二年六月十日入滅
第二十九代座主	明尊	永承三（一〇四八）年八月十一日任	治山三日	康平六年六月二十六日入滅
第三十代座主	源心	永承三（一〇四八）年八月二十二日任	治山五年	天喜元年十月十一日入滅
第三十一代座主	源泉	天喜元（一〇五三）年十月二十六日任	治山三日	天喜三年三月十八日入滅
第三十二代座主	明快	天喜元（一〇五三）年十月二十九日任	治山十七年	延久二年三月十八日入滅
第三十三代座主	勝範	延久二（一〇七〇）年五月九日任	治山七年	承保四年正月二十八日入滅

右のうち、語釈にあげた第三十二代座主明快がやはり注目される。明快は後拾遺集初出の勅撰歌人でもあり、栄花物語にもその名が見える。巻三六・根合には、後朱雀天皇の護持僧として召されたとあり、後朱雀天皇崩御後、

追悼の和歌を次のように詠じている。

護持僧にてさぶらひける山の座主明快、

雲の上に光消えにしそのままに幾夜といふに月を見つらむ

また同じ巻には、後朱雀天皇の母、上東門院彰子がわが子天皇の崩御を悲しむ記事の中に、範永が主殿侍従（範永集や後拾遺集では侍従内侍となっている。12番歌参照）へ送った歌が次のように載せられている。

女院の御前には、世の中をおぼしめし嘆きわびさせ給ひて、巌の中求めさせ給ひて、白河殿に渡らせ給ひぬ。……白河殿の秋のけしきいみじうあはれなるに、まして神無月の時雨に木の葉の散り交ふほどは、涙とどめがたし。主殿の侍従のもとに、大膳大夫範永、

いにしへを恋ふる寝覚めやまさるらむ聞きもならはぬ峯の嵐に

いといとあはれに催されて、御前にも人々いみじうおぼしめさる。

以上、後朱雀天皇の崩御に関わる、山の座主明快、大膳大夫範永の記事をあげたが、右に記した状況から考えると、現段階では、139番歌の注記にあるように、「山の座主」は明快の可能性が高いと思われる。

こほうしのことなとうれしうのたまへるに

たまさかにこゝろのやみのはれぬれはさやけき月のかけそうれしき

本このつき半丁破損也

〔校異〕　承空本ナシ

〔整定本文〕　小法師のことなど、嬉しうのたまへるに

114　たまさかに心の闇の晴れぬればさやけき月の影ぞ嬉しき

本この次半丁破損也

〔現代語訳〕（山の座主が）小法師のことなどを、私にとって嬉しくおっしゃった時に

114 たまたま心の闇が晴れたので、清く澄んだ月の光が嬉しいことです。

もとの本はこの次が半丁破損している

〔他出〕ナシ

〔語釈〕**○小法師**　年少の法師。小坊主。「小法師ばらの、持ちあるくべうもあらぬおに屛風の高きを、いとよく進退して……」（枕草子「正月に寺に籠りたるは」）。なお、範永との関係については補説参照。**○のたまへるに**　直前にある112、113番歌との関連からも、139番の詞書からも、主語は「山の座主」であろう。**○たまさかに**　時間的に稀なさま。時たま。やっとのこと。「たまさかに逢ふ夜は夢の心地して恋しもなどかうつつなるらむ」（金葉二度本・恋下、四五九　よみ人知らず）。**○心の闇**　分別を見失った心を闇に見立てていう語。煩悩、妄執など仏教的な迷いに使うこともあるが、次の兼輔の歌から、盲目的に子供を愛する親心をいうことが多い。「人の親の心は闇にあらねども子を思ふ道に惑ひぬるかな」（後撰・雑一、一一〇二　兼輔朝臣）。**○本この次半丁破損也**　親本はこの次半丁ほど破損している、とする注記。114番歌と115番歌との間に相当量の詞書や和歌が欠落していよう。

〔補説〕「小法師」とは、139番の詞書に、「山の座主の、小法師の京に日頃あるに、送られたる」とあり、範永が140番でその返しを詠んでいること、当該歌で、範永が「心の闇」という語を用いていることなどから考えると、おそらく範永の息子であろう。尊卑分脈に見える「永賀」があたるか。「嬉しうのたまへる」というのは、範永が気にかけていたその息子について、何か安心できるようなことを山の座主がお話しになったということであり、その山の座主の言葉によって、範永の「心の闇」が「たまさかに」晴れたというのであろう。

なお、家経集に、

思惟此経

思ひゐて心の闇し晴れぬれば雲隠れにし月も見えけり（四九）

という類似した歌があるが、これは「五月懺法　次詠二首」とするうちの一首で、当該歌とは異なり、「心の闇」は明らかに仏教的な意味で用いられている。

115

としへけるこゝろはしらてすきにける《り》なみ《に》ともけふのゝちやわかれむ

〔校異〕　承空本ナシ

〔整定本文〕

115 年経ける心は知らで過ぎにけりなにとも今日の後やわかれむ

〔現代語訳〕

115 私はあなたの「年経ける心」は知らないで過ぎてしまいました。いったいどんな風に今日以後は判断されるでしょうか。

〔他出〕　ナシ

〔語釈〕　**○年経ける心**　長い間何かを思いつづけた心の意か。補説参照。**○心は知らで**　「は」は区別の係助詞。互いによく知っていて手紙のやりとりなどもあるが、あなたの心は知らないまま、ということか。**○なに**　底本「なみ」は「波」か。いずれにしても意味はとりにくいが、ここでは傍書の「なに」で解してみた。**○わかれ**　「わか」は「分く」の未然形で、理解する、判別するの意。「れ」は自発。自然とわかる。

〔補説〕　114番歌の後に、「本この次半丁破損也」とある。当該歌の前にも何か詞書があった可能性が大きい。後に述べるように、当該歌は女性の歌とも思えるので、あるいは贈答歌になっていて、範永の贈歌が書かれていたか。

なお、「年経ける心」の用例は他に見あたらない。「年（を）経」と「心」がともに使われている例に、

年月を経て契りながら、さもあらざりける人に
人知れず思ふ心は年経ても何のかひなくなりぬべきかな（敦忠集Ⅰ、一二五）
道時はじめたる所へまかりしに
年を経て思ふ心のおのづから積もりて今日になりにけるかな（経信集Ⅲ、一七八）
などがあり、何年もの間、一人の女性を思いつづける心を、ここでは「年（を）経て」「思ふ心」と表現したのだと思われる。当該歌の場合も、やはり何年も、何かを思いつづける心を「年経ける心」と言ったのだと考えると、範永から女性への贈歌に「年経ける心」という言葉があって、その返歌として、女性が、あなたの「年経ける心は知らで」と歌っている可能性があるのではないか。底本の「なみ」で考えると、範永の「年経ける心」を知った「今日の後」は、「なみとも」「わかれむ」となり、よくわからない。「なみ」は「波」で何かの比喩であろうか。あるいは範永の贈歌に「なみ」の語が用いられていたのであろうか。ここでは傍書の「なに」として、「わかれ」の「れ」を自発ととり、「今日以後、あなたから送られた歌の意味がどんな風にわかってくるのだろうか。」の意に解した。

116
あるところにさけなとのみけるにいかなることかありけんそのところにあるをんなのいひたる
くまもなくあかゝりしよの月かけのいかにきてかくはくもかくれけむ

かへし
117
そらにきくかくれなきよのつゆにさへぬれきぬきするひとのこゝろよ

〔校異〕承空本ナシ

〔整定本文〕 ある所に酒など飲みけるに、いかなることかありけむ、その所にある女の言ひたる

116 隈もなく明かかりし夜の月影のいかに来てかは雲隠れけむ

返し

117 空に聞く隠れなき夜の露にさへ濡れ衣着する人の心よ

〔現代語訳〕 ある所で酒など飲んでいた折に、どのようなことがあったのだろうか、そこにいる女が言った

116 曇りもなく明るかった月の光が、どのようにして雲に隠れてしまったのでしょうか。あなたはやって来て、どのようにして隠れて見えなくなってしまったのでしょう。

返し

117 作り話を聞くことです。隈もなく明るく、隠れようもない夜の露、この私にまで濡れ衣を着せるあなたの心なのですね。

〔他出〕 ナシ

〔語釈〕 116 **○いかなることかありけむ** どのようなことがあったのだろうか。この言い方は121番、123番にもあり、具体的な出来事を記さない、いわば朧化表現。ここは、「女」が「雲隠れけむ」と詠み、範永の返歌に「濡れ衣」とあるから、何か相手の女が疑いを持つような隠れ方、たとえば浮気と疑われるようなことを範永がしたのかもしれない。補説参照。 **○明かかりし** 「し」は過去の助動詞なので、「ある所に酒など飲みける」以前の出来事について言っているのだと考えられる。 **○月影** 月の光。ここでは範永をたとえている。 **○雲隠れけむ** 「雲隠る」は、雲に隠れる。ここは、どこかに隠れて見えなくなる。「秋の夜の月かも君は雲隠れしばしも見ねばここら恋しき」(拾遺・恋三、七八五　人麻呂)。

117 **○空に聞く** 贈歌の「月」「雲」の縁で用いられている。「空」は実態のないさま。虚構。「知ると言へば枕だにせで寝しものを塵ならぬ名の空に立つらむ」(古今・恋三、六七六　伊勢)。 **○隠れなき** 「隈もなく明かかりし夜」を

受けて用いられている。隠れた所がなく、はっきりしている、の意。「もの言ひはべりける女の五節に出でてこと人にと聞き侍りければつかはしける／まことにやなべて重ねし小忌衣豊の明かりの隠れなき夜に」（後拾遺・雑五、一一二五　源頼家朝臣）。**〇露にさへ**　唐突に「露」が用いられるのは不審。「つきにさへ」の誤りか。いずれにしても範永をたとえている。この私にまで。**〇濡れ衣**　無実の罪。

【補説】　116番歌で「いかに来てかは雲隠れけむ」というのであるから、範永はかつて「その所にある女」のもとへ行き、その際、どこかに隠れるようなことをしたのだろう。範永のそうした行動について、浮気をするために「雲隠れ」したのではないかと女が言い、範永が117番歌を返した、という構図なのであろうか。

その夜は「隈もなく明かかりし夜」であり、「雲隠れ」などできない「隠れなき夜」であった。それなのに私を疑い、濡れ衣を着せるなんて、と範永は女をなじる形で弁明しているのであろう。

118　かへし

ひとのをとしたるふみあるそれなめりと見て

〔よし歟〕の山ゆきふるほどもつもらぬ〔に歟　また歟〕　きもきゆるひとのあとかな

119　あとたゆる人こそあらめよしの山ゆきふかくともわれはさはらし

【校異】　承空本ナシ

【整定本文】　人の落したる文ある、それなめりと見て

118　〔吉〕野山雪降るほども積もらぬ〔にまだ〕きも消ゆる人の跡かな

返し

119 跡絶ゆる人こそあらめ吉野山雪深くともわれは障らじ

〔現代語訳〕 人が落とした手紙があるのを、その人のものだろうと見て

118 吉野山はまだ雪が降るというほども積もっていないのに、早くも消える人の足跡のように、あなたの手紙はもう消えてしまったのですね。

返し

119 吉野山に入って跡が絶える人も確かにいることでしょう。しかし、吉野山の雪が深くて跡が絶えても、私は一向に差し支えありません。

〔他出〕 ナシ

〔語釈〕 118 ○それなめり （手紙を落としたのは）誰それのようだ。筆跡なり、内容なりから判断できたのであろう。○吉野山 底本では二字分の欠損がある。119番歌に「吉野山」とあるので、傍書「よし歟」に従った。吉野山は奈良県吉野郡にある山。雪深い地で、古今集以後、雪と組み合わせて詠まれるようになった。「ふるさとは吉野の山し近ければひと日もみ雪降らぬ日はなし」（古今・冬、三二一 よみ人知らず）。○まだき 「積もらぬに」「まだき」も傍記によった。まだきは、まだその時期でないのに。早くも。もう。「飽かなくにまだきも月の隠るるか山の端逃げて入れずもあらなむ」（古今・雑上、八八四 業平朝臣）。○跡 「足跡」に「筆跡」の意を込める。「あしひきのやまゐはすともふみかよふ跡をも見ぬは苦しきものを」（後撰・恋二、六三二 大江朝綱朝臣）。

119 ○跡絶ゆる 音信不通になる。

〔補説〕 範永が「人の落したる文」を拾い、落とした人に届ける際に、「吉野山」を詠んだ理由がよくわからない。拾った手紙の中に「吉野山」の文字があったのだろうか。あるいは、当時吉野山は雪が深くなると音信が途絶えるという一般的なイメージがあって、手紙を落としてしまっては二人の音信が途絶えることになるだろうからと、吉野山を連想したのだろうか。古今集に次のような歌がある。

み吉野の山の白雪踏みわけて入りにし人のおとづれもせぬ（冬、三二七　壬生忠岑）

また、源氏物語・薄雲に、明石の君が姫君を手放す場面で、次のような贈答もある。

雪深み深山の道は晴れずともなほふみかよへ跡絶えずして（明石の君）

雪間なき吉野の山を訪ねても心のかよふ跡絶えめやは（乳母）

雪深い地では音信が途絶えがちになり、そのような場所として真っ先に思い浮かべるのが吉野の地であったということであろうか。

ところで、手紙のやり取りが手渡しで行われていた当時、手紙を落とすことも時にはあったようだ。後撰集に、送った手紙を落としてあるのを見つけて、相手の女性に言い送った、次のような歌がある。

いと忍びて語らひける女のもとにつかはしける文を、心にもあらで落としたりけるを見つけて、つかはしける

よみ人知らず

島隠れ有磯に通ふあしたづのふみおく跡は波も消たなむ（雑二、一一二二）

源氏物語・若菜下で、女三宮のもとに柏木から届いた手紙を光源氏が見つけた場面では、手紙を書くときの心得を光源氏が心中次のように述べている。

……いと見どころありてあはれなれど、いとかくさやかには書くべしや、あたら、人の、文をこそ思ひやりなく書きけれ、落ち散ることもこそと思ひしかば、昔、かやうにこまかなるべきをりふしにも、言そぎつつこそ書き紛らはししか、人の深き用意は難きわざなりけり……

当該歌では、手紙を書いた人が落としたのか、受け取った人が落としたのかはわからない。また、範永と手紙の落とし主との関係もわからないが、118番歌の調子から、からかうことができる、相当親しい関係だったと想像される。手紙の落とし主もまた、範永にからかわれても、「われは障らじ」と平然としている。

120

月ころいひわつらふ女のもとにしはすのつこもりのほとに
ひとひたにすくすをうしと見しほとに春さへあすになりにけるかな

〔校異〕 承空本ナシ

〔整定本文〕 月ごろ言ひわづらふ女のもとに、師走のつごもりのほどに
120 一日だに過ぐすを憂しと見しほどに春さへ明日になりにけるかな

〔現代語訳〕 この数か月こちらの気持ちをうまく伝えられていない女のもとに、十二月の末の頃に
120 一日でさえあなたと会えずに過ごすのは辛いと思っていた間に、一日どころか幾月も経って、春までもがもう明日に迫ってきてしまいましたよ。

〔他出〕 ナシ

〔語釈〕 ○言ひわづらふ 言うに苦しむ。言いあぐねる。補説参照。

〔補説〕 「言ひわづらふ」が詞書で使われている例は、『新編国歌大観』によれば八例のみ。その内六例が後撰集にあり、もっぱら恋する相手にうまく思いを告げられない、気持ちが伝わらない、の意味で用いられている。

心ざしありて人に言ひ交し侍りけるを、つれなかりければ、言ひわづらひて止みにけるを……（後撰・恋三、七七四 よみ人知らず）

言ひわづらひて止みにける人に、久しうありて、またつかはしける（同・恋六、九九九 よみ人知らず）

年老たる人のいろめくをわらひしかわれもいかなることかありけんわかき女のもとに
いまさらにいりぬるひとのこひするをもときしこゝろいかてしらせん

〔校異〕 承空本ナシ

〔整定本文〕 年老いたる人の色めくを笑ひしが、われもいかなることかありけむ、若き女のもとに
121 今さらに入りぬる人の恋するをもどきし心いかで知らせむ

〔現代語訳〕 年老いた人が色めいているのを笑ったものだが、私もどういうことがあったのだろうか、若い女性のもとに
121 老いた人が恋しているのをかつてあざ笑ったこともある、この老境の胸の内を、今さらどうしてあなたに知らせましょうか。とても知らせるわけにはいきません。

〔他出〕 ナシ

〔語釈〕 **〇入りぬる人** ある域に達した人。ここでは老境に入った人、高齢になった人、の意であろう。「年まかり入り侍りて」（源氏・若菜上）。補説参照。**〇もどきし心** 「もどく」は非難する。あげつらう。かつて非難した心、の意。「あぢきなしわが身にまさるものやあると恋せし人をもどきしものを」（後拾遺・恋四、七七五 曾祢好忠）。**〇いかで知らせむ** どうして思いを知らせよう、いやとても知らせるわけにはいかない。「いかで……む」は、ここでは反語。

〔補説〕 一般的に、歌中で人に関連して「入る」を使う場合、山に入る、仏道に入る、恋路に入る、闇路に迷う、などで使われる。

思ふことありける頃、山寺に月を見てよみ侍りける　源為善朝臣
山の端に入りぬる月のわれならばうき世の中にまたは出でじを（後拾遺・雑一、八五七）

恋　　よみ人知らず

いかばかり恋てふ山の深ければ入りと入りぬる人まどふらむ（古今六帖・第四、一九八〇）

帰されてなまねたう思ひけむ、よべはくやしかりけむかし、など言ひたる人に

帰るべきあとだに見えずしげければ入りぬる人はまどふ山路を（和泉式部集Ⅰ、七八六）

「老境に入る」の意で歌の中に用いられている例は、他に見当たらないが、当該歌の場合、詞書からするとそのようにしか考えられないであろう。

かつて、恋をしている老人を批判していた自分が、年甲斐もなく若い女性に心をときめかせている。そんな自分が恥ずかしく、相手の若い女性に何とかして自分の心の内を伝えたいという気持ちと、ためらう気持ち。結局そういう微妙に揺れ動く思いを述べる形で、相手に自分の強い思いを伝えているのだと思われる。

月はいつるといるといつれまさりたるといひし人のいひたる　此詞不叶

としつもる身にはふゆこそくるしけれ春たちそふはうれしけれとも

〔校異〕　月イツルトイルトイツレミルニマサレリトイヒニヤリタリシニ一品宮ノイテハノ君カイヒタリ

承49イツルヨリミルタニアカヌ月カケノイル《リ》ヲハナニ、タトヘテカイフ

返シ

承50月カケノイルヲマサルトミテケレハキミカコ、ロノウチハシラレヌ

〔整定本文〕　月は、出づると入ると、いづれまさりたると、言ひし人の言ひたる

122　年積もる身には冬こそ苦しけれ春立ち添ふはうれしけれども

〔現代語訳〕　月は、出る時と入る時と、どちらが鑑賞に優っているのでしょうかと、言ったその人が詠んだ歌

122　年老いた身には冬はとても辛いものです。春が寄り添って来るのはうれしいのですが。

〔他出〕　ナシ

〔語釈〕　○年積もる　高齢になる。老いる。「年積もる人こそいとど惜しまるれ今日ばかりなる秋の夕暮」（後拾遺・秋下、三七五　大弐資通）。○立ち添ふ　寄り添う。一緒にいる。「秋の来るけしきの森の下風に立ち添ふものはあはれなりけり」（千載・秋上、二二八　待賢門院堀河）。ここは「立ち添ふ」に立春の意の「春立つ」を掛けるか。

〔補説〕　当該歌は詞書と歌に整合性が見られず、底本にも「此詞不叶」が付されている。これは詞書に合致する贈答歌、および122番歌に付けられていたはずの詞書が脱落しているためであることが、校異欄に示してある承空本によってわかる。

底本の詞書だけでは、「月は、出づると入ると、いづれまさりたる」と言ったのが誰であるのか判然としないが、承空本49、50番歌では、範永がそう言い遣ったところ、「一品宮ノイテハノ君」が詠んでよこしたことになっている。「イテハ」と呼ばれる人物は「出羽」で、「一品宮ノ」とあるから、一品宮章子内親王に仕えた「出羽弁」と考えて間違いないだろう。範永集の144、145、146番歌には相模を交えての贈答歌があり、永承五（一〇五〇）年六月五日の祐子内親王歌合には出羽弁が左方、範永は右方で出詠している。また、出羽弁集にも範永は登場する。

ところで章子内親王が一品に叙せられたのは長元三（一〇三〇）年十一月二十日で、長暦元（一〇三七）年十二月十三日に東宮妃、永承元（一〇四六）年七月十日には中宮に立后している。一方出羽弁は、はじめ章子内親王の母威子に仕え、威子の崩後、章子内親王に仕えたと考えられるから、「一品宮ノ出羽」と呼ばれたのは威子の崩じた長元九（一〇三六）年から章子内親王の中宮立后までの約十年間ということになろう。承空本49、50番歌についてはは272頁参照。

なお、122番歌は詞書が脱落しているため詠まれた状況がわからず、贈答歌の一部である可能性もあり、詠者が範永であるとは必ずしも断定できない。

人のもとにいかなることかありけむ
つらしとてしつのをたまきたえもせはくやしかりなむきみかこゝろも

〔校異〕　承空本ナシ
〔整定本文〕　人のもとに、いかなることかありけむ
123　つらしとてしづのをだまき絶えもせばくやしかりなむ君が心も
〔現代語訳〕　人のもとに、どのようなことがあったのであろうか
123　冷淡だからといって、二人の縁がもし絶えてしまったら、きっと後悔するに違いないでしょう。あなたの心も。
〔他出〕　ナシ
〔語釈〕　**〇つらし**　相手の薄情さ、冷たさを恨む心をいう。「つらしとてわれさへ人を忘れなばさりとて仲の絶えやはつべき」（詞花・恋下、二五一　よみ人知らず）。**〇しづのをだまき**　「絶え」を導く序詞。「しづ」は古代の織物の一種。舶来のものと区別して倭文（しづ）とも、またその織物は粗末であったことから、賤（しづ）とも記す。「をだまき」は、中を空洞にした糸を巻き取る道具。また巻き取った状態のもの。「しづのを」で、身分の低い「賤（しづ）の男」を掛け、身分差のある恋を嘆くこともある。補説参照。**〇絶えもせば**　二人の仲がもし絶えるとしたならば、の意。
〔補説〕　「しづのをだまき」は、糸を巻き取る「をだまき」から、糸に関連する「繰る」「縒る」「糸」「絶ゆ」などの言葉を引き出す。また「賤」の意から「いやし」などを導く序詞としても使われる。
いにしへの倭文のをだまきいやしきもよきも盛りはありしものなり（古今・雑上、八八八　よみ人知らず）
恋をのみしづのをだまきくるしきは逢はで年経る思ひなりけり（千載・恋三、七八八　中納言師時）
繰りかへしくやしきものは君にしも思ひよりけむ賤のをだまき（千載・恋三、八二九　源師光）

数ならばかからましやは世の中にいと悲しきは賤のをだまき（新古今・恋五、一四二五　参議篁）

千載集・八二九番歌や新古今集・一四二五番歌のように、「賤のを（男）」で我が身を賎しい身と憂い、叶わぬ悲恋を詠むこともある。当該歌では、身分の低さというよりも、次に挙げた「しづのをだまき」を詠み込んだ伊勢物語や公任の歌などを踏まえて詠んでいると思われる。

昔、ものいひける女に、年ごろありて

いにしへのしづのをだまきくりかへし昔を今になすよしもがな

と言へりけれど、何とも思はずやありけむ。（伊勢物語・三十二段）

あだあだしくもあるまじかりける女をいと忍びて言はせ侍りけるを、世に知りて、わづらはしきさまに聞こえければ、言ひ絶えてのち、年月経て、思ひあまりて言ひつかはしける

ひとかたに思ひ絶えにし世の中をいかがはすべきしづのをだまき（詞花・恋上、二〇六　前大納言公任）

伊勢物語は、をだまきの糸を繰るように何とかもう一度昔の仲に戻りたいと請い願うものの、叶わなかったという話である。公任もまた、その伊勢物語同様、かつて「思ひ絶え」てしまったことを後悔し、もとに戻したいけれども、どうすることもできないと詠む。これらを意識して、範永は、もし関係が絶えたなら、きっと後悔するに違いないと詠んでいるのであろう。

西宮のさくらをもてあそふ

おしとおもふひとのこゝろのかせならははなのあたりにふかせましやは

〔校異〕　承空本ナシ

〔整定本文〕　西宮の桜を翫ぶ

124 惜しと思ふ人の心の風ならば花のあたりに吹かせましやは

〔現代語訳〕 西宮の桜を賞美する

124 桜を散らすのは惜しいと思う人の心がもし風だったなら、花の辺りに風を吹かせたりするだろうか、いや決して吹かせはしないだろう。

〔他出〕 ナシ

〔語釈〕 **〇西宮** 西宮左大臣源高明の旧宅であろう。74番歌補説参照。**〇翫ぶ** 花や月などを興じる。楽しむ。**〇人の心の風ならば** 人の心が風だったら。「心の」の「の」は主格を表す。**〇吹かせましやは** 吹かせるだろうか、いや吹かせはすまい。反語。桜を避けてくれるに違いないという気持ち。

〔補説〕 花と風との関係で、同じような気持ちを詠んだ歌には次のようなものがある。

春風は花のあたりをよきて吹け心づからやうつろふと見む（古今・春下、八五　藤原好風）

吹く風にあつらへつくるものならばこの一本はよきよといはまし（古今・春下、九九　よみ人知らず）

なお、家経集には、

於西宮、惜落花和歌

年を経てかしらの雪は積もれども惜しむに花もとまらざりけり（六四）

という歌がある。当該歌と同じ西宮で詠んでいること、また散る花を惜しむ歌であることなどから、あるいは同時詠の可能性もあろうか。家経詠には「としを経て頭の雪はつもれども」とあり、老境に入ってからの詠と思われるが、二人の年齢差はあまりなかったと考えられるので、当該歌を詠んだ範永も、もしかしたら頭に白いものが混じっていたかもしれない。

さかみのひさしうをともせさりしにはなのさかりになりにけるころ

125 はなさかり身にはこゝろも《の》《ミ》そはねともたえてをとせぬひとはつらきを

かへし

126 もろともにはなをみるへき身ならねはこゝろのみこそゝらにみたるれ

〔整定本文〕 相模の久しう音もせざりしに、花の盛りになりにけるころ

125 花ざかり身には心の添はねども絶えて音せぬ人はつらきを

返し

126 もろともに花を見るべき身ならねば心のみこそ空に乱るれ

〔校異〕 承空本ナシ

〔現代語訳〕 相模が久しく便りもしてこなかったので、花の盛りになってしまったころ

125 花盛りの季節は心ここにあらずとなるものですけれども、それでもまったく便りをくれないあなたという人はつらいと感じることです。

返し

126 あなたと一緒に花を見ることができるような身ではありませんので、私は心が空に乱れるばかりなのです。

〔他出〕 ナシ

〔語釈〕 125 **○相模** 生没年未詳。平安中期の女流歌人。正暦元（九九〇）年頃の誕生かとされ、康平四（一〇六一）年以後も在世かとされる。父未詳。母は能登守慶滋保章女。補説参照。**○身には心の添はねども** 「心」が「身」に添わないとは、心ここにあらずという状態をいう。「花盛り四方の山辺にあくがれて春は心の身に添はぬかな」

（千載・春上、六四　藤原公衡朝臣）。○音せぬ　「音」は、便り、訪れ、音沙汰。

126○もろともに　一緒に同じ行動をするさま。そろって。○空に乱るれ　「空に」は、上の空だ、気もそぞろである。「乱るれ」は、「こそ」の係り結びで「乱る」の已然形。

〔補説〕　相模との贈答は、範永集では他に144、145番、148～151番にも見られる。126番歌で相模は、範永とは「一緒に花を見られるような間柄でないから」と答えているが、親交があった二人の間で、恋の贈答にも似せた軽口のようなやりとりがあったと見るべきであろう。

　正月一日のころしらかはの院にまいりたるにゆきのいたうふりてところ〳〵きえて氷などいたうしたりしかは兵衛内侍のつほねに

山さとはゆきのしたみつこほりつゝ春ともしらぬけしきなるかな

〔校異〕　承空本ナシ

〔整定本文〕　正月一日のころ白河の院に参りたるに、雪のいたう降りて、ところどころ消えて、氷などいたうしたりしかば、兵衛内侍の局に

127山里は雪の下水こほりつつ春とも知らぬ景色なるかな

〔現代語訳〕　正月一日の頃白河の院に参上したところ、雪がたいそう降って、ところどころ消えて、ひどく氷ったりしていたので、兵衛内侍の局に

127山里は、雪の下を流れる水も氷り氷りして、まだ春ともわからない景色ですね。

〔他出〕　ナシ

〔語釈〕　○白河の院　白河第、白河殿などとも称する。後朱雀院崩御後、上東門院彰子が移り住んでいた。12番歌

参照。千葉義孝（「藤原範永試論」）は、当該歌、12番歌、109、110番歌などを挙げ、これらの歌が、上東門院関係の人々との交友から詠まれたものであることを指摘している。**○兵衛内侍**　生没年未詳。平安中期の歌人。補説参照。**○山里**　山の中や、そのほとりにある人里。世間から隔絶した、寂しい場所として意識された。「春立てど花も匂はぬ山里はもの憂かる音に鶯の鳴く」（古今・春上、一五　在業棟梁）。**○雪の下水**　「下水」は物陰を流れる水。雪の下を水が流れることは雪解けを意味する。「三室山谷にや春の立ちぬらむ雪の下水岩たたくなり」（千載・春上、二中納言国信）。当該歌は、一度溶けた「雪の下水」も氷ってしまうほど、春が遠い山里の景色を詠む。なお歌語としての「雪の下水」は、確認できる限りでは当該歌が最も早い。

〔補説〕　女院彰子付きの「兵衛内侍」については、栄花物語・殿上の花見、長元四（一〇三一）年の彰子石清水、住吉詣の折、供奉した女房たちの中にその名が見え、「出車（いだしぐるま）三つ」のうちの「三の車」に乗ったこと、帰路、「天の河」の地で人々が「住吉の道に述懐という心」を詠んだ際、兵衛の内侍も、

名に高き君が御幸ぞ住吉のうらめづらしきためしなりける（三六〇）

と詠んだこと等が見える。

また、同・きるはわびしとなげく女房に、後一条院崩御の悲しみを歌う哀傷歌が並ぶ中、「御服になる夜、女院の兵衛の内侍」として、

形見とて着れば涙の藤衣しぼりもあへず袖のみぞひつ（四二四）

「御葬送のまたのつとめて、いみじう雨の降りければ」として、

のぼりにし煙は雲にまがひつつしのびもあへぬ雨の音かな（四二五）

と二首つづけて見え、さらに「月の明かき夜」に詠んだとして、

雲の上に見しよの君がなければや月も涙に曇るなるらむ（四二八）

の歌も見える。帝の崩御にあたって、「形見」の藤衣を着（四二四）、また「雲の上に見しよの君」（四二八）がおい

でにならず、月も涙で曇ると詠んだのは、女院彰子のもとに今はいるものの、かつては後一条天皇に仕えていたからであろう。その例証としては、異説もあるが、定頼集Ⅱの次の贈答歌がある。なお、新千載集・恋四（一五一九～二〇）にもほぼ同様の詞書で入集する。

八月つごもり、内裏の宿直に侍ふ夜、鬼の間にゐたれば、兵衛の内侍といふ人、もの言はむと言ふ、頭中将のもの言はむと言ひつるを聞きて、それと思ひつるとは見れとて、何事にかと問ひたれば、あらざりけりと思ひて入りにしかば、御前の薄を折りて書きつけてやる、その人の童名すすきといふ

さだめなくまねきつるかな花薄穂に出でて結ぶ人もこそあれ（二九六）

返し

おしなべてなびかぬ野辺の花薄穂には出づとも誰か結ばむ（二九七）

森本元子『定頼集全釈』では、右の贈答歌は長和五（一〇一六）年の歌群内にあると推定し、詞書の「頭中将」を藤原資平、「兵衛の内侍」を「三条院女房。のち上東門院の女房」とする。しかし、宿直の夜に鬼の間に祗候し、頭中将と誤解されるのは定頼が頭弁であったからであろう。定頼は後一条天皇の長和六（一〇一七）年三月から寛仁四（一〇二〇）年十二月に参議になるまで蔵人頭であった（範永もほぼ同じ頃六位の蔵人であった）。当然、右の贈答は長和六年以降のこととなり、兵衛内侍も「三条院女房」ではなく、後一条天皇付きであったと考えられる。また、後拾遺集にも彼女の歌がある。

平行親蔵人にて侍りけるに、忍びて人のもとに通ひながら、あらがひけるを見あらはして

兵衛内侍

秋霧は立ちかくせども萩原にしかふしけりと今朝見つるかな（雑二、九一三）

平行親が蔵人であったのは、後一条天皇の治安元（一〇二一）年八月～治安四年であった（蔵人補任）。どういう場面かは不明であるが、ことさらに「蔵人」と記すのは、出来事が内裏内でのことであったためか。とすれば、こ

れも彼女が後一条天皇の内侍であったことの傍証となろう。

さいけい律師かくいひたり

128 のとかにも《と》花のさかりをおもへはやまつほとはるのふかくすくらん

かへし

129 ゆかすともかすみへたつなたつた山さくらさきもしなはといそくひとには

〔校異〕 承空本ナシ

〔整定本文〕 済慶律師、かく言ひたり

128 のどかにと花の盛りを思へばや待つほど春の深く過ぐらむ

返し

129 行かずとも霞隔つな山桜咲きもしなばと急ぐ人には

〔現代語訳〕 済慶律師が、このように言ってきた

128 穏やかに待とうと花の盛りを思っているものですから、それを待っている間に、春がどんどん深まっているのでしょうか。なかなかあなたは来てくださいませんね。

返し

129 今すぐに訪ねて行かずとも、霞よ隔てないでください。山桜が咲いたらうかがおうと心づもりしている者には。

〔他出〕 ナシ

〔語釈〕 128 **○済慶律師** 10、11番歌参照。**○のどかにと** 「のどか」は、平穏で静かなさま。穏やか。静か。「春風《ママ》

吹くたびごとに桜花心のどかに見るほどぞなき」（元真集、一二四）。**〇思へばや**　「ばや」は、順接確定条件の接続助詞「ば」＋疑問の係助詞「や」。思うから……（だろう）か。**〇深く過ぐ**　「深し」は時や季節などがより経過していることを示す。

129 **〇隔つな**　「な」は禁止の終助詞。隔てるな。**〇咲きもしなば**　「しなば」は、サ変動詞「す」の連用形＋完了の助動詞「ぬ」の未然形＋順接仮定条件の接続助詞「ば」。もし咲いてしまったならば。**〇急ぐ**　準備する。用意する。

〔補説〕　範永の訪れを待つ済慶律師は、なかなか範永が来ないために、「春がこんなにも深くなろうとしているのに」と恨み言めいたことを言っているのに対し、来訪を催促された範永は、「山桜」が「霞」に隠れやすいというイメージを利用して、「桜が咲いたらと思っているのに、それを隔てるようなことはしないでください」と、少々軽口めいた返歌をしているのであろう。両者は親しい間柄であったと思われる。

130

ふみやりたれと返事もせさりける人に

しられてそおもひはまさるしもつけやむろのやしまとひとのいはね《ぬ》は《に》

〔校異〕　フミヤリタリケルニ返事セサリケレハ

承51シクレテソオモヒハマサルシモツケヤムロノヤシマトヒトハイハヌニ

〔整定本文〕　文やりたれど、返事もせざりける人に

130　知られてぞ思ひはまさる下野や室の八島と人の言はぬに

〔現代語訳〕　文を送ったけれど、返事もしなかった人に

130　あなたに知られることによって私の胸の内の燃えるような思いはますます募ります。「下野の室の八島（思い

ありと知りました)」とあなたが言ってくれないので。

〔他出〕　ナシ

〔語釈〕　〇思ひ　「思ひ」に「火」を掛ける。「火」は室の八島の縁語。「いかでかは思ひありとも知らすべき室の八島の煙ならでは」(詞花・恋上、一八八　実方)。〇室の八島　下野国の歌枕。25番歌参照。「煙」とともに詠まれることが多く、煙が立つことによって胸の内の恋慕の情を相手に知らせるものとして詠まれた。当該歌では、「下野や室の八島に立つ煙思ひありとも今こそは知れ」(古今六帖、一九一〇)を踏まえ、「下野や室の八島」と言っただけで、「思ひありとも今こそは知れ」の意を表したものであろう。

〔補説〕　手紙を送っても返事がない。室の八島に立つ煙のように「あなたの思いがわかりました」と女が言ってくれればいいが、何とも言ってくれないので、女への思いがまさっていくという歌。「しられてそ」は、語法上「知られてぞ」「知られでぞ」の両方の解が可能だが、詞書に「ふみやりたれど返事もせざりける人に」とあることから、「知られてぞ」と解した。よって「れ」は受身。当該歌の後半部は、25番歌後半部「下野や室の八島と人も言はねば」と類似する。

131

はなおちてのこらすといふこゝろ

なつ山のこゝちこそすれ春なからこすゑにのこるはなしなけれは

〔校異〕　承空本ナシ

〔整定本文〕　花落ちて残らず、といふ心

131　夏山のここちこそすれ春ながらこずゑに残る花しなければ

〔現代語訳〕　花が落ちて少しも残っていない、という意

131 夏山のような感じがすることだ。まだ春でありながら梢に残る花がないので。

〔他出〕 ナシ

〔語釈〕 **○という心** 題の趣旨、の意。1番語釈参照。**○夏山** 夏の山。補説参照。**○春ながら** 「ながら」は逆接。……であるのに、……だけれど、の意。「桜散る花のところは春ながら雪ぞ降りつつ消えがてにする」（古今・春下、七五 承均法師）。

〔補説〕 「夏山」は、和歌では、

夏山の影をしげみやたまぼこの道行く人も立ちとまるらむ（拾遺・夏、一三〇 貫之）

のように、木々が繁茂した様を詠む場合が多い。当該歌では木々が繁っているわけではないが、花がすっかり散ってしまったので、まるで夏山のようだと、春の中にあって夏を先取りしている。

なお、繁茂した木々を見ながら春の花を回想した歌としては、

匂ひつつ散りにし花ぞおもほゆる夏は緑の葉のみしげれば（後撰・夏、一六五 よみ人知らず）

があり、

夏山の楢の葉そよぐ夕暮は今年も秋の心地こそすれ（後拾遺・夏、二三一 源頼綱朝臣）

は、夏の中にあって秋を先取りしている。

132

いけのほとりのふちのはな　　若宮の御前にて

むらさきのなみたつやと丶見えつるはみきはのふちのさけはなりけり

〔校異〕 承空本ナシ

〔整定本文〕 池のほとりの藤の花、若宮の御前にて

132　むらさきの波たつ宿と見えつるはみぎはの藤の咲けばなりけり

〔現代語訳〕　池のほとりの藤の花、若宮の御前において

132　紫の波が立つ宿と見えたのは、実は水際の藤が咲いているからでしたよ。

〔他出〕　ナシ

〔語釈〕　**○若宮**　幼い皇族の御子。男女ともにいう。「朱雀院の若宮（昌子内親王）の、御裳着の屏風の、子日」（中務集Ⅱ、六〇詞書）。「故院（後冷泉院）、若宮と申ししころ、上の松を人の子につかはして」（大弐三位集Ⅰ、二八詞書）。ここは祐子内親王を指すのであろう。4番歌ならびに補説参照。**○むらさきの波たつ宿**　水際に咲く藤の花とその水に映じた姿を、波に見立てて「むらさきの波たつ（宿）」と表現した。「池水に咲きたる藤の風吹けば波の上に立つ波かとぞ見る」（貫之集Ⅰ、九五）、「にごりなき清滝川の清ければ底より立つと見ゆる藤波」（忠岑集Ⅳ、一八二）。**○は……なりけり**　ある事実に気付いた詠嘆を表す表現。「吉野山消えせぬ雪と見えつるは峰続き咲く桜なりけり」（拾遺・春、四一　よみ人知らず）。「むらさきの波立つ宿」という現実にはあり得ない表現によって意表を突きながら、下句においてそれが水際に咲く藤の花であることを明らかにする。

〔補説〕　範永集の勘物には、範永は治安三（一〇二三）年「二月十二日任春宮少進」、長元四（一〇三一）年「十一月廿五日叙正五位下春宮御給」とあり、千葉義孝「藤原範永試論」は「範永の春宮との結びつきは強い」と指摘している。範永が仕えた春宮は後の後朱雀天皇である。しかし「若宮」は語釈に示したように幼い皇族の子女、あるいは元服や裳着以前の皇族の子女を指すから、範永集で後朱雀天皇を「若宮」と呼ぶことはないだろう。後朱雀天皇の子女の一人である可能性が強い。後朱雀天皇の子女は次のとおりである。

のちの後冷泉天皇　万寿二（一〇二五）年誕生　長暦元（一〇三七）年立太子
のちの後三条天皇　長元七（一〇三四）年誕生　寛徳二（一〇四五）年立太子
良子内親王　長元二（一〇二九）年誕生　長元九（一〇三六）年斎宮に卜定

娟子内親王　長元五（一〇三二）年誕生　長元九（一〇三六）年斎院に卜定
祐子内親王　長暦二（一〇三八）年誕生　長久元（一〇四〇）年着袴　着裳時不明
禖子内親王　長暦三（一〇三九）年誕生　永承元（一〇四六）年斎院に卜定
正子内親王　寛徳二（一〇四五）年誕生　康平元（一〇五八）年斎院に卜定

勘物を見ると「天喜四年二月廿二日叙正四位下自四条宮幸一条院左大臣家司賞」という記述がある。「左大臣」とは藤原頼通を指し、範永は頼通の家司として頼通家に親しく出入りしていたことが知られる。後朱雀天皇の子女のうち祐子内親王と禖子内親王の母は藤原頼通養女の中宮嫄子である。また、「むらさきの波たつ宿」は藤原氏を寿ぐ表現と解することもできる。

　左大臣、むすめの中宮の料に調じ侍りける屏風に
紫の雲とぞ見ゆる藤の花いかなる宿のしるしなるらむ（拾遺・雑春、一〇六九　公任）

これは彰子入内の折の屏風歌だが、「藤の花」が藤原氏を暗示し、「紫の雲」という瑞祥によって賀意を表している。当該歌はこの公任歌を意識した表現で、「若宮」は「祐子内親王」あるいは「禖子内親王」を指し、藤原氏の繁栄を寿いだものと考えられる。祐子内親王家では頼通の後見のもと、歌合が盛んに催されていて、永承五（一〇五〇）年六月五日祐子内親王歌合には範永も出詠している。範永と祐子内親王との関係は他の宮たちに較べて強いと考えていいだろう。解説二の5参照。

133

〔　〕《夜も》あけは人やとかめむほとゝきす身にしむはかりなきわたるかな　上字破損

〔校異〕　承空本ナシ

〔整定本文〕

133〔夜も〕あけば人やとがめむほととぎす身にしむばかり鳴きわたるかな

〔現代語訳〕

133 夜が明けたら人がとがめるだろうか。ほととぎすが身にしむばかり鳴きつづけているよ。

〔他出〕 ナシ

〔語釈〕 **○夜も** 初句のはじめに二字分空白があり、その右側に「夜も」と記されている。また、歌の下に「上字破損」と注記されている。右側の傍書に従い、「夜も」を補って一応の解釈を試みた。**○人やとがめむ** 「とがむ」は非難する意。恋歌に多く見られる表現。「下にのみ恋ふれば苦し玉の緒の絶えて乱れむ人なとがめそ」（古今・恋三、六六七 友則）。**○身にしむ** 身に色や香りがしみこむ意と、心に強く感じる意をあわせ持つ。「秋吹くはいかなる色の風なれば身にしむばかりあはれなるらむ」（詞花・秋、一〇九 和泉式部）。**○鳴きわたる** 鳴きつづける意。「わたる」は、ここは動作や行為の継続を表す。「ほのかにぞ鳴きわたるなるほととぎすみ山を出づる今朝の初声」（拾遺・夏、一〇〇 坂上望城）。

〔補説〕 当該歌の内容は、132番歌の詞書と一致せず、詞書が脱落した可能性も考えられる。また、当該歌は次の134番歌と下句が完全に一致することから、類歌として傍書された他人詠が混入した可能性も考えられ、疑問が残る。

なお次の三首は、当該歌と同様に「とがむ」と「しむ」とを詠み込んでいるが、いずれも梅の花を詠んだ歌である。

梅の花立ち寄るばかりありしより人のとがむる香にぞしみぬる（古今・春上、三五 よみ人知らず）

梅の花よそながら見むわぎもこがとがむばかりの香にもこそしめ（後撰・春上、二七 よみ人知らず）

梅花香を吹きかくる春風に心をそめば人やとがめむ（後撰・春上、三一 よみ人知らず）

当該歌の場合は、色や香がしみついたのと同じように、人からとがめられるくらいほととぎすの声が身にしみついたと、ほととぎすの声を聞いた感慨を詠んだ歌ということになるのだろうが、ほととぎすの声が身にしみついたことを人がとがめるとは、どういうことか、不審。やはり本文に問題があるのだろう。

甲斐の入道かくひ《い》をこせたる

134 そのいろとこゑはみえねとほと丶きす身にしむはかりなきわたるかな

かへし

135 いろもなきこゑ身にしまはほと丶きすなかぬやまへに　本二本

〔校異〕 承空本ナシ

〔整定本文〕 甲斐の入道、かくいひおこせたる

134 その色と声は見えねどほととぎす身にしむばかり鳴きわたるかな

返し

135 色もなき声身にしまばほととぎす鳴かぬ山辺に

〔現代語訳〕 甲斐の入道が、このように言ってよこした

134 具体的にどういう色と声は見えないけれども、ほととぎすが身にしみつくほどに鳴きつづけていることですよ。

返し

135 色もない声が身にしむなら、ほととぎすが鳴かない山辺に……

〔他出〕 ナシ

〔語釈〕 134 **○甲斐の入道** 未詳、藤原公業か。補説参照。**○その色と声は見えねど** 赤とか黒とか具体的に声の色は見えないけれども。「そ……否定形」は、具体的にどういうことかを言い表せない場合に用いる。「思ふどち春の

山辺にうちむれてそこともいはぬ旅寝してしか」（古今・春下、一二六　素性）、「寂しさはその色としもなかりけり槙立つ山の秋の夕ぐれ」（新古今・秋上、三六一　寂蓮法師）。

135 **○色もなき**　贈歌の「その色と声は見えねど」を受け、ここではほととぎすの声には色がないことをいう。「色もなき心を人にそめしよりうつろはむとは思ほえなくに」（古今・恋四、七二九　貫之）。

〔補説〕　133番歌の補説で述べたとおり、133番歌と134番歌の下句は完全に一致する。135番歌には結句がなく「本ニ本」との注記がある。本文が破損しているために、どういうやりとりなのかを具体的に理解することはむずかしいが、甲斐の入道の歌は、身にしみつくほどのほととぎすの声を聞いた感慨を詠んだ歌ということになろう。

なお、「甲斐の入道」について、『日本古代文学人名索引（韻文編）』は藤原公業（？〜一〇二八）とする。公業は小右記によると治安二（一〇二二）年から万寿二（一〇二五）年まで甲斐守であったことが確認できる。一方、範永集勘物によると、範永は寛仁四（一〇二〇）年から治安三（一〇二三）年まで甲斐権守であったことが知られる。両者は甲斐守と甲斐権守として重なる時期があることから、関係があったと推測できる。また、和歌六人党の一人藤原経衡は公業の男であり、範永と公業とは近い関係にあったこともうかがえる。公業は、左経記の長元四（一〇三二）年正月十一日の条に「故甲斐守公業」とあり、また小記目録によると長元元（一〇二八）年四月十五日に亡くなっている。ただし、それ以前に出家したことがうかがえるような資料はなく、「甲斐の入道」が公業であるという確証はないが、可能性はあるだろう。

136

　　ほとゝきす

きかしとそおもひなりぬるほとゝきすなくひと《たひ》こゑにあはれまされは

〔校異〕　承空本ナシ

〔整定本文〕　ほととぎす
136　聞かじとぞ思ひなりぬるほととぎす鳴くたび声にあはれまされば

〔現代語訳〕　ほととぎす
136　もう聞くまいという気持ちになってしまったことだ。ほととぎすが鳴いて飛んでいくたびに、声にしみじみとした気持ちがまさるので。

〔他出〕　ナシ

〔語釈〕　**○ほととぎす**　5番歌参照。**○鳴くたび声に**　ほととぎすが鳴く度、その声に。ここは「たび」に「旅」の意をも響かせるか。「たれをかはこふの山べのほととぎす草の枕にたびたびは鳴く」（忠見集Ⅰ、一三七）。

〔補説〕　ほととぎすが鳴く度にその声に「あはれ」を感じ、もう声を聞かないでいようと思うほどだ、と逆説でほととぎすの声を賛美した歌。

ほととぎすの声を「あはれ」と詠む歌は、ほととぎす詠の中では多いとはいえないものの、古くから詠まれて来ている。

かき霧らし雨のふる夜をほととぎす鳴きてゆくなりあはれその鳥（万葉・巻九、一七五六）

ほととぎす鳴くなる声を早苗とる手まうちおきてあはれとぞ聞く（貫之集Ⅰ、二四五）

ほととぎす去年のふる声聞くからにあはれ昔の思ほゆるかな（古今六帖、二九〇九）

こうした歌の背景には漢籍の影響を考えることもできるだろう。例えば蜀王杜宇（望帝）が杜鵑と化したという「蜀魂伝説」は早くから日本に伝わっていたようであるし、「杜鵑の声哭くに似たり」等、白氏文集の詩句の影響を見る注釈（新大系『古今和歌集』一四九番歌脚注等）もある。当該歌もそうした伝統の上に立つ歌なのであろう。

卯花　ちうめいほけうのはうにて

むはたまのやみはしもこそしろたへのうのはな《さ》けはやとのかきねは

〔校異〕　承空本ナシ

〔整定本文〕　卯の花、忠命法橋の坊にて

137　むばたまの闇はしもこそ白妙の卯の花咲けば宿の垣根は

〔現代語訳〕　卯の花、忠命法橋の僧坊で

137　漆黒の闇の中であるからこそ白いことよ、白い卯の花が咲くと、この家の垣根は。

〔他出〕　ナシ

〔語釈〕　**○忠命法橋**　出自等未詳。延暦寺僧。「法橋」は法橋上人の略。法印大和尚、法眼和尚の下で、律師に相当する僧位。忠命は歌人でもあり、後拾遺集に二首、金葉集に一首入集。補説参照。**○むばたまの**　「闇」にかかる枕詞。「むばたまの闇のうつつは定かなる夢にいくらもまさらざりけり」（古今・恋三、六四七　よみ人知らず）。**○闇はしもこそ**　闇であるからこそ。「しもこそ」は、副助詞「し」＋係助詞「も」＋係助詞「こそ」で、特別に強調する意を表す。「あひ見てはなぐさむやとぞ思ひしになごりしもこそ恋ひしかりけれ」（後撰・恋三、七九四　坂上是則）。**○白妙の**　ここは意味を複線化する働きがある。上からの流れでは「闇の中であるからこそ白い」、下へは「白い色の卯の花」となる。「神まつる宿の卯の花白妙のみてぐらかとぞあやまたれける」（拾遺・夏、九二　貫之）、「夏の夜も涼しかりけり月かげは庭白妙の霜と見えつつ」（後拾遺・夏、二二四　民部卿長家）。**○卯の花咲けば**　「咲けば」は傍記を生かした。「こそ」があるので、語法上からは「卯の花咲けれ」とでもありたいところ。あるいは「こそ」の結びは「白妙」のところで流れていると考え、「あなたの家の垣根は、白い卯の花が咲くと、闇夜では一段と白い」の意をなすものか。

〔補説〕忠命については、千葉義孝「範永の家集とその周辺」に、諸記録から拾い、作成された年譜がある。それによれば、治安元（一〇二一）年に道長の三十講の講師をつとめ、その後、上東門院や皇太后妍子らの法会にも奉仕している。万寿四（一〇二七）年十二月八日、道長の葬送に際しては哀傷歌を詠じ、これが栄花物語には「忠命内供」の名で、後拾遺集には「法橋忠命」の名で採られている。

入道前太政大臣の葬送のあしたに、人々まかりかへるに雪の降りて侍りければ、よみ侍りける

法橋忠命

たきぎつき雪降りしける鳥辺野は鶴の林の心地こそすれ（後拾遺・哀傷、五四四）

道長の死後は、頼通主催の法会にも二度ほど講師として奉仕した。長元五（一〇三二）年五月十二日の法華三十講と、同八年四月三十日の三十講とである。千葉義孝は、範永の兄弟の永禅あたりを介して二人の交流が生じたものと推測するが、歌を好む忠命が頼通家の法会に奉仕した際に、頼通家司で歌人であった範永と顔を合わせ、そこから親交を持つようになった可能性も考えられる。無論、交際があったのは範永だけではない。家経集にも忠命との贈答（八四、八五番）が見えており、範永や家経らと和歌を詠み交わし、時には当該歌のように忠命の僧坊が彼らの歌会の場になったりしたとも考えられる。忠命は摂関家にも奉仕したらしいが、長元八年四月には仁王八講の問者をつとめ、同九年五月には後一条院供養の念仏僧決定に奉仕するなど、国家的法要行事でも一定の活躍があったことが知られる。また、後朱雀天皇の内供奉もつとめ、長久二（一〇四一）年二月二十五日に法橋となり、永承七（一〇五二）年八月二十日の春記の記事がたどれる記録の最後である。栄花物語によれば、道長薨去の時点で内供奉となっていることから、範永よりも年長と想像される。また、忠命は、快活で社交的な人柄であったらしく、続詞花集・戯咲には次のような女房らとの贈答も見える。

ものへまうでける女房三人ありけるが、三隅に立ちてものいふを見ていひやりける

法橋忠命

うち見れば鼎の足に似たるかな化けむねずみになりやしなまし（九六八）

返し　　　　　　　　　　　　　　　　　　女房

うち見れば鍋にも似たるかがみかな筑摩《つくま》の数に入れやしなまし（九六九）

法華経　入於静室

みしよりはもしほのけふりたえねともおもへはあさきすみかなりけり

〔校異〕　承空本ナシ

〔整定本文〕　法華経　入於静室

138　見しよりは藻塩の煙絶えねども思へば浅きすみかなりけり

〔現代語訳〕　法華経、静室に入る

138　藻塩を焼く煙はかつて見た時より絶えることはないけれども、考えて見ると、この現世は儚いすみかであることよ。

〔他出〕　ナシ

〔語釈〕　**〇入於静室**　法華経の安楽行品の句。「菩薩有時　入於静室　以正憶念　随義観法」。菩薩が時正しく心を制御し、隠れ家に入って瞑想に専念する、の意。補説参照。**〇藻塩の煙**　海人が塩を採取するために塩を帯びた海藻を焼く、その煙。「田子の浦に霞の深く見ゆるかな藻塩の煙立ちや添ふらむ」（拾遺・雑春、一〇一八　能宣）。ここでは人間の営みや思いを象徴的にいうか。補説参照。**〇思へば**　安楽行品の「以正憶念」を踏まえるか。**〇浅きすみか**　「すみか」は「静室」を受けた言葉であろう。「浅きすみか」とは、儚いすみか、の意か。

〔補説〕　法華経の安楽行品の法文を詠む歌で「入於静室」を詠む歌は多くない。従って次の家経集の二首は同時詠の可能性があろうか。

五月懺法、次詠二首、入於静室

心のみすめばすみふる柴の戸に入りにし日よりとふ人もなし（四八）

思惟此経

思ひゐて心の闇し晴れぬれば雲がくれにし月も見えけり（四九）

二首目の「思惟此経」は「普賢菩薩勧発品」の句で、こちらの歌は初句が「思ひ出でて」の形で続詞花集・釈教（四五三）に採られている。「懺法」とは、一般的には「法華懺法」を指す。高名な例として、比叡山法華堂における四季懺法（四季が終わる毎に行う懺法）がある。慈覚大師円仁によって始められ恒例化したもので、道場に高座を設けて法華経を安置し、二十一日間、十方の三宝を礼拝、釈迦や多宝などの仏を勧請して、法座を巡りながら焼香、散華して法華経安楽行品などを唱え、また坐禅を行うものという。このような法華懺法は、摂関家をはじめとする貴族の家でも行われた。ただ、範永歌と家経歌が同時詠であったとしても、具体的な詠作の場についてははっきりしない。五月とあるので、比叡山ではない、どこかの法華懺法の折にでも詠まれたものであろう。

ところで、家経の「心のみ」の歌は、「静室」のイメージを、澄みきった心で住む庵には訪れる人もない、と詠んでいて比較的わかりやすい。しかし範永の歌は、一見して「入於静室」の句を詠んでいるようには思われない。あるいは、藻塩の煙が絶えないように、人間の営みも思いも絶えることはないが、静かな境地で考えてみれば、この現世はまことに儚いものなのだ、と瞑想の内容をイメージして歌っているのであろうか。

前大僧正明快也
山のさすのこ法師の京にひころあるにをくられたる

139 ほとゝきすまなくなけとも、ろともにきくへき人のをとつれぬかな

かへしにかく

140 なきけるを、そくつくれはほとゝきすかたらひをきしかひなかりけり

〔校異〕 承空本ナシ

〔整定本文〕 山の座主の、小法師の京に日頃あるに、送られたる

139 ほととぎす間なく鳴けどももろともに聞くべき人の訪れぬかな

返しに、かく

140 鳴きけるを遅く告ぐればほととぎす語らひ置きし甲斐なかりけり

〔現代語訳〕 延暦寺の座主が、小法師が京で何日か過ごしていたところに、お送りになった

139 比叡の山ではほととぎすがひっきりなしに鳴くけれども、一緒にその声を聞くべきあなたは私を訪ねてくれないことです。

返歌として、このように詠んで送った

140 ほととぎすが鳴いたことをあなたはなかなか告げてくれなかったので、これまで親しく語らっていた甲斐がなかったことですね。

〔他出〕 ナシ

〔語釈〕 139 **○山の座主** 底本には頭注の形で「前大僧正明快也」とある。112、113番歌参照。**○小法師** 114番歌参照。**○もろともに聞くべき人** ここは小法師を指す。補説参照。

140 **○鳴きけるを遅く告ぐれば**　ほととぎすが鳴いたことを告げてくれなかったので。「遅く告ぐ」は、遅く告げる意ではなく、結局は告げない意。「げにやげに冬の夜ならぬまきの戸も遅くあくるはわびしかりけり」（蜻蛉日記・上・天暦十年）。主語は座主。補説参照。**○語らひ置きし**　「語らふ」はほととぎすが鳴く意。「いかにしてこと語らはむほととぎす嘆きのしたに鳴けば甲斐なし」（後撰・恋六、一〇二〇　よみ人知らず）、「いにしへのこと語らひにほととぎすいづれの里に長居しつらむ」（敦忠集Ⅰ、六八）。ここは座主と小法師が親しく語り合っていたことをいうのであろう。補説参照。

〔**補説**〕　比叡山を下りて一時京に戻ってきていた「小法師」に、ほととぎすが鳴くころ、山の座主から「ともに聞く相手がおらず、便りもないのは寂しい」という歌が送られてきた。返歌は、範永が小法師の立場で詠んだのであろう。「もうほととぎすが鳴いたと、あなたがなかなか告げてくれなかったから、約束しておいた甲斐がなかったことですよ」と、「訪れぬ」という座主の恨みごとに対して切り返しているのだろう。

139番歌の「間なく」は、古歌では、

わが恋にくらぶの山の桜花間なく散るとも数はまさらじ（古今・恋二、五九〇　坂上是則）

住吉の岸に来寄する沖つ波間なくかけても思ほゆるかな（後撰・恋四、八一八　よみ人知らず）

などのように、恋歌で多く用いられた表現である。また、140番の「語らひ置く」も恋歌の雰囲気を漂わせる言葉であって、ここは、ともに恋歌的な表現の遊びを含む贈答になっている。

かはつ《へ》の人のいへに河辺にあそふといふ題を

141 かはかせのたえすふきけるやとなれはなつはとふ人うれしからすや

とこなつをもてあそふ

142 さきとさくはなのなかにもなてしこの《は》名をきくさへそうれしかりける

〔校異〕承空本ナシ

〔整定本文〕河辺の人の家に、河辺に遊ぶ、といふ題を

141 河風の絶えず吹きける宿なれば夏は訪ふ人うれしからずや

とこなつを翫ぶ

142 咲きと咲く花のなかにもなでしこは名を聞くさへぞうれしかりける

〔現代語訳〕河辺の人の家で、河辺に遊ぶ、という題を

141 河風が絶えず吹いている宿なので、夏はその家を訪れる人はさぞうれしいことだろう。

なでしこを賞美する

142 盛んに咲いている花の中でも、なでしこは、その名前を聞くことまでもうれしいことだなあ。

〔他出〕ナシ

〔語釈〕141 **○河辺の人の家**　具体的な場所は未詳。**○うれしからずや**　反語の意。嬉しくないだろうか、いやうれしいことに違いない。

142 **○とこなつ**　なでしこの異名。山野に自生する多年草。夏から秋にかけて薄紅色の花を咲かせる。万葉集ではどちらかといえば秋の花として詠まれているが、平安時代になると「とこなつ（常夏）」という異名により夏の花の

イメージが次第に強くなる。2番歌参照。**○咲きと咲く**　格助詞「と」は同じ動詞を重ねた間に挿入して動作の継続を表し、意味を強める。盛んに咲く意。「秋風の吹きと吹きぬる武蔵野はなべて草葉の色変はりけり」（古今・恋五、八二一　よみ人知らず）、「たづねてもなほみな見ばや桜花咲きと咲けらむ所どころに」（永承五年祐子内親王家歌合、五一　右大弁）。

〔補説〕　家経集に同じ折に詠まれたと思われる同題の歌が見られる。

晩夏二首、河辺に遊ぶ

風吹けば河辺涼しく寄る波のたち返るべき心地こそせね（五〇）

とこなつを翫ぶ

草枕露は置くとも常夏の花し咲きなば野辺にこそ寝め（五一）

一首目は、範永、家経共に河風の涼しさを詠んでいる。河風の涼しさを詠んだ歌としては、

六月に、白河に涼みに出でて松陰にゐて

河風の涼しき宿のありけるをあつかふ世にもめぐりけるかな（恵慶法師集、一五五）

などのように木陰に吹く風の涼しさを詠んだものや、

六月河づらにて祓へする所

夏の日は涼しかりけり河風に祓ふる事もかくやなるらむ（兼盛集、一九八）

のように六月祓えを詠んだ歌などが見られる。

「とこなつ」は「撫子」の名称から愛児の比喩として詠まれたり、また恋しい相手になぞらえて詠まれたりすることが多い。

あな恋し今も見てしか山がつのかきほに咲けるやまとなでしこ（古今・恋四、六九五　よみ人知らず）

範永歌の場合、花がたくさん咲いていることもうれしいが、「撫子」と名前を聞けば、それだけでもやさしいイ

メージがあってうれしいと詠んでいるのである。

143

もくのかみいへつねかいひたる

あまのかは〔　　　　〕本

〔校異〕承空本ナシ

〔整定本文〕木工頭家経が言ひたる

143 天の川〔　　　　〕本

〔現代語訳〕木工頭家経が詠んだ歌

143 天の川〔　　　　〕

〔他出〕ナシ

〔語釈〕○木工頭家経　木工頭は木工寮の頭。木工寮は宮内省に所属し、建築物の造営と木材の調達が主な職務。家経は、式部大輔藤原広業男。正四位下式部権大輔兼文章博士に至る。天喜六（一〇五八）年五月十八日卒。五十八歳。後冷泉天皇の大嘗会和歌を詠進、また永承四（一〇四九）年内裏歌合、翌五年祐子内親王家歌合に出詠している。後拾遺集以下に一七首入集。範永との親交は深く、両家集には同じ折に詠まれたと思われる歌や贈答歌が数多く見られる。2番歌補説参照。なお、木工頭在任の期間は不明だが、増淵勝一「源頼家伝考（二）」は、寛徳二（一〇四五）年五月十八日、関白家政所下文案（『平安遺文』六二三）に見える「木工頭兼讃岐（権守脱）藤原朝臣在判」が家経であろうと指摘する。

〔補説〕末尾に「本」とあるように、底本の親本段階で第二句以下が欠損しているために、「天の川」を詠んだ歌だろうということ以外、その内容はまったく不明である。家経集には「天の川」を初句に詠んだ歌は次の一首だけである。

天の川みぎは涼しき秋風にけふは扇の風も忘れぬ（七九）

これは、藤原道雅が左京大夫在任中の寛徳二（一〇四五）年十月から天喜二（一〇五四）年に八条山庄で催した障子絵合の一首である。参加者は家経、範永、経衡、頼家、兼房の五名で、家経と範永の歌を挙げると次のようになる。

左　　　　　　　　家経

天の川みぎは涼しき松風に今日は扇の風も忘れぬ（二一）

右　　　　　　　　範永

涼しさもまさりやすらむ水上にのぼる鵜舟にのりてゆかばや（二二）

家経が天の川を詠んだ歌は右の障子絵合の一首だけとは断定できないが、範永集の他の箇所に見える、歌の脱落や錯簡のような状況をも考え合わせると、欠損部はこの障子絵合の歌であった可能性も皆無ではなかろう。しかし「木工頭家経が言ひたる」という詞書から考えると、絵合などの歌ではなく、贈答歌の可能性もまた大きい。ともかく、これは範永の家集なので、家経の歌だけということはあり得ず、家経歌の後半部とともに範永歌も含めて欠損していると考えるべきであろう。

144　みるひとのそてをそしほるあきのよは月にいかなるかけかそふらん

月をなかめてさかみかもとにいひける

かへし　さかみ

145　みにそへるかけとこそみれあきの月そてにうつらぬおりしなけれは

出羽弁

146 くもゐにてなかむとおもへとわかそてにやとれる月をきみもみるらん

〔校異〕 月ヲナカメテサカミカモトニイヒニヤル

承52ミル人ノソテヲソシホル秋ノヨノ《ニ》月ニイカナルカケカソフラム

返シ

承53身ニソヘルカケトコソミレアキノ月袖ニウツラヌヲリシナケレハ

イテハノ弁

承54雲井ニテナカムトオモヘトワカソテニヤトレル月ヲキミモミルラム

〔整定本文〕 月を眺めて、相模がもとに言ひける

144 見る人の袖をぞしほる秋の夜は月にいかなる影か添ふらむ

返し、相模

145 身に添へる影とこそ見れ秋の月袖にうつらぬ折しなければ

出羽弁

146 雲居にて眺むと思へどわが袖に宿れる月を君も見るらむ

〔現代語訳〕 月を眺めて、相模のもとに詠んでやった歌

144 月を見る私の袖を涙で濡らしていることです。秋の夜は月にいったいどんな光が加わっているのでしょうか。

返し、相模

145 それは私のこの身に添っている光だと思います。秋の夜はいつも涙で袖が濡れていて、私の袖に月が映らない時がありませんので。

出羽弁

146 宮中でもの思いにふけりながら眺めている月だと思っていましたが、実は涙で濡れた私の袖に映る月で、それをあなたも見ているのでしょう。

〔他出〕 144新古今集・秋上、四〇九
145新古今集・秋上、四一〇
146新千載集・恋一、一一四五　万代集・雑二、二九七六

〔語釈〕 144 **○相模**　前出。125番歌参照。**○袖をぞしほる**　従来は「しぼ（絞）る」とし、涙に濡れた袖を絞るという意に解することが一般的であったが、小西甚一「『しほり』の説」や岩佐美代子「『しほる』考」の論を踏まえると、「しほ（霑）る」で、濡らす、の意として解すべきであろう。**○影**　一般的には光、陰影、面影の意を持ち、ここは諸説があるが、「光」と解した。補説参照。

145 **○袖にうつらぬ折しなければ**　私の袖はいつも涙で濡れているので、月の光が映らない時はない、という意。「袖にうつる月の光は秋毎に今夜変はらぬ影と見えつつ」（後撰・秋中、三一九）、「待つ人の影は見えずて秋山の月の光ぞ袖に入りぬる」（重之集、二六五）。

146 **○出羽弁**　出羽守平季信女。生没年未詳。はじめ後一条天皇中宮威子に仕えたが、威子の崩後はその遺児である一品宮章子内親王に仕えた。家集の出羽弁集は自撰。後冷泉天皇の中宮となった章子内親王のもとでの永承六（一〇五一）年正月一日から秋までの記録である。また、物語合として有名な天喜三（一〇五五）年の六条斎院歌合における「あらば逢ふ夜のと嘆く民部卿」（散逸）の作者でもある。122番歌補説ならびに承49番歌参照。**○雲居にて**「雲居」は宮中の意。**○わが袖に宿れる月**　物思いのために流した涙で濡れている、私の袖に映っている月。「夜ぶかき月を眺むるに、虫の声のして、人はみな寝しづまりたるに、定基僧都の母の言ひたる／雲居にて眺むるだにもあるものを袖に宿れる月を見るらむ」（赤染衛門集、二六九）。

〔補説〕　範永と相模の贈答歌は新古今集にも入集している。秋の月にはいったいどのような特別な光が添っていてこんなに涙が出るのだろうか、と範永が詠みかけ、相模は、いやそれは私の身に添っている光だと思う、だって、私の袖はいつも涙で濡れていて、そこに月が映らない時がないのだから、と詠み返す。125、126番歌の贈答につづき、二人の親交の程が感じられる歌である。

ところで新古今集の注釈書類では、特に「影」について、次のように解が分かれている。

「面影」説　窪田空穂『完本評釈』、石田吉貞『全註解』、久松潜一・山崎敏夫・後藤重郎『大系』

「光」説　久保田淳『全評釈』、久保田淳『集成』

「光」と「面影」の両意説　峯村文人『新全集』、田中裕・赤瀬信吾『新大系』、久保田淳『全注釈』

要するに恋の贈答歌のように解するかどうかの問題でもある。古くから見られる「面影」説に対し、久保田『全評釈』では「光」と解し、「諸注にいう面影という説はとらない」とまで断言しながら、『全注釈』では両意説に変えている。「懸想めいた気持ちをこめて」との解である。しかしここはもっぱら「秋の夜の月」に対する思いを述べたものと考えていいのではないのだろうか。新古今集における配列を考えてみてもわざわざ「懸想めいた気持ち」を読み取る必要はないように思われる。

なお、三首目の出羽弁の歌は新古今集には採られておらず、144番歌の詞書からはなぜここに出羽弁の歌が配されているのか不審である。同じ歌を範永が相模にも出羽弁にも送ったとは考えにくいので、たまたま相模と出羽弁が同じ場にいたということになろうか。近藤みゆき「相模とその生涯」（『古代後期和歌文学の研究』風間書房　平成17）は、この贈答歌をもとに、相模と出羽弁との関係から後朱雀天皇女御延子との関わりを考え、延子の女御時代、すなわち長久三（一〇四二）年の入内から寛徳二（一〇四五）年の後朱雀天皇崩御までの間の詠であろうかとするが、それはともかく、いわば第三者の立場にあった出羽弁が二人の贈答に口を挟む余地があったということからも、やはりこれらは単純に「秋の夜の月」に対する思いを述べた歌と考えた方がいいのではないかと思われる。

また、この出羽弁の歌は新千載集に「内裏にて月を見て人のもとに言ひつかはしける」として見える。当然ながらこの「人」は範永なのであろう。

147

月のあか丶りける夜女のいかなることかみえつけられたりけむかくいひたりし

なのらねと人のこ丶ろそあらはれしくもらぬ月のかけ見えしかは

〔校異〕　承空本ナシ

〔整定本文〕　月の明かかりける夜、女の、いかなることか見え告げられたりけむ、かく言ひたりし

147　名のらねど人の心ぞあらはれし曇らぬ月の影見えしかば

〔現代語訳〕　月が明るかった夜、女の、どういうことが見られ噂されたのか、このように詠んでやった

147　あなたは名告りはしないけれども、心はあらわれたのですよ。翳りのない月の光が射し、姿が見えたので。

〔他出〕　ナシ

〔語釈〕　**〇いかなることか**　どういうことが……か。「か」は疑問の係助詞。**〇見え告げられたりけむ**　「見え告げられ」は、見られ噂される意。「られ」は受身の助動詞「らる」の連用形。「けむ」は過去の推量の助動詞、疑問の係助詞「か」の結びで連体形。「公所にて忍びて人のもとに行きける男の、身隠れあへで、人に見え告げられて、その人ぞとのしらるるを聞きて／人知れぬ宿に住みせばほととぎすうき五月雨は知られざらまし」（兼輔集Ⅳ、三二）。**〇名のらねど**　名を明かしはしなかったが。**〇影見えしかば**　「影」は、光と姿の両意。

〔補説〕　範永は「月の明かかりける夜」の女の行動を「見え告げられたりけむ」と曖昧に表現している。「女」が、誰に見られ、何を告げられたのか、具体的には何も記していないが、おそらく何らかの噂が立っているのを聞き、女に歌を詠み送ったものと思われる。誰がどうしたなどと言わずとも、人の心というものは自ずと現れるものだよ、

ましてまったく翳りのない月の光が射した明るい夜なのだからと、交際関係にある女に釘を刺したのであろうか。

さかみちかきところにて正月ついたちのほとにゆきのふるにかくいひたる

148 うらやまし夜のまふれともやとちかきあたりのゆきはしけ《る》く見えけり

かへし

149 うくひすのきなかぬやとはかきくらしまたふるゆきのはるとやはしる

またいひやる

150 うくひすの《を》またぬとなりのこすゑにはゆきかゝりてもなきかたきかな

かへし

151 こすゑにもゆきとまるともわかやとにうくひすまたぬひとはありやは

〔校異〕　承空本ナシ

〔整定本文〕　相模近きところにて、正月一日のほどに雪の降るに、かく言ひたる

148 うらやまし夜の間降れども宿近きあたりの雪はしるく見えけり

返し

149 うぐひすの来鳴かぬ宿はかきくらしまだふる雪の春とやは知る

また言ひやる

150 うぐひすを待たぬ隣りの木末にはゆきかかりても鳴きがたきかな

返し

151 木末にも雪とまるともわが宿にうぐひす待たぬ人はありやは

〔現代語訳〕

148 うらやましいことです。相模が近い所にいて、正月一日の頃雪が降るので、このように詠んでやった

返し

149 鶯が来て鳴かない宿では、空を暗くしてまだ降る雪が、春が来た、とは知ることができないのです。

また詠んでやる

150 鶯を待ってもいない隣りの家の木末には、雪が降りかかり、梅の花かと行きかかっても、鶯は鳴いたりすることがむずかしいでしょう。

返し

151 木末にもまだ雪が留まるとしても、わが宿に鶯を待たない人がいるでしょうか。誰だって待っていますよ。

〔他出〕 ナシ

〔語釈〕 148 **○相模** 前出、125番歌参照。**○夜の間** 夜間。一夜。

149 **○かきくらし** 空を暗くして。あたりを真っ暗にして。「かきくらし雪は降りつつしかすがにわが家の苑に鶯ぞ鳴く」(後撰・春上、三三 よみ人知らず)。**○まだふる雪の** 「ふる雪」は「降る雪」に「古雪」を掛けるか。**○春とやは知る** 春と知るか、まだ春が来たことを知らない。「やは」は反語。

150 **○ゆきかかりても鳴きがたきかな** 木の梢に雪がかかっている様が、あたかも白梅のように見えても、鶯がなかなかやってきて鳴かないという思い。「雪かかる」に「行きかかる」を掛けるか。「雪の木に降りかかれるをよめる／春たてば花とや見らむ白雪のかかれる枝にうぐひすぞ鳴く」(古今・春上、六 素性法師)。

151 **○雪とまるとも** 雪が木に留まる、の意。「降る雪は消えでもしばしとまらなむ花ももみぢも枝になきころ」(後

撰・冬、四九二　よみ人知らず）。

〔補説〕　150番歌の詞書から判断すると、範永が148、150番歌を詠んで、相模に送り、149、151番歌が相模の返歌だと考えられる。

ただし149番歌以下の歌意は何とか辿れるが、148番歌がよくわからない。まず初句は「うらやまし」とも「うらやまじ」とも考えられる。また「夜の間降れども」と逆接を受け、「雪はしるく見えけり」とあるが、その関係が不明。詞書に「正月一日のほどに」とあるので、年末から年始にかけて雪が降ったのであろうけれど、それは「夜の間」だったが、雪が降ったことははっきりわかったということなのか。もっともそれがどういう意味を持つのか。また「うらやまし」を「うらやまじ」と打消で詠む例は他に見出せないが、いずれにしても何に対して「うらやまし」と言っているのか、対象がはっきりしない。

152　ひさしうまいらさりけるにしらかはの院よりおほせられたる

はるやくれはなやかはれるやまさくらみるへき人のたつねこぬかな

かへし

153　ゆかねともかすみへたてし山さくらはなの《に》よそなるこゝろならねは

〔校異〕　ヒサシクマイラサリケルニ白川ノ院ヨリカク

承55ハルハクレハナヤカハルトヤマサクラミルヘキ人ノタツネコヌカナ

返シ

承56ユカネトモカスミ（ ）ヘタテ、ヤマサクラハナニヨソナルコ、ロナラネハ

〔整定本文〕152 久しう参らざりけるに、白河の院より、おほせられたる
春や暮れ花や変はれる山桜見るべき人の訪ね来ぬかな
返し
153 行かねども霞へだてじ山桜花によそなる心ならねば
〔現代語訳〕152 長らく私が参上しなかった折に、白河の院から、上東門院様がお詠みくださった歌
春は暮れ、花は移ろってしまったでしょうか。山桜を当然見るべき人が訪ねて来ないことですね。
返し
153 訪ねては行きませんけれども、霞は遮ることはしないでしょう、山桜を。その花に心を寄せないことはありませんので。
〔他出〕152 新千載集・春上、九六　万代集・春上、二〇一
153 ナシ
〔語釈〕152 ○白河の院より、おほせられたる 「白河の院」は上東門院彰子が住まわれていた邸第。白河殿などともいう。12、127番歌参照。ここから上東門院彰子が歌を送られた。補説参照。○春や暮れ花や変はれる 「春や暮れ」は文法的には「春や暮るる」となるところであろうが、「暮るる」を「暮れ」と連用中止法にしたと考えるべきであろう。ただし、承空本は「ハルハクレ」とあり、その方がわかりやすい。初二句は他出文献で異同が見られる。補説参照。
153 ○行かねども 129番歌に上句が非常によく似ている歌がある。「行かずとも霞隔つな山桜咲きもしなばと急ぐ人には」。○花によそなる心 花に関心のない心。「来て鳴かばあはれならまし鶯の花によそなる春もありけり」(赤染衛門集Ⅰ、一二六)。
〔補説〕範永と上東門院ならびにその周辺との交流は、12、109、127番歌など、範永集の中にも何箇所か見られる。

ところで152番歌の詞書に「おほせられたる」とあり、153番歌には単に「返し」とある。当該歌は実質的には上東門院とのやりとりであるが、上東門院と直接交わされたわけではなく、たとえば12番歌に、

朱雀院うせさせ給うて、女院白河殿におはしましけるに、嵐のいたく吹きけるに、またのつとめて、侍従の内侍のもとに送りける

などとあるように、当然ながら女房を介してのものであろう。従って「返し」でもいいという考え方もあろうが、尊敬語の「おほせられたる」に対してはやはり「御返し」とありたいところである。

なお、152番歌は他集に次のように見える。

藤原範永朝臣ひさしくまゐらざりければ、たまはせける　白河院御製

春といへば花やかをると山桜見るべき人のたづねこぬかな（新千載・春上、九六）

範永朝臣ひさしくまゐらざりければ、たまはせける　白河院御製

春くれば花やかはると山桜見るべき人のたづねこぬかな（万代集・春上、二〇一）

右歌はともに作者が白河院となっているが、これは誤りであろう。新千載集、万代集の撰者は、撰集の際、範永集の「白河の院より、おほせられたる」の詞書から、「白河の院」を白河天皇と解したため、白河院御製としてしまったのだと考えられる。

154

つねひらのあそんきしをこすとて

たくひなきおもひのほとをしらすとてかたの丶きしのひとつなるかな

かへし

155

かつくへきみるめをたにももたらぬにいかてかたの丶きしをえつらん

〔校異〕　承空本ナシ

〔整定本文〕

154　類ひなき思ひのほどを知らすとて交野の雉のひとつなるかな

　　経衡の朝臣、雉おこすとて

返し

155　かづくべきみるめをだにも持たらぬにいかで交野の雉を得つらむ

〔現代語訳〕

154　　　経衡の朝臣が、雉をよこすといって

他に比べようのない私の思いを知らせようとして、あなたに送ったのは、交野の雉の一羽、これは私の気持ちのほんの一部なのですよ。

返し

155　当然潜らなければ取れない海松布、会う機会をさえ持っていないのに、どうして交野の雉を得たのでしょうか。

〔他出〕　154経衡集、二二五

155経衡集、二二六

〔語釈〕　154**〇経衡の朝臣**　藤原経衡（一〇〇五～一〇七二）。前出。99番歌参照。ただしここでは「朝臣」が用いられており、敬意を添える。範永集では、同じく五位以上で官職名を記さない場合に用いられた例として、177番「章任の朝臣」、承空本35番「家経の朝臣」がある。**〇交野の雉**　交野は今の大阪府交野市、枚方市にかけての一帯をいう。平安時代から皇室の狩場であったので、「御狩する交野」「交野の御狩」などという表現がよく使われた。「御狩する交野を見れば草若み隠れもあへず鳴くきぎすかな」（肥後集、一一）。**〇ひとつなるかな**　「ひとつ」は雉一羽の意に、「類ひなき思ひのほど」のうちの「ひとつ」である意を持たせているか。

155**〇みるめ**　「海松布」に「見る目」を掛ける。「みるめなきわが身をうらと知らねばやかれなで海人の足たゆくくる」（古今・恋三、六二三　小野小町）。もっとも贈歌に海に関わる言葉はなく、交野の雉を詠んだのにどうして「海

松布」が出てくるのか、また比較的近い関係であった経衡との間でなぜ「みるめをだにも持たらぬ」という状況だったのか、そのあたりはよくわからない。

〔補説〕この贈答歌は経衡集にも次のように見える。

大膳のかみ範永のもとに、鳥やるとて

類ひなき心のほどを知らすとて交野の雉のひとつなるかな（二二五）

返し

かづくべきみるめをだにも持たらぬにいかで交野の御狩しつらむ（二二六）

「大膳のかみ範永」とは、範永集勘物に、

寛徳二年四月廿六日任大膳大夫

天喜元年八月十九日任但馬守

とあり、範永は寛徳二（一〇四五）年四月二十六日に大膳大夫に任ぜられているからである。天喜元（一〇五三）年八月十九日には但馬守に任ぜられている。永承五（一〇五〇）年六月五日祐子内親王家歌合にも「大膳大夫範永朝臣」と見え、経衡集の記述が詠歌時のものとすると、154、155番の贈答は、寛徳二（一〇四五）年から永承年間（一〇四六～一〇五三）あたりに詠まれたと推定できる。

156 あるひと春のほとひさしうをとせさりしをうらみて四月ついたちころいひやりし

のこりなくちりけるはなにさそはれてはるはあたなる身とそなりにし

かへし

157 花見にとはるはくれにきほと丶きすまつとてもまたのとけからしを

〔校異〕　承空本ナシ

〔整定本文〕　ある人、春のほど久しう音せざりしを、恨みて、四月一日ごろ、言ひやりし

156　残りなく散りける花に誘はれで春はあだなる身とぞなりにし

返し

157　花見にと春は暮れにきほととぎす待つとてもまたのどけからじを

〔現代語訳〕　ある人が、春のころ長らく音沙汰がなかったのを、私が恨んで、四月初めのころ、言いやった歌

156　今はすっかり散ってしまった花に誘われもしないで、この春、私ははかない身となってしまいました。

返し

157　花見三昧でこの春は暮れてしまいました。夏になり、ほととぎすの鳴き声を待つということで、また落ち着いた気持ちではいられないでしょう。

〔他出〕　ナシ

〔語釈〕　156 **○ある人**　「音せざりし」にかかる。**○残りなく散りける花に誘はれで**　花に誘われる、というのは一般に咲いている花に対していう。ここはすでに散ってしまっている。解としては「誘はれて」の可能性もあり得ようが、詞書に「音せざりしを、恨みて」とあるので、「誘はれで」とした。**○あだなる身**　「あだなり」は、はかない、浮気である、などの意。

157 **○ほととぎす待つ**　四月になって、ほととぎすの鳴き声を待つ、の意。「四月ついたちの日よめる／桜色に染めし衣をぬぎかへて山ほととぎす今日よりぞ待つ」（後拾遺・夏、一六五　和泉式部）。

〔補説〕　贈歌は、範永の知り合いの「ある人」が花見のころに音沙汰がなかったのを、範永が恨んで詠みやったものので、それに対する返歌は、春は花見で忙しいし、夏はほととぎすの鳴き声が気になって、手紙なんて書く暇はありません、といって、冗談めかして言い訳をしたのであろう。

みつのうへの月　もくのかみの八条のいへにて
久方の月かけうつる《す》水なくはくもゐをのみやおもひやらまし

〔校異〕　承空本ナシ

〔整定本文〕　水の上の月、木工頭の八条にて
158　久方の月影映す水なくは雲居をのみや思ひやらまし

〔現代語訳〕　水の上の月、木工頭の八条の家で
158　月の光を映す水がなかったら、雲居の月を思いやるばかりだっただろうか。月の光を映す水があるから、雲居の月も、水の上の月も、両方見られてよいと思うのだ。

〔他出〕　ナシ

〔語釈〕　**〇水の上の月**　水面に映る月。順集Ⅱで「八月、左大臣後院にて宴をなす夜の歌　水上月／水清み宿れる秋の月さへや千代まで清くすまむとすらむ」（二四七）と詠まれているのをはじめ、頻出する歌題である。**〇木工頭の八条**　木工頭は藤原家経。143番の詞書に「木工頭家経が言ひたる」とある。家経については2、143番歌参照。なお家経は西八条に邸を構えていたと思われる。補説参照。**〇久方の**　月にかかる枕詞。**〇なくは**　なかったら。形容詞「なし」の連用形に係助詞「は」がついた形で、仮定条件を表す。また、ここは「思ひやらまし」の「まし」と呼応して反実仮想の意を表している。**〇雲居**　雲のある所。空。

〔補説〕　家経集に同座詠と思われる歌がある。
八条の家にて人々詠二首　水上月
影やどす水のにごると見えつるは空なる月や雲かくるらむ（七一）
荻の葉に秋を知らせて風の音の松に木高く聞こゆなるかな（七二）

八条の家経の邸では、「水上月」と、もう一つ他の題で歌を詠みあったのであろう。類題鈔に「575家経会　水上月　聴松風」とあり、それが「聴松風」であったことがわかる。また経衡集にも、

水上月

曇りなき空なるよりも秋の夜の月は水にぞすみまさりける（三三）

とあり、吉田茂『経衡集全釈』は、家経集（七二）と「同座詠の可能性が高い」と述べている。

なお家経の邸については、他に、次のような記述がある。

五月に、八条の山庄を、ある女《伊勢大輔》のしのびて見けるに、すずりの箱に書きつけたる（家経集、四六詞書）

山里にまかりてかへる道に家経が西八条の家近しと聞きて、車を引き入れて見ありきけるに、難波わたりの心地せられていとをかしう侍りければ、硯の箱の上に書き付け侍りける　伊勢大輔

（後拾遺・雑五、一一四四詞書）

家経朝臣の桂の障子の絵に神楽したる所を詠める　康資王母（金葉二度本・冬、二九四詞書）

これらの記述から見て、西八条（桂）に家経の山荘があり、そこが範永らとの歌会の場となっただけでなく、女房歌人らも見物に立ち寄るほどの趣きある庭が造られていたことが想像される。「難波わたりの心地」がする庭ならば、「水上月」という題もふさわしいし、同じ時に「聴松風」の題で「荻の葉」が詠みこまれたことも頷ける。

159

ちりのこるなつになるともさくらはなおしまさりけるやとゝいはせし

くれのはるおつるはなをおしむ

〔校異〕承空本ナシ

〔整定本文〕暮の春、落つる花を惜しむ

159 散り残る夏になるとも桜花惜しまざりける宿と言はせじ

〔現代語訳〕 春の終わりに、散る花を惜しむ

159 梢にわずかに花が残る夏になったとしても、桜が散るのを惜しまなかった宿とは言わせまい。

〔他出〕 ナシ

〔語釈〕 ○暮の春　晩春。春の終わり。○散り残る　散らずに残っていること。「散り残りたるもみぢを見侍りて／唐錦枝にひとむら残れるは秋のかたみをたたぬなりけり」（拾遺・冬、二二〇　僧正遍昭）。○夏になるとも　「とも」は、たとえ……であっても。逆接の仮定条件を表す。

〔補説〕 124番歌の補説でも挙げたが、家経集に次の歌がある。

於西宮惜落花和歌

年を経てかしらの雪は積もれども惜しむに花もとまらざりけり（六四）

あるいは当該歌と同座詠の可能性があるか。家経集の配列からは、永承二（一〇四七）年の春に詠まれたものと推測されている。

なお「花を惜しむ」という発想の歌は古今集以来数多くあるけれども、落花の美しさを賞美する歌もまた多い。それが範永の時代になると「惜落花」という歌題となる。

惜落花

苦しけれ春の心よさかしらに咲きては散らす花となしけむ（経信集Ⅲ、四五）

かは堂の花さかりなりと聞きて、人々あまたまゐりて惜落花といふことをよめる

われよりも桜ぞ花を惜しむべき枝をばしのぶ人しなければ（俊頼集Ⅲ、一一七）

山さくらにはにひらけたり　東山にて
雲葉ひときたにいまもさかなん山さくらあすをまつへきわか身ならねは

〔校異〕　承空本ナシ
〔整定本文〕　山桜庭に開けたり、東山にて
160　雲葉一木だに今も咲かなむ山桜明日を待つべきわが身ならねば
〔現代語訳〕　山桜が庭に咲いている、東山で
160　せめて一本だけでも今も咲いてほしい、山桜よ。明日を待つことができるわが身ではないので。
〔他出〕　和歌一字抄、二六七
〔語釈〕　**○山桜庭に開けたり、東山にて**　補説参照。**○一木だに**　せめて一本の木だけでも。「だに」は最小限の希望を表す副助詞　**○咲かなむ**　咲いてほしい。「なむ」は他への願望を表す終助詞。
〔補説〕　底本には「雲葉」と集付があるが、現存の雲葉集には見出せない。現存の雲葉集は不完全なものしか伝わっていないので、この歌は欠落部分にあったと推測される。
なお、和歌一字抄には、

山桜遅開
霞立つ春のなかばに過ぐるまで心もとなき山桜かな（二六六　頼家）
同座
一木だにけふも咲かなむ山桜明日を待つべきわが身ならねば（二六七　範永）

とあることから、六人党の一人、頼家との同座詠であることがわかる。また、範永の「今も咲かなむ」という句から考えると、題は底本の「庭に開けたり」よりも、和歌一字抄の「遅開」の方が歌との整合性が高い。

また、東山という地については、袋草紙に、

頼綱朝臣は能因に遇ひて云はく、「当初、能因東山に住むの比、人々相ひ伴ひて行き向ひて精しく談ず。能因云はく『我れ歌に達するは、好き給ふる所なり。』」と云々。

とあり、かつて能因が住んでいた場所であることが知られる。さらに、後拾遺抄注の二〇一番歌の項には、右の袋草紙の記事を引用して、

此行向人々者、永承六人党也。範永・棟仲・兼長・頼実・経衡・頼家云々。

とあり、能因が東山の地で、範永をはじめとする六人党の面々と語り合っていたことがわかる。

家経集には、

悲歎之間、無情放遊被牽好客至東山趾、不能他忍《ママ》、遊月依水知山葉之什而已（七四詞書）

落葉埋菊（七五詞書）

ともあり、範永集にも同座詠と思われる「山葉を水に依りて知る」（29番歌詞書）、「落葉菊を埋む」（30番歌詞書）の歌があるので、範永や家経らは能因が東山から去った後も、東山の地で歌を詠むことが何度かあったのであろう。ただし160番歌は能因が東山にいる時期のものか、立ち去った後の時期のものかまではわからない。

161

花をたつねてひをくらすといふたいを左大弁のいへにて

くれぬともこよひちらすはやまさくらたひねうれしき身とやしられむ

〔校異〕　承空本ナシ

〔整定本文〕　花を訪ねて日を暮らす、といふ題を、左大弁の家にて

161　暮れぬとも今宵散らずは山桜旅寝うれしき身とや知られむ

〔現代語訳〕 花を訪ねて日を暮らす、という題を、左大弁の家で

161 たとえ日が暮れてしまったとしても、今宵山桜が散らなかったら、花を訪ねた先で旅寝をすることがうれしいとわかるのではないでしょうか。

〔他出〕 ナシ

〔語釈〕 **○日を暮らす** 日が暮れるまで時間を過ごすこと。夜は「明かす」という。**○左大弁** 太政官左弁官局の長官。従四位上相当。定員一名。ここは源資通（一〇〇五～一〇六〇）を指す。補説参照。

〔補説〕 家経集に、同座詠と思われる次の歌がある。

暮春詠尋花日暮

尋ね来し花にもあかず暮れぬれば春の過ぎぬる心地こそすれ（六三）

家経集の歌の配列から、これらの歌が詠まれたのは永承元（一〇四六）年の春ごろと考えられている。弁官補任によると、寛徳二（一〇四五）年十月二十三日に右大弁から左大弁となり、永承五（一〇五〇）年まで在任していたのは源資通なので、範永歌の詞書にある左大弁は源資通であろう。範永集では、165番にも、

春立つ、左大弁

春立つと人も見るべく鶯の宿の垣根にいつしかも鳴く

と見える。

源資通は、宇多源氏、従三位済政男、母は源頼光女。範永の姉妹の一人は頼光男である頼国の妻となっているので、範永も資通も共に頼光や頼国との姻戚関係が存することになる。巻末「範永集関係系図」参照。資通は治安二（一〇二二）年叙爵、右大弁であった長久四（一〇四三）年に蔵人頭を兼ね、翌年に正四位上で任参議。その後従三位左大弁となり、永承五（一〇五〇）年九月十七日に大宰大弐を兼任、同年十一月十一日には赴任の賞で正三位となった。郢曲、琵琶、琴、笛に通じるとともに、歌人として後拾遺集、詞花集、千載集にも入集している。更級日

記には作者らと春秋優劣論のみやびを交わした男性として登場している。

また詞花集・冬（一四二詞書）には、

家に歌合し侍りけるに落葉をよめる　　大弐資通

とあるほか、家経集（九二詞書）に、

於左大弁八条別第詠冬夜長

とあり、右大弁であった折（長暦三〈一〇三九〉年十二月十八日〜）にも、

右大弁の誘ひ給ひしかば、梅津にまかりて、河辺水秋夕風（頼実集、七三詞書）

長久三年右大弁山家にて、夜深待月といふ題（頼実集、八四詞書）

などとある。しばしば資通邸に歌人が集まって歌を詠みあったことがうかがえる。邸は梅津と八条とにあったと推測されるが、範永歌がどちらの邸で詠まれたものかはわからない。

なお範永集64番歌には、当該歌と同じ心情を歌ったものがある。

里遠み日は暮れぬとも惜しからじ花だに散らぬ宿と思はば

162

池の水あきのことし

なつなれといけのみきはのすゝしさはのへにはな見しこゝちこそすれ

〔校異〕 承空本ナシ

〔整定本文〕 池の水秋の如し

162 夏なれど池の汀の涼しさは野辺に花見し心地こそすれ

〔現代語訳〕 池の水は秋のようだ

162 夏であるが、池の汀の涼しさは、まるで野辺で花を見たときの気持ちがすることだなあ。

〔他出〕 ナシ

〔語釈〕 **〇野辺に花見し** 秋の景をいう。補説参照。**〇心地こそすれ** ……のような気持ちがする。主観的な心情を表す言い方。

〔補説〕 「秋の如し」という題で詠まれた歌は、常に、まだ夏であるのにという気持ちが前提になっている。その上で秋らしく感じられると表現しているわけで、当然ながら「野辺に花見し心地」も秋の花咲く野辺がイメージされていることになろう。

当時の人々が、秋、野辺で花見をしていたことは次のような例からもうかがえる。

寛平御時、蔵人所の男ども嵯峨野に花見むとてまかりたりけるとき、帰るとてみな歌詠みけるついでに詠める　　平貞文

花に飽かでなに帰るらむ女郎花おほかる野辺に寝なましものを（古今・秋上、二三八）

秋、嵯峨野に花見る人あり

花見つつ暮れなば野辺に宿りせむ夜の間は虫の声も聞くべく（恵慶集、一九一）

秋日於遍照寺詠野径尋花

女郎花にほへる野辺を尋ぬとて濡れこそ来たれ道芝の露（在良集、一七）

これらの用例から考えると、「野辺に花見し」とは、もっぱら女郎花などが咲き乱れる秋の景を見た意であり、「野辺に花見し心地」と表現することで、「秋になったような気持ち」が歌われ、それと同時に、いつまでもそこにいたいという気持ちをも響かせているのであろう。なお、「野辺」の「花見」で春の景を詠んだ歌は非常に少ない。

田家　青苗

163 さなへとるけふしもひとのやとにきて〔　　〕みをぬらしつるかな 本

郭公

164 むはたまの夜ひとよなけやほとゝきすぬるひとねたくきゝもこそすれ

〔校異〕 承空本ナシ

〔整定本文〕 田家、青苗

163 早苗取る今日しも人の宿に来て〔　　〕身を濡らしつるかな

郭公

164 むばたまの夜ひとよ鳴けやほととぎす寝る人ねたく聞きもこそすれ

〔現代語訳〕 田家にて、青苗

163 苗代の早苗を取って田植えをする今日、よりによって人の家に来て、〔　　〕身を濡らしてしまったことよ。

郭公

164 一晩中鳴きなさい、ほととぎすよ。寝ている人たちが、憎らしくもお前の声を聞くといけないけれども。

〔他出〕 ナシ

〔語釈〕 163 **○田家** 田舎の家。**○青苗** 若く、青々とした苗。題のあり方については補説参照。**○早苗取る** 田植えをするために苗代から苗を取ること。「早苗」は、苗代から田に移し植える頃の若い苗。「昨日こそ早苗取りしかいつのまに稲葉そよぎて秋風の吹く」（古今・秋上、一七二　よみ人知らず）。**○今日しも** 「しも」は強意の副助詞。

よりによって。……に限って、の意。ここでは、田植えをする今日、よりによって。**○身を濡らしつるかな**　欠損部に「身」を修飾する語か、「濡らしつるかな」を修飾する語か、そのどちらかがあったのであろう。田植えのために裾や袖を濡らしたのである。「早苗取る田子の裳裾をうち濡らし田の面に濡るるころにもあるかな」（高遠集、三四五）、「さをとめの賤の下袖引き濡らし山田の早苗植ゑやしぬらむ」（為仲集Ⅰ、二四）。

164**○郭公**　5番歌参照。**○むばたまの**　平安時代までは、「ぬばたまの」。平安時代以降は、「むばたまの」、また「うばたまの」の形も用いられた。枕詞。「黒」や「夜」およびその複合語や関連語に掛かる。**○夜ひとよ鳴けや**　「夜ひとよ」は一晩中。「や」は呼びかけの間投助詞。**○寝る人ねたく**　「ねたく」は、しゃくにさわる、憎らしくも。自分はこのまま一晩中ほととぎすの鳴き声を聞いていたいが、願いどおりにほととぎすが一晩中鳴くと、待ちもしないで寝てしまった人までが鳴き声を聞く幸運を手に入れるのは釈然としない、という気持ち。**○聞きもこそすれ**　「もこそ」は係助詞「も」に係助詞「こそ」がついた形。将来の事態を予測し、危ぶむ気持ちを表す。……するといけない。……したら大変だ。ここは、「まだ宵に寝たる萩かな同じ枝にやがておきゐる露もこそあれ」（後拾遺・秋上、二九七　新左衛門）などと同じように、「こそ」を受ける已然形で切れる形を持ち、逆接の意となる。

〔**補説**〕　高重久美『和歌六人党とその時代』は、当該歌を家経集の次の二首と同座詠であると指摘している。

　　或人の山庄にて、早苗を取り、郭公を聞くといふ二の題を

早苗取る時し来ぬれば御田屋守りまかする水に下り立ちにけり（六九）

ほととぎす鳴く山里の垣根をばかきたえずこそとふべかりけれ（七〇）

確かに場面と題は非常によく似ている。偶然とは思えないほどである。ただしその場合、当該歌163番の「田家青苗」という題をどのように考えるかが問題となろう。もし、

　　師賢朝臣梅津の山庄にて田家秋風といふ心をよめる　　源頼家朝臣

宿近き山田の引板に手もかけで吹く秋風にまかせてぞ見る（後拾遺・秋下、三六九）

の「田家秋風」のように、これをまとまった「田家青苗」という題だと考えると、次の164番歌は内容に「田家」の意が含まれていないので、別の折の歌ということになる。もしまた「田家、青苗」として、「田家」にて「青苗」という題で詠んだ歌という意に考えたら、164番歌も「田家」にて「郭公」という題で詠んだことになり、「田家」は単に詠歌の場を示すことになって、家経集の「或人の山庄にて、早苗を取り、郭公を聞くといふ二の題」とほぼ同じ意になる。底本では「田家」と「青苗」との間に空白もある。一応「田家、青苗」として解した。

春たつ　左大弁

はるたつと人も見るへくうくひすのやとのかきねにいつしかもなく

〔校異〕　承空本ナシ

〔整定本文〕

165 春立つ、左大弁

春立つと人も見るべく鶯の宿の垣根にいつしかも鳴く

〔現代語訳〕

165 春立つ、左大弁

春になったと人も見るべく、鶯がわが家の垣根にいつの間にか早くも鳴いています。

〔他出〕　ナシ

〔語釈〕　**○春立つ**　春になる。春の季節に入る。**○左大弁**　太政官左弁官局の官名。長官。定員一名。従四位上相当。ここは、源資通を指す。161番歌ならびに補説参照。**○鶯**　燕雀目ウグイス科の小鳥。主に山野の低木林や笹やぶに生息し、早春梅の花が咲く頃に都会や平野に出現して雄が美しい声で鳴きはじめる。鶯の声に春の到来を知る歌が多い。「わが宿の垣根の梅や咲きぬらむうぐひす来なく声聞こゆなり」（長能集Ⅱ、五八）、「けさ見れば春来にけらしわが宿の垣根の梅にうぐひすの鳴く」（道済集、一三九）。**○いつしか**　（すでに起こったことについて）いつの間にか、早くも。

〔補説〕 左大弁の名は、範永集では他にも「花を訪ねて日を暮らす、といふ題を、左大弁の家にて」(161番)と見える。しかし当該歌は、詞書からは「左大弁」が何を意味しているのかわかりにくい。作者名だとすると、なぜ範永の家集に左大弁の歌だけが収録されているかの説明がつかない。あるいは範永集では31番歌に、「庭の上の落つる花、仁和寺」と題と詠作の場所だけが示されている例があるので、「春立つという題で左大弁邸にて詠んだ歌」という意味も考えられる。あるいはまた、左大弁と範永との贈答歌が本来の形で、範永の歌が欠損し、左大弁の贈歌なり返歌なりだけが残った可能性もあり得るか。とにかく詞書の記述には問題がある。

もみちをもてあそふ

山風もこゝろしてふけもみちさへひさしかるへきやとゝみるへく

〔校異〕 承空本ナシ

〔整定本文〕 もみぢを翫ぶ

166 山風も心して吹けもみぢさへ久しかるべき宿と見るべく

〔現代語訳〕 もみじを楽しむ

166 山風も注意して吹きなさい。もみじまでいつまでも散らず、末永く繁栄する家と見えるように。

〔他出〕 ナシ

〔語釈〕 ○翫ぶ 相手にして興じ楽しむ。賞翫する。○山風 山で吹く風、山から吹いて来る風。季節の限定はない。「山風の吹きのまにまにもみぢ葉はこのもかのもに散りぬべらなり」(後撰・秋下、四〇六 よみ人知らず)。○心して 注意して、気配りをして。○もみぢさへ 「さへ」は副助詞。ある事物の上に「……まで」「……までも」と累加する。

【補説】当該歌のように、副助詞「さへ」を用いて祝意を表す歌には次のようなものがある。

　かき流す水も濁らぬ宿なればうつれる月の影さへぞすむ（頼実集、二六）

　いにしへも今も稀なる君が代に水さへ長くすめる宿かな（定頼集Ⅱ、六九）

頼実は「水も濁らない家だから月影までも澄んで（住んで）いる」と詠み、定頼は「水までも長く澄んで（住んで）いる家」と詠むことで、濁りなくいつまでも繁栄することを寿いでいるのだろう。範永も、「もみじまでも散らないで長く彩られる家」と詠むことで、「宿」のあるじへの祝意を表していると解した。

また、「紅葉を翫ぶ」という歌題は、次のように経衡や定頼の詠にも見える。

　宇治にて人々紅葉を翫ぶ心を詠み侍りけるに詠める

日を経つつ深くなりゆくもみぢ葉の色にぞ秋のほどは知りぬる（後拾遺・秋下、三四三　藤原経衡）

　紅葉を翫ぶ

秋はまだ深からねども霧間よりむらむら見ゆる嶺のもみぢ葉（定頼集Ⅱ、一二五）

後拾遺集によると、宇治で「紅葉を翫ぶ」という題詠が行われたことがうかがえる。範永集でも、次の167番歌などには宇治殿での題詠歌が見えるが、当該歌も宇治で詠まれたのだろうか。そうであるとすれば寿ぎの対象が宇治殿（頼通）となりわかりやすいが、断定はできない。

167

　なみのこゑあめにまかふ　宇治殿にて

かはなみのつねよりことにをとするはいたくしくれのふれはなりけり

【校異】承空本ナシ

〔整定本文〕　波の声雨にまがふ、宇治殿にて

167 川波の常よりことに音するはいたく時雨の降ればなりけり

〔現代語訳〕　波の音が雨にまぎれている、宇治殿にて

167 川波がいつもより格別に音がするのは、ひどく時雨が降るからだったのでした。

〔他出〕　ナシ

〔語釈〕　○波の声　波の音。○まがふ　混じり合って区別がつかない。○宇治殿　山城国宇治郡宇治郷に所在した摂関家の別業。のち頼通が一画に平等院を建立。43番歌参照。○時雨　秋から冬にかけて、降ったり止んだりする冷たい雨。

〔補説〕　当該歌と同じ宇治殿で詠んだと思われる、同じ題の歌が玉葉集に見える。

　　永承元年宇治にて波声混雨といふことを　　前大納言隆国

宇治川の早瀬に波の声すれば降りくる雨を知る人もなし（雑二、二〇七〇）

また、万代集には堀川右大臣頼宗の詠も見える。

　　雨声混波といふことを　　堀川右大臣

嵐吹く時雨の雨のそばへには堰の男波の立つそらもなし（冬、一二九二）

右の歌は頼宗集にも収められ、そこでは「於宇治殿乃伝聞雨声階波題」の詞書があり、やはり宇治殿におけるものであったことが知られる。もっとも頼宗は題を「伝聞」とあり、直接赴かなかった可能性が大きいけれども、いずれにしても同じ折のものと考えていいだろう。詠歌年次は玉葉集によれば永承元（一〇四六）年であったことがわかる。

なお、源氏物語・橋姫には宇治川は次のように描かれている。

同じき山里といへど、さる方にて心とまりぬべくのどやかなるもあるを、いと荒ましき水の音、波の響きに、

もの忘れうちし、夜など心とけて夢をだに見るべきほどもなげに、すごく吹きはらひたり。

時雨が降らずとも、宇治川は流れそのものが早く、波音の大きい川だったようだ。当該歌や隆国らの歌は、宇治の別業にて何らかの集まりがあった際、川波の音が絶えぬ宇治の地にふさわしい題の歌を詠み合ったということになろうか。隆国詠が川波の音で雨の音に気づかなかった、という詠みぶりに対し、頼宗は宇治川の川波を押さえつけるほどの激しい時雨を詠み、範永は宇治川の川波が常より激しいのを、実は激しい時雨の音であった、と詠んでいる。時雨の激しさを詠む点、当該歌と頼宗の歌は共通している。

行客吹笛　西宮

ふえのねのすきゆくよりはもみちはのやとのあらしはみにそしみける

〔校異〕　承空本ナシ

〔整定本文〕　行客吹笛、西宮

168　笛の音の過ぎゆくよりはもみぢ葉の宿の嵐は身にぞしみける

〔現代語訳〕　旅人が笛を吹く、西宮にて

168　笛の音が通り過ぎる音よりは、もみじ葉が散る宿の嵐の音のほうがなおいっそう身にしみて感じられる。

〔他出〕　ナシ

〔語釈〕　**○行客吹笛、西宮**　「行客吹笛」は、旅人が笛を吹く意。「西宮」は、久保木秀夫（「和歌六人党と西宮歌会」『中古文学』六六号）が指摘しているように、西宮左大臣（源高明）の邸宅跡と考えられる。74番歌補説参照。当該歌は、西宮歌会において「行客吹笛」の題で詠まれた題詠歌。補説参照。**○笛の音**　笛は横笛や笙などの管楽器の総称。笛の音を詠んだ屛風歌に「人の家に琴弾き笛吹きて、遊びしたり／弾く人の耳さへ寒き秋風に吹きあはせたる笛の声かな」（和泉式部集Ⅰ、八五〇）がある。当該歌もこれと同様に、笛の音色の身にしむようなわびしさを詠んだものとみられる。**〇過ぎゆくよりは**　「より」は、比較の基準となるものを示す格助詞。「ひとりのみながむるよりは女郎花わが住む宿に植ゑてみましを」（古今・秋上、二三六　忠岑）、「定めなくあだに散りぬる花よりはときはの松の色をやは見ぬ」（後撰・恋一、五九六　信明）。当該歌の場合は、過ぎ行く笛の音と自分の家に吹く嵐の音を比較する。補説参照。**〇嵐**　荒く激しく吹く風。ここではもみじ葉を吹き散らすわびしいものとして詠まれている。**〇身にぞしみける**　「しむ」は、古くは染料が染み込む意で「色」とともに詠まれることが多かった。「吹く風は色も見えねど冬くればひとりぬる夜の身にぞしみける」（後撰・冬、四四九　よみ人知らず）。当該歌の場合は、笛の音と嵐の音の身にしみこむようなわびしさを表現している。

〔補説〕　旅ゆく人の笛の音を自分の家で聞く人物の立場で、笛の音色よりもわが宿の嵐の音の方がいっそう身にしみてわびしく感じられると詠んだもの。「より」は用例から見て比較の基準を示す格助詞と解されるが、その場合、過ぎゆく笛の音よりも自分の家の嵐に重点が置かれることになり、「行客吹笛」という題とかみ合わず、不審。「より」を時間的起点を表すととり、「笛の音が過ぎゆくやいなや」と解釈すれば題とかみ合うことになるが、「よりは」という形になっているため、比較の基準と解釈せざるを得ないだろう。

家経集には、

冬日、於西宮詠行客吹笛序者

笛の音は月に高くぞ聞こゆなる道の空にて夜や更けぬらむ（九一）

という歌があり、詞書から見て当該歌と同座詠と考えられる。また、経衡集にも、

行く人、笛を吹く

旅人の吹きて過ぐなる笛の音は待つ宿あらば来ぬと聞くらむ（一三〇）

という同題の歌がある。和歌一字抄は右の二首と、

夕霧に笛の音ばかり聞こえつつ遠の里人いづち行くらむ（六〇二　長季）

の三首の歌を同題の歌として収めている。久保木秀夫（前掲論文）は類題鈔の、

行客吹笛

590隆国　序有　永承四　於西宮　講之

という記述を根拠として、右の三首と当該歌が永承四（一〇四九）年西宮邸宅跡における源隆国主催の歌会で詠まれたものと指摘する。なお源隆国は源高明の孫、和歌一字抄に見える長季も高明の曾孫（前掲論文）である。範永集には西宮歌会関連の詠として他に74、111、124番歌がある。

関白との、うたあはせに題三　さくら　ほと、きす　しか

さくら

169 あけはな《まつ》をきてみるへきはかすみたつかすか《みかさ》のやまのさくらなりけり

ほと、きす

170 はつかり《こゑ》をき、《そ》めしよりほと、きすならしのをかにいく夜きぬらん

しか

171 あらしふくやまのおのへにすむしかはもみちのにしき、てやふすらむ

〔校異〕

承32アケハナヲキテミルヘキハカスミタツミカサノ山ノサクラナリケリ

承33ハツコヱヲキ、ソメシヨリ郭公ナラシノヲカニイクヨキヌラム

承34アラシフク山ノオノヘニスムシカハモミチノニシキ、テヤフスラム

〔整定本文〕　関白殿の歌合に、題三、桜、郭公、鹿

桜

169 あけばなほ来て見るべきは霞立つ春日の山の桜なりけり

郭公

170 初声を聞きそめしよりほととぎすならしの岡にいく夜来ぬらむ

鹿

171 嵐吹く山の尾上に住む鹿はもみぢの錦着てや伏すらむ

〔現代語訳〕　関白殿の歌合において、題三つ、桜、郭公、鹿

桜

169 夜が明けたら、やはり来て見るべきは、霞が立つ春日の山の桜でしたよ。

郭公

170 初声を聞き始めてから、ほととぎすよ、私はこのならしの岡になじんで、いったい幾夜声を聞きに来たことでしょう。

鹿

171 嵐が吹く山の頂に住む鹿は、今ごろ、もみじの錦を着て横になっていることでしょうか。

〔他出〕　169万代集・春下、二七六　永承五年祐子内親王歌合、八
170続詞花集・夏、一一〇　永承五年祐子内親王歌合、二〇
171永承五年祐子内親王歌合、三二

〔語釈〕　169 ○関白殿の歌合　永承五（一〇五〇）年六月五日に関白左大臣頼通の賀陽院第において祐子内親王が主

催した歌合。実質的な主催者は外祖父である頼通。歌題は桜・郭公・鹿の三題。十巻本によって、この歌合の全貌を知ることができる。**○来て見るべきは**　「べき」は、適当、当然の助動詞。……するのがよい、……するのが当然だ、の意。**○霞立つ春日の山**　「春日の山」は、大和の国の歌枕。現在の奈良市東方、春日大社の背後にある花山、若草山、三笠山などの総称。景物としては松、藤とともに詠まれたものが目立つが、麓に藤原氏の氏神を祭る春日大社があることと関係がある。なお承空本には「ミカサノ山」とある。

170**○初声**　その季節になって初めて鳴く声。ほととぎすや雁は特に関心を持たれた。「初声の聞かまほしさにほととぎす夜深く目をもさましつるかな」（拾遺・夏、九六　よみ人知らず）。**○ならしの岡**　所在不明。土佐国説、大和国説があるが、万葉集の「故郷の奈良思（ならし）の岡のほととぎす言告げ遣りしいかに告げきや」（巻八、一五〇六）により、大和の国の歌枕と見るのが一般的。また、この万葉集歌によってほととぎすと共に詠まれることが多い。当該歌では、「ならしの岡」の「ならし」に「慣らし」を掛けて、ならしの岡になじんでいる、の意。「この夏もかはらざりけり初声はならしの岡に鳴くほととぎす」（延喜十三年亭子院歌合、五二）。**○いく夜来ぬらむ**　「ぬらむ」は近い過去の事態について用いられる。「刈りて干す山田の稲を干しわびて守るかりいほに幾夜経ぬらむ」（拾遺・雑秋、一一二五　躬恒）。

171**○尾上**　山の頂。鹿とともに詠まれることが多い。「秋萩の花咲きにけり高砂の尾上の鹿はいまや鳴くらむ」（古今・秋上、二一八　敏行）。**○もみぢの錦着てや伏すらむ**　嵐に散らされたもみじを錦にたとえる。「伏す」は横になる、あるいは床に就く、の意。「雄鹿伏す茂みにはへる葛の葉のうらさびしげに見ゆる山里」（後拾遺・雑五、一一五一　能宣）。

〔**補説**〕当該歌にかかわる永承五年祐子内親王歌合の十巻本本文は次のとおりである。

四番　左勝　　出羽弁

桜咲く春の霞の立ちしより花に心をやらぬ日ぞなき（七）

右　　大膳大夫範永朝臣
咲けばなほ来て見るべきは霞立つ三笠の山の桜なりけり（八）
　十番　左持　　出羽弁
五月雨に濡れて来鳴くはほととぎす初声よりもあはれとぞ聞く（一九）
　右　　大膳大夫範永朝臣
初声を聞きそめしよりほととぎすならしの岡に幾夜来ぬらむ（二〇）
　十六番　左　　出羽弁
聞く人のなぞ安からぬ鹿の音はわがつまをこそ恋ひて鳴くらめ（三一）
　右勝　　大膳大夫範永朝臣
嵐吹く山の尾上に住む鹿はもみぢの錦着てや伏すらむ（三二）

いずれも出羽弁と番えられているが、「初声を」の歌に関しては他出欄の続詞花集では作者を「藤原隆資」としていて不審。出羽弁については146番歌語釈を、藤原隆資については4番歌補説をそれぞれ参照。

　源大納言殿にていつみにむかひて夏をわするといふたいを
月やとるいはゐのし水くむほとはなつをもしら《れ》ぬ身とそなりぬる

〔校異〕　承空本ナシ

〔整定本文〕　源大納言殿にて、泉に向かひて夏を忘る、といふ題を
172　月宿る岩井の清水汲むほどは夏も知られぬ身とぞなりぬる

〔現代語訳〕　源大納言殿にて、泉に向かって夏を忘れる、という題を

172　月が宿る岩間の清水を汲む間は、この暑い夏も感じられない身となったことです。

〔他出〕　ナシ

〔語釈〕　**〇源大納言殿**　範永の活躍時期から考えると、「源大納言」は村上天皇の皇子具平親王の二男源師房（一〇〇八〜七七）であろう。早く父を亡くし、姉隆姫が頼通室であった関係から頼通の養子となる。長元八（一〇三五）年十月から康平八（一〇六五）年六月まで権大納言。邸宅は土御門第が有名で、「土御門右大臣」と称された。彼の二男顕房（一〇三七〜九四）もまた権大納言の時代があったが、延久四（一〇七二）年十二月から永保三（一〇八三）年正月までで、時代が下る。補説参照。**〇泉に向かひて夏を忘る**　経信集、家経集などにも同題の歌が見える。補説参照。**〇月宿る岩井の清水**　月が岩井の清水に映っているさま。「岩井」は、岩の間からわき出る清水。「松影の岩井の水をむすびあげて夏なき年と思ひけるかな」（拾遺・夏、一三一　恵慶）。**〇夏も知られぬ**　夏も知ることができない。「れ」は可能、「ぬ」は打消の助動詞。

〔補説〕　経信集と家経集に当該歌と同題の歌が見えることから、後藤祥子「源経信伝の考察―公任と能因にかかわる部分について―」（「和歌文学研究」第18号、昭40）、千葉義孝「藤原範永試論」は、当該歌が詠まれた歌会に少なくとも範永、経信、家経の参加が考えられると指摘する。確かに経信集Ⅲには、

対泉忘夏

夏ながら泉涼しき宿にては秋立つことをいかでわくらむ（八一）

という同題の歌がある。また家経集にも、

於源亜相六条水閣対泉忘夏

したくるる《ママ》岩間の水のあたりにはあふぎの風をかる人もなし（一〇〇）

と見える。「源亜相」は「源大納言」という意味である。「六条水閣」の「六条」は、

六条右大臣、六条の家造りて、泉など掘りて、とく渡りて泉など見よ、と申したりければよめる

とあるように、六条に邸宅を造営し、水閣を構えていたことが知られる顕房のイメージが強いが、家経は天喜六（一〇五八）年五月には没しているので、家経集における「源亞相」は明らかに師房である。栄花物語・けぶりの後には、師房の長男俊房の密通事件を語った箇所があり、

六条にいとをかしき所、大納言殿の領ぜさせたまひけるにぞ、おはしまさせたまひける。

（金葉、五八九詞書）

と記され、師房の邸宅が六条にあったことも知られる。師房の父具平親王は「六条の中務宮」（栄花物語・はつはな）と呼ばれていたので、師房が具平親王から六条邸を伝領したと考えられる。師房が家経や範永などの和歌六人党と密に交流していたことをも考慮すれば、家経集における「源亞相」や当該歌の「源大納言」は間違いなく師房を指すと考えられ、当該歌は師房邸における歌会での詠と見てよいであろう。

なお、和歌一字抄には同題で詠まれた家経の歌の他に、土御門右大臣（師房）や藤原資仲（一〇二一～八七）の歌もあげられている。いずれも同じ折のものであろう。

対泉忘夏　　　　土御門右大臣

結ぶ手の秋よりさきに涼しきは泉の水に夏やこざらむ（八九七）

同　　　　資仲卿

結ぶ手のあたり涼しき泉には夏くれしより秋やきにけむ（八九八）

同　　　　家経

したくぐる岩間の水のあたりにはあふぎの風をかる人もなし（八九九）

おなしところにて二首　夏夜月　秋をまつ
月かけのあかさまさるとみえつるはうすきころもをきたるなりけり

〔校異〕　承空本ナシ

〔整定本文〕　同じ所にて二首、夏夜月、秋を待つ

173　月影の明かさまさると見えつるは薄き衣を着たるなりけり

〔現代語訳〕　同じ源大納言邸で二首、夏の夜の月、秋を待つ

173　月の光の明るさがまさっているように見えたのは、月も薄い夏衣を着ているからだったのですね。

〔他出〕　ナシ

〔語釈〕　○同じ所にて　172番歌詞書「源大納言殿にて」を受けた表現。172番歌参照。○二首　「夏夜月」及び「秋を待つ」を指すのであろうが、当該歌は「夏夜月」の歌だけであり、「秋を待つ」の歌は見えず、不審。家経集には同時詠と思われる二首がある。補説参照。○薄き衣　薄い生地で仕立てた衣。「蝉の声聞けば悲しな夏衣薄くや人のならむと思へば」（古今・恋四、七一五　友則）をはじめ、夏衣は単衣で薄いものとして詠まれる。補説参照。

〔補説〕　家経集には、「於源亜相六条水閣、対泉忘夏」の詞書を持つ同集一〇〇番歌につづいて、次のような二首が見える。

夏夜月
夏の夜の月し出づれば山の端もやがて明けぬるものにぞありける（一〇一）
秋を待つ
秋をのみ立ち居待つかなたなばたの渡る河瀬の波ならなくに（一〇二）
つまり、範永、家経ともに、源師房邸で詠んだ歌をまとめて記録していることになる。

ここから二つのことが考えられる。一つは、範永も本来「秋を待つ」の歌を詠んだのであろうが、その歌が欠落していることである。範永自身が書き落としたり省いたりした可能性もないではないが、この集では他にも脱落箇所（115番歌など参照）や空白の箇所（181番歌の後）があるので、家集が伝えられるうちに本の破損などが起こり、脱落したのであろう。

もう一つは、家経集では一〇〇～一〇二番歌までの三首すべてが同時の歌のように見えるが、範永集ではわざわざ「同じ所にて、二首」と記しているので、同じ師房邸における歌でも172番歌とは別の機会であった可能性があろうということである。範永と家経が師房邸の歌会で同座するようなことは一度ならずあったであろう。編年配列の家経集においては一〇〇～一〇二番はみな永承五（一〇五〇）年の詠と推測されているので、同年の夏であっても日を異にしているのであろうか。

実は、当該歌と同題で詠まれた歌が後拾遺集にも見える。

夏夜月といふ心をよみはべりける　　土御門右大臣

夏の夜の月はほどなく入りぬとも宿れる水に影をとめなむ（夏、二二二）

大弐資通

何をかは明くるしるしと思ふべき昼に変はらぬ夏の夜の月（同、二二三）

題としての「夏夜月」は格別珍しいものではないが、惠慶集（一二八、「夏夜の月」）と長保五（一〇〇三）年五月十五日の左大臣道長歌合（「惜夏夜月」）に見える例が比較的早く、勅撰集では後拾遺集から見える歌題である。ここでは土御門右大臣（師房）の歌だけではなく、源資通（一〇〇五～六〇）の歌も並べられている。おそらく師房邸での会には範永や家経とともに資通も同席していたのであろう。資通については161番歌の補説でも触れているが、永承五年九月十七日に大宰大弐となっているので（公卿補任、弁官補任）、彼が大弐となる直前の夏ということになろう。

ところで、この173番歌は、夏の夜の月を詠んだ歌では非常に珍しい詠みぶりである。一般的には、夏の夜の短かさ、夜の明けやすさを歌うことが多く、左大臣道長歌合の「惜夏夜月」は無論のこと、家経や師房の歌も同類である。強いて言うなら、資通の歌が、夜が短いことを背景に月の明るさを強調しているのがやや新しい要素であろうか。範永の場合は月を擬人化して、「夏の月がこんなに明るいのは、月も薄衣を着ているから、体から光が透けてしまうのだったよ」と言ったもの。月を隠す雲を衣に喩える歌が院政期に入ると見られるようになるが、夏の月を衣と関係づけて歌う例は他には見出せない。

　　てやくのそう《典薬允》むねちか

174　あまをふねものおもふことはなくさめつうけひく人にあは《ひ》ぬとおもへは

　和送

175　なみならぬひとはひくともなくさましかさまをまたむあまのつりふね

〔校異〕　承空本ナシ

〔整定本文〕　典薬允致親

174　海人小舟もの思ふことは慰めつうけ引く人に逢ひぬと思へば

　和送

175　なみならぬ人は引くとも慰まじ風間を待たむ海人の釣舟

〔現代語訳〕　典薬允致親

174　海人の小舟のような私、思い悩むことは慰めることができました。私の気持ちを理解してくれるあなたに出会ったと思うので。

和して送った歌

175 大した人間ではない私がたとえお気持ちを汲みとったとしても、慰められはしないでしょう。風の合間を待つであろう海人の釣り舟のことを。

〔他出〕 ナシ

〔語釈〕 174 **○典薬允致親** 源致親。生没年未詳。清和源氏。歌人である重之の子とも（八代集抄、重之集）、孫とも（左馬允為清の男。尊卑分脈）。百錬抄、扶桑略記によれば、長暦二（一〇三八）年二月十九日、安楽寺の雑物を剥奪した罪で隠岐国に配流された。これは長元九（一〇三六）年に、大宰権帥であった中納言藤原実成が大宰府で曲水の宴の折に安楽寺僧と闘乱事件を起こし、寺側の愁訴によって推問使が派遣され、除名処分を受けた事件に郎従の致親が連座して処罰されたものであった。補説参照。なお、「典薬允」は、医薬のことを掌る典薬寮の三等官。**○海人小舟** 漁師の乗る小舟。配流の身である自身を喩えた。**○もの思ふ** 思い悩む意。「伊勢の海になごりをたかみわぶる海人もの思ふことはえしもまさらじ」（元真集、二六九）。舟が思うように進まず思い悩むように、ものごとが思うようにならないことを嘆く意か。**○うけ引く** 承諾する。なお「うけ」には漁具の「泛子（うき）」の意もあり、魚が掛かると泛子が引っ張られることから「うけ引く」といい、掛詞で、「海人小舟」の縁語となる。「みそぎする今日唐崎におろす網は神のうけ引くしるしなりけり」（拾遺・神楽、五九五　平祐挙）。ここは致親の気持ちを範永が理解しているようなことをいうか。**○逢ひぬと思へば** 範永と親しい関係になっていたことをよろこぶ気持ちか。補説参照。

175 **○和送** 和して返歌を送る、の意であろう。「和す」は、言葉、歌、音などに相応じる、答える、調子を合わせる、の意。「源順つかさえたまはらで世を恨みて、朝忠の中納言の許に長歌よみてたてまた（ママ）したりけるを、聞き侍りて、人々あはれがり、歌よみなどし侍りしかば、心一つに和し侍りてよみ侍りし」（能宣集Ⅰ、四四七詞書）。**○な**

みならぬ人は引くとも慰まじ　ここは、謙遜の意をこめて、大した人間でもない自分があなたの気持ちを理解した（うけ引く）としても、あなたの心は慰められないだろう、の意か。「なみ」に「並み」と「波」を掛けた表現と解した。もっとも「並み・波」の掛詞は、「なみなみ」の形であることが多い。「思ふことなるをにとまる舟人は人なみなみにあらざらめやも」（高遠集、二二八）。当該歌では「波」「引く」は、「海人の釣舟」の縁語。補説参照。

○風間を待たむ海人の釣舟　「風間」は、風が吹きやんでいる時、風の絶え間。「風間待つ海人しかづかばあふことのたよりになみは海となりなむ」（小町集Ⅰ、二六）、「あら波のかけくる岸の遠ければ風間にけふぞふなわたりする」（兼盛集Ⅰ、一四六）。ここは、事件が収束し、平穏な時が来ることを待つ気持ちを意味するか。補説参照。なお「待たむ」の「む」は連体形で、「海人の釣舟」にかかると考えた。

〔補説〕　この贈答については、千葉義孝「藤原範永試論」が致親の隠岐配流の折のものであろうと指摘している。

隠岐への流罪といえば、古今集の小野篁の歌がよく知られている。

　隠岐の国に流されける時に舟に乗りて出で立つとて、京なる人のもとに遣はしける

　　　　　　　　　　　　　　　　　　　小野篁朝臣

わたの原八十島かけて漕ぎ出でぬと人には告げよ海人の釣舟（羇旅、四〇七）

　隠岐の国に流されて侍りける時によめる　　　篁朝臣

思ひきや鄙の別れにおとろへて海人の縄たき漁りせむとは（雑下、九六一）

こうした先行歌を背景に、致親が流罪のわが身を海人の釣船に喩え、おそらく慰めの言葉をかけてくれた範永に今の心情を訴えて来たものであろう。自分の気持ちをわかってくれるあなたに出会うことができてよかった、と言っているのではないだろうか。範永は致親に同情しながらも、いずれは穏やかな時が来ることを待っているであろうあなたのことを、自分には十分に慰めてやることもできない、と言っているのではないか。致親が流罪になった長暦二（一〇三八）年二月以降まもない頃の贈答であろうから、範永が尾張守として赴任した翌年頃のことかと思

われる。遠く離れた二人がかろうじて伝手を頼って交わされた贈答なのかも知れない。
ところで、この源致親は、金葉集二度本に見える次のような歌の作者かと思われる。

大井河にまかりて紅葉をよめる　　平致親

大井河もみぢをわたる筏士は棹に錦をかけてこそ見れ（冬、二六二）

作者名はここでは「平」姓だが、「源致親」とする金葉集写本があり、八代集抄でも「源致親」とされ、尊卑分脈の清和源氏「致親」には「金葉作者」と注されている。高名な歌人である重之の子、もしくは孫で、範永とも交際していた「源致親」ならば勅撰集に一首くらい採られても不自然ではない。平氏にも「致頼」という似た名前の人物が平安中期におり、伊勢国神郡で平維衡と乱闘事件を起こして長保四（九九九）年に隠岐国に流されているなど、紛らわしいこともあるので、金葉集の書写段階で誤られたものであろうか。

おなしきむねちか、もとにをくりけるつのくに、。《すみ》けるに

よそにてはおほつかなしや津のくにのいくたのもりに身をやなさまし

〔校異〕　承空本ナシ

〔整定本文〕　同じき致親がもとに送りける、津の国に住みけるに

176　よそにてはおぼつかなしや津の国のいくたの森に身をやなさまし

〔現代語訳〕　同じ致親のもとに送った歌、摂津の国に住んでいた折に

176　離れた所に住んでいては気がかりなことだ。いっそ私の身を摂津の国の生田の森にしてしまいましょうか、どうしましょう。私がそちらへ訪ねて行ってしまったらよいでしょうか。

〔他出〕　ナシ

〔語釈〕 **○同じき致親がもとに送りける**　174、175番の贈答との前後関係ははっきりしないが、やはり慰めの歌であろう。**○津の国に住みけるに**　摂津の国に住んでいたのは致親か範永か、詞書からは両意が考えられる。しかし、歌意から見て、致親が摂津に住んでいたのであろう。補説参照。**○おぼつかなしや**　「や」は詠嘆の間投助詞。「雲はれぬ浅間の山のあさましや人の心を見てこそやまめ」（古今・雑体、一〇五〇　中興）。**○いくたの森**　「いくた（生田）」は摂津国の歌枕。現在の兵庫県神戸市中央区を中心とする地域。ここでは「行く」の意を掛ける。**○身をやなさまし**　身を……しようかしら。主語が一人称で「や……まし」の場合はためらいの気持ちを表す。

〔補説〕　離れて住む致親に、気がかりだからいっそ訪ねて行こうか、と言っているが、「おぼつかなし」や歌枕「生田」は、少なからず恋歌に使われていた。例えば、

夢かとも思ふべけれどおぼつかな寝ぬに見しかばわきぞかねつる（後撰・恋三、七一四　清成が女）

津の国のいくたの池のいくたびかつらき心をわれに見すらむ（拾遺・恋四、八八四　よみ人知らず）

等である。176番歌は、恋歌めいた言葉を用いて相手の安否を気遣っているのであろう。

範永は、康平七（一〇六四）年六月に摂津守になっている。従って、当該歌の場合、詞書だけから見ると、摂津に住んでいるのは範永とも考えられる。千葉義孝「藤原範永試論」はこの歌をその時期の作かとする。その考えに従えば、長暦二（一〇三八）年の致親の配流から二十六年も経った頃のことになる。しかし、「いくたの森に身をやなさまし」は語釈欄に述べたようにためらいの表現であり、範永が「訪ねようか、どうしようか」と言っていると解釈するほうが穏当のようである。また、致親が次のように重之集に見える「むねちか」ならば、重之の子であろうと孫であろうと、正暦四（九九三）年頃の誕生とされる範永よりも、十歳余り年長であったと考えられる。

波の声に夢醒むといふ題を、ためきよとむねちかとに詠ませて、翁ことはる

春　　　　ためきよ

夢にだに恋しき人を見るべきに《を》波の声にぞおどろかれぬる（一一七）

むねちか

浦近みぬ《る》かとすれは白波の寄る音にこそ夢醒めにけれ（一二八）

長保二（一〇〇〇）年頃に没したとみられる重之が、晩年の頃に為清と致親に歌を詠ませている。同集には他に二箇所（一四五、一四六・一五六、一五七）で致親が登場し、重之と贈答などをしている。この時点で致親を十代後半の若者と考えても、範永が摂津赴任の頃（範永は七十歳台と推定される）にはたとえ存命していたとしてもかなり高齢になっていたはずで、摂津守時代の範永が致親に送ったという可能性は低いように思われる。あるいはここは、致親が流罪を解かれた後に、都に帰らず摂津に住んだことも考えられようか。もしくは集の順番とは逆で、当該歌のほうが前の贈答より早い可能性もあるか。後者と見る場合、こういう歌を送るような親しい関係であったからこそ致親が流罪に処せられるにあたって174番歌を送って来たとも考えられる。

あきたふのあそむ

177 ちはやふるかみにまかせん君かためありやなしやとこゝろさしをは

かへし

178 おもへともわれにちきらぬこゝろさしなきにはものゝいはれやはする

〔校異〕 承空本ナシ

〔整定本文〕 章任の朝臣

177 ちはやぶる神にまかせむ君がためありやなしやとこころざしをば

返し

178 思へども我に契らぬこころざしなきにはものの言はれやはする

〔現代語訳〕 章任の朝臣

177 もう神に任せようと思います。あなたのために、あなたが無事でいるかどうかと案じて祈る私の気持ちは。

返し

178 私のことを思ってくれるけれども、神に約束して私自身には約束してくれない、そんなあなたの愛情なんて。誠意がないのに情を通わせることができるでしょうか。

〔他出〕 ナシ

〔語釈〕 177 ○章任の朝臣 時代や範永との関係から見て、千葉義孝「藤原範永の家集とその周辺」の指摘どおり、源章任（生没年未詳）であろう。源章任は従四位中宮亮高雅の子で、醍醐天皇皇子有明親王の曾孫。母は後一条院乳母の藤原基子（続本朝往生伝）。長和五（一〇一六）年正月二十九日、後一条天皇の即位に伴って六位蔵人（左兵衛尉を兼任）となり、同年十一月二十五日に六位蔵人となった範永とは、寛仁二（一〇一八）年正月五日従五位下に叙せられるまでの十三か月間、同僚であった。甲斐権守（寛仁三年頃）、美作介（治安の頃）、丹波守（長元三、四年頃）、伊予守（長元九年頃）、但馬守（寛徳元～永承二年）と国司を歴任し、この間、長元二（一〇二九）年に任右少将、同四（一〇三一）年には従四位下に叙せられたことが諸記録により知られる。尊卑分脈によれば正四位左少将に至るか。補説参照。なお154番「経衡の朝臣」の項でも述べたが、ここでも「朝臣」が用いられている。○ちはやぶる「神」の枕詞。○ありやなしやとこころざしをば 「ありやなしやと」は、言うまでもなく「名にし負はばいざ言問はむ都鳥わが思ふ人はありやなしやと」（古今・羇旅、四一一 業平）による。「こころざし」は、ここでは誠意、愛情の意ととった。補説参照。

178 ○思へども 「思ふ」の主語は章任と解した。○こころざし 「我に契らぬこころざし」と「こころざしなき」と、前後にかかわる表現。○なきにはものの言はれやはする 「もの言ふ」は、異性に文などを送り、情を通わせる意と解した。「五条の后の宮の西の対に住みける人に、本意にはあらでもの言ひわたりけるを……」(古今・恋五、七四七詞書)。ここは、誠意がないから、あなたと情を通わせることなどできはしない、の意か。補説参照。

〔補説〕 章任と範永は互いにまだ若い頃に同僚として勤務し、親しく交際するようになったのであろう。歌人として活躍した範永とは異なり、章任の名は本集を除けば和歌関係では見かけない。しかし千葉義孝によると、国司を歴任した章任は諸国に多数の荘園を持つ大富豪として知られ、彼の桂の家には、関白頼通をはじめ、錚々たる公卿殿上人が集うことが一度ならずあったらしい。そんな章任と範永とが、たとえば国司としての赴任中、遠く離れている時などに、このような戯れの贈答を交わしたのかもしれない。178番の返歌も、必ずしも歌意明瞭とは言い難いが、「日頃はなかなかうまく伝えられないが、君を思う私の心は、もう神まかせだ」という章任に対して、「神には約束しても私には約束してくれないのだから、情を交わすなんて無理だろうね」と切り返したものと思われる。

179

正月十日のほとに御前にゆきやまをつくりて蔵人よしつなうたつかうまつれとおほせられけれは

ふりつもるゆきの山とはなりぬともはなとや見らん春しきぬれは

〔校異〕 承空本ナシ

〔整定本文〕 正月十日のほどに、御前に雪山をつくりて、蔵人良綱、「歌つかうまつれ」とおほせられければ

179 降り積もる雪の山とはなりぬとも花とや見らむ春し来ぬれば

〔現代語訳〕 正月十日頃に、御前の庭に雪山をつくって、蔵人良綱、「歌を献上しなさい」と天皇がおっしゃったので

179 降り積もる雪がたとえ雪山となったとしても、やはり花と見るでしょうか、すでに春が来てしまっているのですから。

〔他出〕ナシ

〔語釈〕**○蔵人良綱** 範永の子。生没年未詳。蔵人補任には「良綱」の名は見えないが、尊卑分脈には「蔵」の記載があり、蔵人であった。183番歌にも「蔵人良綱」とある。永承六年五月五日内裏根合の真名日記に「宿侍、……主殿助藤原良綱」と見える。周防、阿波、但馬の守を歴任した。**○おほせられければ** 「御前に」とあるので、主語は天皇であろう。182番歌の「内裏の歌合」がどの歌合を指すか必ずしも明確ではないが、少なくとも後冷泉天皇主催であることは間違いなさそうなので、この場合も主語は後冷泉天皇と考えてよいであろう。**○花とや見らむ** 雪を花に見立て、実際は白い雪の山であるが、山一面に花が咲いたように見るだろうか、という意。「霞たち木の芽も春の雪降れば花なき里も花ぞ散りける」（古今・春上、九　紀貫之）。なお「見らむ」の「らむ」は本来終止形接続だから通常は「見るらむ」となるはずであるが、しばしば「見らむ」の形をとる。「潮早み磯廻に居れば潜きする海人とや見らむ旅行くわれを」（万葉・巻七、一二三四）、「春立てば花とや見らむ白雪のかかれる枝にうぐひすぞ鳴く」（古今・春上、六　素性法師）。**○春し来ぬれば** 春がすでにやって来てしまっているので。「正月十日のほど」とあり、暦月では春であるが、立春もすでに迎えているのであろう。

〔補説〕雪の山をつくるといえば、枕草子「職の御曹司におはしますころ」に見える逸話が有名である。内裏や貴族の邸宅の庭に雪山をつくることは度々行われていたようで、当該歌の他にも、

行頼が曹司に雪の山をつくりたるに、ものに書きて挿させ給ひける
音に聞く越の白山しら雪の降り積もりてのことにぞありける（公任集、一七八）

台盤所の壺に雪の山つくられて侍りける朝よみ侍りける　周防内侍
あだにのみ積もりし雪のいかにして雲居にかかる山となりけむ（続拾遺・冬、四五八）

などが見える。

当該歌では天皇の御前に雪山をつくったようで、範永の子良綱はその場に蔵人として仕えていたのであろう。詞

書によれば良綱が歌を詠むよう命じられたようであるが、良綱の詠んだ歌は範永集をはじめ現存の歌集には見られず、これも後出の182、183番歌のように、範永が代作したものであろう。

180

落花満池　於朱雀院

なみのこる《と》ちりしくはなをくむほとにうつれるかけをみるそかなしき

〔校異〕　承空本ナシ

〔整定本文〕　落花満池、於朱雀院

180 波のごと散り敷く花を汲むほどに映れる影を見るぞ悲しき

〔現代語訳〕　落花が池に満ちている、朱雀院において

180 まるで波のように池一面に散り敷いている花を汲んでいくうちに、水面に映っている自分の姿を見るのが悲しいことです。

〔他出〕　ナシ

〔語釈〕　**○朱雀院**　平安京の三条と四条の間、朱雀大路に面して設けられた累代の後院。後院ではあるが、貴族たちが涼をとりに出かけたり、私的に歌会や歌合を催したりしている例が見える。**○波のごと**　本文は「なみのこる」で「る」の右に「と」とある。本文の「なみのこる」では解しにくく、傍注によって「なみのこと（波のごと）」とした。波のように。水面一面に散り敷いた花びらがまるで白波のように見える、という意である。「水上に花や散るらむ山川のゐ杭にいとどかかる白波」（金葉二度本・春、六二　大納言経信）。**○花を汲む**　池の上に散り敷いた桜の花びらを汲み取ること。

〔補説〕　「落花満池」の題で詠まれた歌は、他にも、

鳥羽院にて、落花満池といふことを
水の面は散りつむ花に見えねどもいひこそ池のしるしなりけれ（公重集、九三）
がある。ただしこれは範永より後の時代のもので、範永と同時代のものでは類題鈔に「419不知会主能因歟　落花満池」とあるものの、具体例は見あたらない。
範永は水面に映った「影」を見るのが悲しいと詠んでいるが、「影」とは自らの姿であろうか。水面に浮いた花びらがなくなるにつれ、一面の花の中に年老いた自分の姿が映り悲しいというのであろう。水に映るおのが姿を見た歌には、
枇杷殿の御絵に、岩井に女の水汲む、さしのぞきつつ影見る
年を経てすめる泉に影見ればみづはぐむまで老いにけるかな（重之集、一三八）
藤原頼任朝臣美濃の守にて下り侍りけるともにまかりて、その後、年月を経てかの国の守になりて下り侍りて、垂井といふ泉を見てよめる　藤原隆経朝臣
むかし見し垂井の水は変はらねど映れる影ぞ年を経にける（詞花・雑下、三九〇）
などがある。

181
月にむかひてはなをおしむ
つきかけもやまのはちかくなりゆくをはなにのみやはこゝろつくへき
はるかにもみちを
〔四行分程空白〕

〔校異〕　承空本ナシ

〔整定本文〕

181　月かげも山の端近くなりゆくを花にのみやは心つくべき
　　遥かにもみぢを

〔現代語訳〕

181　月に向かって花を惜しむ
月の光も山の端近くなって見えなくなってゆくのに、花に心をとめてばかりいていいのだろうか。いや、月も気になることだ。
　　遥かにもみじを

〔他出〕　ナシ

〔語釈〕　**○心つくべき**　「心つく」は心を寄せること、関心、好意を持つこと。**○遥かにもみぢを**　「もみぢを」とあるから、歌の左注等ではなく、おそらく欠落した次の歌の詞書であろう。歌の内容は不明。補説参照。

〔補説〕　夜、桜を眺めている間に、いつの間にか月も山の端近くまで移動していた。このまま花も見ていたいが、まもなく山陰に隠れてしまう月も気になる、花も月も楽しみたいという気持ちを詠んだ歌であろう。
　経衡や相模にも同じ題で詠まれた歌が見える。
　　月に向かひて花を惜しむ
　思ひかね眺めぞ明かす散り積もる花とどむべき月ならねども（経衡集、一二四）
　　対月惜花　　　　　　　　　　　相模
　夜のうちは散りおこたらば桜花月見てものは思はざらまし（和歌一字抄、六六〇）
あるいは同じ場で詠まれた歌か。
　なお、歌本文の後にある「遥かにもみぢを」は、次にあったはずの歌の詞書、あるいはその一部分であろうが、底本では以下に四行分程度が空白になっており、どのような歌であったかはまったく不明である。「遥かにもみぢを」を詞書に持つ歌は他の歌集には見られない。

のこりのきく水にゑいす

うちのうたあはせよしつなにかはりて

あきくれてきくのうつれるみきはにはにしきと見ゆるなみそたちける

〔校異〕　承空本ナシ

〔整定本文〕　残りの菊、水に映ず

内裏の歌合、良綱に代はりて

182　秋暮れて菊の映れる汀には錦と見ゆる波ぞ立ちける

〔現代語訳〕　残りの菊、水に映る

内裏歌合、良綱に代わって

182　秋が暮れて、菊の姿が映る水際には、まるで錦のように見える波が立っていることです。

〔他出〕　ナシ

〔語釈〕　**○残りの菊、水に映ず**　残菊が水に映っている。「残りの菊」は九月九日の重陽の節句のあと、あるいは九月末から十月にかけて咲き残っている菊の花。32番歌参照。**○内裏の歌合**　内裏歌合。『平安朝歌合大成』によれば、この「内裏の歌合」は永承四（一〇四九）年十一月九日に後冷泉天皇によって催された内裏歌合とするが、後冷泉天皇は問題ないとして、開催時期は疑問。補説参照。

〔補説〕　良綱は蔵人という立場上、内裏で催される歌合に歌を出詠しなければならない機会があったのだろうが、そのような折には、179、183番歌にも見られるように父範永が代詠をしたのであろう。『平安朝歌合大成』は、当該歌を永承四年十一月九日内裏歌合の折のものとしている。確かに良綱は永承期に蔵人であったらしいので、その場に居合わせた可能性は否定できないものの、必ずしもこの歌合のために詠まれた歌とは断定できない。理由としては、現存の永承四年十一月九日内裏歌合の題はすべて二字題なのに、当該歌の場合は「残菊映水」と四字題である。また十一月に催された歌合なのに、「秋暮れて」では時期が合わない。

当該歌と同じ折に詠まれた可能性が高いものとしては、次の新勅撰集の歌が挙げられる。

後冷泉院御時、残菊映水といへるこころを人々つかうまつりけるに　権大納言長家

神無月残る汀の白菊はひさしき秋のしるしなりけり（賀、四七八）

長家（一〇〇五～六四）は範永と同時代に活躍した人物である。また類題鈔にも「539内裏和漢任与三　残菊映水　終夜対菊」とあるが、残念ながら開催時期が不明である。

183

翫宮庭菊

皇后宮歌合蔵人良綱にかはりて

きみかみるまかきのきくのさかりにはくものうへひときてそしめゆふ

〔校異〕　承空本ナシ

〔整定本文〕　翫宮庭菊

皇后宮歌合、蔵人良綱に代はりて

183　君が見るまがきの菊の盛りには雲の上人来てぞ標結ふ

〔現代語訳〕　宮の庭の菊を翫ぶ

183　あなた様が御覧になっている垣根の菊の盛りの頃には、わざわざ雲の上人がやって来て、大事なものとして標を張り巡らせることです。

皇后宮歌合、蔵人良綱に代わって

〔他出〕　ナシ

〔語釈〕　**○皇后宮歌合**　「蔵人良綱」とあるから永承頃と考えられ、「皇后宮」は永承六（一〇五一）年二月に立后した寛子であろう。寛子は後冷泉天皇の皇后。父は関白藤原頼通。『平安朝歌合大成』によれば、「皇后宮歌合」は天喜四（一〇五六）年四月三十日皇后宮寛子春秋歌合のこととし、当該歌はこの歌合の折のものとするが、問題が多い。17番歌ならびに補説参照。**○まがきの菊**　「まがき」は籬。柴や竹などで目を粗く編んでつくった垣根。まがきに植えられている菊。「まだ咲かぬまがきの菊もあるものをいかなる宿に移ろひにけむ」（後拾遺・雑二、九二二後三条院）。**○雲の上人**　宮中に仕える人。殿上人。「色わかぬ星とや見まし白菊を雲の上人わきて折らずは」（康資王母集、一一九）。**○標結ふ**　草を結んだり、縄を張り巡らしたりして領有を表したり、道しるべとしたりすること。ここでは菊を大事なものとして囲っている。「植ゑたてて君が標結ふ花なれば玉と見えてや露も置くらむ」（後撰・秋中、二八〇　伊勢）。

〔補説〕　当該歌も前歌と同様に子息である良綱のために歌合の歌を代わって詠んだもの。ただし現存する「皇后宮寛子春秋歌合」証本にはやはり見えず、この歌合のために詠まれた歌と断定することはむずかしい。天喜四年の「春秋歌合」に「菊」題で詠まれた歌はあるが、当該歌のように四字題ではないことも理由として挙げられよう。

また範永集には、17、18番に天喜四年の「皇后宮の歌合」に出詠された歌が見える。この二首は歌合証本にも見られる。もし当該歌も天喜四年四月三十日「皇后宮寛子春秋歌合」のために詠まれた歌であるなら、なぜ17、18番歌と離れて範永集に採られているのかも疑問である。

「翫宮庭菊」という題は歌合には見えないが、後拾遺集には同題で詠まれた歌がある。

後冷泉院御時后の宮の御かたにて人々翫宮庭菊て《ママ》詠み侍りける

大蔵卿長房

朝まだき八重咲く菊の九重に見ゆるは霜の置けばなりけり（秋下、三五一）

「後冷泉院御時后の宮の御かたにて」とあることから、同じ折のものである可能性がある。また、秋風集にも、

四条宮のおほきさいの宮の内裏におはしましけるに、宮庭菊といふことを

六条右大臣

置く霜も心あるらし九重にのどかににほふ白菊の花（秋下、三七一）

が見られる。両歌とも範永歌と同じく皇后宮寛子のもとで詠まれた歌で、大蔵卿長房（一〇三〇～九九）や六条右大臣顕房（一〇三七～九四）も同座していたのであろうが、ここには歌合との記述はない。

菊のはなみつにうかふといふこゝろ

さきぬれはきくは水にもうつるめり《りけ》うへけむひとはかけたにもなし

〔校異〕　キクノハナ水ニウカフ

承41サキヌレハキクハミツニモウツリケリウヱケムヒトハカケタニモナシ

〔整定本文〕　菊の花水に浮かぶ、といふ心

184 咲きぬれば菊は水にもうつるめり植ゑけむ人は影だにもなし

〔現代語訳〕　菊の花が水に浮かぶ、という意

184 咲いてしまうと、菊の花は移ろうが、その姿が水の中にも映っているようである。植えた人はその姿さえもないことだよ。

〔他出〕　和歌一字抄、四三六　雲葉集・秋下、六五八

〔語釈〕　**○菊の花水に浮かぶ**　菊の花が直接水の上に浮かぶという意にも解せるが、ここは、菊の花が水の上に浮かんでいるように映って見える、という意に解する。因みに当該歌は雲葉集に「菊花写水」という歌題で採られている。補説参照。**○といふ心**　題の趣旨、の意。1番歌参照。**○うつるめり**　「うつる」は菊の花が「移る」に、花影が「映る」の掛詞。傍注の本文を採ると「うつりけり」となる。承空本や他出の雲葉集、和歌一字抄もすべて「うつりけり」となっているが、「うつるめり」でも解せるので底本の本文に従った。**○植ゑけむ人は影だにもなし**　植えたであろう人はその姿さえないことだ。補説参照。

〔補説〕　この歌は他出欄に示したように和歌一字抄と雲葉集に採られているが、三句「うつるめり」と、下句や歌題にそれぞれ異同が見られる。

　　浮

　　　菊花浮水　　　　　　　　　　　　範永

　咲きぬれば菊は水にもうつりけり植ゑけむ人は跡だにもなし（和歌一字抄）

　　菊花写水といふ事を　　　　　　藤原範永朝臣

　咲きぬれば菊は水にもうつりけり植ゑけむ人は影だにもなし（雲葉集・秋下）

当該歌の問題点としては、歌題「菊の花水に浮かぶ」と歌の内容とが合わない点があげられる。特に下句の意がよくわからない。下句に似た内容の句として、例えば古今集の、

　　あるじ身まかりける人の家の梅の花を見てよめる　　　　つらゆき

　色も香も昔の濃さに匂へども植ゑけむ人の影ぞ恋しき（哀傷、八五一）

がある。この古今集歌を参考にして解釈すると、「植えた人は亡くなってしまい、その姿さえも見えません」の意になるのだろうが、このように解釈してもこれが歌題とどう関わっていくのかよくわからない。

あまのはしたて　もみぢ　こひ
こひわたるひとに見せはやまつのはもしたもみちするあまのはしたて

〔校異〕　アマノハシタテモミチコヒ　左大殿ニテミツノ題ヲ
承42コヒワタル人ニミセハヤマツノハモシタモミチスルアマノハシタテ

〔整定本文〕　天の橋立、もみぢ、恋
185　恋ひわたる人に見せばや松の葉も下もみぢする天の橋立

〔現代語訳〕　天の橋立、もみじ、恋
185　ずっとお慕いしている人に見せたいものだ、松の葉も下の方が紅葉する天の橋立を。私も恋の思いが表に出てきてしまいました。

〔他出〕　金葉集二度本・恋下、四二二　金葉集三奏本、四二四　袋草紙・上、九　歌枕名寄、七七五六

〔語釈〕　**〇天の橋立、もみぢ、恋**　三つの歌題が並べられているので、普通はそれぞれの歌題の歌がつづくのであるが、ここは三つの歌題を一首に詠み込んでいる。補説参照。なお、天の橋立は丹後の歌枕であり、よく松とともに詠まれた。「波立てる松のしづ枝をくもでにて霞みわたれる天の橋立」（詞花・雑上、二七四　源俊頼朝臣）。**〇恋ひわたる**　「わたる」は「ずっと……しつづける」の意に、天の橋立の縁で「渡る」の意を響かせている。**〇下もみぢする**　松の葉は常緑だが、下葉が紅葉することがある。ここでは外に現れない密かな恋心をいっているのだろう。「松の下もみぢしたるを／霜雪につひに枯れせぬ松なれど下葉は秋にしのばざりけり」（公任集、九五）。なお「下もみぢする」は、当該歌では恋いこがれる気持ちを表していると解したが、一般的には心変わりの比喩を表している例が多い。「下もみぢするをば知らで松の木の上の緑を頼みけるかな」（拾遺・恋三、八四四　よみ人知らず）。しかしながら当該歌の場合、心変わりの意に解すると恋歌の体をなさなくなるので、心の中で恋いこがれる気持ちが表に

出ると解した。天橋立の美景に松の緑ともみじの色合いとを添えたものか。

〔補説〕　当該歌は金葉集や袋草紙にも見られ、その詞書から詠歌の状況が詳しく知られる。

公任卿家にて、紅葉、天の橋立、恋と三つの題を人々に詠ませけるに、遅くまかりて人々みな書くほどになりにければ、三つの題を一つに詠める歌　　藤原範永朝臣

恋ひわたる人に見せばや松の葉の下もみぢする天の橋立（金葉二度本）

一、和歌に注を書く事

…また両題にて一首を詠ずることあり、ある所にて海橋立、紅葉、恋の三首を講ずるに、範永朝臣遅参して講に臨むの時、三首の題をもつて一首の和歌を詠む

恋ひわたる人に見せばや松の葉も下もみぢする天の橋立（袋草紙）

右によると、「天の橋立、紅葉、恋」の三つの歌題が出されたが、範永は遅れて来たため披講するのに間に合わず、三つの歌題を一つの歌として詠んだというのである。

また新大系『金葉和歌集』（川村晃生・柏木由夫）によると、当該歌と同じ折に詠まれたと思われる歌が為仲集Ⅰに見えるという。

冬日三首、歌中納言殿の召す、紅葉

年を経てあかぬ心に見てもなほゆかしきものはもみぢなりけり（為仲集Ⅰ、一〇〇）

天の橋立

今日までも天の橋立よそにのみ聞きわたりつついかで過ぎけむ（同、一〇一）

艶歌頭、かく書かれて、懸想の歌を詠めとおほせらるるには

陸奥にあらぬものゆゑわが身にはいかでしのぶも苦しかりけむ（同、一〇二）

詠歌の状況は詳しく記されていないが、非常に興味深い内容といえよう。「冬日三首」とは「紅葉」「天の橋立」

「恋」を指すのであろう。
ところで当該歌の詠まれた場であるが、承空本「左大殿」は師実を指し（9、16番歌参照）、為仲集Ⅰ「中納言殿」もやはり師実を指す。おそらく師実邸が正しく、金葉集における「公任卿家」は何らかの誤りであろう。範永はともかく、為仲の歌人としての主たる活躍期は公任没（一〇四二）後である。

よのなかはかなくはへりけるころ忠命法橋かくいひたる

186 つねなさのつねなき世にはあはれてふことよりほかの《に》ことのなきかな

かへし

187 つねなしとおもひしるらんよの中をあはれといふぞあはれなりける

〔校異〕 承空本ナシ

〔整定本文〕 世の中はかなく侍りけるころ、忠命法橋かく言ひたる

186 常なさの常なき世にはあはれてふことよりほかにことのなきかな

返し

187 常なしと思ひ知るらむ世の中をあはれといふぞあはれなりける

〔現代語訳〕 世間で人々の死が相次いでおりました頃、忠命法橋がこのように言った

186 はかないことばかりのこの無常の世には、「あはれ」という言葉より他に言葉はないことですなあ。

返し

187 無常であると身にしみて知っていらっしゃるらしい世の中のことを、「あはれ」と言うしかないのが「あはれ」

ですね。

〔他出〕　ナシ

〔語釈〕　186〇**世の中はかなく侍りけるころ**　具体的には身内の人や世間の人が多く亡くなったりした時のことをいうのであろう。範永と交流のあった歌人兼房に次のような歌が見られる。「常よりも世の中はかなく聞こえけるころ、相模がもとにつかはしける／あはれとも誰かはわれを思ひ出でむある世にだにも訪ふ人もなし」（千載・雑中、一〇九七）。〇**忠命法橋**　137番歌参照。〇**常なさの常なき世には**　はかないことの多いこの無常の世においては、の意。「常なさの常なき世」はくり返しによる強調した言い方なのであろう。〇**あはれてふこと**　「あはれといふこと」の縮まった表現。「あはれ」は心にしみじみと感じること。「こと」は「言」。「あはれてふことの葉ごとにおく露は昔を恋ふる涙なりけり」（古今・雑下、九四〇　よみ人知らず）。187〇**常なしと思ひ知るらむ世の中を**　贈歌の「常なさの常なき世」を受けて、無常であると身にしみて知っていらっしゃるという世の中を、の意。「らむ」を終止形とし、二句切れとする考え方もあろうが、ここでは連体形ととり、「世の中」に掛かると考えた。補説参照。

〔補説〕　和泉式部日記に、

宮より「雨のつれづれはいかが」とて、

おほかたにさみだるるとや思ふらむ君恋ひわたる今日のながめを

とあれば、折を過ぐし給はぬををかしと思ふ。あはれなる折しもと思ひて、

しのぶらむものとも知らでおのがただ身を知る雨と思ひけるかな

という贈答がある。宮の「ごくありふれた、普通の五月雨とあなたはお思いでしょうか。実は今日のこの雨は、あなたを慕いつづける私のもの思いの涙なのですよ」という歌に対して、和泉式部は「しのぶらむものとも知らで」と返歌をする。「あなたは私のことをしのんでいてくださっているらしいが、そんなことも知らないで」の意であ

る。この「らむ」も連体修飾で、返歌の作者が、贈歌の作者の心情や行動を推量したり、相手の言葉に対して受け答えをしたりする時に用いられる。

おなしひと月あかかりけるに

月見てそ《は》こゝろやゆくとおもひしに《を》こゝろそとまるあやなうき世は《に》

〔校異〕 承空本ナシ

〔整定本文〕 同じ人、月明かかりけるに

188 月見ては心やゆくと思ひしを心ぞとまるあやな憂き世に

〔現代語訳〕 同じ人が、月の明るかった時に

188 月を見ては、心は月に誘われて行くかしら、満足するかしらと思ったのに、そんなことはなくて、心は留まることでした。わけのわからないことですよ、このいやな世の中に執着するなんて。

〔他出〕 ナシ

〔語釈〕 **〇同じ人** 186番の詞書を受ける。忠命法橋のこと。**〇心やゆくと** 心が月に引かれて行くのか、の意と、心が満足するのか、の意を掛ける。「見る人の心もゆきぬ山川に影を宿せる春の夜の月」（高遠集、四一）。**〇心ぞとまる** 「心とまる」は、心が留まる、心がひかれる、の意。「秋の夜の月はのどかに宿るともあぶくま川に心とまるな」（為仲集Ⅱ、四三）。**〇あやな憂き世に** 「あやな」は「あやなし」の語幹で、わけがわからない、の意。「人目もる我かはあやな花薄などか穂に出でて恋ひずしもあらむ」（古今・恋一、五四九　よみ人しらず）。

〔補説〕 当該歌は現存本に見える最終詠で、詞書からは明らかに忠命が詠んだ歌である。私家集において、他人詠だけの存在は基本的には考えられないので、おそらく当該歌の後に範永の返歌があったのであろう。

ところで新大系『後拾遺和歌集』（平田喜信・久保田淳）の脚注は、

人のもとより、こよひの月はいかがと言ひたる返り事につかはしける　　藤原範永朝臣

月見てはたれも心ぞなぐさまぬ姨捨山のふもとならねど（雑一、八四八）

の歌について次のように述べている。

「わが心慰めかねつ更級や姨捨山に照る月を見て」（古今・雑上、よみ人しらず、大和物語・一五六段）を念頭に置いた歌。範永朝臣集には「世にふとも姨捨山の月見ずはあはれを知らぬ身とやならまし」、「見る人の袖をぞ絞る秋の夜は月にいかなる影か添ふらん」（相模に送った歌）、「月見ては心やゆくと思ひしを心ぞとまるあやなうき世に」（忠命法橋より送られた歌）などが見える。後者は同集巻末に位置し、それに対する返しが見えない。八四八はその返しにふさわしいか。

範永の後拾遺集入集歌は全部で十四首ある。そのうち十三首は家集に見えるが、残りの一首が八四八番歌なので確かにその可能性は十分考えられようが、内容的にややそぐわない点があろう。返歌と考えた場合、唐突に「姨捨山」が詠み込まれている点は不審。

【以下承空本により補う】

イヱツネノ朝臣〔　　〕ヲミテカク〔　〕ヘリ

承35 ツネヨリモミルホトヒサシ夏ノヨノ月ニハ人ヲマツヘカリケリ

返シ

承36 マツホトニ月ヲヒサシクミテケレハコヌヲウレシキヒト、シラナム

〔校異〕　家つねの朝臣月を見てかくいへり
乙35　つねよりもみる程久し夏の夜の月には人をまつへかりけり
　返し
乙36　まつほとに月を久しくみてけれはこぬをうれしき人としら南
〔整定本文〕　家経の朝臣、月を見てかく言へり
承35　常よりも見るほど久し夏の夜の月には人を待つべかりけり
　返し
承36　待つほどに月を久しく見てければ来ぬをうれしき人と知らなむ
〔現代語訳〕　家経の朝臣が、月を見てこのように言ってきた
承35　いつもより長く見ていたことです。夏の夜の月には人を待つのがよかったのですね。
　返し
承36　人を待っている間に月を長々と見ていたわけですから、なかなかやって来ない人をうれしい人だと知ってほしいものです。
〔他出〕　承35玉葉集・雑一、一九四二　万代集・夏、七三七　家経集、八　和歌一字抄、六〇八
承36万代集・夏、七三八
〔語釈〕　承35**〇家経の朝臣**　藤原家経のこと。正暦三（九九二）年～天喜六（一〇五八）年五月十八日、六十七歳。2番歌参照。**〇月を見てかく言へり**　現存承空本では一部欠損しているが、転写本である書陵部乙本により補う。**〇常よりも**　「常」は、夏の短夜を前提として用いた表現。夏の夜はあっという間に明けるので、月をゆっくり賞美する間がないのがいつものことである。「夏の夜はまだ宵ながら明けぬるを雲のいづこに月やどるらむ」（古今・夏、一六六　清原深養父）。ただし、家経集では初句「あきよりも」。**〇見るほど久し**　「ほど」は時間の程度。美し

い月を長い時間見ていた、の意。「ほどもなくあけぬる夏の月かげもひとり見る夜は久しかりけり」（家経集、九七）。**〇人を待つべかりけり**　人を待つべきであった。人を待っていたからこそ長く月を愛でることができてよかった。「寝覚めするたよりにきけばほととぎすつらき人をも待つべかりけり」（千載・夏、一五二　康資王母）。補説参照。承36**〇待つほどに**　待っている間に。贈歌の「見るほど」に対する。「待つほどに夏の夜いたくふけぬれば惜しみもあへぬ山の端の月」（詞花・夏、七七　源道済）。**〇うれしき人**　うれしい結果をもたらす人。「学問などして、思ふさまにうれしき人に行きあひたてまつれると思ひ喜びて」（とりかへばや物語・巻三）。補説参照。

〔補説〕　月は秋の景物として詠まれることが圧倒的に多いが、語釈欄に挙げた古今集歌をはじめ、夏の短夜の月を惜しむ歌も時に見出すことができる。古今六帖には「夏の月」題が選定され、七首配されているし、能宣集Ｉ、三〇三番詞書には、

　　夏のすゑの月を、人々よみ侍りしに

とあり、恵慶集、一二六番詞書にも、

　　ある所に、洲の葦、草の蛍、夏の夜の月、水の面、これを題にて

などとあって、歌題としても次第に定着していったようである。

　もっとも当該歌は「夏の夜の月」を詠んではいるが、「夏の夜の月」が主題ではない。家経が「人を待つべかりけり」と言い、人を待つのもよいことだと訪れて来なかった範永に皮肉をきかせ、それに対して範永も、「来ぬをうれしき人と知らなむ」と、私を待っていたおかげで月を眺めていられたのだから、なんとありがたい人だと感謝してほしいと戯れて言い合っているように、仲の良い者同士ならではのやりとりが中心である。

アシマノコホリウスシトイフタイヲ

承37　ナニハカタイリエノコホリウスケレトアシノワカハノカケシカクレス

〔校異〕　ナシ

〔整定本文〕　葦間の氷薄し、といふ題を
承37　難波潟入り江の氷薄けれど葦の若葉の影し隠れず

〔現代語訳〕　葦間の氷が薄い、という題を
承37　難波潟の入り江の氷は薄いけれども、葦の若葉の影は隠れることなく映って見えることです。

〔他出〕　ナシ

〔語釈〕　**○難波潟**　摂津国の歌枕。古くから港が開かれ、水辺の葦を取り合わせて詠まれることが多い。「難波潟短き葦の節の間もあはでこの世を過ぐしてよとや」（新古今・恋一、一〇四九　伊勢）。**○入り江**　海や湖などが陸地にはいり込んでいる所。浅いところなので、冬に凍っても春になると真っ先に解け出す。「難波なる葦間の氷春立てばとくべきほどになるぞうれしき」（下野集、一〇〇）。**○葦の若葉**　葦の若芽のことで、17番歌にも見られるように、若々しい緑は早春のものであった。**○影し隠れず**　水が温み氷が解けかかっているのに、若葉の緑の影があざやかに映っているというのであろう。

〔補説〕　和漢朗詠集に「氷消田地葦錐短」（春、九）と、「葦」と「氷」の取り合わせは見出せるものの、歌題としての「葦間の氷」は早い例か。類題歌が次のように見出せる。が、当該歌が「若葉」のころの解けかかった薄氷であるのに対し、こちらは「霜枯れ」時の薄氷である。

　　葦間の薄氷
霜枯れの葦間の水のうは氷下になかかるるねこそかくれね（下野集、一四一）
　　葦間の薄氷

水鳥のゐるにさはらぬ薄氷葦間やしばし消え残るらむ（為仲集Ⅱ、六九）

承38 ミチノクニノカミノリシケカ国ヘクタルトテカクイヘル

ユクスヱニアフクマカハノナカリセハイカニカセマシケフノワカレヲ

返シ

承39 キミニマタアフクマカハヲマツヘキニノコリスクナキワレソカナシキ

〔校異〕　ナシ

〔整定本文〕　陸奥の守経重が国へ下るとて、かく言へる

承38 行く末にあぶくま川のなかりせばいかにかせまし今日の別れを

返し

承39 君にまたあぶくま川を待つべきに残り少なきわれぞ悲しき

〔現代語訳〕　陸奥の守経重が国へ下ると言って、このように言ってきた

承38 行先に阿武隈川がなかったなら、そして、これから先あなたに逢うことがなかったなら、いったいどのように落ち着かせたらよいのでしょうか。今日の別れの悲しさを。

返し

承39 あなたにまた逢うことを当然待つつもりですが、老い先短いこの身が悲しいことです。

〔他出〕　承38新古今集・離別、八六六　続詞花集・別、六九二　歌枕名寄、七一四六

承39新古今集・離別、八六七　続詞花集・別、六九三　歌枕名寄、七一四七

〔語釈〕 承38○経重　底本に「のりしけ」とあるが、他文献によれば高階経重。経重は、左中弁、高階明順の子。官位は従四位上（本朝世紀による。尊卑分脈では従四位下）、大和守。補説参照。○行く末　これから行く先の意に、将来の意を掛ける。「とほたふみ浜名の橋をうち渡し行く末遠く頼まるるかな」（延喜御集、三七）。○あぶくま川　陸奥の歌枕「阿武隈川」に「逢ふ」を掛ける。阿武隈川は、福島県白河市の西、旭岳に源を発し、阿武隈山地を北流し、宮城県南部で太平洋に注ぐ川。古今集（巻二十）の陸奥歌に「阿武隈に霧立ちくもり明けぬとも君をばやらじ待てばすべなし」（一〇八七）と詠まれるように、男女が「逢ふ」意を響かせて恋の歌に取り合わせられることが多い。一方で陸奥の遠さを詠む「世とともにあぶくま川の遠ければそこなる影を見ぬぞわびしき」（後撰・恋一、五二〇　よみ人知らず）や「橘為仲朝臣陸奥守にて侍りけるとき、延任しぬと聞きてつかはしける／待つわれはあはれやそぢになりぬるをあぶくま川のとほざかりぬる」（金葉二度本・雑上、五八一　藤原隆資）などもある。

承39○あぶくま川　贈歌に用いられた「あぶくま川」を承けて、君にまた「逢ふ」と詠む。○待つべきに　前述の古今集・東歌「君をばやらじ待てばすべなし」を背景に「待つべきに」と詠む。恋歌めかしながらも、身に迫って悲しい経重との別れを嘆く歌と解せよう。○残り少なきわれ　千葉義孝の年譜によると、この年、範永は七十歳。

〔補説〕　当該歌は新古今集に次のように見える（続詞花集もほぼ同じ）。

陸奥国の介にてまかりける時、範永朝臣のもとにつかはしける　高階経重朝臣

行く末にあぶくま川のなかりせばいかにかせまし今日の別れを

返し　藤原範永朝臣

君にまたあぶくま川を待つべきに残り少なきわれぞ悲しき

高階経重の陸奥赴任に関しては、江家次第、巻四「正月丁除目」の「任受領」に、「陸奥国有下不レ済二公文一国司拝任之例上、経重　基家依レ撰レ人也」とあって、書類が未処理の中、あえて国司に任命されたようである。扶桑略記には「康平五年壬寅。春月。高階経重為二陸奥守一。依二源頼義任終一也。経重進発下向。人民皆随二前司指揮一。経重帰

洛。」とあり、赴任した際に、当地の人々が経重の指揮に従わなかったために帰洛したとある。これは陸奥話記に「康平五年春、依頼義朝臣任終、更拝高階朝臣経重為陸奥国守。揚鞭進発。入境着任之後、無何帰洛。是国内人民、皆随前司指撝故也」とあるのに似た表現である。なお、今昔物語集には「而ル間、頼義一任畢ヌレバ、新司高階経重ヲ被補ルト云ヘドモ、合戦ノ由ヲ聞テ、辞退シテ不下ラ。此ニ依テ重テ頼義ヲ被補ル。」（巻二十五　源頼義朝臣罸安倍貞任等語　第十三）と、はじめから赴任しなかったとも語られている。しかしこの話は天喜五（一〇五七）年の新国司藤原良経の折の話が誤り伝えられたもので、その時は頼義が重任した。経重が赴任した康平五（一〇六二）年は前九年の合戦が終結をみた年である。翌六年二月に入京した前陸奥守頼義は正四位下に叙され、伊予守に任じられている（扶桑略記）。

なお底本に「のりしげ」とあるのは「経」を「のり」と訓じたか。また新古今集などに「陸奥国の介」とあるのは誤りであろう。散木奇歌集には経重の歌に基づくと思われる次の歌が見出せる。

　　みちの国へまかりける人に別れ惜しみてよめる

行く末にあぶくま川のなかりせば今日の別れをいきてせましや（七三七）

　　　　フシミノサトノコヒ

承40　コヒワヒテチタヒソカヘスカラコロモヒトリフシミノサトニヌルヨハ

〔校異〕　ナシ

〔整定本文〕　伏見の里の恋

承40　恋ひわびて千度ぞ返す唐衣ひとり伏見の里に寝る夜は

〔現代語訳〕　伏見の里の恋

承40　わびしく恋い焦がれて千度も裏返すことです、唐衣を。ひとり臥して伏見の里に寝る夜は。

〔他出〕　ナシ

〔語釈〕　**○伏見の里**　山城国の歌枕。現在の京都市伏見区の中央部近辺。景勝地として知られ、和歌では地名の「伏見」に「臥し身」を掛けて詠まれることが多く、当該歌も同様である。「都人暮るれば帰る今よりは伏見の里の名をも頼まじ」（後拾遺・雑五、一一四六　橘俊綱）。なお、藤原頼通の子息橘俊綱は、伏見に風情ある別荘を設けてしばしば歌会を催し、範永も常連であった。**○恋ひわびて**　恋しい気持ちがつのって、悲嘆に打ちひしがれるような状態をいう。「恋佗寝夢魂不見（恋ひ侘びて寝る夢魂には見えざれども）　誣無忘持人不愁（しひて忘るることなくしてもちて人うれへず）」（新撰万葉集、四七二）とか、「恋ひわびてうち寝る中に行き通ふ夢のただぢはうつつならなむ」（古今・恋二、五五八　藤原敏行）など、孤閨において用いられることが多い。**○千度ぞ返す**　何度も何度も裏返すということ。「千度」は回数がなみなみでないという誇張表現。「恋するに死にするものにあらませば千度ぞわれは死に返らまし」（拾遺・恋五、九三五　人麻呂）。衣を返すのは、恋人の夢を見るためのまじない。古くは「わぎもこに恋ひてすべなみ白妙の袖返ししは夢に見えきや」（万葉・巻十一、二八一二）のように、袖を返すと相手の夢に自分が現れると詠まれたが、小野小町の歌「いとせめて恋ひしき時はむば玉の夜の衣を返してぞ着る」（古今・恋二、五五四）以降は、夢で逢うために、衣を返して寝ると詠まれるようになる。**○唐衣**　元来は中国風の衣服を指すが、和歌では衣の美称として用いられることが多い。「恨みても身こそつらけれ唐衣きていたづらにかへすと思へば」（後撰・恋二、六六〇　紀貫之）。

〔補説〕　「伏見の里の恋」題は、伊勢大輔集Iの次のような歌群中にも見える。

　伏見といふところにて、名ある所々、歌に詠むに、芦間の池

うらわかき芦間の池の水の色は浅緑にぞ波も立ちける（一一九）

　笠取山

降らば降れ笠取山の木の下は秋の時雨も漏らじとぞ思ふ（一一〇）

伏見の里の恋

つきもせず恋する人は寝も入らで伏見の里の夜こそ長けれ（一一一）

右の「伏見といふところ」とは語釈欄で述べた橘俊綱邸の可能性が大きいが、実は範永集24番歌に、

笠取山、播磨守の詠ませける

狩衣時雨るる秋の空なれば笠取山の陰は離れじ

と見えて、その「播磨守」は俊綱かとした。また経衡集にも、伊勢大輔集と同題で次のように見える。

笠取山

秋ごとに笠取山に鳴く鹿は時雨に身をや濡らさざるらむ（六九）

伏見のさひ《ママ》

恋ひわびて寝られやすると来つれども伏見の里もかひなかりけり（七〇）

芦間の池、春

氷りする芦間の池をけふ見ればとく春風の吹きにけるかな（七九）

「笠取山」では「時雨」が詠まれ、「伏見のさひ（さとのこひ?）」では「恋」が詠まれている。歌はつづいていないが珍しい題の「芦間の池」詠もある。久保木秀夫は前掲論文（9番歌補説参照）で、範永集の「伏見の里の恋」「笠取山」詠との関連も考えられると指摘する。

月イツルトイルトイツレミルニマサレリトイヒニヤリタリシニ一品宮ノイテハノ君カイヒタリ

承49 イツルヨリミルタニアカヌ月カケノイル《リ》ヲハナニ、タトヘテカイフ

返シ

承50 月カケノイルヲマサルトミテケレハキミカコ、ロノウチハシラレヌ

〔校異〕 月はいつるといるといつれまさりたるといひし人のいひたる　此詞不叶

底122 としつもる身にはふゆこそくるしけれ春たちそふはうれしけれとも

〔整定本文〕 月、出づると入るといづれ見るにまされりと言ひにやりたりしに、一品宮の出羽の君が言ひたり

承49 出づるより見るだにあかぬ月影の入るをば何にたとへてかいふ

返し

承50 月影の入るをまさると見てければ君が心のうちは知られぬ

〔現代語訳〕 月は、出る時と入る時とどちらが鑑賞するのにまさっていると思うかと言ってやったところ、一品宮の出羽の君が言ってよこした歌

承49 出る時からどんなに眺めていても、もう十分だ、満ち足りた、という思いのしない月の光、それが隠れてしまう惜しさは何にたとえたらいいでしょうか。たとえようがありません。

返し

承50 私も月の光が入るのをまさっているとずっと見てきたので、あなたの心のうちは自然とわかってしまいましたよ。

〔他出〕 ナシ

〔語釈〕 承49 **〇まされり** 優れている。秀でている。「秋よりもあかぬ心ぞまさりける見るほどもなき夏の夜の月」（万代集・夏、七三四　左京大夫顕輔）。なお疑問詞を受けているので「まされり」は「まされる」と連体形でありたいところだが、「いづれ」の場合はむしろ「まされり」とするのが一般的である。「円融院御時に、鶯、郭公、いづ

れまされりとくらべさせ給ひしに、」（中務集Ⅱ、一一三）。**〇一品宮の出羽の君**　一品宮章子内親王に仕えた出羽弁。146番歌ならびに122番歌補説参照。**〇出づるより**　出るやいなや。出るとすぐに。「より」はこの場合即時にという気持ちを表す。「門引き入るるより気配あはれなり」（源氏物語・桐壺）。**〇あかぬ**　「飽かぬ」で、満足しない。満ち足りない。**〇入るをば何に**　底本「イル《リ》ヲハナニ、」の「ル」の上に「リ」と重ね書きをし、改めて「リ」と傍書しているように見える。

承50**〇見てければ**　ずっと見て来たので。「てけり」は、ずっと……して来た、の意。「待つほどに月を久しく見てければ来ぬをうれしき人と知らなむ」（範永集、承36）。**〇知られぬ**　自然と知ってしまう。「れ」は自発、「ぬ」は完了の助動詞。

〔補説〕　基本的な底本である真観本122番の詞書は、承空本49番と同じ趣旨ではあるものの、歌が詞書の内容と整合せず、「此詞不叶」との注が付されている。承空本に見られる49番、50番歌がいずれかの段階で脱落したものと思われる。

なお、月の出を待ちわび、月が沈みゆくのを惜しむのはごく一般的な思いで、次のような歌がある。

月影の入るを惜しむも苦しきに西には山の端なからましかば（後拾遺・雑一、八三三　宇治忠信女）

秋の夜は月に心のひまぞなき出づるを待つと入るを惜しむと（詞花・秋、一〇一　源頼綱）

また、当該贈答歌に似たやりとりが、忠岑集Ⅳ「躬恒、忠岑がかたみに思ひけることを問ひ答へける」の一節に見える。

逢はむとて待つ夕暮れと夜をこめてゆくあか月といづれまされり（一〇八　躬恒）

待つほどは頼みも深し夜をこめてゆく暁のことはまされり（一〇九　忠岑）

範永も、月の入りの方がまさると思い、あなたと同感だと返したのであろう。

【奥書】

【真観本】

止書入也

藤原範永 備中守為雅孫 母従三位永頼女 尾張守仲清男

長和五年十一月廿五日 補蔵人

寛仁元年八月卅日 任修理権亮

三年正月廿三日 任式部大丞

四月七日 叙従五位下

四年三月廿八日 任甲斐権守

治安三年二月十二日 任春宮少進

万寿二年四月廿九日 兼伯耆守蔵人巡

長元三年正月廿六日 叙従五位上治国賞

四年十一月廿五日 叙正五位下春宮御給

九年七月十七日 叙従四位下

十年正月廿三日 任尾張守

長久四年正月廿四日 従四位上造安福殿賞

寛徳二年四月廿六日 任大膳大夫

【承空本】

藤原範永朝臣 備中守為雅孫 尾張守中清男 母従三位永頼女

長和五年十一月廿五日 補蔵人後一条院

寛仁元年八月卅日 任修理権亮

三年正月廿三日 任式部大丞（丞）

四月七日 叙従五位下

四年三月廿八日 任甲斐権守

治安三年二月十二日 任春宮少進後朱雀院

万喜（寿）二年四月廿九日 兼伯耆守蔵人巡

長元三年正月廿六日 叙従五位上治国賞

四年十一月廿五日 叙正五位下後朱雀院 春宮御給

九年七月十七日 叙従四位下

十年正月廿三日 任尾張守

長久四年正月廿四日 叙従四位上後朱雀院 造安福殿賞

寛徳二年四月廿六日 任大膳大夫

天喜元年八月十九日　任但馬守
四年二月廿二日　叙正四位下自四条宮幸一条院左大臣家司賞
康平五年正月卅日　任阿波守
八年六月十三日　遷任摂津守
自長和五年至康平八年　五十年

（七行分空白）

建長六年二月廿七日以病悩之隙
書写之　自或貴所被下之本也
件草子多以破損仍闕其所了
以他本少〻書入了
五十二老比真観
此草子即依仰
書献了
永仁四年霜月十三日一見了　即小〻書出之
明月以古哥書番可争勝負之故也

天喜元年八月十九日　任但馬守
四年二月廿二日　叙正四位下自四条宮幸宇治殿一条院左大臣　家司賞
康平五年正月卅日　任阿波守
八年六月十三日　遷任摂津守
永仁三年五月十九日　於西山往生院書写了
右筆屋丶丸（花押）

解説

一　範永集の伝本

久保木　哲夫

1　冷泉家本の出現

範永集が特に注目されるようになったのは和歌六人党との関連からである。拾遺集の成立から後拾遺集の成立まで、およそ八十年間。勅撰空白期間としては最も長いその時期に、歌人たちはどういう意識を持ち、どういう活動をしたか。犬養廉「和歌六人党に関する試論―平安朝文壇史の一齣として―」(1)がまず問題提起をし、千葉義孝『後拾遺時代歌人の研究』(2)や、高重久美『和歌六人党とその時代』(3)などがそれにつづいた。六人党のメンバーについては時期によって多少出入りがあり、違いもあるようだが、当初のメンバーの中心人物が範永であったことはまず間違いないところであろう。

その範永集の伝本は、これまで知られていた限りでは、ということは右の各氏が用いていた伝本ということになるが、いずれも宮内庁書陵部に蔵せられている江戸期の写本で、通常甲本と呼ばれる「範永朝臣集」（五〇一・三〇五）と、同じく乙本と呼ばれる「範永朝臣集」（五〇一・一八五）の二本だけであった。

内容は著しく異なっている。甲本は、総歌数一八八首、うち、26・106・107・108番歌は付箋歌。乙本は、総歌数五六首の小家集。しかも本文に欠落部分が多く、詞書や歌本文の満足に整っていないものがうち一五首にも及ぶ。それらを含めて、両本を比較すると、巻頭より28番歌まではほぼ一致するが、以後は混乱し、両本の共通歌は四八首にとどまり、甲本のみの特有歌は一四〇首、乙本のみの特有歌は八首にものぼる。

ところがその親本がいずれも冷泉家から出現した。甲本の親本が冷泉家時雨亭叢書『平安私家集　十一』[4]所収の真観（葉室光俊）真筆本であり、乙本の親本が同『承空本私家集　中』[5]所収のいわゆる承空本である。

当然ながら本書の底本には、歌数の多い、比較的本文の整った前者を用いた。真観真筆本は、二一・九cm×一四・八cmの列帖装。書陵部甲本はその真観真筆本を行どりから字配りに至るまで、基本的にはかなり忠実に写したものだが、後に述べるように文字遣いには必ずしも忠実でない箇所があり、小さな写し間違いもないわけではない。添えられている付箋にも多少問題がある。それぞれ三葉あるうち、真観真筆本に見える「へせう〳〵」（一ウと二オとの間に挟まれている、貼付位置不明）という意味不明のものは書陵部甲本にはなく、書陵部甲本に見える「しら波のたちへたてつゝあまのかは」（20番近辺に貼付）という上句のみのものは真観真筆本には見あたらない。

奥書には、両者ともに、

建長六年二月廿七日以病悩（書陵部甲本「脳」）之隙

書写之　自或貴所被下之本也

件草子多以破損仍闕其所了

以他本少〻書入了

五十二老比真観

此草子即依仰

書献了

永仁四年霜月十三日一見了　即小〻書出之

とあり、早くから真観の書写本であることは知られていたが、冷泉家本の出現により、まさにその冷泉家本こそが紛れもなく真観の真筆本そのものであることが明らかになった。もっとも右の奥書のすべてが同筆でないこともわかった。少なくとも「永仁四年霜月十三日」は別筆であり、あとからの補入である。

当該伝本は、右の奥書によれば、建長六（一二五四）年二月、「或貴所」より下された本を真観が五十二歳の折に書写したものという。ただし本文そのものは、乙本系に較べれば整っているものの、必ずしも良質のものではなかった。「件草子多以破損仍闕其所了　以他本少々書入了」とあるとおり、問題の箇所が少なからず存するのである。たとえば、

1番歌　末尾ニ「書本破損以他本書入之」トアリ。
2番歌　末尾ニ「同」トアリ。
56番歌　初句ト三句、二カ所ニ文字脱。
114番歌　「本このつき半丁破損也」トアリ、ツヅク部分ニ空白ガアル。
118番歌　上句ノ冒頭ト末尾、下句ノ冒頭、文字脱。ソレゾレニ「よし歟」「に歟」「また歟」ト傍書。
122番歌　詞書ト歌トガ内容的ニ合致セズ、「此詞不叶」トアリ。
133番歌　冒頭ニ文字脱。「夜も」ト傍書、末尾ニ「上字破損」トアリ。
135番歌　末句ニ文字脱。「本ニ本」トアリ。
143番歌　二句以下大キク脱。末尾ニ「本」トアリ。

といった具合である。そのほかに前述の付箋があり、数多くの校合書き入れがある。

一方、乙本系は、

永仁三年五月十九日　於
西山往生院書写了
右筆屋丶丸（花押）

の奥書を有し、永仁三（一二九五）年五月、西山往生院において「屋丶丸」なる人物が書写した伝本であることが知られる。ただし書陵部乙本段階ではわからなかったが、親本である冷泉家蔵承空本によると、実は「屋丶丸」の書写したのは末尾に追加された勘物の部分だけで、家集本文はまったく別筆であった。本文は他の承空本と同じくカタカナ書きで、承空筆と考えられる。

承空は、下野守宇都宮（藤原）泰綱男。景綱（蓮愉）の弟。生没年未詳。浄土宗西山派の僧侶歌人で、冷泉家時雨亭文庫には彼の書写した私家集が四一点も残されている。

その承空筆本の出現によって、乙本特有の不完全さもやはり判明した。親本の承空筆本そのものの破損状態があまりにもひどく、それを忠実に書写したのが書陵部乙本だったということになる。書陵部乙本の書写段階において、すでに現存本と同じような破損状態であったこともまた明らかになったわけである。

2　家集の構成と配列

家集の構成や配列に関しては、甲乙両系ともに、明確な意識の存したことが認められない。もともと雑纂形式であった可能性が大きいけれど、本文の乱れ具合から考えると、現存本に至るまでの過程においても少なからず混乱があったことが推量される。先に挙げた、甲本系の122番歌は、

月はいづるといるといづれまさりたるといひし人のいひたる　此詞不叶

としつもる身にはふゆこそくるしけれ春たちそふはうれしけれども

とあり、詞書と歌とが合致せず、文字通り「此詞不叶」であるが、乙本系の承空本49・50番歌によると、

月イヅルトイルトイヅレミルニマサレリトイヒニヤリタリシニ一品宮ノイデハノ君ガイヒタリ

イヅルヨリミルダニアカヌ月カゲノイル（リ）ヲバナニ、タトヘテカイフ

返シ

月カゲノイルヲマサルトミテケレバキミガコ、ロノウチハシラレヌ

と詞書と歌とがきちんと対応していて問題がなくなっている。ただし残された「としつもる」の歌は相変わらず不明のままである。どういう状況で詠まれた歌なのか、範永の歌なのか、それとも他人の歌なのか、まったくわからない。いずれにしてもここは甲本系において甚だしい混乱が生じた箇所であることは確かであろう。

173番歌は、詞書に「同じ所にて二首、夏夜月、秋を待つ」とあり、「同じ所」とは172番歌の「源大納言殿」を指すが、「二首」とあるのに歌は「夏夜月」題の一首しかない。ところが家経集には、「於源亜相六条水閣、対泉忘夏」の詞書を持つ同集一〇〇番歌につづいて、次のような二首が見える。

夏夜月

夏の夜の月し出づれば山の端もやがて明けぬるものにぞありける（一〇一）

秋を待つ

秋をのみ立ち居待つかなたなばたの渡る河瀬の波ならなくに（一〇二）

「源亜相」とは源師房のことで、「源大納言殿」も同じ。家経集ではきちんと二首存することになり、可能性としてはやはりここも範永集における脱落が十分に考えられよう。

その他、181番歌のあとに「遥かに紅葉を」という詞書があり、四行分ほど空白があって、また「残りの菊、水に映ず」という別の詞書がある。巻末の188番歌も他人詠で終わり、範永の返歌を欠く。甲本系も、やはり真観真筆本の段階においてすでに明らかな脱落が存したことが考えられるのである。

本文の乱れと関係があるのかどうか、少なくとも現存伝本に関する限り、配列も整っているとは言いがたい。冒頭に内大臣師実に対する賀の歌が置かれているが、そうした配慮あるいは傾向が、その後もつづくわけではない。内容の面からも、時系列の面からも、統一した意識が存するとは到底認められない。

範永集の特徴として、後拾遺集や和歌一字抄、類題鈔など、他の文献とのかかわりから判断できる同座詠の歌、すなわち、範永が詠んだ折と、同じ時、同じ場で詠まれたと思われる他の歌人の歌が非常に多く指摘できるが、特に家経集および経衡集との関係は密接なものがある。明らかに同座詠と思われる歌、またはその可能性がある歌を挙げると次のようになる。

【範永集】		【家経集】	【経衡集】
2	なでしこよろづの花に勝る	六八	
5	初めの夏、山里なる家にほととぎす待つ	七七	一〇
10・11	草むらの露、石上	二六・二七（河霧　御垣原）	
20	木の葉流れに満ちたり	四	
23	山路の暁の月		三一
24	笠取山		六九
29	山葉を水に依りて知る	七四	

30	落葉菊を埋む	七五	
37	志賀の山越えし侍るに		六一
72	落葉木にめぐれり	三	
74	落葉雨の如し	一一	四五
75	山里の梅	六	
76	夕べの霞	七	
88・89	はらからに文やると聞きて		一七四・一七五
93	水辺逐涼	一二・一四	
94	秋の花夏開く	一三・一五	一九
95	逢坂関霧立有行客	二三	
96	志賀須賀	二四	
97	姨捨山の月	二五	
98	古曽部入道能因、伊与へ下るに	二一・二二	
101	詠錫杖	一九	
111	紅葉いまだあまねからず	三〇	
124	西宮の桜をもてあそぶ	六四（159？）	
138	法華経　入於静室	四八・四九	
141	河辺に遊ぶ	五〇	
142	とこなつをもてあそぶ	五一	
154・155	経衡の朝臣、雉おこすとて（贈答）		二二五・二二六
158	水の上の月	七一・七二	三三

159	暮の春、落つる花を惜しむ	六四（124？・）	
161	花を訪ねて日を暮らす	六三	
163	田家、青苗	六九	
164	郭公	七〇	
168	行客吹笛、西宮	九一	一三〇
172	泉に向かひて夏を忘る	一〇〇	
173	同じ所にて二首　夏夜月　秋を待つ	一〇一・一〇二	
181	月に向かひて花を惜しむ		二四
承35・36	家経の朝臣、月を見てかく言へり	八	
承40	伏見の里の恋		七〇

すでに千葉義孝などが前記著書で述べているように、家経集の配列は一部に問題はあるものの、基本的には編年配列と認められるものである。それと較べて、範永集の配列は、部分的にはともかく、全体を通して見ると到底編年配列とはいえないであろう。

3　真観筆本とその意義

真観、葉室（藤原）光俊によって書写されたとする歌書類は非常に多い。早く福田秀一『中世和歌史の研究[6]』が江戸期に書写された諸本の奥書からそれらを推定し、意義について詳述しているが、真観筆本そのものと目される冷泉家本の出現以後は、より一層具体的に、さまざまな面から検討がなされるようになった。

真観、葉室光俊は、後鳥羽院の寵臣として活躍した光親の男。光親は、承久の乱に際して中心的な役割を果たしたとして、乱の収束後、処刑されたが、真観も連座して一時筑紫に流されていたことがある。生年は、範永集の奥書に「建長六（一二五四）年……五十二老比真観」とあることから推定して、建仁三（一二〇三）年であったことが知られる。承久の乱は真観十九歳の折であった。

はじめ、儒者としてもっぱら詩作に励んでいたようであるが、次第に和歌に傾斜。二十代の半ばからは藤原定家に師事するようになり、定家筆の三代集なども借覧、書写している（各伝本の奥書による）。文暦二（一二三五）年、三十三歳で出家。ますます和歌に熱中するが、仁治二（一二四一）年、定家が亡くなり、為家の時代になると、知家（入道蓮性）らと組んで為家とは決定的に対立するようになる。いわゆる反御子左派の誕生である。

もっとも、当時の歌壇の趨勢は圧倒的に御子左家の勢力が強かったから、勅撰集の撰者権などはもっぱら為家たちが握っていた。反御子左派はそれに対抗して、たとえば、万代和歌集、現存和歌六帖、秋風和歌集、石間集（散佚）など、私撰集の編纂を多く手がけたのであろう。おそらくそれらの資料としても多くの私家集が書写される必要があったに違いない。

ただし、ひとつ、大きな謎がある。俊成、定家、為家とつづいた御子左家歴代の歌書類は、為家の長男為氏の二条家に伝わらず、三男為相の冷泉家に伝わったいきさつについては現在ではかなり明らかにされてきているが、いわば敵対関係にあった真観の書写本が、なぜ為家の子孫である冷泉家に蔵されているかという点である。藤本孝一『本を千年つたえる　冷泉家蔵書の文化史』(7)では、この点について、

この私家集群は、真観から子息定円に相伝され、定円が三井寺僧であったことから同寺に収蔵された。そして、戦国時代の冷泉家第六代為広（一四五〇―一五二六）の子息応猷が三井寺僧であったことから、冷泉家にもたら

されたものである。

と述べており、系図上の人間関係の面から、真観—定円—応猷—冷泉家とその流れを推定しているが、可能性としては考えられるけれども、そもそも真観本のすべてが本当に三井寺に収蔵されていたのかどうか、また、たとえ三井寺に収蔵されていたとしても、なぜそれを三井寺が手放したのか、どのような経過を経て冷泉家にもたらされたのか、などなど具体的な点になると疑問は尽きない。そのあたりのより確かな道筋を知りたい気がする。

ともあれ、冷泉家の秘庫が公開され、真観書写本の存在が明らかになった。われわれはこの上ない幸運に恵まれたことになる。

真観筆本は仮名遣いにも大きな特徴がある。中川美和の調査(8)によれば、範永集で、たとえば、

たなはたはけさやわかれをおしむらん（真観筆本　6番）
たなはたはけさやわかれをゝしむらむ（書陵部甲本　6番）

や、

ふりはつるまておしむこゝろを（真観筆本　22番）
ふりはつるまてをしむこゝろを（書陵部甲本　22番）

のように、底本である真観筆本では「おしむ」となっている箇所が、書陵部甲本では「をしむ」になっている箇所がある。「惜しむ」は、いわゆる歴史的仮名遣いでは「をしむ」なのだが、定家仮名遣いでは「おしむ」である。このように、語頭の「を」「お」の仮名遣いが、歴史的仮名遣いでなく、定家仮名遣いで表記されている真観筆本範永集の例には次のようなものがある。

○歴史的仮名遣い「お」—真観筆本「を」（傍線は書陵部甲本も）

おく—をく〈置〉（うゑおく・かたらひおく、などを含む）7・19・33詞・39・81・140

おくる—をくる〈送〉12詞・139詞・176詞

おこす—をこす〈遣〉52詞・112詞・134詞・154詞

おと（す）—をと（す）〈音〉28・54詞・57詞・92詞・125詞・125・156詞・167

おとづる—をとづる〈訪〉28詞・139

○歴史的仮名遣い「を」—真観筆本「お」（傍線は書陵部甲本も）

をし—おし〈惜〉64・124

をしむ—おしむ〈惜〉4詞・6・7・22詞・22・38詞・38・41・99・159詞・159・181詞

をのへ—おのへ〈尾上〉29・98・171

をはり—おはり〈尾張〉54詞

をり—おり〈折〉99・145

をる—おる〈折〉17・32

これらの語の表記には、真観筆本では原則としてゆれは見られない。なかには、「うへお《を》きし」（7番歌）、「いろを《お》しむ」（38番詞）などのように、わざわざ見せ消ちを施して改めた例もある。ただし一例だけ、「惜しむ」を「をしむ」とした例があるが、貼紙による補入箇所（107番歌）である。

真観筆本は、定家仮名遣いを忠実に実行したか、あるいは、定家仮名遣いで書写された本をそのまま写したか、そのどちらかであろう。範永集に限らず、他の真観筆本全体にもいえることのようなので、あるいは真観筆本の特徴とも考えられる。若い頃定家に師事していたので、いわば教養として身についた方法であったかもしれない。

書陵部甲本は、原則として真観筆本をかなり忠実に書写しているが、右の例に見られるように、歴史的仮名遣い「を」―真観筆本「お」の例になると、必ずしも忠実ではないところがある。勘物や奥書などの細かな箇所では誤写もある。やはり真観筆本の出現は、そうした面からも非常に大きな意味を持つことになろう。

ともあれ、真観筆本歌書類の基準となるのが、ほかならぬこの「範永朝臣集」であることは間違いない。奥書があり、署名がある。前述の藤本孝一をはじめ、田中登、中村健太郎(9)らは、この「範永朝臣集」を基とし、筆跡や料紙などの特徴を追究して、いわゆる真観本を総合的に捉えようとしている。その結果、真観本と呼ばれる歌書の類は、現段階で、私家集関係だけでも優に六十点近くにのぼると推定されている。なかには断簡となって、従来俊頼筆などと伝称されてきた御堂関白集切や京極関白集切なども、実は真観筆本の一点であったらしいことも明らかになってきている。範永集の問題だけではなく、大きな広がりが生じてきているのである。

注

（1）犬養廉「和歌六人党に関する試論―平安朝文壇史の一齣として―」国語と国文学 33巻9号（昭和31・9『平安和歌と日記』笠間書院 平成16所収）

（2）千葉義孝『後拾遺時代歌人の研究』（勉誠社 平成3）

（3）高重久美『和歌六人党とその時代』（和泉書院 平成17）

（4）冷泉家時雨亭叢書『平安私家集 十一』解題 田中登（朝日新聞社 平成19）

（5）冷泉家時雨亭叢書『承空本私家集 中』解題 久保木哲夫（朝日新聞社 平成18）

（6）福田秀一『中世和歌史の研究』（角川書店 昭和47）

（7）藤本孝一『本を千年つたえる 冷泉家蔵書の文化史』（朝日新聞出版 平成22）

（8）中川美和「冷泉家時雨亭文庫蔵『範永朝臣集』（真観本）の表記について」都留文科大学国文学論考（平成21・3）

（9）冷泉家時雨亭叢書『平安私家集 十二』解題 田中登（朝日新聞社 平成20）
中村健太郎「真観本の特徴を持つ古筆切資料について」和歌文学会例会（平成23・12）
田中登「真観の私家集書写活動」和歌文学会関西例会（平成25・7）

二　受領家司歌人藤原範永

加藤　静子

1　はじめに

和歌六人党のなかで最も評価が高い歌人藤原範永については、その生涯や交友関係など千葉義孝によりかなり明らかにされている。(1) 本解説では、範永の受領家司の側面を掘り起こすことで、範永集を読む補強材料を提供し、関白頼通時代を理解する一助としたい。

範永集勘物によれば、康平八（一〇六五）年六月に任じた摂津守が範永の最終官であった。その任期を終え京に戻った延久元（一〇六九）年には、すでに後冷泉天皇は崩御し後三条天皇に御代がわりしていた（治暦四〈一〇六八〉年四月）。範永が長年「殿」として仕えてきた関白頼通も、崩御の三日前に関白職を辞していた。氏長者の方は、康平七年十二月に弟教通に譲っていた。頼通は晩年になると宇治に籠もりがちになったらしい。

帰京後の範永は、「号津入道」（陽明文庫本後拾遺集一二三番歌勘物）と見え、また、

範永朝臣出家してけりと聞きて、能登守にて侍りけるころ、国より言ひつかはしける　　藤原通宗朝臣

よそながら世をそむきぬと聞くからに越路の空はうちしぐれつつ（金葉集・六一四）

とあり、範永の出家は、通宗が能登守在任の頃――「気多宮歌合」に延久四（一〇七二）年三月在任中――であったとも指摘されている。頼通が出家したのは延久四年正月（出家時八十一歳）、前年三月に子息師実が養女賢子を東宮

(＝白河天皇)に入侍させたのを見届けたもので、出家後二年して頼通は薨じている。範永の出家時は明確ではないものの、頼通とさほど違わない頃であったろう。二人は年齢も近かった。

千葉義孝は、範永集編纂の契機について、橋本不美男『桂宮本叢書第三巻』解説から頼通応命によるものとした。また、自撰と思われるこの範永集では、「ほぼ詠歌当時の官職名によっている」と読み、集中最も新しい官職名が橘俊綱の「播磨守」で、治暦二(一〇六六)年~五年頃であることから、家集が編まれた時期について、橋本の経衡集解説にいう頼通八十歳頃と関係付け、範永出家後の延久二、三年頃かとした。(2) そして、「頼通の命を受けた範永が、思い出すままにこれまでの歌稿を雑然と取り纏めたもののように思われる。そんな事情から、おのずと巻頭に見られる如き頼通尊重の編集方針をとるようになっていったものと推察される」(注1論文)という。

範永集のなかで最も時代が下ると明確なのは、第4節で詳述するように、師実を指す「左のおほい殿」「左大臣殿」で、任左大臣の延久元(一〇六九)年八月以降となるが、家集の最終編纂時期は指摘された頃と認めてよいであろう。橋本・千葉の成立時期想定は、以下に示すように支持されている。

上野理は、「納和歌集等於平等院経蔵記」を検討する過程で範永集に触れる。「経蔵記」の「延久三年暮秋九日」の日付は願主頼通が八十歳のときであり、橋本が指摘した頼通の歌書集成時推定とするのに賛同する。記のとじめ「今、衰老に臨み、この浄心を発す。適適、我を知るの者あらば、遍く成仏の縁を結ばん」は、白居易「香山寺白氏洛中集記」の狂言綺語観によるもので、頼通が和歌集を平等院に奉納する意図を表現したものという。橋本が指摘した経衡集・範永集の他にも、橘為仲・四条宮下野らの集が編まれた年次と関係づけ、それらの奉納も視野に入れている。平等院には万葉集、三代集、類聚歌林、十巻本類聚歌合など多様な歌書が納められていたとも指摘する。(3)

和田律子はまた、「平等院経蔵記」記述の真意を狂言綺語観から丁寧に解説し、頼通晩年の蒐書活動について、後冷泉天皇時代の文化世界を次世代に伝えるべく、頼通の文芸活動の総決算であると位置づけ、範永集の成立時に関しても認めている。(4)

以下の節では、まず範永の家系と家族について概観し、彼の官人としての履歴や、関白頼通の家政機関に長年仕えていた様子をたどり、また師実にも同様に仕えていたことを明らかにする。さらに、範永集における師実・祐子内親王関係歌の位置付けについて見ていきたい。

ここで、範永の人生を簡単に示しておく。六位蔵人を経て受領を歴任し正四位下に至る。その出自から、頼通の家政機関に長年つとめた。身分はいわゆる諸大夫である。この階層の人々は、摂関時代全盛期に様々な文化の創出に貢献し、華やかな幾多の行事や儀礼を差配し装束万端を整え、人的・経済的奉仕で大きな役割を果たした。本人のみならず家族もこぞって摂関家に密着し、その庇護と奉仕の関係は、さらにその子、孫の世代へと引き継がれていく。範永を追跡していくと、範永集巻頭歌が「おのずと」「見られる如き頼通尊重の……」だけではない、頼通との密なる関係が現前してくる。

2　範永の家系と家族

範永は中清と藤原永頼女の間に生まれ、千葉義孝は、その誕生を正暦二、四（九九一、三）年頃かと推定し、年譜では正暦四年とした。穏当な推定として以下その考えに従う。ちなみに頼通は正暦三年一月の誕生であった。

巻末付載の系図や関係資料を随時あわせ御覧いただきたい。範永は北家長良の子孫で、曾祖父文範〈延喜九〈九〇九〉～長徳二〈九九六〉年〉は文章生出身で、少内記、右大弁、参議を経て、六十三歳で権中納言になるが、祖父為雅・父中清はともに国司を歴任し四位どまりで生涯を終えた。(5)

範永の母は、山の井三位といわれた永頼の女である。永頼は七国の国司を歴任した裕福な人で、寛弘七（一〇一〇）年閏二月に山の井邸で没した。永頼の娘たち四人姉妹について、千葉義孝は、長女が範永母、次女が藤原道隆子息の山井大納言道頼の妻（忠経の母）、三女が藤原通任の妻（師成の母）、四女が彰子女房と推定した。この四女は、頼通に愛されて男子を出産するも直後に没し、生まれた子もすぐに亡くなったと、栄花物語・巻一二「玉のむらぎく」にあり、小右記にも見える。(6)

範永の母はというと、道長四女嬉子の乳母であったと思われる。小右記・万寿二（一〇二五）年八月十六日条の、次の記事による。

或云、尚侍骸骨範基朝臣懸レ頸、範基者尚侍乳母子、亦僧都定基相副。而両人途中騎馬向木幡云々、奇恠也者。

尚侍嬉子が亡くなり葬送後遺骨を首にかけ木幡にまで運んだという、その「乳母子」範基とは、範永同母弟（尊卑分脈・系図纂要）と思われる。赤染衛門集に「のりなががが母」として見え、古参の赤染と親しい関係がうかがえることから、嬉子（寛弘四〈一〇〇七〉年正月誕生）の乳母になる前から、範永母も倫子女房として仕えていたものと推測した。母親業ベテランとして乳母に起用されたかと思われる。嬉子遺骨を持つ範基に同行した定基僧都の母も、三条天皇時代に道長女の女房であったと確認できる。(7)

ただし、「範基」の名をもつ人物が、同時代にもう一人いて紛れやすい。もう一人の「範基」だが、嬉子の乳母子とする確証は得られず、むしろ否定的な記事に出会う。(8)

範永母が道長家女房で嬉子の乳母、叔母が彰子女房で頼通の愛人だったとすると、後に述べる範永と頼通との関係が、また後朱雀・後冷泉天皇時代の範永の動きがよく理解できるように思われる。

範永は、後に述べるように、関白頼通や師実の家政機関で仕えていた。また亡くなった頼通嫡子通房との交流もあった（範永集79番詞書）。家司は主家とは運命共同体であるが、関白家家司とならば、官人としての能力、受領を歴任して得る財、実績に裏付けられた社会的信用、人脈を幅広く作れる器量などが求められたであろう。

範永弟の「範基」は、中清三男「永禅」が長保五（一〇〇三）年誕生なので（『僧歴綜覧』）、兄範永の年齢に近かったであろうか。範永の辿った位階・職歴を三、四年ほど遅れて辿っているようだ。(9) 尊卑分脈によれば、伊賀守、土佐守、伊勢守などを歴任した。

僧籍に入った弟永禅は、後朱雀天皇とその子後冷泉天皇の内供奉をつとめ、(10) 天喜五（一〇五七）年十二月に権律師となる。慶円大僧正に入室と見える（『僧歴綜覧』）。

ところで、範永の妻「但馬」は四条宮寛子の女房であった。栄花物語・巻三六「根合」の皇后宮春秋歌合に、左方「春」方の女房として見え、豪華な衣裳が記されるが、「但馬」の歌は実は夫範永が代作したと範永集17番歌により明らかとなる。栄花物語の梅沢本人物注に、この「但馬」について「能通女、範永妻、良綱母」とある。能通は山の井三位永頼の子息なので、能通女は範永といとこ同士で、彼女が正妻であったろう。能通は道長の家司をつとめ、また、今鏡に教通のよき後見人としての逸話が見えるように（「藤波の上第四、白河のわたり」）、教通の家司でもあった（小右記・万寿二年二月二十一日条）。

「良綱」「清家」「永綱」は能通女を母とする（尊卑分脈、系図纂要）。尊卑分脈には「季仲」「永賀」の男子も見え、さらに系図にない「此日故範永朝臣五男散位為綱卒去、皰瘡云々」（水左記・承暦元〈一〇七七〉年七月二十二日条）を千葉は指摘する。

範永男良綱は、『蔵人補任』にその名はないが、範永集に「蔵人良綱」（179番・183番。尊卑分脈にも「蔵」）とある。永承六（一〇五一）年五月五日内裏根合の真名日記に、根合・管絃の遊びを終え天皇が入御、「宿侍」として列挙された人物に「主殿助良綱」と名があるので、良綱はその頃が六位蔵人であったらしい。良綱女は、栄花物語・巻三九「布引の瀧」によれば、師実養女賢子所生の敦文親王の乳母となっている。

さらに、「清家」も、後冷泉天皇の六位蔵人をつとめたと確認できる。[11] 市川久編『蔵人補任』に付載する蔵人家系図を見ると、範永の子息良綱・清家の子孫に、代々六位蔵人をつとめる人物を出している。「六位蔵人」職は、父方の祖父文範に始まり叔父為信たちも務めたが、範永以降多くの子孫が続いた。

他に僧侶「永賀」がいる。永承三（一〇四八）年閏正月十三日の興福寺落慶供養の定に「錫杖百人」の中に見え、「延暦寺」とある（大日本仏教全書「造興福寺記」）。範永集に見えた息子「小法師」（114番、139番）がそれか。比叡山座主（139番に「前大僧正明快也」の注あり）にかわいがられていたようだ。

範永女を見ると、一人は藤原公基（一〇二一〜七五年）の妻となり、その縁からか範永は、「丹後守公基朝臣歌合」の二度の歌合に判者をつとめている。他に、尊卑分脈には、右衛門佐藤原知綱の母（父は義綱）、藤原忠綱（頼通男、祇子腹）の妻、小式部内侍の女、藤原良綱《ママ》（「義綱」ノ誤カ）妻がいる。「母小式部内侍」とある範永女は、後拾遺集に一首残る「藤原範永朝臣女」（恋四・八一九）と指摘されている。彼女は堀河右大臣頼宗家女房であり、範永と小式部内侍との恋愛期間や範永の尾張守時代からすると、「尾張」と号して、頼宗女麗景殿女御延子に仕え、また延子女承香殿女御道子に仕えたというのも、矛盾しないという（『後拾遺和歌集新釈 下巻』笠間書院 平成9）。

ところで、範永は、一条天皇晩年の頃に初出仕し、彰子が生んだ後一条天皇と後朱雀天皇に、さらに、彰子のもとで育てられた後冷泉天皇（母は嬉子）に仕えた。道長家女房であった母を通して、倫子やその腹の子女たちとは近しかったであろう。年の近い頼通には幼少時から近仕していたかもしれない。範永集には、頼通関係和歌として2番（高陽院殿にて）、42番（殿）、43番（宇治殿にて）、62番（殿にて）、167番（宇治殿にて）、169〜171番（関白殿の歌合に）

などが見える。また白河院に移り住んだ女院彰子のもとに、後朱雀院崩御の年、嵐を気遣う歌を送ったり（12番）、ある年の正月に訪問したりする（127番）姿も見える。女院からは久しく訪れのない範永に来訪を促す和歌も送られてきて（152番）、長年にわたって親しく出入りしていたであろう様子がうかがえる。

3　官人としての範永、頼通家政機関での範永

範永の官人としての姿をその始発から最後までを見届け、また関白頼通家司と知られる範永だが、その私的な主従関係についても辿ってみたい。便宜的に三つに分ける。巻末の付載年表をあわせ参照されたい。

i　蔵人所雑色、六位蔵人、叙爵〜任伯耆守まで

範永の名の初見は、一条天皇の寛弘六（一〇〇九）年正月十日蔵人所の「雑色」に補せられたという権記の記事である。次も同じく権記で、寛弘八（一〇一一）年七月八日の一条天皇葬送儀に関する定（六月二十五日）に、そしてその定のとおりに、蔵人橘義通・藤原章信らとともに雑色として焼香事をつとめる記事が見える。

後一条天皇が長和五（一〇一六）年正月に践祚すると、範永は十一月二十五日に「非蔵人」から「六位蔵人」となった（勘物、御堂関白記）。雑色を経て非蔵人になっていた。蔵人は激職ではあるが、六位ながら天皇に側近く仕え、天皇の食事や着衣など身のまわりのことに奉仕する他、さまざまの公事に関わる。枕草子などで知られるように、禁色が許される晴れがましい地位で、摂関以下の公卿や後宮女房たちとの接触もふえる。

「六位蔵人」となるのがどれほどのものと受けとられていたか、父親が息子に送った書簡を紹介したい。三保忠夫・三保さと子『雲州往来享禄本本文』（和泉書院　平成9）の訓み下し文を引用し、（　）内に意味を付した。

昨日侍中を定めらる。或いは文道、或いは管絃・和歌、皆これ貂蝉七葉（高位高官）の家、金日磾（漢時代に武帝に見出だされ侍中となった匈奴の人）の如き者也。当時、人を知るの明は遂古（遠い聖代の世）に過ぎ給ふ歟。努力、、、雪白蘭薫の壮を持ちて蓬莱の雲を期すべし。微諫の及ぶ所を虚しく忘却すること勿れ。

正月　日　　老翁

息子の返信署名に「進士雑色平」とあって、「平」姓の「進士」（文章生）で蔵人所「雑色」である。父の書簡「侍中」に六位蔵人の頭注がある。(12) 父親がこのように喜ぶのは、六位蔵人から、国司になる前途が開け、また儒者ならば弁官や式部輔、博士、東宮学士、侍読などにもなれるからである。

ところで、雲州往来には「進士」（文章生）とあったが、範永も藤原氏の子弟を教育する「勧学院」（大学寮の別曹）で学び、かなり優秀であったらしいことが、「勧学院六位別当并学生〈学頭内蔵人範永〉参入、奉見参」の「学頭」からわかる。(13)

六位蔵人として範永の名は散見する。道長の摂政時代にも彼の命を受けて行動している（権記）。範永の面目躍如するのが、小右記・寛仁二（一〇一八）年六月二十九日条で、この日ひどい落雷があり、内裏内郭門の宣陽門柱が裂けたり、職曹司の牛二頭が倒れたといい、その日に聞いた話として次のように記される。

或云、大后（彰子）雷電間忽奉二内蔵人範永抱二東宮一、大后相共白昼〈従二弘徽殿一、参二清涼殿一給〉参上、御所雷声百二倍従二他所一云々……

〈　〉内は割注であることを示す。以下、同じ。

皇太后彰子が、突然の雷に、他ならぬ六位の蔵人範永に東宮を抱かせ、ともに弘徽殿から清涼殿に避難している。緊急時とはいえ、彰子が範永と行動を共にしたのは、範永母を介して幼くより見知っていたことが関係していようか。

彰子の生んだ第二皇子敦良親王の立太子に際しては、六位蔵人としての任務なのであろうが、納殿より「壺切太刀」を持ち出し東宮権亮公成に渡す役割をしていた（権記・寛仁元年八月二十二日）。

ところで、後一条天皇時代、範永が石清水臨時祭に陪従をつとめた記事が見え（左経記・寛仁二年三月十三日条）、当時の貴族として当然な嗜みながら、先の雲州往来に「或いは文道、或いは管絃・和歌」と見えたが、範永は和歌のみならず管絃にも秀でていたらしい。後に触れるように舞も堪能であったと思われる。

範永集勘物には、寛仁三（一〇一九）年四月七日「叙従五位下」とあり、この叙爵で範永は六位蔵人を退いたことになる。が、小右記にはその後の四月十一日・五月二十日条にも「蔵人範永」「蔵人式部丞範永」として任務を遂行している。勘物の月日には何か誤りがあるかと思われる。

いずれにせよ、範永が蔵人所の雑色、非蔵人、六位蔵人として十年ほどを過ごして来たことは、官人としての土台を作ることになり、公卿・殿上人らとひろく面識を得ることになったろう。六位蔵人時代と思われる時に、注釈部3番歌「見る人もなき山里の……」の補説にあるように、蔵人頭定頼や五位蔵人資業らとともに、内裏から広沢遍照寺に逍遥に出かけ、名歌を詠んでいる。また、勧学院時代からの知己も、範永集によく見える家経他多くいたであろう。

六位蔵人が叙爵し殿上を去るにあたっては、当事者の落胆のほどが幾つもの詠歌例から知られる。また、枕草子には蔵人の叙爵後に批判的言辞が見える。物語においては、叙爵の後に主人公の手足となって行動する脇役として登場する。現実面では、それまでの激務から解放されしばし余裕ある期間となり[14]、「蔵人五位」「蔵人大夫」として何かと重宝がられる時である。

叙爵後の範永を見ていく。寛仁四（一〇二〇）年「甲斐権守」となる。実際には下向しなかったらしい[15]。治安三

（一〇二三）年に「春宮少進」となる（以上、範永集勘物）。この「春宮」は後の後朱雀天皇で、道長女嬉子が寛仁五（一〇二一）年二月一日に東宮妃となっていた。道長との関係では、治安二（一〇二二）年七月十四日の法成寺金堂供養に、「甲斐権守範永」が堂童子の一人としてつとめている（『大日本史料』所引「諸寺供養記」不知記）。右大臣実資との関係にも注目したい。実資が右大臣に任ぜられ、治安元（一〇二一）年七月二十五日参内には前駆の中の「五位六人」の中に範永の名が見える。帰邸して大饗では範永は「禄」のことに関与する。下って万寿元（一〇二四）十二月十三日、実資女千古の着裳の際には、「執膳」に範永の名が見える。妻の父能通は、着裳の饗の懸盤を用意している（以上、小右記）。それらの行動は、実資の母（斉敏妻）が範永母や能通の叔母に当たるので、血縁による奉仕であったろうか。

道長頼通父子は、実務能力や有職に秀でた右大臣実資を重用し、実資はそれによく応えていた。また実資も若い頼通に好意を抱いていたことはよく知られている。能通は長年道長家司をつとめ、よく道長と実資間の使いを果たしていたが、範永も、義父能通同様に実資とのパイプ役として格好な人物であったろう。

ii　国司として、京官として

範永集勘物に「万寿二年四月二十九日　兼伯耆守蔵人巡」とある。「蔵人巡」については玉井力の論考が参考になる[16]。範永は「伯耆守」となり、東宮進とを兼ねることとなった。伯耆前国司は実資の養子資頼で、その引き継ぎのことが、小右記・万寿二（一〇二五）年二月二十日・三月二十一日条にはやくも見える。範永は、二月二十日には実資から「俊蹄」の馬（関白頼通から頂戴した馬と実資は注する）を賜り、三月二十三日には実資邸に「明後日赴任」の挨拶に出向いている。小右記にはこの国司交替における公文書のやりとりについて詳しいが、玉井力論考を参考にすると、[17]範永は「白紙解由」を送り（小右記・三月二十一日条）、速やかに交替事務を済ませましょうと赴任して行ったので、うるさ型実資も受け取り、範永妻の父親である能通との間で不与解由状のことを進めて、範永の署名を能通が、資頼の署名を実資の家司にさせたという。実資が原則をまげてこれを受け取ったのは、実資にも有利であった事情もあるが、範永・能通の立場がそれぞれ頼通家司・道長家司というので、「原則論を披陳してはいるが頼通のネットワークに連なったのである」という。八月に範永は帰京し「交替不動穀勘文」を渡し、付属文書が整って、不与解由状・解由状を一緒に官に付し、功過定を通過して資頼は治国加階をうけていると説明する。

この万寿二年八月三日、東宮妃嬉子は赤斑瘡（はしか）を患うなか、親仁（後の後冷泉天皇）を出産し、二日後に亡くなった。嬉子に関係してか、乳母子範永は七日に帰京し、八日に実資邸に出向いている（小右記）。

任終えて後、長元三（一〇三〇）年正月に伯耆国の「治国賞」で従五位上となり、翌年十一月東宮の御給で正五位下となる（勘物）。

長元九（一〇三六）年四月に後一条天皇が崩御、後朱雀天皇の時代となる。勘物に、七月十七日に「従四位下」を賜わり、翌十年（一〇三七）正月二十三日に「任尾張守」とある。なお、範永の国司歴任の国についてだが、玉井力論文に、道長・頼通政権期の家司が歴任した国司の国名を整理されていて参考になる。[18]玉井は、関白頼通は、受領家司を通して全国的ネットワークを作りあげ、また蔵人方の内覧を行い、蔵人所にも一族や家司を多数送り込んで、その支配が交通路と深い関係を有していたとも指摘する。

引き続いて勘物には、長久四（一〇四〇）年「正月廿四日従四位上造安福殿賞」とある。後朱雀天皇は九年ほどの短い在位期間に、本内裏火災が二度、里内裏火災も二度という不運にあっている。「賞」は、長久二年末に一度再建が成った賞と思われる（「賞」以前の長久三年十二月に内裏が再び焼亡している）。なお、「長久の内裏造営、一国平均役」

として、後朱雀朝期は税制における大きな変換点であったと指摘されている。[19]
寛徳二（一〇四五）年正月に後朱雀天皇が崩御、嬉子が生んだ後冷泉天皇時代に入る。この年四月二十六日に範永は京官「大膳大夫」となる。尾張守の任期を終えた長久二（一〇四一）年以降、永承年間は在京することになる。天喜元（一〇五三）年八月に「任但馬守」、康平五（一〇六二）年正月に「任阿波守」、在任中の康平八（一〇六五）年六月に「摂津守」に移って（以上、勘物。任摂津守は推定七十二歳）、順調に国司を歴任した。阿波国には子息清家も同行していたことが後拾遺集により知られる。[20]
以上のように、範永は五箇国の受領を歴任したが、それらの地で蓄えた莫大な富は、むろん摂関家や天皇家係累に提供されていくのである。

iii　頼通家司として

範永が頼通家司であったことは、天喜四（一〇五六）年二月二十二日「自四条宮幸一条院左大臣家司賞」で正四位下に叙せられていて（勘物。定家朝臣記にも）、明らかである。範永の但馬守時代（〜天喜五〈一〇五七〉年まで）にあたる。

天喜康平期には平定家（行親の子。頼通・師実の家司）の日記が残っていて、範永が頼通家司として活躍し、その子師実にも親しく仕えている様子がうかがえる。

いつ家司になったのかは不明であるが、かなり若い時から頼通の家政機関で働いていたらしい。その様子は、次の中外抄・下三四話の逸話からうかがえる。

食物は三度するなり。昼の御おろしをば、透渡殿の妻戸の口に持て出でて手を叩けば、六位の職事、参入して、給はりて持て罷り、蔵人所にて分ちて食すなり。故清家が語りしは、「範永、勾当に補したりける始めに、件の御料を給はりて、持ちて蔵人所に罷る間、透渡殿の磨きたるに踏みすべりて取り散らしたりける、範永が云ひけるは、『我、今日、出家をして失せなばや』と云ひけり」と。

（本文は新日本古典文学大系の書き下し文による。表記は改めた）

摂関家では主人の昼食の残りを、六位の職事が蔵人所に運んで皆で食したという。範永が「勾当」に補せられて始めにその役をしたときに、磨いた床に足をすべらせて食物をまき散らしたという失敗談を、範永子の清家が忠実に語ったとある。「蔵人所」とは、佐藤健治論考を参照すると、内覧の宣旨もしくは摂関の詔を蒙ると、「文殿」「蔵人所」が置かれるのだという。それにともない数多い家政機関の中で、「侍所」は場合により廃止されたり残されたりする。[21]また、「侍所」（蔵人所）の勾当は、同じく佐藤論考によれば、朝廷の六位蔵人になる可能性もあったという（『西宮記』恒例第一正月「補蔵人事」）。頼通時代にその例も見える。[22]よって、右の範永「勾当」の時点は、六位蔵人になった長和五（一〇一六）年十一月以前であった可能性が高い。

範永が頼通家政機関の一員であったという観点から見ると、様々な記事に納得いく例が多いので、紹介したい。女院彰子の法華八講五巻の日に、範永が行道に立つ記事が左経記に見える（長元八〈一〇三五〉年三月二十七日）。天皇や院の捧物を使者が持ち、次いで関白頼通以下公卿たちは捧物を持ち身分順に立つ。その後に女性たちの「御捧物」が記されて、「太上」（倫子）、「先一品宮」（脩子内親王カ）、「殿上」（頼通室）と見え、頼通室隆姫の捧物は、「範永朝臣持二殿上御捧物一立〈宝蓋付二牡丹枝一、皆金銀〉」とあって範永が運んでいる。「北政所」という家政機関は、夫が摂関になれば始めうるものだが、妻の家司補任権は夫にあり、その職員は夫の家政機関の職員であったという。[23]右の「捧物」も、範永が頼通家政機関の職員であり、隆姫との兼任であったからこそ担当したのであろう。

また、範永子息に関する記事からも、頼通と範永との密なる関係性がうかがえる。長元六（一〇三三）年十一月二十八日に高陽院で行われた倫子七十の賀に、倫子はもとより女院彰子も、中宮威子も高陽院に出向いている。栄花物語（巻三一「歌合」）には中宮威子の内裏より退出する様子を天皇が御覧になったと描かれ、さらに、

舞は殿の若君（通房）せさせたまふべしとありしかど、さもあらで、諸大夫の子どもぞ舞ひける。

とある。小右記（御賀部類記）によると、この時、万歳楽が六人の童、賀殿も六人の童、さらに、「龍王・納蘇利、此二舞童〈龍王定経朝臣息、納曽利範永朝臣（息脱）〉、甚優、緇素感嘆」とある。この二人の舞に関白頼通は脱衣しての禄を盛んに勧めていた。一同を感動させた童舞の舞手の一人が範永子息であった。

さらにまた、長元八（一〇三五）年五月の高陽院水閣歌合について、やはり、「歌合」巻に、

……同じ月の九日に、殿上の童を書き分かたせたまへり。左には、殿の若君、行任が子、範国が子、章任が子、右には家経が子、範永が子、頼国が子、分かたせたまへり。これは御賀に舞せし人の子なり。

とある。小右記に見えた舞人の名と傍線部が一致している。この歌合では、頼通嫡男の通房が勅命により童として左方になり、殿上童たちも左右に分かたれた[24]。頼通嫡男とともに範永子息も行動している点が注意される。ことさらに範永の子が童の「舞人」や童の「方人」に選ばれるには、範永が頼通の家政機関にあり、子供たち世代にもその主従関係が及んでいることがうかがえる。なお、範永も相当な舞の使い手であったかと思われる[25]。

ところで、頼通の嫡男として世に認められていた通房は、母が女房で源憲定女、誕生後すぐに道長夫妻に引き取られて育てられたと、栄花物語（巻二四「わかばえ」）に見えた。成長して通房中納言時代には、頼通・隆姫と同じ邸にいた様子が春記に散見する。彼は、長久五（一〇四四）年四月に二十歳の若さで亡くなった。

頼通の実子である三条殿祇子腹の男子たちは他家に養子に出されていたが、通房が亡くなると、長久三（一〇四

二）年誕生の師実は、長元九（一〇三六）年の寛子誕生もあってか、元服の時から摂関家御曹司としてスタートする。その後の昇進ぶりも、頼通老齢の子ゆえか、めざましいものがある。次節に、その師実に、範永が家司として仕え、また師実主催の歌会に参加する動向を見ていきたい。

4　範永と師実との関係

範永集巻頭を飾るのは、師実が六条殿に移った折の歌会歌である。範永と師実との関係は従来ほとんど注目されて来なかったが、それは、後拾遺集を誤読してきたことも一因しているかと思われる。

範永集で師実主催の歌会と判明したのは、以下の七回七首である。範永集には、解説一に指摘があるように脱落など不審箇所が多い。本来の歌数は不明ながら、和歌は精選されたものであったろう。七首に及ぶのは注目されてよいかと思われる。

内のおほい殿、六条に渡りはじめ給うて、池の水永く澄む、といふ心を

1　今年より鏡と見ゆる池水の千代経てすまむかげぞゆかしき

左のおほい殿にて、勝間田の池

9　鳥もゐでいく代経ぬらむ勝間田の池にはいひの跡だにもなし

左大臣殿の中将におはせし時に、東三条院にて、花未だあまねからず、といふ心を

16　咲き果てぬ梢多かる宿なれば花の匂ひも久しくや見む

左大臣殿にて、野花庭に移すころ

19　心ありて露や置くらむ野辺よりも匂ひぞまさる秋萩の花

左のおほい殿六条にて、秋を待つ心

21　天の川瀬々に寄る波立ち返り渡らぬ人も秋をこそ待て

左大臣殿にて、山路の暁の月

23　有明の月も清水に宿りけり今宵は越えじ逢坂の関

天の橋立、もみぢ、恋（承空本42詞書「アマノハシタテモミチコヒ　左大殿ニテミツノ題ヲ」）

185　恋ひわたる人に見せばや松の葉も下もみぢする天の橋立

ところで、右の1、9番歌は、ともに後拾遺集に採られて、詞書には次のように見える。

・関白さきの大いまうちぎみ六条の家にわたりはじめ侍りけるとき、池の水永く澄めり、といふ心を人々よみ侍りけるに（賀、四五六）

・関白前大まうちぎみ家にて勝間田の池をよみ侍りけるに（雑四、一〇五三）

後拾遺集注釈書では、四五六番歌の「関白さきの大いまうちぎみ」をすべて師実とし、一〇五三番歌「関白前大まうちぎみ」を頼通とする。同じ官職表記が別人を指すというのはおかしい。範永集に「内大臣」「左大臣」とあるのによったものか。後拾遺集では師実の人物表記に一箇所だけ問題があるものの、右の二例はともに師実と読んで問題はない(26)。範永集の方からも以下に補強していくが、それ以前に、範永は前述したように頼通の家司をつとめていたので、その主人を「左大臣」呼称はありえず、また頼通を指す固有名詞としても機能しない。範永集では、頼通を「殿」「関白殿」と呼称する。

関白時代の師実は、詞書に見えた「六条殿」（1、9番）「東三条院」（16番）の他にも、大炊殿、三条殿、京極殿、高陽院、花山院、四条宮、四条坊門第、高倉第その他を所有していて、歴史学・建築学の分野からの研究成果があり、各邸で催された儀式の整理もなされている。そして、「東三条殿」は普段生活する邸第ではなく、儀式会場として使用されたと指摘されている[27]。よって、巻頭歌の意味を斟酌するためには、若い時分の師実がどんな住まいをしていたかを確認する必要がある。

まずは、範永集16番歌から見ていきたい。「左大臣殿」師実が中将時代に「東三条院」に住んでいたのを裏付けるのが、中外抄の次の記事である。中外抄は、元関白忠実の言談を、家司中原師元が筆録したもの。なお、忠実は祖父師実の子として養育された経緯がある。

ア ……「東三条殿をば□所と云へども、故殿（師実）は、御元服の後、件の所において生長す。東蔵人所の宅をもって御所となし、布障子の上《かみ》を御所となす。伊予簾を懸けて、以□、中納言に任ぜられて後、東の対に渡御して、御簾を懸けらるるなり」と。 （上巻・一六話）

イ ……「故大殿（師実）は、東三条の東蔵人所の障子の上を御所にして御坐《おはしま》したるなり。三位の後は、御簾をぞ懸けられたりける。納言の時は、対に遷り居さしめ給ふか。而るに、蔵人所の御所に御坐しましける時、早旦、宇治殿の渡御の間、……大殿のかうかうと申さしめ御しければ、…… （上巻・四八話）

アイは、師実のいわゆる「曹司」住まいが「東三条殿」の「東蔵人所」にあったというもの。当時の貴族は地位に応じて住まいも変わる。少年の時期に曹司住まいする例をあげると、次の兼澄集に頼通の例が見える。

八月殿の若君たづ君の御曹司に渡りはじめたまふ夜、人々酒など飲む、かはらけとりて

つるの名をあらそふ君がすみかにて多くの秋を過ぐすべきかな （七五）

とある。「たづ君」は頼通の幼名なので、頼通は元服前に曹司に移り住んだと思われる。頼通の嫡男通房も、長元八年七月の元服であるが、元服二箇月前の五月、高陽院水閣歌合の真名日記に、

仍左方人相率向二彼曹局一、是為レ賀二方之面目一也、

と「曹局」に住んでいたと見える。

源氏物語・少女巻には、夕霧の例が、

うちつづき、入学といふことせさせたまひて、やがてこの院（二条東院）の内に御曹司つくりて、まめやかに才深き師に預けきこえたまひてぞ、学問せさせたてまつりたまひける。

とあり、元服後に大学に入学、曹司は学問をおさめる場となったと知られる。師実の場合、「東蔵人所」で布障子の「上」と一段高い御座とはいえ、大人の官人たちが多く集う場に近い（中外抄・下34話にも、「古は、蔵人所に布衣の人、居接《つづ》きてありけり。公達は障子の上に居てありけり」とある）。師実ももちろん夕霧同様に学問に励んだであろうが、様々な大人たちと早い時から接触し、社会を学ぶ住まい方であったかと推量される。

師実は天喜元（一〇五三）年四月に十二歳で元服、二年に侍従、三年二月に左権中将に、十二月に従三位、そして、天喜四（一〇五六）年十月に十五歳で権中納言、二年後の四月に権大納言になった。さらに、康平三（一〇六〇）年七月十九歳で内大臣に、八年六月右大臣に、延久元（一〇六九）年八月に二十八歳で左大臣になった。

中外抄に、師実が納言のときには、「東の対」に住んだとあったが、中納言時代と東三条院との関わりは、次の為仲集に見える。

岸の菊さかりに開けたり、東三条の院にて、中納言殿のめし《ママ》　（為仲集Ⅰ・九四番詞書）

また、四条宮下野集には、「大納言殿」師実が東三条殿の「東の壺に向かひて住ませ給ふ」様子が長い詞書（一一〇番・一一一番）で具体的に記されていて、中外抄の「東の対」に符号する。東三条殿は、姉皇后寛子が里下がりに利用した邸宅らしく、下野集には、四条宮寛子の東三条滞在のことも見える（三七番詞書、一五五番詞書）。寛子が

立后したのもこの東三条殿であった（栄花物語・根合）。

皇后寛子は後に「四条宮」と号されるが、水左記に、「皇后宮（寛子）始有二四条宮行啓一」（康平七年三月二日）とあり、これは四条宮に移徙の意味であるらしい。記主源俊房が宿侍している。東三条殿は、師実任内大臣の康平三（一〇六〇）年頃には師実の邸宅という性格に移行していたか。康平記を見ると、三年七月五日に、頼通はこの日師実任内大臣の宣旨が下るために東三条殿を訪れ、さらに大饗の事を定めている。十三日にはこれ以降日次がよくないということで、大饗の室礼の準備がなされた。十七日に三人の任大臣の節会が行われ、師実は参内し、慶び申しも終えて、帰邸して大饗が始まる。そこで、師実は一貫して「主人」と呼称されている。大饗の禄のことも終え、父頼通が還御する時に「主人令レ献二御贈物一給〈本一巻、納筥〉」とあって、父に贈り物をする師実を「主人」と記している（康平記・同日条）。もちろん儀式ゆえの「主人」呼称であり、その後も頼通は東三条殿をさまざまな儀式に使用する。しかし、師実嫡子師通の五十日・百日の祝いなども、この東三条殿で行われているのである（康平五年十一月二日、十二月二十五日）。

以上、範永集の16番歌「東三条院」と師実との関係を辿った。つまり、師実は「中将」時代の十四、五歳頃にすでに和歌会をここで催していたことになる。

ここで、範永集巻頭歌にもどりたい。「内のおほい殿、六条に渡りはじめ給うて、……」という詞書があったが、後拾遺集詞書からも、範永集21番歌詞書「左のおほい殿六条にて、秋を待つ心」からも、師実は「六条殿」に住んでいたとわかる。他では「左のおほい殿」と呼称されるのに、巻頭歌のみが何故「内大臣」なのか。次に別の角度から見ていきたい。

1番詞書の「渡りはじむ」とは新たに移り住みはじめることをいうのであろう。(28) 居を移した後にこのように和歌

会の場が設けられた例は、

右大臣家造り改めて渡りはじめけるころ、ふみつくり、歌など人々に詠ませ侍りけるに、水樹多佳趣といふ題を　（右衛門督公任）

すみそむるすゑの心の見ゆるかなみぎはの松のかげをうつせば（拾遺集、雑賀　一一七五）

故右大臣大炊御門の家に渡りはじめて詩歌講ぜられし時、鶴契遐年といふ事を

君が植うる松にすむ鶴いく千世かのどけき宿になれんとすらん（長秋詠藻　二八〇）

などがある。拾遺集歌の「水樹多佳趣」は左大臣道長家の詩題に見えるが、集に「右大臣」とあり、伝本に歌題を脱している本が多いこと、また作者の異同もあって問題は残るが、「新築祝」の歌と解されている（新大系『拾遺和歌集』）。俊成の歌は、『新編私家集大成』の俊成Ⅲ（底本は冷泉家時雨亭叢書『中世私家集三』「俊成家集」）の一七四番詞書には、「おほゐの御かどのみぎの大きうちぎみ、かの家にわたりてはじめて詩哥講ぜられけるとき、鶴契遐年といふ心をよめる」と見える。結婚にはやはり触れていない。川村晃生『和歌文学大系　長秋詠草』（明治書院　平成10）に、「故右大臣」を公能、邸宅を「大炊御門高倉第」と注する。

それでは、師実が東三条院から六条殿に移り住んだのはいつ頃か。師実を「内大臣」と呼称するので、詠歌時のものとは推量できるが、以下、検討したい。

師実が、源師房女麗子と結婚した年については、中右記・元永元（一一一八）年十月二十六日条に、内大臣忠通と民部卿藤原宗通女の結婚に、先例として引かれて、次のように見える。

康平三年大殿（＝師実）渡二山井大納言亭一之例被二尋用一也。……戌刻内府出御、候二東三条東御門一〈檳榔車〉、……入三御従二彼亭東面南四足門一〈路間不レ上二御車御簾一〉、引二入御車轅於門中一、於二門外一下御〈布袴、野剣、

笏〉、前駆十二人衣冠、着二深沓一取レ松前行……

栄花物語・巻三六「根合」には、師房四女の麗子は藤原信家（頼通の養子、実父は教通。中右記にある山井大納言）と儇子内親王（師房室尊子の姪）夫妻に養育されていて、師実との結婚は「三月二十日のほど」で、「四月十日」にところあらわし（露顕）があり、師実は「そのまたの年」に内大臣になったと見える。任内大臣が康平三（一〇六三）年七月なので、結婚は康平二年ということとなる。さらに、康平記には、康平二年、

三月廿日大納言殿（師実）御二坐新所一〈布袴檳榔毛〉。前駆十人〈四位二人。五位六人。六位二人〉。雑色十二人。

とある。「新所におはします」際に、師実の衣装「布袴」と乗る車「檳榔毛」にのみ触れた。布袴は、束帯姿の表袴にかわり指貫を着用したもので、聟君の衣装であり、[29]中右記の「布袴」「檳榔毛」と一致する。また、「前駆十人」と師実は忠通より二人少ないのは、師実が大納言の時であったからか。栄花物語と康平記との一致から、師実の結婚は、中右記に記された康平三年ではなく、康平二年であったと確認される。康平記では、露顕まではひそかに通うので、「新所」と朧化した表現になったものか。

つまり、範永集1番歌は、師実と麗子との結婚後で、「内大臣」の時の康平三年七月（師実十九歳）～八年六月の間に詠まれたと推量される。「康平六年七月三日内大臣（師実）移二御花山院一」（類聚雑要抄）と、花山院邸に移る以前のことであろうが、大臣にもなると、身分柄通い婚を避け、同居する家が設けられるケースが見えるので、1番歌の詠歌年時は、より絞れて師実が内大臣になってまもなくのこととなろうか。

範永集の巻頭には、頼通の後継者若き日の師実関係の歌を置いたが、集が編まれた時点では、麗子との間に次の後継者師通が成長している。[30]「永く住む」「かげぞゆかしき」と、摂関家の代々にわたる繁栄を予祝して巻頭歌とし

てふさわしい。なお、師実が住んだ「六条殿」だが、頼通所領の六条殿もあったが[31]、当時は妻方で家を準備するらしいので、麗子の実父師房（頼通養子）の提供か、もしくは養父信家の提供であったろうか。

次に、9番歌。16番歌が、師実中将時代の歌会と知られたが、9番歌も中将時代のものであったらしい。久保木秀夫は、『類題鈔（明題鈔）影印と翻刻』（笠間書院　平成6）に「312十五首　天喜三十七題者実綱朝臣大殿」とある地名を列挙した中に、「勝間田池」が見えることを指摘する[32]。題者「実綱」は文章博士、主催者「大殿」は頼通という。頼通には文脈いかんで「大殿」と見えるが（たとえば、前麗景殿女御延子歌絵合）、独立した「大殿」呼称はなく、ここは師実を指す。実綱も頼通の家司で、子の師実にも家司として仕えていた様子が、平定家の日記によく見える。

十五もの名所題歌会は、天喜三（一〇五五）年という、16番歌同様に師実の中将時代で、十四歳の歌会ということになる。類題鈔（明題鈔）の成立については、浅田徹に注目すべき解明がなされている[33]。さて、その十五題とは、「州間浦　三室岸　御垣原　清見関　竜田山　勝間田池　長柄橋　忍田杜　臥見里　吉野河　三芳野　遠市里　玉津島　多古浦　名古曽関」という内容で、久保木論文では、後拾遺集の範永歌に続く一〇五四番歌、

須磨の浦を詠み侍りける　藤原経衡

たちのぼる藻塩のけぶり絶えせねば空にもしるき須磨の浦かな

も、題の一つ「州間浦（須磨の浦）」詠かと指摘している。後拾遺集の詞書の続き具合からも首肯できよう。久保木秀夫は、祐子内親王家では他にも名所題の歌合や勝態などの屏風歌があること、更級日記の名所への関心などとも連動することを指摘する。師実主催の歌会もまさに同じ文化圏内であったことになる。

師実関係歌の底本真観本の185番は、承空本には「左大殿ニテ」とあり、注釈補説欄にあるように、為仲集Ⅰに、「冬日三首、歌中納言殿の召す、紅葉」（一〇〇～）とあって、師実の中納言時代（天喜四年十月二十九日～六年四月）、

「冬日」歌会なので師実十五、六歳のものと知られる。十代なかばの歌会とは早熟に思えるが、京極大殿御集にもこの時期の歌、「天喜五年閏三月宇治ニテ、山家春残」（一番）、「同年十月十七日庚申、落葉有声」（二番）が残っている。

19番歌の詠歌年次は不明だが、補説で触れている京極大殿御集の六番「秋花移庭」と同じ折とすれば、年代順らしい配列から師実の若い時分のものとなる。21番歌、23番歌はいつ頃のものか不明。

師実は後年高陽院七番歌合などを主催するが、範永集からは若い時から師実が歌会を開いて、範永ら先輩歌人たちの参加で学習していた様子が見てとれた。

それでは、範永の師実歌会への数多い出席は、どういう関係性からであったのか。範永が天喜四年またそれ以前に頼通家司を勤めていたことは前述した。その後の康平年間にも家司として仕えていた様子が、平定家朝臣記・康平記に散見する[34]。と同時に、範永は師実にもよく仕えている。さらに範永の長じた子供たちも、頼通・師実に仕えていた。幾つかの例を以下に示す。なお、範永の動向／［範永子息の動向］のように示す。

ア　天喜三年十一月五日　左中将師実、春日祭使。四位範永供人をつとめる。／［五位良綱も供人］

イ　天喜六年二月五日　師実の任権中納言にともなう着座の儀で、範永前駆をつとめる。／［子息清家も前駆］

ウ　康平三年七月十九日　師実が任内大臣の慶賀の折、範永、前駆をつとめる。／［諸大夫として良綱も前駆］

エ　康平五年正月十三日　内大臣師実の春日祭上卿定に、範永は、「東遊」の「舞人」「陪従」の装束などに関わる「行事」として源頼綱とともに名前が見える。／［「禄」の行事役として、「定家朝臣、良綱朝臣」］

エには、師実の春日祭上卿の折に、範永が御幣神宝・神馬十列・東遊など様々な行事役（責任者）として見えるのは、師実の家司でもあったことを示唆する。同様にエの良綱も師実家政機関の一員としての役である。注21の佐藤論文や元木論文には、摂関家の子息の家政機関について、元服の時の家政職員の人事権は父にあり、「侍所」設置以後は本人にあるが、実質的には父にまかして、父の職員と兼ねる場合が多かったと指摘している。範永は頼通家司、良綱は後述するように頼通職事であったが、子の師実に同様に仕えていると見てよいであろう。

範永の子息良綱と清家は後冷泉天皇の六位蔵人をつとめ、父同様に受領を歴任した。良綱はまた次に掲げたクに頼通の「職司」とある。康平記には、良綱・清家の二人が、頼通や師実に仕えていた記事が散見する。

オ　康平三年七月十七日　師実任内大臣に参内。良綱前駆二十人の一人。

カ　康平四年十月廿五日　頼通平等院御塔供養。法服の「行事清家」。

キ　康平五年正月廿日　頼通太政大臣の正月大饗。散位良綱主人の履をとる。

ク　康平五年八月廿九日　頼通太政大臣を辞す前に、木幡に詣でる。山中に入るお供に、家司三人〈実綱。資良。定家〉職事三人〈俊経・行房・良綱〉。

ケ　康平五年九月十七日　師実に師通が誕生（十一日）、その七夜の祝いは頼通が担当。散位良綱が頼通使者となり、御衣等を持参し、禄を賜る。

範永は数国の受領を歴任し地方にいる時が多かった。頼通家司としてまた若い師実にも家司として仕えるが、天喜康平期には六十歳を超えていて、子息たちにそのバトンを譲りつつあったと言えようか。なお、範永子息を歌人として見ると、清家には後拾遺集、続詞花集、和歌一字抄に計三首の歌が残る。また、承暦二（一〇七八）年四月の内裏歌合には、「真名記」を記している（類題鈔237）。良綱の歌は、範永集に父の代作した三首が見えるのみ。

5　准三宮祐子内親王関係歌から

後朱雀天皇の東宮時代に、故嬉子所生の男一宮（後の後冷泉天皇）と、一品宮禎子内親王所生の、男二宮（後の後三条天皇）、女一宮（良子）、女二宮（娟子）らの誕生があった。後朱雀天皇が践祚すると、男一宮は立太子、皇女たちは、良子が斎宮に、娟子が斎院に立つ。

頼通は後朱雀天皇践祚の翌年長元十（一〇三七）年正月、二十二歳になった養女嫄子を入内させた。嫄子は敦康親王と具平親王女（隆姫の妹）の間に生まれ、両親ともに天皇家血筋という、申し分のない出自である。父敦康の早逝もあり、はやくから頼通隆姫夫妻に養育されていた。まもなく立后のことがあり、禎子が皇后に嫄子が中宮になる。

嫄子は、後朱雀天皇の寵愛が深かったと推量できるが、長暦二（一〇三八）年四月に祐子内親王を出産、長暦三（一〇三九）年八月に禖子内親王を出産し、九日後に二十四歳の若さで亡くなってしまう。

嫄子崩御の年の十二月、娘の入内を待ちに待っていた教通は、二十六歳になっていた女生子をやっと入内させることができた。頼通は、この生子入内に不快感を隠さず、また焦燥感に駆られていたらしい様子が春記や栄花物語に見える。その後さらに長久三（一〇四二）年三月、頼宗女で、天皇異母姉一品宮脩子の養女となっていた延子も入内した。藤原氏に新たに男皇子の誕生がない時代、母后女院彰子が選択した道であったろうか。

成人した娘を持たぬ状況下の頼通にとって、祐子・禖子両内親王らが、後朱雀と次代の後冷泉天皇とに繋がる大切な皇女たちであった。春記には、筆者資房が祐子内親王家司でもあるので、関白夫妻と同居する祐子に関わる記事が散見する。そこからうかがえる、頼通が殿上人たちをいかに祐子内親王方に取り込もうとしていたかを示す、幾つかの例を紹介する。なお、年齢は祐子内親王のもの、傍線部は祐子を指す。

a　長暦三（一〇三九）年十一月八日　2歳　関白頼通、若宮が初めて外出するのに、殿上人らの参入しないのを、罵詈したと伝え聞く。

b　長久元（一〇四〇）年十一月十六日　3歳　童女御覧の日、殿上人たちが関白邸に参り、若宮の御方に参集する。公卿たちも居あわせる。前日に頼通が若宮の御方にいつ来るかと催促していた。

c　同年　十一月二十三日　3歳　故中宮の第一女宮内裏にて着袴の儀。……若宮の御方に人々参る……准三宮の宣旨下る。同二十五日　宮の御方にて、饗饌あり。詠歌のことや今様歌の興などあり。

d　長久二（一〇四一）年三月二十四日　4歳　関白邸で弓の興あり。公卿殿上人ら多く集う。終了後、若宮の御方で盃酒のことあり。

e　同年　三月二十六日　4歳　関白邸で弓の負態。若宮の御方に関白以下参り、弓のことあり。五番。懸物は勝方が準備。終って饗饌のことあり、負け方の儲けによる。

f　永承五（一〇五〇）年三月十二日　13歳　御堂供養の試楽が、高陽院で行われる。公卿以下人々、若宮のいる西の対に向かう。饗饌の後、若宮の御方で管絃の遊びあり。

頼通は、内裏や里邸高陽院・高倉殿などで、祐子内親王のいる御前でさまざまな行事を行い、侍臣が内親王のもとに集まるのを要求していた様子がうかがえる。aでは、祐子内親王の外出に参上しない殿上人たちを罵言し、bでは里邸の内親王に、殿上人一行（淵酔）が来ることを催促している。cでは、年長の姉宮たちをさし置いて、着袴したばかりの祐子を准三宮にしている。deでは弓の遊びや盃酒のことを4歳の祐子内親王方で行う。fでは試楽の日に、祐子内親王御前に人々を集め、終れば宮方で管絃の遊びをしている。

なお、祐子を指す「若宮」呼称であるが、水左記には、祐子内親王が二十七歳になっても「若宮」呼称が見える（康平七〈一〇六四〉年二月十八日条）。

さて、範永集で祐子内親王と関わる和歌は、次の二首である。

宮のさぶらひにて、九月尽くる夜、夜もすがら秋を惜しむ、といふ題を

4　明け果てば野辺をまづ見む花薄招くけしきは秋に変はらじ

池のほとりの藤の花、若宮の御前にて

132　むらさきの波たつ宿と見えつるはみぎはの藤の咲けばなりけり

4番歌は、「宮のさぶらひにて」とあり、祐子内親王の侍所での歌である。範永は、師実に仕えたように内親王方でも精勤に励んだのであろう。祐子内親王の「侍所」は、長久元年准三宮となった翌月の十二月二十八日に、「政所」とともに始め行われている（春記）。職員は明確ではない。頼実集に、

長久三年閏九月のつごもりに、関白殿有馬の湯におはしまして、そのあひだ宮にさぶらふ人々、よしきよ、しげなり、つねひら、ためなかなどして、臨池

水の面によもの山辺もうつりつつ鏡と見ゆる池の上かな（七四）

とある「宮」が祐子内親王を指す。ここで十題を詠む歌会を催している。頼通の留守居を預かり祇候する人々は、無論平素から祐子内親王のもとに出入りしていた者達であろう。十首の和歌を記した頼実、また義清・重成（兼長）・経衡・為仲らはいわゆる和歌六人党に関係する人たちである。他に、頼通家政機関につとめた範永・頼家とを加え全員が六位蔵人の出であり、頼通か子女・孫たちのいずれかの家政機関に関係している。

ところで、右の二首以外に、詞書に明確な表現はないが、注釈部にも示されているように祐子内親王関係歌とわ

かるものがある。

高陽院殿にて、なでしこよろづの花に勝る、といふ心を

2　色深く咲くなでしこの匂ひには思ひくらべむ花のなきかな

題三、逢坂関霧立有行客

95　秋霧は立ち別るとも逢坂の関の外とて人を忘るな

志賀須賀

96　故郷は恋しくなれどしかすがの渡りと聞けば行きもやられず

姨捨山の月

97　世に経とも姨捨山の月見ずはあはれを知らぬ身とやならまし

関白殿の歌合に、題三、桜、郭公、鹿

桜

169　あけばなほ来て見るべきは霞立つ春日の山の桜なりけり

郭公

170　初声を聞きそめしよりほととぎすならしの岡にいく夜来ぬらむ

鹿

171　嵐吹く山の尾上に住む鹿はもみぢの錦着てや伏すらむ

169～171番歌から見て行く。『平安朝歌合大成』に、永承五（一〇五〇）年六月五日高陽院第で行われた祐子内親王主催の歌合とある。十巻本の真名日記に、「兼日、関白殿下、相分男女各六人、賜題」と頼通の音頭で行われたと

ある。この人選をめぐっては、袋草紙に逸話が残る（巻末の他文献資料42参照）。六人の中に選ばれた範永ではあるが、範永集では頼通主催のものに変じている。

また、95番～97番歌については、久保木注32論文に、某年秋に行われた祐子内親王草合の、勝態に詠えられた屛風歌であるとする。これにも、範永集には祐子内親王の名前が付されていない。

ところで、類題鈔には、祐子内親王関係が、次のように見える。

285　一宮庚申歌合永承五年六月廿五日　桜　郭公　鹿

455　女一宮　瞿麦勝衆花有序

518　女一宮有序　長久二七十七　凌露尋花

518の「長久二年」の「女一宮」とあるのは、祐子内親王を指す。皇后禎子腹の女一宮が斎宮、女二宮が斎院になっていたこともあってか、摂関家の姫君ゆえか、祐子を「一の宮」と通称していた。御物本更級日記では「宮」の注記に、「祐子内親王……御坐于関白殿、号一宮」と見える。この歌会は、祐子内親王四歳の折となる。和歌序まで備えた男性参加の本格的なものであったので、これも頼通の肝いりであったろう。285の歌合は先に触れた六月五日の庚申歌合である。

注目したいのは455の歌題で、これは範永集2番歌に関係する。2番歌補説にあるように、家経集に「瞿麦勝衆花序者」と家経が序を書いていた。範永集2番歌の「高陽院殿にて」と頼通邸宅であることを思うと、「女一宮」は祐子内親王を指そう。つまり、範永集2番歌も、範永集では実質の主催者頼通の歌会になっている。なお、この歌会の序を書いた家経は、祐子内親王の父後朱雀天皇の東宮時代に、東宮の蔵人、東宮の少進であった。父広業は東宮学士をつとめた（以上、権記・左経記、寛仁元〈一〇一七〉年八月五日条）。範永と家経は東宮坊の同僚でもあったわけである。さらにまた、家経は範永同様頼通の家司でもあった。

頼通が後朱雀朝期にあれほど心をくだき盛り立てた祐子内親王の存在感と、範永集での祐子関係歌（2番歌、95番～97番歌、169～171番歌）を無関係のものに記す位置付けには、隔たりが感じられる。範永集では、祐子内親王その人の影が薄くなって、むしろ後見人頼通の名が書き留められている。範永集編纂時には、第4節で述べた「左大臣」師実の存在感の大きさと同様に、頼通女の後冷泉皇后寛子の存在がむしろ大きくなっていたことと関係しようか。祐子内親王がほぼ行動を同じくしていた養母隆姫は、康平七（一〇七四）年に出家していた。師実と祐子内親王の位置付けの落差に、範永集にわずかながらであるが、編集時における歴史の遠近感が読み取れるのである。

6　むすびにかえて

千葉義孝は注1論文Bにおいて、受領層歌人らの山庄における小規模な歌会をこの期の特徴とし、範永と受領・僧侶との関係について明らかにした。また、上野理は、六人党という受領階層が摂関家と近しいことを認めつつ、「摂関家による集合と見なしてはなるまい」とし、また、「師房邸や内親王家での集合は摂関家でのそれと同一視してはならない」と、六人党といった受領層が勅撰集を夢見て反摂関の思いを抱いたであろうとした(35)。しかし、師房は頼通の養子であり、師房の子も御堂流として認識されていた。彼らは頼通・師実によく仕えていた。

本解説では、範永について関白頼通との関係性から述べてきた。その過程で、家司らを受領に任命することで、地方をも支配できる態勢が作られていたことに触れた。天皇三代五十年余も続いた頼通の摂関時代には、人事権が関白のもとにあっては当然のことながら、公卿・殿上人らも頼通に密着せざるをえない。頼通は、父道長の路線にそって出発しながら、意識的に徹底的に家々との盤石な関係を築きあげたが、それが道長と二代にわたった分だけ、道長以上の強固な関係を結ぶことができたであろう。
六人党には触れられなかったが、ほとんどのメンバーが範永同様に、頼通と養子師房、養女嫄子、実子師実・寛子、孫祐子内親王等々の家政機関に、さらには甥の東宮職に関係しているようである。平等院経蔵記に見えた「今、衰老に臨み、この浄心を発す。適適、我を知るの者あらば、遍く成仏の縁を結ばん」（注3論文）という頼通の歌集を通しての功徳の願いは、範永・経衡・為仲がその「成仏の縁」に繋がるとして、他の六人党のメンバーはどれだけ繋がりえたのであろうか。和歌六人党とはどのように意識され、いつ頃生まれ出た呼称なのかをふくめて、今後の課題としたい。

注

（1）千葉義孝『後拾遺時代歌人の研究』（勉誠社　平成3）A「一　藤原範永試論―和歌六人党をめぐって―」（初出、昭和45）、B「二　藤原範永の家集とその周辺―家集から知られる交友関係を中心に―」（初出、昭和46）。特に断らない場合には、A論文を指す。

（2）千葉は根拠に触れないが、土右記の治暦五（一〇六九）年五月二十三日条に、「播磨守」が「母氏遠忌」により早旦宇治より退出し云々という記事に拠ったものか。この日は、俊綱には母祇子の命日（天喜二年没）にあたる。『国司補任』に治暦三年の播磨国司を俊綱とするが（鎌倉遺文二八八三、二九九六）、それは動くまい。斎藤熙子『赤染衛門とその周辺』（笠間書院　平成11）第三部「Ⅲ橘俊綱考」では、俊綱の播磨守在任期間を康平七年〜治暦三年とする。水左記康平七（一〇六四）年六月十五日裏書の「播州山庄臥見」に宿をとる云々をもとにしたもので、首肯できる。国司在任期間からいうと、土右記の治暦五（一〇六九）年の記事は、「前播磨守」の意味なのであろうか。
なお、千葉は、「ほぼ詠歌当時の官職名によっている」というが、編集時の官職名で呼称する場合もある。

（3）『後拾遺集前後』（笠間書院　昭和43）第一章「三　納和歌集等於平等院経蔵記」。なお、延久三年よりも十巻本類聚歌合が三、四年前に成立していたとしても、また「『経衡集』が延久四年の成立であっても」、頼通の歌集奉納との関連を否定する必要はないとしている。なお、晩年の自撰と見られる経衡集だが、承暦二（一〇七八）年以降の成立となる（吉田茂『経衡集全釈』風間書房　平成14）。

（4）『藤原頼通の文化世界と更級日記』（新典社　平成20）第一部第八章「晩年の蒐書と『更級日記』」。

（5）千葉義孝は、祖父為雅について藤原倫寧女（蜻蛉日記作者の姉、更級日記作者母の異母姉）を妻としており、範永の文学的才能が父方の系譜によると推定している。父中清は、為雅女が義懐室であったので花山院にも仕え、道綱家にも親しく出入りしている。

（6）小右記・長和四（一〇一五）年十一月十七日条に、「故山井三位四娘産間、今暁死去、児全存、左大将（頼通）子云々」と聞いた話を書きとめる。

（7）拙著『王朝歴史物語の方法と享受』（竹林舎　平成23）第Ⅰ編第三章「『赤染衛門集』の女房たちと『栄花物語』―範永が母・定基僧都の母・殿の宣旨―」（初出、平成20）。

（8）もう一人の「範基」は、父は藤原高扶（尊卑分脈には「高快」とある）、母は「為朝女」。時代に相当する「為朝」は、尊卑分脈に見えない。ちなみに『平安時代史事典』ではこの高扶男「範基」を嬉子乳母子とする。だが、高扶男で「範基」弟の「高親」がある嫌疑をかけられた時、摂政道長は「高親」とは誰かを尋ねている（御堂関白記・寛仁元〈一〇一七〉年七月十一日条）。嬉子乳母の実子でなくとも、乳母子の兄弟なら知らないとは考えにくい。この「範基」母が嬉子の乳母とする有力な証も、範永・範基兄弟ほどには得られない。ただし、槙野廣造編『平安人名辞典　康平三年』（和泉書院　平成19）に指摘するように、中清男と高扶男という二人の範基について判別しにくいのも確かである。

（9）範基は、兄同様に、後一条天皇の六位蔵人（小右記・治安元〈一〇二一〉年八月二十八日条）、後朱雀の東宮時代の進をつとめた（左経記・万寿二〈一〇二五〉年四月二十四日条、小右記・万寿二年十二月二十二日条等）と思われる。

（10）『平安人名辞典　康平三年』による。また、頼通時代の法成寺関係にその姿を現す。康平記・天喜六（一〇五八）年十月三日、大納言師実が比叡山に登り験くらべなどした折には、迎えに出て食事を準備している。

（11）康平記・天喜六（一〇五八）年二月五日条には、師実が中納言となり「着座」の参内に、「前駆卅人」の「四位四人」に範永の名が見え、「殿上人十五人」のうちに「六位二人」として「季綱・清家」の名が見える。六位にして「殿上人」は蔵人である（もう一人の「季綱」は『蔵人補任』で確認できる）。なお、この清家も、頼通・師実・忠実に親しく仕え、四条宮寛子の宮司をつとめている。

(12) 繁田信一『紫式部の父親たち―中級貴族たちの王朝時代へ』(笠間書院　平成22)第八章「息子の将来を心配する父親たち」では、「侍中」を蔵人所の「雑色」とする。

(13) 権記・寛仁元(一〇一七)年八月二十一日条。この記事は、東宮となった敦良親王が奏慶のために参内、還御後に饗宴があり、道長以下公卿らも座したが、そこに勧学院の別当・学生らが慶賀に参ったときのものである。範永はこの時六位蔵人で、勧学院「学頭」でもあったことになる。範永と勧学院との関わりは他にも見える。頼通の任太政大臣に、勧学院学生らが算賀に訪れた場面(康平記・康平三年十二月二十四日条)では、勧学院衆たちの饗の席に、四献役が「故人」(古い勧学院出身者)である大学頭「実綱」と「前但馬守範永朝臣」の名が上がる。

勧学院は大学寮の南曹にあたり、公費があてがわられるも、大学寮の管轄から離れ、藤原氏長者が人事権を持っていたという(桃裕行『上代学制の研究』目黒書店　昭和21)。勧学院の組織は、藤原氏出身者から成り、学生としては、文章得業生(秀才)、文章生、学頭一人、学生若干とある。佐藤健治『中世権門の成立と家政』(吉川弘文館　平成12)第一部第二章「藤原氏諸機関の成立と展開」にも詳しい。

(14) 以上、高田信敬『源氏物語考証稿』(武蔵野書院　平成22)第一部第五章「蔵人より今年かうぶり得たる―巡爵の話―」初出、昭和62、今野鈴代「『源氏物語』の背景―蔵人五位時方をめぐって―」(国文鶴見　第32号　平成9・12)、同「蔵人より冠たまはる―叙爵時年齢の考察―」(『源氏物語とその享受　研究と資料』武蔵野書院　平成17)に拠った。

(15) 甲斐守として藤原公業が赴任している(小右記・治安三〈一〇二三〉年十月十四日条)ので、「権守」範永は在京していたであろう。「蔵人巡」としては、範永は伯耆国司に任命される。

(16) 玉井力『平安時代の貴族と天皇』(岩波書店　平成12)第三部第四章「受領巡任について」によると、受領候補者に「旧吏」「新叙」があり、後者は、「蔵人・検非違使尉・民部丞・外記・史」等を経て、叙爵した後に初めて受領に任命されるものという。蔵人の巡は他と違って待機期間が短いとも指摘する。勘物によれば、範永は、蔵人で「修理権亮」から「式部大丞」となったが、玉井はまた道長政権化時代における六位蔵人の兼官を検討し、「式部丞」と「衛門尉」を二つの頂点として、前者の兼官は後者より上位の官職と意識されていたと指摘する(第二部第三章「道長時代の蔵人に関する覚書」)。注14も参照。

(17) 注16著書第一部第一章「十・十一世紀の日本―摂関政治」第五節「受領と摂関政治」。

(18) 玉井力は、摂関家では、道長の頃より多くの家司受領を組織していたが、頼通政権期にかけて多数の家司が次々と国司に任命されていると整理して、「多数の家司が次々と任命される国をいくつも検出できる。畿内では摂津、東海道では尾張・甲斐、東山道では、すでに指摘のある近江・信濃・陸奥、山陰道では丹波・但馬・伯耆、山陽道では播磨・美作・備中・備後・周防、南海道では阿波・讃岐・伊予・土佐などがそれである。これらのうち尾張・丹波・伯耆・備中・周防は頼通執政期に新しく姿をあらわす。土田直鎮の整理による国の熟不によるランク付け（解説者注『奈良平安時代史研究』吉川弘文館、平成4）を勘案すると、有利さからいって第三ランクまでに入れられる十八国のうち十二国までがその中に入っている。とりわけ第一ランクとされる七国のうち六国までが入っている。いかに摂関家が熟国を独占していたかがわかろう」と指摘する（注16著書、第一部第一章第五節「受領と摂関政治」）。傍線は解説者が付したものので、範永が国司となり赴任した国である。

(19)『岩波講座　日本通史　第6巻・古代5』（岩波書店　平成7）勝山清次「収取大系の転換」。

(20)後拾遺集・恋三に、次のように見える。

清家、父の供に阿波の国に下りて侍りけるとき、かの国の女にもの言ひわたり侍りけり、父津の国になりうつりてまかり上りにければ、女のたよりにつかはしける　よみ人知らず

心をば生田の杜にかくれども恋しきにこそ死ぬべかりけれ（七三二）

(21)佐藤健治『中世権門の成立と家政』（吉川弘文館　平成12）第二部第二章「摂関家における「公的家」の基本構造」。十二世紀後半までを視野に入れ家政機関について整理し、家政機関の種類の変遷は、道長が画期となりまた規範となって設置されていくという。また、元木康雄『院政期政治史研究』（思文閣　平成8）Ⅱ第五章「摂関家家政機関の拡充」では、十世紀前期に令制の家務所を換骨奪胎して、それらの主要な役職が政所に継承されたとする。政所が家政機関の中枢であり、政所の決定した諸用途調進について見ると、家司は、その所課や勤仕など、経済的実力が期待されていると指摘する。「蔵人所」は「侍所」と同じ機能を持ち、類聚雑要抄の指図で示される。

(22)一例をあげる。新大系『袋草紙』所引の「長元六年白川院子日記」（一五頁〜）を見ると、頼通家「蔵人所勾当」をつとめる源頼家がもてなす側で盃酒の準備をしている。この時「非蔵人」で頼通「勾当」であった頼家は、長元八（一〇三五）年正月に後一条天皇の六位蔵人となる。

(23)注21佐藤論文。また、服藤早苗『平安朝の家と女性　北政所の成立』（平凡社　平成9）も、夫と妻の財産権は別であるが、その運営は夫の家政機関にまかせられ、妻の家政機関と兼務していたと指摘する。

（24）栄花物語とは一致しないが、歌合真名日記に嫡子で殿上童であった通房を左の方人にする勅定が下され、小舎人童も左右に分けられたと見える。

（25）範永の父中清が舞に優れていたことは、蜻蛉日記に見えた。他にも中清が花山天皇の御遊に龍王を舞ったこと、翌日も弘徽殿での小弓遊びに勝負楽があり中清が龍王を舞ったと見える（小右記・寛和元年正月九日、十日）。なお、範永本人に舞の記事はないが、後年「東遊」の行事役（責任者）となるなど、その見識のほどは知られる。

（26）四五六番歌「関白さきの大いまうちぎみ」、一〇五三番歌「関白前大まうちぎみ」については、「関白」で「前大臣」なので、素直に読めばともに師実となる。後拾遺集の奏覧時応徳三（一〇八六）年、師実は「関白」で、永保三（一〇八三）年正月に「左大臣」を辞していた（この時子息師通、任内大臣）。後拾遺集では、他では師実を、「関白前左大臣」（三二九番作者名、六六一番詞書）と呼称する。ただし、次の例は、師実を「関白前太政大臣」としている。

故第一親王の五十日まゐらせけるに、関白前太政大臣さはることありて内裏にも参りはべらざりければ、内大臣下﨟にはべりけるとき、抱きたてまつりてはべりけるを見てよみはべりける　　右大臣

ちとせふるふたばの松にかけてこそ藤のわか枝ははるひさかえめ（四四〇）

「故第一親王」敦文親王は、白河天皇と師実養女中宮賢子との皇子。五十日の祝いに、師実に障りがあって、師実嫡子「内大臣」師通が父の代役を行ったものであろう。第一皇子を「ふたばの松」に喩え、若き師通を「藤のわか枝」と祝福した歌を詠んだ作者「右大臣」は、賢子の実父顕房である。しかし、師実が太政大臣になったのは寛治二（一〇八八）年十二月で、翌三年正月の堀河天皇元服の儀のためで、その年四月には辞している。この箇所のみ後拾遺集の本文がおかしいのは、詞書の「内大臣下﨟に」や作者名「右大臣」に引かれて、享受の段階で本文に異同が生じたものであろうか。

なお、頼通は、後拾遺集では「宇治前太政大臣」の呼称である。ただし、一一七番で「宇治前太政大臣」と詞書にあり、その話を受けた一一八番歌では「大まうちぎみ」と略称する。教通も「二条前太政大臣」と呼称されつつ（五六三、九一一、一一一四、一一二二番詞書）、「二条のさきのおほいまうちぎみ、日ごろ煩ひて……」（一〇〇一）と恋人小式部内侍の歌を示すときに「前大臣」とあるのも、「二条の」から教通を指すとわかっているので、略称したものであろう。『新編国歌大観』の後拾遺集には、「太政大臣」を「大きおほいまうちぎみ」と表記する例は見えない。

（27）飯島康一『平安時代貴族住宅の研究』（中央公論美術出版　平成16）「附論　第二節　藤原師実の住宅と儀式会場―藤

氏長者・摂関家の儀式会場の変遷過程について」。川本重雄『寝殿造の空間と儀式』（中央公論美術出版　平成17）第三章「東三条殿と儀式」。

(28) 結婚して夫が妻の家に通い始めたり、同居し始めたりする場合、「通ひはじむ」「住みはじむ」などの表現が見える。

(29) 江家次第・巻二十「執聟事〈近代例〉」に、「……聟公来、〈布袴、往年留二剣・下重一、著二衣冠一帰、近代一夜例、無二其事一〉」とあり、聟君は「布袴」でやって来て、昔は剣と下襲とは新婦のもとに置いて「衣冠」で帰るが、近代の一夜例には無くなったと記す。

(30) 二人に嫡男師通が誕生したのは、康平五（一〇六二）年九月十一日。

(31) 造興福寺記の永承二年十二月十四日条に、「南円堂宝形事」を「於左大臣所領六条宅」行うという注記が見え、「左大臣」は頼通。

(32)「『更級日記』上洛の記の一背景—同時代における名所題の流行—」（和田律子・久下裕利編『更級日記の新研究』新典社　平成16）。

(33) 浅田徹「藤原仲実の類林和歌について」（橋本不美男編『王朝文学　資料と論考』笠間書院　平成4）。散逸して逸文のみが残る「類林和歌」五〇巻が仲実になるものとし、類題鈔はもとあった歌合記事に、それを取り入れ加えたものと指摘する。

(34) 平定家朝臣記は、増淵勝一「翻刻標注・書陵部蔵『平定家朝臣記』（天喜元年～同五年条）」（研究紀要　立正女子短期大学部　15集　昭和46・12）により、康平記は群書類従による。例に挙げた以外にも、頼通家司としての範永の姿は、康平記に、康平二年二月十一日条、同年十月十二日の「定」、同四年十一月二十二日条、十二月十五日条（「但馬前司」が範永）などに見える。

(35) 注3著書、第一章「四　和歌六人党と歌」。

付

加藤静子
熊田洋子

参考文献

注釈執筆にあたって参照し、引用した文献を五十音順に配列した。

・新井栄蔵・小島憲之『古今和歌集』新日本古典文学大系（岩波書店　昭和64）
・飯淵康一「藤原師実の住宅と儀式会場」（『平安時代貴族住宅の研究』中央公論美術出版　平成16）
・井上宗雄「『心を詠める』について―後拾遺・金葉集に見られる詞書の一傾向―」立教大学日本文学　35号（昭和51・2）
・井上宗雄「再び『心を詠める』について―後拾遺・金葉集にみられる詞書の一傾向―」立教大学日本文学　39号（昭和52・12）
・岩佐美代子「『しほる』考」（『和歌研究』笠間書院　平成27）
・川名淳子「日本の官職・位階と服色―紫の袍から黒の袍へ」（日向一雄編『王朝文学と官職・位階』竹林舎　平成20）
・川村晃生「新風への道―後拾遺歌人の場をめぐって―」（『摂関期和歌史の研究』三弥井書店　平成3）
・川村晃生・柏木由夫『金葉和歌集』新日本古典文学大系（岩波書店　昭和64）
・川本重雄「東三条殿と儀式」（『寝殿造の空間と儀式』中央公論美術出版　平成17）
・久保木秀夫「和歌六人党と西宮歌会」中古文学　66号（平成12・12）
・久保木秀夫「『更級日記』上洛の記の一背景―同時代における名所題の流行―」（和田律子・久下裕利編『更級日記

の新研究』新典社　平成16）
・久保田淳・平田喜信『後拾遺和歌集』新日本古典文学大系（岩波書店　平成6）
・小島憲之『懐風藻　文華秀麗集　本朝文粋』日本古典文学大系（岩波書店　昭和39）
・後藤祥子「源経信伝の考察―公任と能因にかかわる部分について―」和歌文学研究　第18号（昭40・5）
・小西甚一「『しほり』の説」国文学言語と文芸　第49号（昭和41・9）
・近藤みゆき「相模とその生涯」（『古代後期和歌文学の研究』風間書房　平成17）
・斎藤熙子「橘俊綱考」（『赤染衛門とその周辺』笠間書院　平成11）
・春秋会『源兼澄集全釈』（風間書房　平成3）
・鈴木徳男『続詞花和歌集新注　下』（青簡舎　平成23）
・高重久美『和歌六人党とその時代』（和泉書院　平成17）
・竹鼻績『公任集注釈』（貴重本刊行会　平成16）
・千葉義孝「藤原範永試論―和歌六人党をめぐって―」「藤原範永の家集とその周辺」「藤原家経雑考」（『後拾遺時代歌人の研究』勉誠社　平成3）
・増淵勝一「源頼家伝考」『平安朝文学成立の研究　韻文編』（国研出版　平成3）
・目崎徳衛「能因の伝における二・三の問題」（『平安文化史論』桜楓社　昭和43）
・森本元子『定頼集全釈』（風間書房　平成元）
・吉田茂『経衡集全釈』（風間書房　平成14）
・「類題鈔」研究会編『類題鈔（明題抄）影印と翻刻』（笠間書院　平成6）

範永集関係系図　ゴシックは家集に見える人物

天皇家系図

- 一条天皇　母　詮子
  - 後一条天皇　**母　藤原道長女　彰子**
    - **章子内新王**　後冷泉天皇中宮　母　藤原道長女　威子
    - 馨子内新王　後三条天皇中宮　母　同章子
  - **後朱雀天皇**　**母　同後一条**
    - **後冷泉天皇**　母　藤原道長女　嬉子
    - 後三条天皇　母　三条天皇女　禎子内親王
    - **祐子内親王**　母　嫄子（敦康親王女　藤原頼通養女）
    - 禖子内親王　母　同祐子
  - **脩子内親王**　母　藤原道隆女　定子
  - 敦康親王　母　同脩子
    - 嫄子女王　母　具平親王女　頼通室隆姫妹

摂関家系図

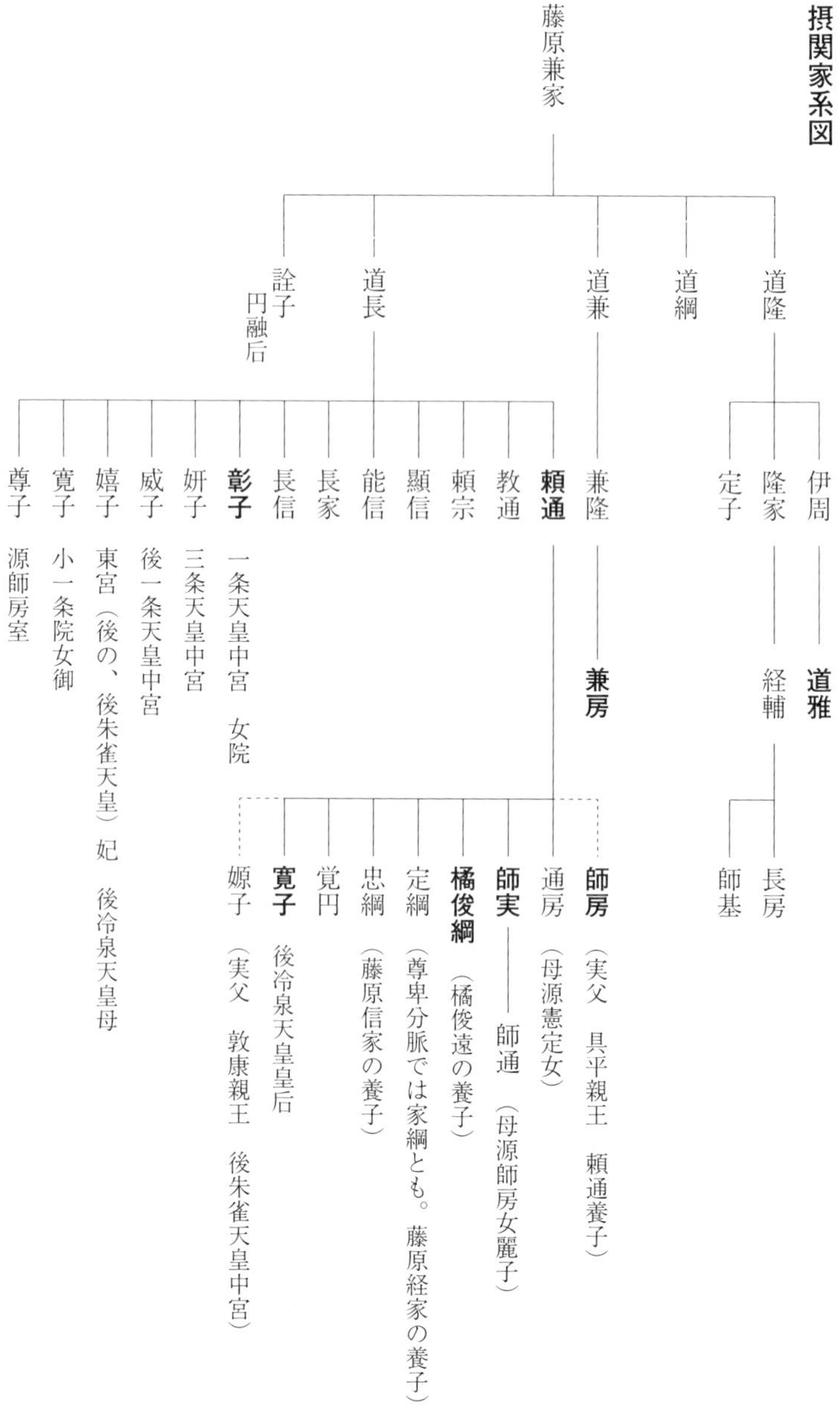
藤原兼家
道隆
道綱
道兼
道長
詮子
円融后
伊周
隆家
定子
道雅
経輔
長房
師基
兼隆
兼房
頼通
教通
頼宗
顕信
能信
長家
長信
彰子
一条天皇中宮　女院
妍子
三条天皇中宮
威子
後一条天皇中宮
嬉子
東宮（後の、後朱雀天皇）妃　後冷泉天皇母
寛子
小一条院女御
尊子
源師房室
師房
（実父　具平親王　頼通養子）
通房
（母源憲定女）
師実
師通
（母源師房女麗子）
橘俊綱
（橘俊遠の養子）
定綱
（尊卑分脈では家綱とも。藤原経家の養子）
忠綱
（藤原信家の養子）
覚円
寛子
後冷泉天皇皇后
嫄子
（実父　敦康親王　後朱雀天皇中宮）

範永関係系図

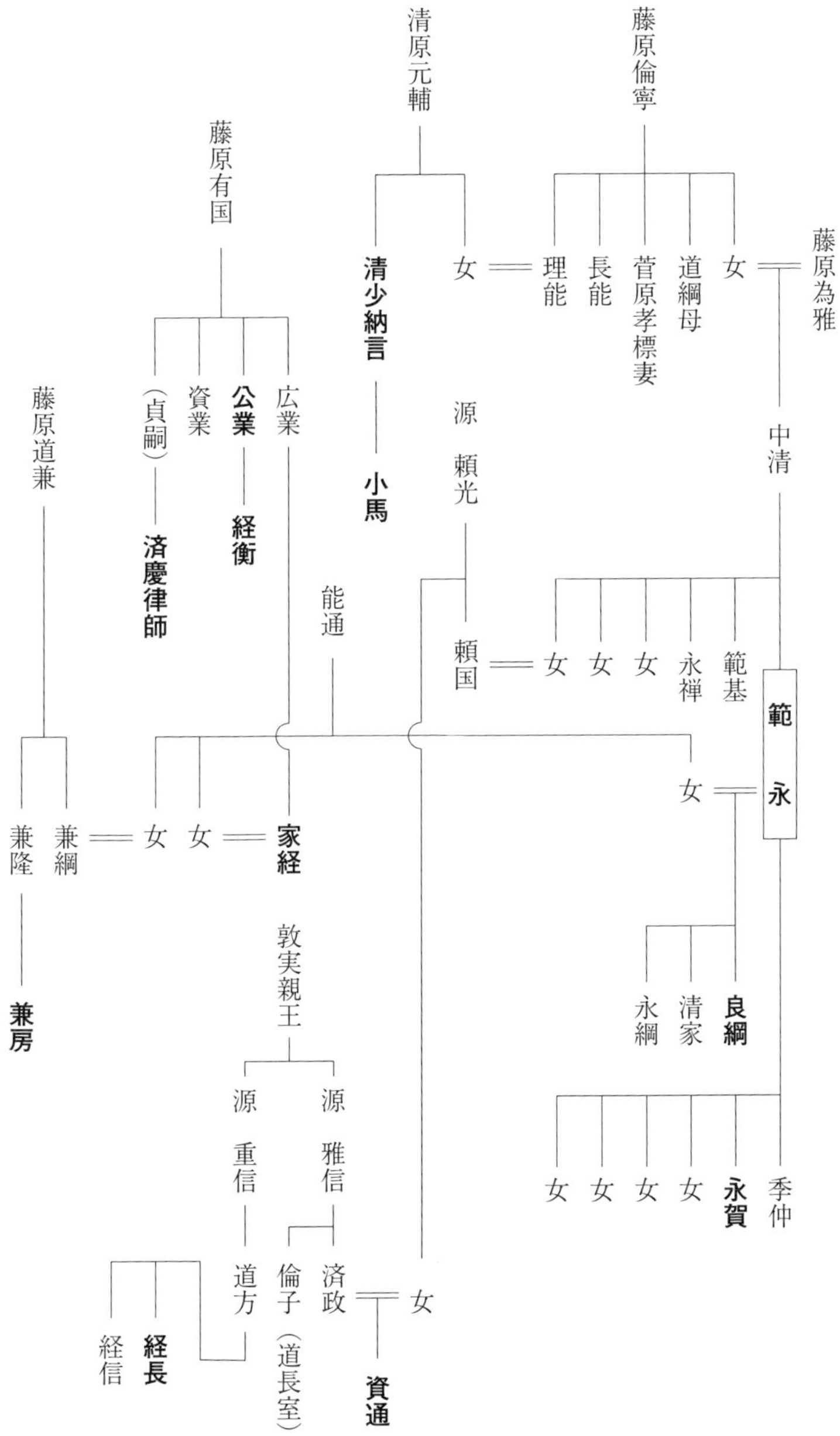
藤原為雅
藤原倫寧
女
道綱母
菅原孝標妻
長能
理能
中清
範基
永禅
女
女
女
範永
女
良綱
清家
永綱
季仲
永賀
女
女
女
女
清原元輔
女
清少納言
小馬
源　頼光
頼国
藤原有国
広業
公業
資業
（貞嗣）
経衡
済慶律師
能通
家経
女
女
藤原道兼
兼綱
兼隆
兼房
敦実親王
源　雅信
源　重信
済政
倫子（道長室）
道方
女
資通
経長
経信

範永関係年表

一　範永集を読むための年表を作成した。

1　「一般事項」欄には、天皇家・摂関家関係記事を中心に記した。史料により日付が異なる場合は、一つをとり、違いを特に断っていない。

2　「範永関係事項」欄には、範永及び範永集に関わる人物の事績について、また歌合・歌会等について記した。範永集で詠歌年次が明確なもの、もしくは推量できるものについては、「集○番」のように表した。「集承○番」は、承空本の独自本文を意味する。

二　「範永関係事項」欄の記載は次のようにした。

1　典拠となる文献名を（　）内に記した。

（　）内に「他文献資料」とあるのは、付載の「他文献に見える範永関係資料」を指し、数字は一覧の番号を表す。

（　）内の氏名は、付載の「参考文献」欄の論文を指す。

2　引用は「　　」で示した。

3　参照した資料は注釈の凡例に同じであるが、歴史的資料は、大日本古記録・増補史料大成・続史料大成・新訂増補国史大系・史料纂集・大日本史料・群書類従・大日本仏教全書等によった。また、適宜、注釈書や現代語訳を参照した。なお、権記、御堂関白記、小右記、左経記、康平記、春記などについては、次の諸機関のデータベースも利用させていただいた。

国際日本文化研究センター　国文学研究資料館　国立国会図書館デジタルコレクション（資料通覧）
国立歴史民俗博物館　東京大学史料編纂所　早稲田大学（古典籍総合データベース）

4　次のものは略称を用いた。
範永集勘物→勘物　御堂関白記→御堂　平定家朝臣記→定家記　平安朝歌合大成→歌合大成

年号	天皇	一般事項	範永関係事項
正暦四（993）	一条天皇		このころ、範永誕生か（千葉義孝）。
長保三（1000）			5月28日　行成、故藤原文範に依頼されていた古万葉集一巻は、中清女子の料と知り、送る（権記）。中清女子は範永の姉。範永は幼少時から万葉集に接する環境にあったと考えられる。
寛弘六（1009）			正月10日　蔵人等が定められ、範永、雑色となる（権記）。
寛弘七（1010）			
寛弘八（1011）	三条天皇	6月13日　一条天皇譲位。 同日　三条天皇践祚、敦成親王皇太子。 6月22日　一条院崩御。	6月25日　一条天皇入棺。御葬送・法会の雑事が定められ、範永は焼香役4人に選ばれる（権記）。 7月8日　天皇御葬送。定めのとおり、火葬所で「蔵人左兵衛尉橘義通・文章生藤章信・雑色左兵衛尉藤頼職・蔭子同範永」が香を頸に懸け相従う（権記）。

長和元（1012）			
長和二（1013）			
長和三（1014）			
長和四（1015）			
長和五（1016）		正月29日　三条天皇譲位。 同日　後一条天皇践祚、敦明親王皇太子。左大臣道長摂政。	11月25日　範永「補蔵人」（勘物）。範永、非蔵人から六位蔵人となる（御堂）。
長和六 寛仁元（1017）	後一条天皇	3月16日　道長摂政を辞し、内大臣頼通摂政となる。 5月9日　三条院崩御。 8月9日　敦明親王皇太子を辞し、敦良親王皇太子。	7月4日　範永、五日の貴船社止雨奉幣使を所労を理由に辞退する（左経記）。 8月16日　信濃駒牽に、範永、左右馬寮の馬の「毛付文」を奏す（左経記、17日条）。 8月18日　「蔵人範永」が摂政頼通の仰せを伝えに実資邸を来訪（小右記）。

	寛仁二(1018)	寛仁三(1019)
後一条天皇		
12月4日　道長任太政大臣。	正月3日　後一条天皇元服。 2月9日　道長太政大臣を辞す。 3月7日　道長女尚侍威子入内。 10月16日　女御威子中宮に立つ。	3月21日　道長出家。
8月21日　東宮、初めて天皇に拝覲。勧学院学生や「学頭、内蔵人範永」が慶び申しに参入する（権記）。 8月23日　壺切御剣を東宮に渡さる。「蔵人範永」が納殿より持ち出し、殿上口にて東宮の亮右少将公成に授く（左経記）。 8月30日　範永、「任修理権亮」（勘物）。 11月22日　新嘗会の日、内弁実資が開門役の参不参を問うのに、「蔵人範永」答える。……実資、宣命・見参文等を「蔵人範永」を介し奏覧に入れる（小右記）。	3月13日　石清水臨時祭、「陪従」の一人に「範永」の名あり（左経記）。 6月29日　宮中にも数箇所で落雷あり、太皇太后彰子は、「内蔵人範永」に東宮を抱かせて、白昼ともに弘徽殿より清涼殿に渡ったという（小右記）。 8月17日　集3番歌が詠まれる（森本元子、他文献資料13）。	正月23日　範永、「任式部大丞」（勘物）。 3月26日　「蔵人式部丞範永」が、「賀茂祭使女官用途中文幷祭間宣旨等」を持って実資邸に来る（小右記）。 4月7日　範永、「叙従五位下」（勘物）。

後一条天皇

年	事項	範永関係
	12月22日 摂政頼通、関白となる。	4月11日 実資、「蔵人範永」を介し、参議資平を斎院御禊の行事役にしようと奏させた（小右記）。 5月20日 「蔵人式部丞範永」を介し、孔雀経御修法料物宣旨一枚が下された（小右記）。 11月、五節果てて（17日か）、範永、集35番歌を送る。
寛仁四（1020）		3月28日 範永、「任甲斐権守」（勘物）。
寛仁五 治安元（1021）	2月1日 道長女尚侍嬉子、頼通養女として東宮に入る。 7月25日 頼通左大臣、実資右大臣、教通内大臣。 10月2日 頼通、新造高陽院に移徙。	7月25日 実資、任右大臣のため参内、「前駈」の「五位六人」中に範永の名あり。退出後実資邸で大饗。四献の後、「永信朝臣・範永朝臣」が「外記・史」の禄を運ぶ。また外記・史に酒を勧めるよう命じられる（小右記）。
治安二（1022）		7月14日 道長の法成寺金堂供養、「堂童子……東八人」の中に「甲斐権守範永」の名、「錫杖衆」三十人中に弟「永禅」の名あり（諸寺供養類記）。
治安三（1023）		2月12日 範永、「任春宮少進」（勘物）。
治安四 万寿元（1024）		12月13日 実資女千古の着裳、「甲斐権守範永……執膳」（小右記）。
万寿二（1025）		2月20日 実資、「伯耆守範永」に、正月2日に頼通から

	後一条天皇	8月3日 嬉子、親仁親王を出産。 8月5日 嬉子薨去。その後、親仁親王は彰子に養育される。	戴いた駿蹄の馬を志す（小右記）。 3月21日 実資のもとに養子資頼から、「新司範永」から白紙の解由状が届いたとの知らせあり、早く返すように言い送る（小右記）。 3月23日 資頼はまだ白紙の解由状を返さずにいるという。この日、実資邸門外にて「伯耆守範永」が明後日赴任する由を申す（小右記）。 4月29日 範永、「兼伯耆守 蔵人巡」（勘物）。 7月8日 伯耆国不与解由状を能通のもとに届け、「新司範永」の署名を能通に書かせた。その後に来た資頼に署名させた（小右記）。 8月8日 「伯耆守範永」が実資邸を来訪、昨日入京したという。伯耆国を問うと、亡弊していないなど他事も多く語った（小右記）。 8月11日 「伯耆守範永」が交替不動穀勘文を実資邸に持って来た。前司資頼に問うように答えた（小右記）。
万寿三（1026）	後一条天皇	正月19日 太皇太后彰子、出家。女院となる。	正月4日 公任出家（日本紀略）。
万寿四（1027）	後一条天皇	12月4日 道長薨去。	

年	天皇		
万寿五 長元元 (1028)	後一条天皇		
長元二 (1029)			
長元三 (1030)			正月26日　範永、「叙従五位上　治国賞」（勘物）。
長元四 (1031)			11月25日　範永、「叙正五位下　春宮御給」（勘物）。
長元五 (1032)			
長元六 (1033)		11月28日　倫子七十の賀。	2月16日　関白頼通、白河院にて子の日の遊びあり（日本紀略）。この時「散位範永、平行親等紙筆を献ず」（袋草紙、他文献資料35）。義忠・則長等らは和歌の召人となり、範永・頼家らが役人となる。「範永これに入らざるは如何」（袋草紙、他文献資料38）。 11月28日　女院彰子が母倫子の七十賀を頼通の高陽院第で行う。定経朝臣息と「範永朝臣（「息」脱）」が舞う童舞が人々を感嘆させた（小右記）。
長元七 (1034)			
長元八 (1035)			3月27日　女院彰子の法華八講五巻の日、行道に、「範永朝臣」は頼通室の捧物を持つ（左経記）。

	長元九（1036）	長元十 長暦元（1037）	長暦二（1038）
	後朱雀天皇	後朱雀天皇	後朱雀天皇
10月14日　頼通養子源師房、権大納言となる。	4月17日　後一条天皇崩御。 同日　後朱雀天皇践祚。 9月6日　中宮威子崩御。	正月7日　頼通養女嫄子（敦康親王女）、入内。 2月13日　一品宮禎子内親王、中宮に立つ。 3月1日　中宮禎子、皇后に、女御嫄子、中宮に立つ。 8月17日　親仁親王皇太子。 12月13日　一品宮章子内親王裳着、東宮に入る。	4月21日　祐子内親王誕生。
5月16日　関白頼通、高陽院第で歌合のことあり（歌合大成123）。	7月17日　範永、「叙従四位下」（勘物）。集57番はこの後まもなくの詠か。集承49・50番歌は、中宮威子崩後、章子内親王立后以前の詠歌。	正月23日　範永、「任尾張守」（勘物）。集54番歌は赴任後しばらくして詠まれた。	2月19日　権帥藤原実成、権帥と中納言職を解かれる。郎従の典薬允源致親、隠岐国に配流（扶桑略記・百錬鈔）。この後、致親と範永、集174・175番歌の贈答。 9月3日　「尾張守範永」斎宮寮の物を弁済せず下向した

年	天皇	事項	範永関係事項
			ことに関して、天皇から、召還しない旨を明日関白に報告すべしとの仰せあり（春記）。 9月4日　資房、関白頼通に昨日の範永一件を伝える（春記）。 9月13日　権大納言師房歌合（歌合大成124）。
長暦三（1039）	後朱雀天皇	3月16日　高陽院焼亡。 8月28日　中宮嫄子崩御。 12月21日　内大臣教通女生子入内。	
長暦四 長久元（1040）	後朱雀天皇	11月23日　祐子内親王着袴、この日に准三宮。 12月13日　頼通高陽院に移徙（10月26日の定）。	この年春、能因、伊予に下る（能因集）。伊予下向は何度かあり。集98の離別歌、経衡との贈答歌（集99・100）など、この数年間に詠まれたか。 11月7日　大江公資没（作者部類）。これ以前、公資が司得ぬ嘆きの歌を範永に贈る（千載集、他文献資料5）。
長久二（1041）	後朱雀天皇	12月19日　後朱雀天皇、東宮新造内裏に入る。	4月7日　権大納言師房歌合（歌合大成129）。 5月12日　庚申祐子内親王名所歌合（歌合大成130）。 7月17日　祐子内親王方で、「凌露尋花」題で歌会あり（類題鈔518）。 11月1日　権左中弁大和守藤原義忠、吉野川にて溺死（弁官補任）。

年	天皇	事項	範永関係
長久三（1042）	後朱雀天皇	3月26日　頼宗女延子（一品宮脩子養女）入内。 10月27日　頼通男通房、任権大納言。 12月8日　新造内裏焼亡。	義忠が亡くった翌春、集7番歌を詠み、義忠の家に送る。集144―146番歌は、延子入内に伴う女房相模との関わりから、これ以降、後朱雀天皇時代の詠歌か（近藤みゆき）。 4月7日　権大納言師房歌合（歌合大成129）。 閏9月晦　頼通が有馬温泉に。留守中、祐子内親王方で、義清・重成・経衡・為仲・頼実など歌会をひらく（頼実集）。
長久四（1043）	後朱雀天皇		正月9日　頼実、雑色から蔵人になる、29歳（頼実集勘物）。 正月24日　範永、「従四位上　造安福殿賞」（勘物）。
長久五 寛徳元（1044）	後朱雀天皇	正月～6月　疫病流行、死骸が道に満つ。 4月24日　右大将通房薨去。	6月7日　頼実没（頼実集勘物）。頼実同座の、集74番歌はこれ以前に詠まれる。
寛徳二（1045）	後朱雀天皇	正月16日　後朱雀天皇譲位。 同日　後冷泉天皇践祚。尊仁親王皇太子。 正月18日　後朱雀天皇崩御。 閏5月15日　女院彰子白河殿に移る。	4月26日　範永、「任大膳大夫」（勘物）。 32番歌は後冷泉天皇時代に詠まれたか。 5月18日　家経「木工頭兼讃岐〈権守脱〉」か（平安遺文。増渕勝一）。

年	天皇	事項	範永関係
			10月、範永、侍従内侍に集12番歌を贈る（栄花物語）。この年10月～天喜二年7月の間、左京大夫道雅障子絵合（歌合大成154）に、兼房、家経、範永、経衡、頼家ら歌を詠む。集5番歌また他文献資料17～22。
寛徳三 永承元（1046）	後冷泉天皇	7月10日　一品宮章子内親王、中宮に立つ。	集167番歌は、永承元年に宇治にて詠まれた（玉葉集）。範永、俊綱歌会にしばしば出席する（集15・24番歌。新拾遺集、他文献資料8）。俊綱歌会は、永承頃から度々催された（斎藤熙子）。
永承二（1047）		白河殿に天狗が現れ、この年女院彰子は美作守邸に移る（栄花物語）。	2月21日　造興福寺料物の「絹十疋」に「範永」の名あり（造興福寺記）。 7月4日　済慶権律師没、63歳（僧歴綜覧）。集10・11番歌（類題鈔299）、集128・129歌はこれ以前に詠まれる。
永承三（1048）			閏正月2日　錫杖衆百人中に、範永子息「永賀」が延暦寺として見える（造興福寺記）。 3月2日　興福寺落慶供養の日、「大膳大夫藤原範永朝臣」、右方の堂童子をつとめる（造興福寺記）。 10月11日～20日の頼通の高野山参詣に、12日、「大膳大夫範永朝臣」住吉社の神主に叙爵の由を伝える（宇治関白高野山御参詣記）。
永承四（1049）			11月9日　内裏歌合（歌合大成136）。 この年冬に西宮で歌会「行客吹笛」（類題鈔590）、集168番の詠歌（久保木秀夫）。
永承五（1050）			6月5日　庚申祐子内親王歌合（歌合大成141）。高陽院一

年号	天皇	事項	範永関係
	後冷泉天皇	12月21日　関白頼通女寛子（母祇子）入内。	宮御方で行われ、男女六人の兼題歌合に資業・兼房・家経・範永・経衡・能因が選ばれる。範永は出羽弁と番わされ、集169〜171番歌を詠む（袋草紙、他文献資料42）。夏、師房六条水閣で「対泉忘夏」「夏夜月」「秋を待つ」歌会あり（家経集。千葉義孝）、範永集172番、173番。11月、修理大夫俊綱歌合雑載（歌合大成143）に、範永の和歌（新拾遺集、他文献資料8）が見える。
永承六（1051）	後冷泉天皇	2月13日　女御寛子立后し、皇后となる。	5月5日　内裏根合（歌合大成146）。真名日記に「主殿助藤原良綱」の名あり、この時六位蔵人。集179番歌、182・183番歌は、良綱の蔵人時代に詠まれた（天喜三年11月5日に五位と見えるので、それ以前に蔵人を辞している）。7月7日　京都大風（百錬抄）。中宮章子方に、頼通から遣わされた歌詠みの「範永、経衡などやうの人々」も、集まった殿上人・公卿らも、大風に歌を詠まず退出（出羽弁集、他文献資料14）。
永承七（1052）	後冷泉天皇	3月28日　頼通、宇治の別業を寺とし、平等院と名づく。	
永承八 天喜元（1053）	後冷泉天皇		8月19日　範永、「任但馬守」（勘物）。これ以前の範永大膳大夫時代に、集154・155番歌が詠まれた。
天喜二（1054）	後冷泉天皇	正月8日　高陽院焼亡。	3月1日　法橋忠命没、69歳（僧歴綜覧。「忠明」とあるが同人。）。これ以前に集137番歌、集186〜188番歌などは詠ま

年	天皇	師実	範永
	後冷泉天皇		れた。 5月11日　家経出家（尊卑分脈）。家経が同座している集2・29番歌など多くは、この出家以前の詠であろう。家経同座の範永歌については、解説一参照。 7月20日　藤原道雅没、62歳（公卿補任。63歳カ）。
天喜三（1055）			10月17日　集9番歌が詠まれる（類題鈔312）。 11月5日　左中将師実春日祭使、四位範永供人をつとめる（定家記）。 集16番歌はこの年か翌年（師実の中将のとき）に詠まれた。
天喜四（1056）			2月22日　範永、「叙正四位下　自四条宮幸一条院　左大臣家司賞」（勘物、定家記）。 4月30日　皇后宮寛子春秋歌合（歌合大成163）。左の「方人」に範永妻「但馬」の名が、左の「念人」に「但馬守範永朝臣」と子息「少進清家」の名が見える。 「二番　春日の祭」に範永詠（集17番歌）。 「九番　春雪」に範永妻詠（集18番歌）。 10月、師実任権中納言、これ以降天喜六年4月任権大納言以前に、185番歌は詠まれたか（為仲集）。
天喜五（1057）			
天喜六 康平元（1058）		4月25日　師実任権大納言。	2月5日　中納言師実着座の儀に参内、前駆として、「卅人、四位四人」中に「範永朝臣」が、「殿上人……六位二人」の中に子息「清家」が仕えた（康平記）。 5月18日　家経没67歳（尊卑分脈、作者部類）。

年	天皇	事項	範永関連
	後冷泉天皇		8月、右近少将公基歌合（歌合大成171、他文献資料23）。範永判者をつとめる。 10月3日　師実比叡山に上達部・殿上人以下二十三人を伴う。一行を範永弟「永禅律師」が出迎える（康平記）。
康平二（1059）		3月20日　権大納言師実、源師房女麗子と結婚。	2月11日　関白頼通が大臣職と随身を辞す上表。勅使が随身をとどめる勅答を持参。「但馬前司範永朝臣」が、随身らに禄を与えることに関与（康平記）。 10月12日　関白頼通法成寺阿弥陀堂・五大堂供養（扶桑略記）。同日条に、阿弥陀堂供養の定文（9月26日）が見え、「堂荘厳行事」九人中に「範永朝臣」と子息「良綱」の名が見える。また、「御諷誦千端〈麻布〉。行事範永朝臣」とある（康平記）。
康平三（1060）		7月17日　頼通左大臣を辞し、師実が内大臣、頼宗が右大臣、教通が左大臣となる。 8月11日　天皇新造高陽院に移御。	7月19日　師実任内大臣の慶び申しに、女院彰子、皇后寛子、高倉殿の隆姫と祐子内親王、左大臣教通邸に赴く、前駆四十余人「諸大夫廿四人」中に「範永朝臣…良綱…」と父子ともに名を連ねる（康平記）。 8月23日　参議源資通薨ず、56歳（公卿補任）。集1番歌は、この年の師実歌会に詠まれたか。
		12月13日　関白頼通太政大臣。	

年	天皇	事項	範永関係
康平四（1061）	後冷泉天皇		
康平五（1062）		4月22日　師実、左大将を兼任。 9月2日　関白頼通、太政大臣を辞す。	正月13日　師実の春日祭上卿に関する雑事定あり、「前但馬司朝臣（範永）」と頼綱朝臣が東遊の「行事」担当、子息「良綱」も定家朝臣と禄の「行事」担当（康平記）。 正月20日　太政大臣頼通家に大饗あり、列立に頼通が階に立つとき、「散位良綱」主人の履をとる（康平記）。 正月30日　範永、「任阿波守」（勘物）。 8月29日　頼通木幡の父道長の墓前に詣でる。山中に入るとき従った公卿以下の中に、「職事三人」として「良綱」の名あり（康平記）。 9月17日　内大臣師実に師通が誕生し七夜祝。産養は頼通が行う、公卿ら集まる。「散位良綱」が「殿御使」（頼通使者）となり、禄を賜わっている（康平記）。 この年経重が陸奥国に赴任、集承38・39番の贈答歌。
康平六（1063）		2月27日　源頼義、前九年の役を平定し勧賞あり、正四位下伊予守。	10月3日　丹後守公基歌合（歌合大成178、他文献資料24）、判者「範永朝臣」。範永、霧題の「をちこち」に言及せず（和歌童蒙抄、他文献資料44）
康平七（1064）			6月15日　「播州山庄臥見」（水左記）とある。これは橘俊綱が播磨守着任まもない頃か（斎藤熙子）。

年	天皇	事項	範永
康平八 治暦元 （1065）	後冷泉天皇	6月3日　内大臣師実任右大臣、大納言源師房任内大臣。	6月13日　範永、「遷任摂津守」（勘物）。範永、摂津国司に任じられ、阿波国より子息清家をつれて入京（後拾遺集）。 範永、摂津国に赴任後、住吉社ではじめて臨時祭を行う（続後拾遺集、他文献資料7。国基集、他文献資料16）。
治暦二 （1066）	後冷泉天皇		
治暦三 （1067）	後冷泉天皇		
治暦四 （1068）	後冷泉天皇／後三条天皇	4月16日　頼通関白を辞す。 同日　左大臣教通関白となる。 4月19日　後冷泉天皇崩御。 同日　後三条天皇践祚。	
治暦五 延久元 （1069）	後三条天皇	4月28日　貞仁親王皇太子。 8月13日　関白教通が左大臣を辞す。 8月22日　師実が左大臣に、源師房が右大臣になる。	6月4日　前讃岐守兼房没、69歳（土右記）。
延久二 （1070）	後三条天皇		3月18日　座主明快入滅、86歳（天台座主記）。 この年、範永出家か（千葉義孝）。
	後三条天皇	3月9日　師実養女賢子、東宮に参る。	

延久三（1071）	延久四（1072）	延久五（1073）	延久六 承保元（1074）	承保二（1075）	承保三（1076）	承保四 承暦元（1077）
	白河天皇	白河天皇	白河天皇	白河天皇	白河天皇	白河天皇
3月12日　頼通八十の賀。	正月29日　頼通出家。 12月8日　後三条天皇譲位。 同日　白河天皇践祚。実仁親王皇太子。	5月7日　後三条院崩御。	2月2日　頼通薨去。 10月3日　女院彰子崩御。	9月25日　関白教通薨去。 10月15日　左大臣師実、関白となる。		2月17日　源師房薨去。
	3月19日　能登守通宗気多宮歌合（歌合大成194）。 藤原通宗が能登守のころ、範永の出家を聞き、歌を送る（金葉集、他文献資料4）。					7月22日　「故範永朝臣五男散位為綱卒去」（水左記）とあり、範永これ以前に没す。

他文献に見える範永関係資料

凡例

1　範永集にない「範永歌」、及び「範永」なる名称を含む他の文献を可能な限り掲出した。ただし注釈部でくわしく扱っている散文文献は除いている。なお、歌集や歌学書など文学作品が中心で、古記録類は対象としていない。また同内容の場合は代表的な文献一点に絞り、他は（　）内にその文献名のみを記した。

2　掲出文献のうち、「13　定頼集」は範永集3番歌を含むが、範永集にない「範永歌」を持つ（ただし異説あり）ので、ここに一応全文を掲げた。

3　「範永歌」及び「範永」はゴシックで示した。

4　歌集関係は原則として『新編国歌大観』によったが、家集は『新編私家集大成』に、歌合も平安期のものは『平安朝歌合大成』によった。ただし、表記は読みやすく変えてある。

5　散文関係は可能な限り『新日本古典文学大系（新大系）』『新編日本古典文学全集（新全集）』によったが、歌学書の多くは『日本歌学大系』によった。なお、今鏡は『今鏡　本文及び総索引』によった。

6　掲出は基本的には『新編国歌大観』の掲出順に従った。

1

後拾遺集・春上、一一八

賀陽院の花盛りに、忍びて東面の山の花見にまかり歩《あり》きければ、宇治前太政大臣聞きつけて、このほどいかなる歌か詠みたる、など問はせて侍りければ、久しく田舎に侍りてさるべき歌ども詠み侍らず、今日かくなむおぼゆる、とて詠みて侍りける

能因法師

世の中を思ひ捨ててし身なれども心弱しと花に見えぬる

これを聞きて太政大臣いとあはれなりと言ひて被物などして侍りけりとなむ言ひ伝へたる

美作にまかり下りけるに、おほきまうちぎみの被物のことを思ひ出てて、**範永朝臣**のもとに遣はしける

世々経《ふ》ともわれ忘れめやさくら花苔の袂に散りてかかりし

2

後拾遺集・恋四、八一九（難後拾遺抄・六九）

かれがれになり侍りける男に詠める

藤原範永朝臣女

うちはへてくゆるも苦しいかでなほ世に炭竈の煙絶えなむ

3

後拾遺集・雑一、八四八（五代歌枕、四四四／歌枕名寄、六六三一）

人のもとより、今宵の月はいかがといひたる返りごとにつかはしける

藤原範永朝臣

月見ては誰も心ぞ慰まぬ姨捨山の麓ならねど

4

金葉集二度本・雑部下、六一四（金葉集三奏本・雑下、六〇六）

範永朝臣出家してけりと聞きて、能登守にて侍りけるころ、国より言ひつかはしける

藤原通宗朝臣

よそながら世をそむきぬと聞くからに越路の空はうち時雨れつつ

5
千載集・雑中、一〇六三
除目のころ、司賜はらで嘆き侍りける時、範永がもとにつかはしける
年ごとに涙の川に浮かべども身は投げられぬものにぞありける
大江公資

6
続千載集・恋二、一一五一
七夕に寄せて恋の心を詠み侍りける
渡るらむ七夕よりも天の河思ひやる身ぞ袖は濡れける
藤原範永朝臣

7
続後拾遺集・神祇歌、一三三二（秋風集、六二七／国基集、一〇六）
藤原範永朝臣、摂津守になりて住吉社にはじめて臨時祭おこなひ侍りけるとき、松の下にてもの申しける ついでに詠み侍りける
津守国基
わが身こそ神さびまされ住吉の木高き松の陰にかくれて
《**注** 右歌、秋風集、国基集では範永歌となっている。続後拾遺集の誤りか。16参照。》

8
新拾遺集・雑上、一五八五（和歌一字抄、九五六／題林愚抄、二八一三）
橘俊綱朝臣伏見にて歌合し侍りけるに、晩涼如秋といふことを
松風の夕日隠れに吹くほどは夏過ぎにける空かとぞ見る
藤原範永朝臣

9
続詞花集・秋下、二七五
九月尽日、源頼資が西山の家にて人々歌よみけるに
藤原範永朝臣

今日しもあれ小倉の山の麓にてまだき暮れぬる秋の空かな

10 万代集・夏、五二二

夏のはじめに　**藤原範永朝臣**

葵草かくべきほどになりぬれど春見し花はなほぞ忘れぬ

11 夫木抄・冬一、六四三一

冬の歌中に、古来歌合　**藤原範永朝臣**

石の橋埋むもみぢもむすぼほれ苔の道にも秋や残らむ

12 赤染衛門集Ⅰ、四〇〇・四〇一

範永が母の、春ごろ糸を請ひたりしを、穢らひたることありしころ、いまこの程過ごして、と言ひて後、忘れて、七月七日、思ひ出でて遣るとて

何をして柳のまゆを忘れけむ今日たなばたの糸にひくまで

同じ人、久しく音せで、物語絵のをかしきをおこせたりしに

ゑみながらなほこそつらき君なれやかきたえてやは音せざるべき

13 定頼集Ⅱ、三一・三二　↓注釈3番歌参照

八月十七日の夜、いみじく月明かかりしかば、内裏に参りてさぶらふに、大殿などおはしまして、女房などにもの言はむも便なかりしかば、南殿の御前に行きて月を眺むるに、夜のいたくふくるままに、言はむ

かたなし、**蔵人もとなか**を呼びて、今宵の月いづこ、いみじくおもしろからむ、歩かばや、など言ひて、まづ、ただ車に乗りなむ、と言ひて、広沢こそおもしろからめ、そち行かむ、と言ひて行くほどに、二条にて西ざまに見やりたる、さらに言はむかたなし、門どもの見えつづきたる、八省の門の廊のかみばかり、ただほのかに絵に描けると見ゆ、嵯峨野過ぎて、かの寺に行き着きたるに、ところのさま、げにいといみじ、西なる僧坊の人も住まず荒れたるに、月を見出したるに、思ひ残すことなし、いたく破れたるそり橋、たどるたどる渡りて、堂のもとに行きたれば、みなあけて人もなし、月の影に見れば、みな金色の仏見えたまふ、あはれなりとは世の常なり、長押のもとまで秋の野よりも繁く草生ひ、虫の声ひまなし、いみじくもあるかな、など言ひあはせて、しりへなる山のひんがしに、鹿のただ一声鳴きたる、ものおぼえず、言はむかたなし、さらに今宵は歌詠むべきかたなし、何事を詠み、何事をすべきにもあらず、など言ふほどに、さりとてまた、むげにてあらむもものぐるはし、ただ忍びてはやむとも、とてかく言ふ

み草引く人しなければ水のおもに宿れる月もすみぞわづらふ

すけなり

山の端に入りにし月はそれながら眺めし人ぞ昔なりける

範永

すむ人もなき山里の秋の夜は月の光もさびしかりけり

年ふれど秋もとまらぬ水のおもにいく夜か月のすみわたるらむ

かくいふほどに、暁になりぬるにや、鐘つけば、帰りぬ、嵯峨野より東ざまに車をやりたるに、西に傾きたる月の、水の面を照したる、はるばるとして目のおよぶべきにもあらず、露置きわたりたる、西は小倉山、東は太秦の森を際に見ゆ、池の上の月といふ詩を誦じて過ぎしほどは、思ふこと少し忘れたりき

《注　森本元子『定頼集全釈』では、「蔵人もとなか」は「蔵人範永」の誤りか、また「年ふれど」の歌

の作者は定頼か、とする。従うべきか。》

14

出羽弁集、五五

七日、いつしかと待ちつけて、暮るるを心もとながる人々、御簾のうちに多かるに、つとめてより荒《あ》らましく吹きつる風を、いとさしもやと思ひつるほどに、暮れゆくままに、まことの野分になりて、御殿油も光のどかなべくもあらず、山もとの松に通はむ琴の音もあまり聞きわかるべくもあらず、ただひたみちに怖ろしくのみなりて、侍などいと騒がしくなりぬれば、殿より、歌詠みにて、**範永**、経衡などやうの人々参らせさせ給ひ、殿上人、上達部など、やうやうまゐり集まり給へる、皆まかでて、ただ大夫、権の大夫をはじめたてまつりて、宮司ばかりとまりさぶらひて、山の方なりつる屋も倒れて、ののしる、音なき、をかしきことやあるべかりつるおぼえしてやみぬるを、宣旨殿、なほ、人々の思ひ給へらむことどもも、少しばかり聞かむ、など責めたまへば、まづ、さらばいかが、と聞こえしかば、おぼしけることを天の川浅くもあらばたなばたにこの音高き水を貸さばや　（以下略）

15

四条宮下野集、一四〇、一四五、一四六

五節近くなりて、里にまかでて、歌詠む人々に題を**範永**してやらせて、清げなるほどにひきつくろひて、待てば、人々来集まり、経衡人よりとく来てゐたる、資良、ここか、と入りつるほどに、四尺の御屏風の傍らに横ざまにゐ給へれは、上臈かとこそは思ひつれ、といふめれば、今宵は歌の横座にさぶらふなり、といふめり、はした者三人、髪丈に余りて姿をかしきを、いみじう仕立てて、火桶ども出だし、まぜくだものなどして、盃は母屋の簾の下より自ら扇に据ゑてさし出づ、ひさげどもははした者ども、廂の簾は上げわたしたり、昼は降らざりつる雪、暮るるままに降る、題に合ひて、夜のさまを、人々、かかる夜はたぐひあらじ、とをかしがる、簾の前に灯ともして、人々寄りて、講師する人も苦しげなるまで見ゆ、人々の、多かれば書かず、書きたる手どもながらあれば、簾のうちより差し出づ、

（中略）

歌のこと果てて、まつばに歌うたはせて、もろともにうたひ遊ぶ、大人どもも下りて出づとて、経衡、常陸相撲の打たれて帰る心地こそすれ、といふを、人々笑ふめり、またの日、人よりも心に入れてをかしと思ひたりし**範永**に

待ち出でて心のゆきに葦の屋のあらはれにしも何ならぬかな

返し、**範永**

降り積もる心のゆきにあらはれし宿のけしきはいつか忘れむ

16 国基集、一〇六（続後拾遺集・神祇歌、一三三二／秋風集、六二七）

津の守**範永**、住吉に神拝すとて

わが身こそ神さびまされ住吉の木高き松の陰にゐぬれば

返し

住吉の松の齢にあへぬれば君をも千代の友とこそ見れ

《注　右の「わが身こそ」の歌、続後拾遺集では国基歌となっている。7参照。》

17 左京大夫八条山庄障子絵合、三

障子に家の前に紅梅あり、水のその［　］に流れたり、人々来てこれを見る

二番　左　**範永**

春風の吹きもやすると梅の花咲きにし日より君をこそ待て

18　左京大夫八条山庄障子絵合、八

暮春、山道にさくら見る人多かり、是人々そのはか（ママ）た

四番　右　（**範永**カ）

ふるさとの人は待つとも山ざくら散らぬを見ては誰か帰らむ

19　左京大夫八条山庄障子絵合、一七

川のほとりにあやめ刈る人あり、橋のもとに馬をとどめて、人これを見る

左　**範永**

あやめ草岡田のもとに松かけて誰がためにとか急ぎひくらむ

20　左京大夫八条山庄障子絵合、二二

暮の夏、松原の下に涼みする人々あり

右　**範永**

涼しさもまさりやすらむ水上にのぼる鵜舟に乗りてゆかばや

21　左京大夫八条山庄障子絵合、二七

暮の秋、森のもとに車をとどめて紅葉見る

左　**範永**

散らせじと紅葉を惜しむ心かはこれを常盤の森といはばや

22 左京大夫八条山庄障子絵合、三二一（万代、三二六六）

暮の冬、山里に雪積もれり、門の前に人来たり

右　**範永**

山里に今日しも人の訪ね来ば雪積もれとぞ待つべかりける

23 丹後守公基朝臣歌合　天喜六年

題　野花　小鷹狩　駒迎　八月十五夜　秋田　露　雁　霧　鹿　擣衣

歌人

判者　**範永朝臣**

24 丹後守公基朝臣歌合　康平六年

題　祝　月　菊　鹿　露　紅葉　海人　橋立　恋　霧　擣衣

歌人

判者　**範永朝臣**

25 内裏歌合　承暦二年、十三番「雪」

十三番　雪　左勝　実政朝臣

降る雪の日数積もればしがらきの真木の青葉も見えずなりけり

右　　　通俊朝臣

雪降れば見えしときはの山ぞなきみな白妙の梢のみして

右の人、雪は一夜にも青葉隠るばかりは降らぬものかは、日数あながちに積もらずともありなむ、真木の葉と言はむに、文字の足らねば、青葉と言へるほど、水鳥の上毛などを言はむやうなり、また、これは、松の葉白き吉野山、といふ歌を詠めるにこそ、と申すに、左、そのこととえ申さで、右の、**範永**がさみだれの歌に、**見えし小笹《をざさ》の原もなし**、と詠めるに似たり、と難ずるほどに、右劣りたりと定められぬ

26

摂政家月十首歌合、六十五番「月前祝言」

六十五番　左勝　　隆博朝臣

積もるとも老いとはならで君が代に絶えずぞ秋の月は見るべき

右　　　行実

曇りなき御代とはしるし久方の夜昼分かぬ月の光に

右歌に大きなる不審ども侍るかな、まづ久方の夜《よる》とつづけられて侍る、定めて故こそは侍らめども、八十八物異名にも、久方をば月と申したり、また空と申したることも侍れど、いまだ夜と書きたるものをこそ見及び侍らぬは、筒の穴の狭きが故なるべし、せめてのことに、**範永朝臣**が、**見しよりも荒れぞしにける石上秋は時雨のふりまさりつつ**、と詠みたるは、石上ふるといはむとての中に、秋は時雨とこめたるは、などや作者の存知侍らむ、まことにあらぬにはあらねども、いまの歌、月をいはむために、夜昼をこめて詠み侍らむ事は、時雨にはかなはずや侍るべき、日不レ知レ夜月不レ知レ昼とこそ本文にも侍るなれ、昼夜を分かたざらむ事もかへりてよしなくや、長元八年宇治殿歌合には、君が代は白雲かかる筑

波嶺《ね》の峰のつづきの海となるまで、とある歌をば、輔親卿判には、海は山になり、山も海にならばあしかりなむ、海は海、山は山にてあらむこそよからめ、いまいまし、とてその歌負けにけるがごとく、この月夜昼分かざらむもいかがとぞ思ひたまふる

27
東北院職人歌合「十二番本」、一七・一八
左　巫女
大方の障りも知らず入る月よ引くしめ縄を越ゆなゆめゆめ
右　盲目
さぐれども手にもさはらぬ月影のさやけきかげを数へてぞ知る
左歌、めづらしくとりよられたり、但し、あまりに風情をめぐらして月に心ざしなく聞こゆ、右歌、心詞艶にしてよくよく和歌の道を知れり、**藤原範永**が山家月の歌に恥づべからず、仍右可為勝

28
和歌一字抄、五一六
一葉散林　**範永**
もみぢせむ木々の梢は多かれど一葉も散るは惜しきなりけり

29
和歌一字抄、七〇七
望山花　**範永**
霞立つ外山の花も咲きにけり身に積む雪を春の消てかし

30 和歌一字抄、七九四

庭草戴雪　　　　範永朝臣

荻の葉に降りかかりたる雪見ればわがもとゆひぞまづ知られける

31 和歌一字抄、一〇一七

秋花不一　　　　範永

われはなほ女郎花こそあはれなれ尾上の萩はよそにても見む

32 俊頼髄脳　新全集202頁

兼長

怖ろしげなる鬼柳かな

範永

水上はあしはらくさき心地して

宇治殿、御舟に乗らせ給ひて伏見へおはしましけるに、鬼柳といふ木のもとにてしけるとぞ。

33 袖中抄　歌学大系別巻②122頁（色葉和難集　歌学大系別巻②521頁）

ならならのこのてがしはのふたおもてとにもかくにもねぢけ人ども

顯昭云、このてがしはとは能因歌枕云、柏をばこのてがしはと云、またやひらでと云。古歌云、

おのがみなおもひおもひに神やまのこのてがしはを手ごとにぞとる

このて柏とは児の手の程に小さき柏なるべし。また或万葉抄云、この手柏と多く歌に詠みたれども、いにしへ

より今に至るまで、その物と人の知りがたかりけるに、範永朝臣の大和守にて下りけるに、奈良坂の程にて、白き花のいみじく多く咲きたりけるを見て、国のとねりの供なりけるが共に走りけるが、ゆゆしく咲きたるこの手柏かなと云ひけるを聞きて、馬をとどめて如何に云ふぞと問ひければ、この咲きたるはおほどちと申す物也。（中略）但し、大和国の風俗にて、おほどちをこの手柏と云ふ事は、ひとへにこの奈良山のこの手柏と云ふ歌に付けて作りいでたる物語也。（以下略）

34 袖中抄　歌学大系別巻②275頁
をばすて山を過ぐとて、範永朝臣、
これやこの月見るたびに思ひけるをばすて山の麓なるらむ
《注　後拾遺、五三三　では橘為仲の歌》

35 袋草紙　上　新大系14頁
長元六年白川院子日記に云はく、宇治殿の義忠これを記す。「……和歌の召人は、越中守橘則長、義忠の二人なり。しかれども則長卿は故障ありてこの座に候せず。義忠一人東の座の末に候す。次に散位範永、平行親等紙筆を献ず。……」

36 袋草紙　上　新大系57頁
後撰集……ただし証本は朱雀院塗籠本また青表紙と云々。これは範永の本と云々。

37 袋草紙　上　新大系72頁

古今集

……下野雄宗　式部大輔。**範永**は古き物に「女子の名なり。めづらし」と云ふ。如何。

38

袋草紙　上　新大系78頁

同（長元）六年の白河院子の日に、義忠・則長等召人となり、**範永**・頼家は役人となる。ただし頼家は六位の時なり。**範永**これに入らざるは如何。古へは能く事に執せらるるか。近代はあに然らんや。

39

袋草紙　上　新大系83頁

道雅三位は、帥大臣殿の息なり。八条の山庄の障子の絵に、歌合に詠ましめて撰びて書かしむ。作者は、兼房、家経、**範永**、経衡、頼家等なり。……

40

袋草紙　上　新大系85頁

前大相国語りて曰はく、「故東宮大夫公実近衛の司たりし時、**範永**の山庄において人々和歌詠むに行き向はる。先づ酒を差して題を出だす。その間大夫殿他事なく額をおさへて沈思に入り給ふ。**範永**これを見て曰く、『然るが如くの心を入るるなむ秀歌詠むことあるべからず』と。興有る言なり」と。古へはかくの如く、世の英雄の公達、諸大夫の山庄に行き向ふや。

41

袋草紙　上　新大系90頁（十訓抄・上、一ノ五十三）

江記に曰く、「往年六人党あり。**範永**、棟仲、頼実、兼長、経衡、頼家等なり。頼家に至りては、かの党頗るこれを思ひかたぶく。**範永**曰く『兼長は常に佳境に到るの疑ひあり』これ経衡の怒る所なり」また曰く、「俊兼の曰く、『頼家またこの由を称す。為仲、後年奥州より歌を頼家の許に送る。歌の心を遺すところの人は君と我となり』と云々。頼家怒りて曰く、『為仲はそのかみこの六人に入らず、君と我と生き遺るの由を称せしむるは、安からざる事なり』」と云々。

42 袋草紙　上　新大系121頁

高倉一宮歌合に、歌人は、左、大弐三位・江侍従・伊勢大輔・出羽弁・小弁・相模なり。右、資業・兼房・家経・**範永**・能因の五人なり。今一人のところを兼長・経衡これを競望す。而して両人入るれば、女房一人不足なり。また一人を抜きて入るれば、同じき者より怨望さる。また共に入れざれば、女房一人除くべし。宇治殿おぼしめし煩ひて、ここに堀川右府、加賀左衛門をもって枉《ま》げて推挙す。許容なし。……

43 袋草紙　上　新大系129頁

堀河院、中宮の御方に渡らしめ給ひて、蔵人永実をもって御所にある薫物の火桶申して参れと仰せあるに、参りて申し出だすに、周防内侍、絵描きたる小さき火桶をさし出づとて、

　霞こめたるきり火桶かな

永実ほどなくこれを取りて、

　花や咲き紅葉やすらむおぼつかな

44 和歌童蒙抄　歌学大系①385頁

範永の孫、清家の子にて、新蔵人にて心にくく思ひて、ふる者にてこれを試みるに、尤も興あることなり。後に主上聞こし召して仰せられて云はく、「永実ならずは我が恥ならまし」と云々。

義忠阿波国歌合、野草道滋題也。義忠判云、をちこちと詠めるはあしびきの山の道こそ神世ふるごとにも言ひとどめたれと云々。されば山路にのみをちこちといふ言葉はいふべきにや。丹後守公基任国歌合、霧題に、

眺めやるかたさへぞなきをちこちの山べに霧のたちし流れば

判者**範永**とかくさだめず。

45

八雲御抄　歌学大系別巻③443頁

古今以往は万葉集作者多けれど、家持、人丸、赤人などを棟梁とせり。其後、野相公、在納言など、此道に堪へたる卿相なり。そのほか、遍照、素性、小町、伊勢、業平、貫之、躬恒、忠岑、まことに此道の聖なり。このほかも古今のころの作者、かれらが風を学びけるにや、皆そのこつに堪へたり。しかるを、その後、次第に衰ふるやう、代々の集に見えたり。梨壺の五人めでたしといへども、かの古今の四人の撰者に及ぶべからず。（中略）その後、兼盛、重之、好忠など、昔のあとをつぎてことなる歌よみなり。かのともがらが後は、ただ公任卿一人天下無双、万人是におもむく。また道信、実方、長能、道済などを歌人とす。女歌には赤染衛門、紫式部、和泉式部、相模、上古に恥ぢぬ歌人なり。その外も、道綱母、馬内侍やうの歌人多く侍りしも、皆うせ侍りにしのちは、天下に歌人なきが如し。我も我もと思ひたる人は多かれど、上にもさしてその沙汰ある事なし。公任卿無二無三の人にてあるばかりなり。それもこもりにし後は、いよいよいふ限りなし。六人が党とて、そのころののしりけるは、**範永**、棟仲、兼長、経衡、頼家、頼実。これ**範永**がほかは歌よみとも見えず。

46

和歌色葉　歌学大系③129頁

後拾　金葉　詞花　　摂津守**藤原範永**　尾張守仲清息

金葉　詞花　続詞　　前信濃守藤原実永（ママ）（永実カ）　前相模守清家息、**範永**孫

47　後拾遺抄注　歌学大系別巻④435頁

……当初能因住二東山一之比、人々相伴行向清談。能因云、我連歌ハ可二好給一也云々。又云、古來郭公秀歌は五首也。而相二加能因歌一バ六首云々。件数ハ是歌也。此行向人々者、永承六人党也。**範永**・棟仲・兼長・頼実・経衡・頼家云々。顕昭為清、遍昭寺歌合之歌、行二向頼政卿之白川家一。其日物語ノ次、祖父頼綱朝臣、此事語侍ケリトゾ申侍シヲ、清輔ハ頼綱逢二能因一之由ヲ注テ、此事ヲ書ケリ。件度頼綱モ相二具六人党一歟。又別々説歟。不審也。能因ノ為レ躰、色黒長高テ歌恠気ニ物申法師ニテゾ侍リケル。

48　中外抄　新大系342頁　（続古事談・巻二、四七）

食物は三度するなり。昼の御おろしをば、透渡殿の妻戸の口に持て出でて手を叩けば、六位の職事、参入して、給はりて持て罷り、蔵人所にて分ちて食すなり。

故清家が語りしは、「**範永**、勾当に補したりける始めに、件の御料を給はりて、持ちて蔵人所に罷る間、透渡殿の磨きたるに踏みすべりて取り散らしたりける、**範永**が云ひけるは、『我、今日、出家をして失せなばや』と云ひけり」と。

49　栄花物語・三二巻、歌合　新全集③245頁

さまざまに挑みたるほどに、同じ月の九日に、殿上の童を書き分たせ給へり。左には殿の若君、行任が子、範国が子、章任が子、右には家経が子、**範永**が子、頼国が子分たせ給へり。

50　今鏡・第十、うちぎき　一四四　本文及び総索引286頁

津の守**範永**といひし人の、いづれの山里にか、夕暮れに庭に下りて、とゆきかくゆきし歩きて、

あはれなるかなあはれなるかな

と、たびたび眺めければ、かふや帯刀節信といひしが、

日暮るればところどころの鐘の声

とつけたりければ、「あな不愛」となむいひける。

51

続古事談・巻二、五一　新大系707頁

宇治殿、高陽院の歌合に、歌詠み一人未定なりければ、兼長、経衡を召しあはせて試みありけるに、持に定められけるに、兼長、父の服になりて、経衡を入れられにけり。この人々うせて後、為仲朝臣、陸奥守にてありけるとき、国より頼家がもとへ歌を詠みて送れりけるに、「そのかみの人、残りとどまる人、君と我となり」といへり。頼家怒りていはく、「為仲、そのかみ六人の中に入らず。かく言ふことやすからず」とぞいひける。

歌よみ六人とは、

範永、棟仲、頼実、兼長、経衡、頼家

或は、

棟仲、経衡、義清、頼家、重成、頼実、なり。

人物索引

凡例

一、対象とする人物は一応次のような基準によった。
　1、具体的に誰と推定できる場合。また、「返し」や述語部から詠者がわかる場合。
　2、具体的にはわからないが、明らかに特定の人物を指していると思われる場合。

一、同一人物の場合は、それぞれの呼称に関係なく、可能な限り一か所にまとめて掲げた。その際、他の呼称からも引けるよう配慮した。

一、「宇治殿」「源大納言殿」「御前」などのように場所を示すと思われる場合でも、その名称によって具体的な人物名が想定される場合は、その人物の項に入れた。

一、配列は現代仮名遣いによる五十音順とし、所在は登場する詞書の歌番号で示した。

あ行

か行

さ行

和歌初句索引

掲出数字は歌番号。なお、初句に傍記がある場合（〔　〕で示した）や、校異として示した承空本に異同がある場合、また、承空本特有歌の初句も併せ掲出した。明確にするために承空本の場合はカタカナによって示したが、特に歌番号に「承」とあるのは、注釈部末尾に補った承空本特有歌である。

久保木哲夫（くぼき・てつお）
昭和29年3月　東京教育大学文学部卒業
都留文科大学名誉教授
主著：『四条宮下野集 本文及び総索引』（昭45 笠間書院）、『平
私家集の研究』（昭60 笠間書院）、『伊勢大輔集注釈』（平4 貴
行会）、『康資王母集注釈』（共著 平9 貴重本刊行会）、『新
典文学全集 無名草子』（平11 小学館）、『肥後集全注釈』（
新典社）、『折の文学 平安和歌文学論』（平18 笠間書院）、
歌』（編 平20 笠間書院）、『出羽弁集新注』（平22 青簡舎
御集［広沢切］集成』（共編 平23 笠間書院）、『うたと文
笠間書院）

加藤静子（かとう・しずこ）
昭和52年3月 東京教育大学大学院博士課程満期退学
都留文科大学名誉教授
主著：『新編日本古典文学全集　大鏡』（共著 平8
史物語の生成と方法』（平15 風間書房）、『王朝歴史
（平23 竹林舎）、『王朝歴史物語史の構想と展望』（
論文：「『栄花物語』と『後拾遺集』―共有歌の考
国文学」平23.11）、「和歌資料から読む『今鏡
25.11）、「『栄花物語』続編の本文―学習院大学
本から―」（「都留文科大学大学院紀要」平27

新注和歌文学叢書19
永《なが》集《しゅう》新注
二〇一六年三月一〇日　初版第一刷発行
著者　久保木哲夫
　　　加藤静子
　　　平安私家集研究会
発行者　大貫祥子
発行所　株式会社青簡舎
〒一〇一-〇〇五一
東京都千代田区神田神保町二-一四
電話　〇三-五二一三-四八八一
振替　〇〇一七〇-九-四六五四五二
印刷・製本　株式会社太平印刷社
© T. Kuboki S. Katō Heianshikashū-kenkyūkai 2016
ISBN978-4-903996-89-9 C3092 Printed in Japan

あとがき

範永集は手ごわかった。研究会のメンバーがいつものように一人五首ずつ担当し、現代語訳、語釈、補説などの原稿を作成する。もう三十数年もつづいている研究会なのでそのあたりは皆手慣れたものだが、解釈上、問題点が多すぎた。いろいろな意見が出て、四回、五回と書きなおしをすることもしばしばだった。やっと一通りの読みが終わって、原稿がまとめ役のもとに集められる。しかし全体を通してみると、やはり形式面で、あるいは表記の面で、また、当然ながら文体の面でも不統一が目立った。まとめ役の熊田洋子、点検役の加藤静子、久保木哲夫の三名がそれぞれ二度、三度と読みなおして手を入れた。基本的にはメンバーによる原稿を尊重したけれども、読みなおす過程でミスに気づき、全面的に書き改めたこともあった。

苦労に苦労を重ねてやっと出来上がった注釈書である。それでもこの程度かと言われることを恐れるが、可能な限り丁寧に読んだことだけは自慢していい。和歌六人党とその時代についてはまだまだ解明されていないことが多く、最も中心的な役割を果たした範永にしても同様だが、範永を理解し、その時代を理解するためには、まず何よりもその作品を丁寧に読むことに尽きるだろうと思っている。このささやかな注釈書がそうしたことに少しでも役立つならば幸いである。

今回、研究会に参加したメンバーは、以下の通りである。

◎新注和歌文学叢書

編集委員――浅田徹　久保木哲夫　竹下豊　谷知子

1	清輔集新注	芦田耕一	13,000円
2	紫式部集新注	田中新一	8,000円
3	秋思歌 秋夢集 新注	岩佐美代子	6,800円
4	海人手子良集 本院侍従集 義孝集 新注	片桐洋一　三木麻子　藤川晶子　岸本理恵	13,000円
5	藤原為家勅撰集詠 詠歌一躰 新注	岩佐美代子	15,000円
6	出羽弁集新注	久保木哲夫	6,800円
7	続詞花和歌集新注 上	鈴木徳男	15,000円
8	続詞花和歌集新注 下	鈴木徳男	15,000円
9	四条宮主殿集新注	久保木寿子	8,000円
10	頼政集新注 上	頼政集輪読会	16,000円
11	御裳濯河歌合 宮河歌合 新注	平田英夫	7,000円
12	土御門院御百首 土御門院女房日記 新注	山崎桂子	10,000円
13	頼政集新注 中	頼政集輪読会	12,000円
14	瓊玉和歌集新注	中川博夫	21,000円
15	賀茂保憲女集新注	渦巻 恵	12,000円
16	京極派揺籃期和歌新注	岩佐美代子	8,000円
17	重之女集 重之子僧集 新注	渦巻 恵　武田早苗	9,000円
18	忠通家歌合新注	鳥井千佳子	17,000円
19	範永集新注	久保木哲夫　加藤静子　平安私家集研究会	13,000円

＊継続企画中

〈表示金額は本体価格です〉